L'ami des beaux jours

DU MÊME AUTEUR

Éloge du voyage, Sur les traces d'Arthur Rimbaud, *NiL Éditions, 2013 (Toison d'or du livre d'aventure)*

Un thé à Istanbul, Récit d'une ville, *Le Passeur, 2014*

Sur les fleuves de Babylone, nous pleurions. Le crépuscule des chrétiens d'Orient, *Stock, 2015 ; « Folio », 2016*

Passer par le désert : sur les traces de Charles de Foucauld, *Bayard, 2016*

Lettres du Bosphore, *Le Passeur, 2017 (Prix France-Turquie)*

Sébastien de Courtois

L'ami des beaux jours

roman

Stock

Couverture Le Petit Atelier
Photographie de bande © Anne McAulay /
Millenium Images, UK

ISBN 978-2-234-08134-5

« Il n'y a pas de soleil sans ombre,
et il faut connaître la nuit. »

Albert CAMUS,
Le Mythe de Sisyphe

J'ai fait la connaissance de Frédéric à la sortie du cours inaugural de droit constitutionnel. Je venais d'avoir dix-huit ans et j'ai tout de suite aimé ce garçon. Nous nous sommes « reconnus ». Son air vif, détaché et solitaire, avait attiré mon attention alors qu'il ne semblait connaître personne dans ce nouvel environnement. Nous étions à Toulouse, en première année de droit, à la fin du mois de septembre 1991. L'été s'achevait, et avec lui l'insouciance de nos années de lycée ; la taille des amphithéâtres, l'anonymat d'une foule bigarrée étaient autant d'éléments propres à déstabiliser les bacheliers que nous étions encore quelques mois auparavant. Le vaste hall du campus ressemblait à une gare, avec ses flux contraires et son brouhaha. De l'autre côté de la rue, la vieille faculté de droit tenait ses quartiers en plein centre-ville – ce qui était une chance pour nous, jeunesse insolente –, entre la Garonne, le pont Saint-Pierre, la basilique

Saint-Sernin et la place du Capitole au bout de la rue Antoine-Deville. La liberté que nous découvrions était celle d'un nouveau départ, ce cap vers l'âge adulte que nous attendions avec tant d'impatience. Des cercles se formaient selon les affinités, les conversations fusaient, un univers fascinant que nous observions avec des yeux grands ouverts. Nous avions tous bien révisé pour le bac, patienté plus ou moins sagement dans ces lycées comparables à des garnisons, fumé des joints en espérant un rendez-vous avec une époque dont nous gommions par avance la complexité. Un temps où personne ne nous attendait, où nous devions nous faire un nom pour exister – notre leitmotiv. La vie bougeait à côté de nous et nous ne voulions pas la manquer. Pendant les vacances, un nouvel ordre s'était mis en place, avec des projets et des rêves fous plein la tête, dans les senteurs d'une campagne apaisée, près d'un lac ou d'une rivière – l'étudiant n'ayant que deux saisons, l'été et l'hiver. Le monde universitaire était si différent de ce que nous avions expérimenté jusque-là, depuis les parties de flipper, les tournois de baby-foot, les courses de mobylettes à la sortie des classes, les premiers baisers, les sonneries et les convocations chez le surveillant général. Devant l'immensité des lieux, les étudiantes aux allures de jeunes femmes, la flexibilité des horaires, la non-obligation d'assister aux cours – une révolution pour nous –, la vie de café, nous découvrions cette Terre promise tant espérée. Nous étions pressés, impatients surtout, possédés par un appétit immense pour nous distinguer de la masse. Il fallait adopter un style, un look, rejoindre un groupe, ne pas rester seul.

À la fin du cours, Frédéric avait passé un long moment à observer le grand amphi se vider – près de mille places – dans un chahut qui ressemblait à une scène primitive pour les nouvelles têtes que nous étions, avec notre carte d'étudiant fraîchement tamponnée par l'administration. Il s'était assis sur la plus haute rangée, près d'une baie vitrée. Après un rapide mot d'introduction sur le cursus qui nous attendait, le doyen avait disséqué du haut de sa chaire les mécanismes du préambule de la Constitution de 1946. « Bienvenue, semblait-il vouloir nous dire à sa façon. Vous allez souffrir, mais c'est la règle du jeu. Accrochez-vous ! » Devant nos pages blanches – des cahiers encore pour certains –, il n'avait marqué aucune pause pendant une heure. Seuls les plus motivés allaient tenir ce rythme soutenu pour passer en année supérieure et ne pas redoubler. Il n'était pas question de lever la main pour lui demander de s'arrêter, ni de répéter une phrase mal comprise.

Frédéric avait repéré en contrebas le petit groupe que nous formions avec une poignée de camarades que je retrouvais. L'ambiance était joyeuse, électrique, tant nous étions heureux de nous revoir après la coupure des longues vacances ; trois mois entiers s'étaient écoulés depuis les résultats du bac affichés sur les grilles du lycée. J'étais au centre d'une bande en voie de reconstitution, avec ceux de première et de terminale, ceux que je connaissais par des activités extrascolaires, le scoutisme, une chorale, les soirées arrosées de la jeunesse dorée du centre-ville, et d'autres encore avec qui nous partagions la passion de la politique et de la lecture. Nous étions persuadés qu'au-delà des mots il y avait dans ces romans, journaux et confessions que nous dévorions des modèles de vie à imiter. Le droit avait été un choix naturel pour plusieurs d'entre nous, faute de mieux bien souvent. Si certains deviendraient avocats, greffiers ou notaires, la majorité passeraient un concours de l'administration ou se réorienteraient après le deug et la licence. Il nous fallait tenir le temps nécessaire pour multiplier les expériences, jongler avec ces années d'études que nous voulions transformer en intrigues et en défis personnels avant de nous fondre dans le moule des stages et des contrats mal rémunérés.

Nous, amis de la bande, parlions haut, avec de grands gestes pour nous donner une contenance, tandis que le professeur vêtu d'une robe écarlate et de trois rangs d'hermine répondait doctement à des étudiants qui s'inquiétaient déjà des premiers partiels – les fayots. Malgré les apparences, nous n'en menions pas large, engoncés dans nos vestes mal ajustées et nos prétentions bavardes. Nous sortions nos paquets de cigarettes, journaux et livres, alors que Frédéric nous observait depuis son nid d'aigle. Il ne bougeait pas, imperturbable, relisant ses notes en manipulant frénétiquement son stylo. Nos regards se sont croisés, j'étais intrigué.

En remontant l'allée centrale, je me suis approché pour le saluer. Il n'a montré aucun signe de surprise en se présentant de son seul patronyme avant de nous tendre la main d'une manière solennelle.

« Ce type a des manières », ai-je pensé.

« *Ave* les gars ! » a-t-il dit en se levant, avec un temps bien marqué pour chacun d'entre nous.

De toute évidence, il voulait connaître la petite équipe que nous formions dans un contexte où il fallait rejoindre un clan, surtout pour ceux qui n'étaient pas de Toulouse, voire étaient d'un autre département, ce qui semblait être sa situation. Nous étions quatre inséparables, des compères bien dans leur peau, de grands lecteurs prêts à tout pour le débat d'idées et la castagne. Avant le cours suivant, nous avons traversé le hall encombré pour sortir fumer une cigarette en ces minutes cruciales où les choses se mettent en place.

« Tu fumes quoi ? ai-je demandé.

– Des Muratti, et toi ?

– Des Gauloises, c'est plus classique. Tiens, passe-m'en une.

– Tu as l'air assez classique toi aussi, comme tes cigarettes.

– C'est un compliment ?

– À toi de me le dire. Tu décides. Le droit, c'est fait pour des gens classiques, non ?

– Tu viens d'où ?

– Un endroit que tu ne veux pas connaître, a-t-il répondu en écrasant lourdement son mégot. Bon, faut que ça bouge, je m'ennuie déjà ! »

« Gonflé », ai-je pensé. Nous nous connaissions à peine.

*

Le soir même, au comptoir du Saint-Sernin, nous avons trinqué avec lui : « Bon pour le service ! » *Carpe diem* était une ligne de conduite, un *motto* existentialiste dont nous avions fait un cocktail de bière et de vin blanc mélangés. Le Saint-Sernin était le café que nous avions adopté comme refuge, une sorte d'îlot où notre bande avait échoué avant les frimas de l'hiver. Nous faisions de la politique à nos heures perdues, après les cours, dans une ambiance universitaire assez consensuelle que nous voulions chambouler. Nous étions en phase active de recrutement pour le cercle de mauvais garçons que nous avions fondé au pied de la basilique, comme si nous devions partir un jour tous ensemble pour une expédition lointaine. Je percevais chez Frédéric un esprit volontaire et provocateur, un jeune homme sur lequel j'allais m'appuyer. Nous ne connaissions pas encore l'œuvre de Michel Leiris mais, à n'en pas douter, nous l'aurions suivi dans son périple africain ou serions partis bien avant lui pour la « croisière jaune » jusqu'en Chine. Notre jeunesse vivait avec l'idée que rien n'était destiné à durer et qu'une catastrophe pouvait arriver d'un moment à l'autre, pour remettre en cause le fil de nos petites existences.

En attendant le grand voyage que nous ne manquerions pas d'accomplir après nos études, nous menions notre vie tambour battant avec la conviction que seuls comptaient les idées, le rêve et notre guéguerre contre les syndicats étudiants, dans une ambiance enfumée de cafés remplis de types qui pensent pareil, un verre à la main. Certains, dont j'étais, jouissaient déjà d'une solide réputation sur la scène militante locale et publiaient des articles incendiaires dans des journaux étudiants – des grandes gueules, sympathiques et insupportables à la fois. Nous n'étions pas doués pour le présent, nés bien trop tard pour charger avec les armées de l'Empire, crapahuter dans le Sahara ou survoler les océans avec Mermoz et Saint-Exupéry. Nous avions des idées sérieuses, révolutionnaires et conservatrices à la fois, succédanés d'une civilisation qui pour nous n'en finissait pas de mourir.

La rencontre avec Frédéric, un élément solide, un camarade plein de promesse, était une aubaine qui allait nous porter chance. Quelques minutes avaient suffi pour sceller le pacte de ce qui deviendrait une amitié hors norme, surtout pour moi. Un Folio dépassait de sa poche, *Mort à crédit*, que je n'avais pas encore lu. Célinien, bien sûr.

Au sortir du lycée, j'étais un garçon timide. Nous étions au lendemain de la chute du mur de Berlin, au milieu du second septennat de François Mitterrand, en plein effondrement des idéologies. Depuis les années 1980, le mot « crise » avait colonisé nos jeunes esprits. Un concept qui s'appliquait à tous les échelons de la société, surtout en province où le temps semblait s'être arrêté dans une lenteur insoutenable – nous ne disions pas encore « territoires ». Il n'était pas question de prendre le large dans une économie en voie de mondialisation, mais de nous imaginer un avenir décent. L'économie était assez binaire, avec peu de transferts de technologies vers des pays qui n'appartenaient pas au monde développé. Ce temps était celui d'un partage post-1945 des richesses, d'une vision réduite à l'énergie fossile et aux grandes industries. Le gouvernement d'Édith Cresson succédait au second gouvernement Rocard, avant celui de Pierre Bérégovoy – dont la mort tragique serait pour nous le signe flagrant de ce pourrissement. Les luttes d'appareils occupaient le terrain, comme celles des « courants », des « refondations » et autres réseaux d'influences dont notre jeunesse était exclue. Les grands mouvements de libération avaient laissé place à une sorte de désenchantement fin de siècle qui nous avait contaminés. Pourtant, depuis l'enfance, je suivais l'actualité politique avec passion : mon père s'était engagé dans l'élection présidentielle de 1974 avec les jeunesses giscardiennes, puis avec le RPR en 1981 contre François Mitterrand et ce que nous considérions comme une supercherie, celle du programme commun et du repli sur soi. « Chirac est un con ! » avait déclaré mon père lorsque le parti n'avait pas donné de consigne de vote au second tour et avait ainsi ouvert la voie aux socialistes le soir du 21 mai. « Ils vont tuer le pays, ces imbéciles ! » avait-il lâché de manière laconique, alors que le visage du député de la Nièvre apparaissait en pointillés sur l'écran du salon, mon plus ancien souvenir politique. De rage, il avait éteint l'écran pour ne pas assister au défilé de ces parvenus au pouvoir suprême. Rarement la division des Français avait été aussi flagrante qu'en ce soir-là, entre les uns qui criaient de joie et les autres qui voyaient dans cette victoire de la gauche une apocalypse rouge. Dans les milieux de droite, l'histoire de la francisque donnée à Mitterrand par le maréchal Pétain était connue depuis longtemps. « Mittrand », comme nous l'appelions, avait été l'ami de René Bousquet, un homme issu du radical-socialisme d'avant guerre et organisateur de la rafle du Vél'd'Hiv. Une tante de l'Allier qui était abonnée au journal *Minute* nous renseignait sur ce genre d'anecdotes – les dessous sales de la politique –, ce qui n'était pas sans susciter des remous lors des longs déjeuners familiaux. Elle était violemment antigaulliste depuis l'indépendance de l'Algérie, alors que nous n'avions aucun lien avec cet ancien département français. La famille s'inscrivait dans la tradition politique du général de Gaulle pour la grandeur du pays, par anticommunisme surtout ; mon grand-père avocat n'avait pas oublié les tracts de la CGT appelant au sabotage des munitions à l'époque de la drôle de guerre et du pacte germano-soviétique. J'avais neuf ans. À la maison, une longue période de deuil commençait.

Le parti de Maurice Thorez était considéré comme une cinquième colonne au service de l'Union soviétique, comme des ennemis de l'intérieur chargés de porter la voix de Moscou dans nos journaux et nos universités. Nous nous sentions donc concernés. Chaque année, le même grand-père, ancien résistant du Massif central, me prenait avec lui pour aller à Colombey-les-Deux-Églises. En chemin, l'obligatoire lecture à voix haute des *Mémoires de guerre* occasionnait quelques vomissements après Vienne, lorsque nous nous y rendions en voiture depuis le Midi. Mon père et moi suivions avec attention les grands événements internationaux et nationaux, tels que la composition de chaque cabinet. J'étais chargé de lui résumer les titres de l'actualité tandis qu'il préparait des messages de félicitations pour la nomination des uns et des autres dès qu'il reconnaissait le nom d'un ancien de sa promotion de l'ENA, même ceux de gauche dans un souci d'équilibre. Il était membre du corps préfectoral et se devait de maintenir une certaine équité comme de ménager l'avenir. « On ne sait jamais », disait-il en souhaitant sa propre nomination. Étrangement, la politique était pensée en termes de patrimoine, un gâteau que l'on se partageait d'un gouvernement à l'autre et dont les plus grosses miettes allaient aux fidèles. Avec la défaite de 1981, la droite avait été obligée d'apprendre à partager le pouvoir, ce qui n'était pas dans son ADN, ni même sa vocation première. Mon père était profondément républicain, je devins donc royaliste. Il croyait aux études et à la méritocratie de la Ve République, celle des grands corps de l'État, alors que je pensais plusieurs fois arrêter mes études et m'engager dans la première aventure qui me permettrait de partir le plus loin possible – y compris avec la Légion étrangère à laquelle j'avais écrit le jour de mes dix-sept ans pour demander une brochure de recrutement. C'est peut-être pour cette raison que j'ai rapidement quitté l'université et que je suis devenu grand reporter.

Un autre événement majeur de l'époque dont je parle fut l'ouverture des frontières à l'Est. La vraie bonne nouvelle depuis longtemps ! Un continent entier s'ouvrait à nous, avec des échappées possibles dans des lieux insensés. Si nous rêvions du fleuve Amour en Sibérie à la frontière chinoise, nous étions loin d'imaginer que notre horizon immédiat allait s'échouer sur les rives du Danube, dans un pays que nous n'appelions pas encore « ex-Yougoslavie ». Avec mon père, nous avions pleuré le soir de Tian'anmen en conspuant ces Maos aveugles qui hantaient encore les plateaux télé. L'« empire communiste » avait été abattu contre toute attente, dans un fracas qui nous réjouissait. L'aventure s'annonçait en grand pour les jeunes gens que nous étions. Soudain, c'était l'autre moitié du monde qui se révélait, avec de nouveaux territoires à explorer, depuis l'Europe de l'Est jusqu'en Asie centrale. Le mur de Berlin était tombé en novembre 1989 et nous avions la certitude que s'ouvrait une ère de paix et de prospérité. Nous sentions bien que quelque chose de malsain se jouait de l'autre côté du rideau de fer, une agonie qui durait depuis le printemps de Prague, depuis la Pologne et l'émergence de Solidarność, la perte de Kaboul et les manifestations de Berlin-Est. Nous avions suivi à la télévision ces hordes de gens habillés comme l'as de pique qui se ruaient dans les sex-shops proches de la Potsdamer Platz, preuve que nous n'étions pour eux qu'un vaste bordel à ciel ouvert, ce que nous pensions déjà dans nos cœurs réactionnaires. Une autre époque. Celle des cassettes VHS ou Betacam, de *Playboy*, du professeur Choron, de maître Capelo, de l'Olympique de Marseille, des ventes à la criée et des longues soirées où nous discutions comme si nous étions les derniers Athéniens.

L'Amérique avait gagné la guerre froide et nous avec, tant nous étions persuadés d'appartenir au même camp. Il n'y avait pas d'hésitation dans nos choix. Les films de guerre parlaient du Débarquement et de la chute de Saigon en 1975, Sting chantait « *I hope the Russians love their children too* », et Sean Connery passait à l'Ouest dans *À la poursuite d'Octobre rouge*, tandis que l'affaire d'espionnage Farewell était révélée en 1985 au journal télévisé présenté par

Bruno Masure – autre de mes plus lointains souvenirs politiques. Vladimir Vetrov, cet espion russe passé au service des Français puis des Américains à une période charnière de notre relation bilatérale avec les États-Unis, avait été exécuté par le KGB dans sa cellule, d'une balle dans la nuque. Pendant ses études, mon père avait été approché, comme plusieurs futurs hauts fonctionnaires français, pour des stages de formation aux États-Unis dans des officines proches de la CIA. Une autre ambiance régnait, celle d'un monde bipolaire tiraillé entre le bien et le mal, dominé par une « guerre des étoiles » en suspens et des traités de désarmement nucléaire. L'ouverture des frontières était le signe d'une nouvelle opportunité pour ceux qui rêvaient de voyage et d'exploit, ce qui était mon cas depuis les années de collège où j'avais commencé à lire tout ce qui me passait sous la main pour combler l'ennui. Il y aurait forcément un jour où ces paysages du Nouveau Monde seraient les nôtres. Autant de *terra incognita* à dompter pour la jeunesse d'un pays du premier cercle qui se cherchait de nouveaux horizons.

*

Si j'étais timide, l'université était un antidote au chagrin et à la solitude. Le concept de bande y prenait toute sa dimension pratique, comme celui de l'amitié et des rencontres amoureuses. Nous avions des idées sur beaucoup de sujets, une énergie folle à dépenser pour trouver un chemin qui serait le nôtre contre tout esprit de doctrine. Nous ne croyions plus aux idées collectives mais plutôt aux défis personnels – hors des sentiers battus, « dans le froid et la famine », pour paraphraser un couplet du chant des partisans blancs, selon une recette que nous devions trouver en nous-mêmes. Nous voulions vivre – surtout moi – avec les ressorts d'une logique anticonformiste, la grande expression de ces années d'études qui valait déjà programme.

Avec Frédéric, nous n'avons pas eu besoin de fixer de rendez-vous. Il était évident que ce serait tous les jours au Saint-Sernin, avant et après les cours. Peu importait l'heure, nous nous retrouvions dans la même salle en longueur pour des discussions avant la bière et les chants. Tant d'années se sont écoulées depuis ces souvenirs communs, alors que Frédéric a disparu assez vite de ma vie en s'engageant dans une guerre qui n'était pas la nôtre. Je me souviens encore de ce temps béni comme si c'était hier, comme si rien n'avait changé, comme si nous avions eu le droit de rêver à voix haute. C'est à Ankara où j'habite maintenant, en Turquie, trente ans après, dans une ville où je me recompose doucement, que j'ai décidé de rouvrir ce dossier. J'ai arrêté le journalisme après un accident qui a failli me coûter la vie – des immersions longues et périlleuses pour satisfaire le ventre dévorant de l'information. Il y a des cycles qui nous dépassent, des jeux de mémoire qui viennent chambouler le présent, lorsque l'amertume vous nargue avec ses flots de regrets. Ce n'est plus de liberté que je parle, mais de ce qui a changé en nous depuis ces semaines de grâce – je pense aux vivants –, tant nous apprenions à partager, à nous écouter les uns les autres, dans une époque où tout était permis. En quelques jours, avec Frédéric, nous ne nous sommes plus quittés. Dès lors, il y a eu une bande à l'intérieur de la bande.

À l'université, en cette semaine de rentrée, une multitude de stands occupaient l'espace central du hall qui bourdonnait comme une ruche. Chacun présentait des brochures : les mutuelles étudiantes, les syndicats – l'Unef à la meilleure place –, la Corpo, le bureau des étudiants... Les stands des troisièmes cycles, DEA et DESS, renseignaient sur les filières professionnelles liées au droit. Mais de cet avenir nous ne voulions pas entendre parler, faute de vocation évidente pour toute activité rémunérée. Nous avions entre dix-huit et dix-neuf ans – pour les redoublants – et il n'était pas question de nous projeter plus loin que les cafés et les esclandres quotidiens que nous recherchions. L'urgence était celle du présent, cette liberté qui s'offrait à nous et dont nous entendions bien profiter. « Notre temps n'est pas à vendre », avons-nous répondu en chœur à la personne du barreau de Toulouse venue évoquer devant nous son métier d'avocat.

« Passons à autre chose, c'est des nazes. On va prendre un verre ? J'ai un truc à te montrer », a lancé Frédéric sans même la regarder.

J'étais gêné, je l'ai suivi quand même.

Les partiels de février puis les examens du printemps pouvaient bien attendre, comme les exercices de TD qui commenceraient dès la semaine suivante. Le « truc » en question était le gros volume de René Rémond, *Les Droites en France*, qu'il avait volé à la bibliothèque universitaire. « Tout est là, il faut choisir. » Presque un ordre. Le livre était couvert de sa fine écriture, avec des passages entiers soulignés au feutre rouge. Si j'avais décidé d'être royaliste, son choix politique n'était en revanche pas évident, ni convaincant. Frédéric était clairement nihiliste, avec des relents autoritaristes des années 1930, une « question d'esthétique », disait-il.

Lors de notre verre de bienvenue au Saint-Sernin, alors que nous trinquions « Au roi, au foutre, à l'amour ! », il a répondu par un vibrant « *Viva la muerte !* », cri de ralliement des troupes franquistes pendant la guerre d'Espagne. J'ai regardé alors autour de nous pour voir s'il n'y avait pas dans la salle des descendants de réfugiés politiques, nombreux à Toulouse.

« Je suis socialiste, tendance patriote. Je les emmerde ! »

Nous avons trinqué une seconde fois puis une troisième, en hommage à Juan Carlos cette fois-ci, avant qu'il ne suive les autres au restaurant universitaire.

« À demain matin, camarade ! » m'a-t-il dit avec le sourire satisfait de celui qui a réussi son coup.

De mon côté, je suis rentré chez moi à une heure décente en méditant sur cette première journée. Frédéric n'était pas un garçon comme les autres. Je n'avais pas eu d'amis comme lui avant, un type sûr de son fait, cultivé, et qui ne respecte aucun code. Il serait mon âme damnée. J'ai traversé la place du Capitole et bifurqué après le musée des Augustins, dans l'air encore chaud de cet automne finissant, rue Croix-Baragnon, place Mage, rue Perchepinte, des noms qui évoquent pour moi la douceur de vivre, dans une ville où je suis peu revenu depuis cette année-là. Nous étions ouverts à de nouveaux profils, des garçons aux idées claires, pour nos activités subversives contre des contemporains indifférents à nos gesticulations. L'important était de nous faire remarquer sans redoubler nos années, avant de fuir le plus loin possible.

*

Du côté littéraire, nous avalions les titres comme des conquêtes. Une sorte d'Amérique au quotidien qui nous tenait éveillés dans un présent trop tranquille. Nous avions lu *Les Grands Cimetières sous la lune* de Georges Bernanos, *Orages d'acier* d'Ernst Jünger – deux récits prophétiques – et *La Mélancolie des fast-foods* de Jean-Marc Parisis, sorti en 1987, un livre qui a marqué nos jeunes esprits pour son personnage déglingué et foutraque qui fricote avec les extrêmes. Il y avait aussi Marc-Édouard Nabe et ses esclandres à la télévision. Ou Gombrowicz, que l'on pouvait écouter dans certaines émissions, George Steiner, ou encore Pierre Boutang, un ancien de l'Action française, qui débattait sur le mythe d'Antigone à une heure de grande écoute sur le service public. Chacun d'entre nous s'était approprié un domaine qu'il défendait avec acharnement: les romans d'Amérique du Sud, de Russie, du Japon pour ceux qui avaient lu Nicolas Bouvier et Yukio Mishima, ou les romans traduits de l'allemand décrivant la Courlande et les ports de l'ancienne Ligue hanséatique. Nous voulions être des rois avec les poches pleines de rêves, avides de suppléments littéraires que nous achetions à la maison de la presse, rue du Poids-de-l'Huile, où nous guettions les critiques qui nous parlaient depuis Paris tels des oracles. Nous voulions lire ce que bon nous semblait, loin des dogmatismes et de la pensée dominante.

Moi, c'est du côté des Orientaux que je me suis éveillé : à l'est de Venise avec Marco Polo et son *Devisement du monde* ; au Turkestan chinois avec les récits de voyage de Peter Fleming et Ella Maillart ; en Égypte avec Lawrence Durrell et son *Quatuor d'Alexandrie*. Tandis que mes camarades s'étaient accaparé Álvaro Mutis et son cher Maqroll le Gabier naviguant sur les océans du monde ; Joseph Conrad et ses sombres personnages sur les fleuves de l'Afrique noire ; Borges ou Hugo Pratt et la pesanteur de Buenos Aires, une ville que nous voulions découvrir à bord d'un transatlantique. Nous souhaitions expérimenter une vie hors du commun, nous fondre dans ces horizons brûlants, à polémiquer dans cette même arrière-salle de café toulousain où tout se passait – un microcosme pour nous – autour des livres que nous vénérions. « Tout est fini », disions-nous avec emphase, pensant au doux visage d'un Pierre Drieu la Rochelle qui n'avait pas survécu à ses propres contradictions, aux rares sociologues marxistes qui avaient reçu notre approbation, aux journaux d'André

Gide, ou encore aux poètes de la *beat generation* tels que William Burroughs et son *cut-up* infernal que nous tentions de déchiffrer à voix haute. Nous croyions à la rédemption des grands traîtres, au pouvoir des mots.

Tout était prétexte à engueulades et à réconciliations, lorsque nous sortions épuisés d'une journée de cours et que cette violence était notre façon de respirer. Nos théories évoluaient au rythme des échanges, selon la colère du moment. Les lignes n'étaient pas figées tant nous aspirions à un savoir universel, à une sorte de connaissance menée par la seule curiosité pour ce qui nous sortait du quotidien. Quant à la bibliothèque universitaire, il s'agissait d'un territoire de chasse plus studieux où nous occupions la même grande tablée d'où nous poussions sans ménagement ceux ou celles – plus mollement pour ces dernières – qui ne faisaient pas partie de notre clan. Le premier arrivé avait la charge d'étendre ses affaires pour marquer le terrain. C'était la mi-octobre, je portais une veste de velours clair avec de grandes poches devant, une écharpe autour du cou, les cheveux en bataille.

Je n'aurais jamais dû quitter Toulouse.

« On mérite mieux », affirmait pourtant Frédéric.

Le dossier n'est pas très épais. Il s'agit d'une chemise cartonnée sur laquelle le prénom « Frédéric » est tracé au feutre noir, souligné de l'année « 1991-1992 ». Je reconnais mon écriture d'alors, des lettres rondes et des capitales mal ajustées. Les élastiques ne tiennent plus, les coins sont écornés. Depuis l'université, je ne m'en suis jamais séparé. Un dossier que j'ai sacralisé avec le temps et que je porte comme une relique alors qu'il ne renferme que quelques photos jaunies, un bout de journal intime, des lettres et des coupures de presse liées à la guerre de Yougoslavie. Nous étions si exaltés, n'avoir pas vingt ans et être hantés par le désir de marquer son époque à la recherche d'une cause, quelle qu'elle soit. Frédéric avait raison : « Tu es trop nostalgique, me disait-il, tu vois la vie comme un conservatoire, tu avances en regardant dans le rétroviseur. » Je savais qu'il avait raison, lui qui ne pensait qu'à s'alléger, à vivre sans contraintes, un sac sur le dos, prendre la route et brûler ses vaisseaux. « Tu oublies le pari de Pascal, reprenait-il encore, ce moment où il s'insurge contre le rigorisme de la pensée et qu'il invente le sens de l'Histoire, comme la possibilité de donner une direction à la vie ! » Ce sont des bribes de conversations qui me reviennent alors que je feuillette les pages, comme un écho lointain à ce que nous avons été tous les deux, une jeunesse flamboyante, un peu paumée. J'ai voulu me reconstruire dans l'indifférence des faits, mais je suis rattrapé par le souvenir de ce garçon, qui, au fond, ne m'a jamais quitté. Les photos ne mentent pas, nous avons été si proches, une amitié intacte. Nous en étions arrivés à nous ressembler, à penser l'un à la place de l'autre, à la recherche d'un instant décisif, comme si nous espérions une rupture de l'écorce terrestre pour nous y cacher tels des enfants.

Depuis, je me suis arrêté plusieurs fois au milieu du gué pour constater la fluidité des sentiments, sans vie héroïque ni conquête des cœurs. Je pense au temps suspendu des rêves et de l'insouciance, à cette fraîcheur qui manque tant dans un présent trop hargneux. J'ai peur. Je crains d'ouvrir et de tourner les pages. Nous voulions être des légendes, le front barré du signe des vivants. Les visages de la jeunesse ne sont plus les mêmes. Le terrain est dévasté comme une prairie vide où il faut replanter en souvenir des absents. Ce sont des photos en noir et blanc, des lettres couvertes d'une écriture maladroite, des feuilles éparses avec des passages soulignés, des notes en bas de page, des listes de noms qui ne me disent plus rien. Une époque où l'amour et l'amitié étaient la même chose, une époque où les émotions se confondaient à rire, à pleurer, à se mélanger tendrement. Nous avions décidé d'une existence sans contraintes ni entraves, une douce mélodie pour des esprits en mal d'action. Nous voulions vivre comme si les lendemains n'existaient pas, au-delà des miracles et des prophéties, comme si la fortune allait nous saisir et tout renverser sur son passage. Autant de lieux que je ne reconnais pas, d'amours en pièces détachées et de moments de certitude que je ne comprends plus. Frédéric est vite parti, je ne l'ai connu que quelques mois dans une saison trouble. Une amitié, une passion pour cette vie qui commençait et dont nous étions les élus.

Après Toulouse, j'ai perdu pied. Je me suis embourbé sans vision précise. Le départ de Frédéric m'a consumé de l'intérieur. Je lui en ai voulu d'être parti sans m'avoir prévenu, une trahison. Je n'ai jamais fini mes études, j'ai baroudé à droite et à gauche, pensé plusieurs fois m'enfermer dans un monastère, surtout après une visite au mont Athos où se trouve la recette de la vie éternelle. J'avais besoin de cet égarement pour retrouver un semblant d'existence, une nuance dans le choix des armes. Il est si facile de se tromper, de s'attacher, de regretter. Je suis parti à Paris au lendemain de sa disparition pour continuer mon droit, vite abandonné, puis à Londres avant de me rendre jusqu'à la mer de Seto, hors des aiguillages du XXe siècle, à la recherche d'un *reset* qui n'est jamais venu. Frédéric était associé pour moi à cette ambition première qui n'avait mené nulle part. Je restais l'esclave de ses fulgurances. Un parcours intéressant qui me laisse cependant un goût d'inachevé et que je ne recommanderais à personne – comme si je devais justifier ce choix alors que j'ai parcouru le monde entier. Je suis devenu journaliste pour me réfugier dans la vie des autres, tant je craignais d'affronter la mienne. Je suis allé vite, très vite, pour rendre compte et oublier l'horreur de ces zones qui vous glacent le sang. Auprès de Frédéric, j'ai mûri plus vite, j'ai pris des années d'avance sur des thèmes importants, les amours criants, l'engagement et la fidélité.

*

Pour nous, jeunes étudiants, le mur de l'an 2000 semblait infranchissable. Nous étions en quête de signes, à la recherche de grand air, de forêts, de châteaux en ruine et de cartes routières. Nous avions nos objectifs, ceux d'une vie digne où l'aventure serait au centre de toute réflexion. Aujourd'hui, depuis quelques mois, à Ankara, je m'occupe de coopération culturelle à la tête d'une Alliance française. J'ai la charge de promouvoir la francophonie et de développer des activités artistiques, un métier qui m'apaise alors que je deviens le chroniqueur de ces semaines cruciales. Pas certain que je fasse des miracles mais j'en ai besoin, après il sera trop tard : j'aurai même oublié l'oubli. De la période universitaire, je conserve le goût des échanges vifs, un temps où je me suis structuré dans une outrance qui m'a servi de passeport.

D'un côté il y avait l'establishment issu de ces années 1980 dont nous rejetions l'imposture, et de l'autre l'establishment des causes infréquentables, la Birmanie des Karen, l'Afghanistan, le Liban des phalanges chrétiennes, l'Angola et la guérilla anticommuniste, où les gens se battaient pour leur foi et leurs convictions. Une insurrection était en marche, nous le sentions bien, sans pour autant être capables de l'identifier. Nous rêvions de détachement, de prendre le prochain train pour une destination inconnue. Nous apprenions à débattre, à argumenter, entre les cours d'un côté, civil et budgétaire, les conférences et assemblées militantes de l'autre, où nous venions apporter la controverse dans une tradition proprement estudiantine. Nous accumulions des recharges pour l'avenir, cherchant l'alchimie secrète entre une tête bien faite et ce que nous appelions la « vraie vie », celle qui se nourrit de rencontres, de sueur, de cris et de larmes, contre les parcours d'« épanouissement professionnel » vantés dans les magazines. Nous recherchions l'engagement alors que, sans le savoir, nous portions les idées de nos castes respectives, qu'elles soient de droite ou de gauche, du centre ou d'ailleurs, tant la transmission des représentations symboliques est au fond l'élément le plus stable de notre société. De ces récits de chair et de sang que nous lisions dans les romans, il n'y avait qu'un pas vers la liberté absolue que nous recherchions, comme un commandement divin qui nous intimait l'ordre de nous insurger. Il suffisait de fermer les yeux pour renverser la table et se croire à l'autre bout du monde. Tout allait se jouer d'une minute à l'autre.

Dans notre arrière-salle de café, Frédéric détonnait avec ses diatribes à la limite des extrêmes. Il était surtout provocateur. « Je suis la voix de la culture portée par le peuple », disait-il avec grandiloquence. Une pensée nourrie d'anarcho-syndicalisme dans la tradition de Proudhon et Fourier dont il était adepte. Il savait aussi changer d'idées avec la même conviction, tant nous refusions toute volonté d'hégémonie. L'Unef devint donc assez vite notre cible privilégiée, la lutte syndicale devant assurer le renouvellement des élites – dont nous entendions être. Une « révolution nationale », ajoutait Frédéric. Il ne lui avait pas fallu longtemps pour qu'il s'impose dans notre cercle avec la grande culture qui le caractérisait, doublée d'une dialectique à toute épreuve. Il était craint pour ses bons mots qui faisaient mouche à chaque fois. Un garçon qui ne laissait personne indifférent, comme nous allions le découvrir, à l'aise dans beaucoup de sujets, incisif et charmant lorsqu'il le voulait. Il se levait parfois pour nous réciter un poème ou un extrait d'un discours de Lénine, avant de se replonger dans la lecture d'un commentaire d'arrêt, ce qui nous intéressait moyennement.

« Allez, les gars, au travail ! Arrêtez de papoter et de refaire le monde, personne ne vous attend », disait-il avant de nous planter et de filer s'installer à une autre table d'où il continuait à interagir. Rien ne lui échappait. Il était capable de suivre plusieurs conversations à la fois tout en rédigeant un tract ou une recension littéraire pour notre « revue » étudiante – un fanzine plutôt, huit pages en tout, que nous distribuions à la sortie des cours. Il avait une théorie sur tout mais ne s'étendait jamais en profondeur : « Je garde le reste pour un livre », disait-il avec mystère, avant de partir d'un grand éclat de rire, tant rien ne lui semblait vraiment sérieux.

« Laissez-les pérorer, nous saurons répondre, ils le regretteront », menaçait-il en parlant de nos adversaires. Nous étions galvanisés par les phrases sèches qu'il prononçait comme un cri de bête. Il avait un perfecto élimé – un « perf » disions-nous – qu'il ne quittait pas, un front large et ouvert, des yeux en amande, une grande mèche blonde qui lui donnait un air romantique. Sa silhouette fine et nonchalante procurait le sentiment étrange qu'il était là sans l'être vraiment, avec sa sacoche de cuir sanglée à l'épaule et des livres qui en dépassaient. Il était toujours pressé et pouvait quitter une conversation à tout moment, surtout le soir, lorsque la nuit s'installait après nos dernières joutes : il filait sans que personne s'en rende compte. Frédéric était de ceux qui ne savent pas dire au revoir.

Le droit restait séduisant tant qu'il nous permettait de survoler la société dans les grandes lignes, sans avoir à entrer dans les détails. Il suffisait à Frédéric de relire une fois n'importe quel arrêt de la Cour de cassation pour en comprendre les articulations, en déduire les cas pratiques qui allaient être posés en TD – que nous détestions, car justement trop pratiques. Nous observions ces débats juridiques d'assez haut et étions heureux de lui passer la patate chaude lorsqu'une question sur la vente d'un pas-de-porte ou d'un bail commercial nous était posée en classe, de même sur les chapitres liés à la famille, aux contrats de mariage et aux adoptions, simples ou plénières. Par principe, nous étions contre le concept de la famille et de ses dérivés, contre toute morale qui n'était pas la nôtre – à l'instar des étudiants des campus américains que décrivaient les livres désenchantés d'un Paul Auster. Tout ce qui nous rapprochait du réel était un repoussoir. Nous refusions la consommation de masse pour nous concentrer sur les grands romans que nous admirions, et leurs personnages abîmés et dépressifs. Nous menions plusieurs vies à la fois sans nous poser de questions : les cours, les sorties – nos « errances » selon le mot adopté par la fratrie – et les tournées au Saint-Sernin où déferlaient des tsunamis de vin.

*

Dans la bande, il y avait les anciens de Bellevue, de Pierre-de-Fermat, d'Ozenne, de Raymond-Naves, et de nouveaux visages venus des départements limitrophes – des types qui avaient des opinions et qui voulaient grandir à rebours du désenchantement général.

« On ne va pas se laisser faire », disions-nous.

Ce à quoi Frédéric répondait :

« Il nous faut une stratégie. On ne réenchante pas la vie sans stratégie. Tu penses à toi, me disait-il, ou tu veux agir au nom des autres ?

– Je veux créer une dynamique qui permette le changement...

– De quels changements tu parles ? »

Il aimait à me prendre pour cible afin de se relancer auprès des autres. Si j'étais flatté, je répondais néanmoins à chaque coup. Nous étions faits pour nous entendre. J'affirmais :

« Nous devons réconcilier modernité et tradition avec la méthode de l'empirisme organisateur.

– Tu récites ton catéchisme maurrassien, je le sens bien. Trouve autre chose, avec moi ça ne marchera pas si vous voulez me garder. »

Il menaçait alors de rejoindre une autre bande, plus virulente. Nous l'ignorions quelques jours et il revenait de lui-même après un temps de purgatoire. Toulouse était riche de mouvements politiques en recherche de militants.

« Tu n'as pas le choix, avec nous c'est pour toujours ! » lui disais-je, certain de mon effet. Frédéric aimait être tancé. Personne n'avait jamais osé avant.

« Au royaume des aveugles, les borgnes sont rois, reprenait-il, jamais vaincu. Vous vous croyez malins à faire frémir les notables de province. C'est ça, votre horizon politique ? C'est de révolution que je vous parle. »

Une mécanique s'était mise en place entre les amphis et le café pour cette idée de changement toute relative, celle de chahuter, d'arriver quand bon nous semblait et de rattraper les cours par les polycopiés soudoyés au bureau des étudiants, le BDE du premier étage. Ces derniers ne s'intéressaient pas à la politique et préféraient organiser des fêtes. Ils étaient dans les petits papiers du président, un bon gestionnaire qui envisageait son métier comme un chef d'entreprise. J'aimais les toits à l'italienne de Toulouse, une ville étudiante, dynamique, avec des airs de grande dame endormie, surtout près de la Garonne où j'allais flâner les soirs de pleine lune avec Frédéric et quelques autres. Il y avait dans nos regards la lumière que nous cherchions pour défier la société avec nos maigres moyens. Une question de génération, bien entendu, élevée contre ceux de Mai 68 et la « trahison des clercs », pour paraphraser Julien Benda dont le texte avait circulé sous le manteau en classe de terminale. Un prof avait été responsable de cet incendie des cœurs et de l'âme, ce manque de foi et de transcendance déjà. Ce professeur de philosophie formidable, qui devait avoir vingt-cinq ans, venait de Nouméa et nous a beaucoup appris par les citations quotidiennes qu'il écrivait sur le tableau noir, par cet esprit critique qu'il a su éveiller en nous contre les idéologies et la pensée commune. L'université était ce vaste champ des possibles où se mélangeaient la séduction et le vol, la liberté et les contacts physiques, les bousculades et les premières bagarres : une zone libre délimitée par le campus, le bâtiment de l'Institut d'études politiques et la bibliothèque, du côté de la rue des Puits-Creusés.

Un peu plus loin, c'était la place du Peyrou, les pourtours de la basilique, la rue des Lois, puis celle de Rome que nous prenions jusqu'à la petite place de la Trinité où le père de Lionel, un pilier de la bande, tenait un bistrot – un amateur du futurisme italien qui nous parlait de Marinetti. Se profilait ensuite l'élégant quai de Tounis avec ses appartements bordés de grandes fenêtres donnant sur le fleuve, la rue de la Daurade avec son église bâtie sur les vestiges d'un temple romain, puis le quartier Saint-Étienne où j'habitais, non loin du Grand Rond. En quelques semaines, une alchimie secrète nous avait réunis, Frédéric et moi, une amitié née sous le signe du feu et des intentions belliqueuses. Pas d'heure, ni le jour ni la nuit, nous étions souverains sur nos terres. Au Saint-Sernin, avec les bières de Gilles – le patron originaire de Nice –, nous partions dans nos délires, un jeu de rôle loin de nos cours et arguties juridiques où chacun devenait explorateur, agent secret, propriétaire terrien et portait des titres de l'ancien temps. Nous rêvions de parcourir le monde à pied ou à cheval avec un bon livre sous le bras, peut-être d'écrire un jour, mais de cela nous ne parlions pas encore – sauf Frédéric qui se voyait déjà à l'Académie française. Parfois, il nous arrivait de régler les notes en fin de mois avec des chèques sans provision. Gilles ne disait rien. Nous aurions bien le temps de payer plus tard. Il nous sermonnait, puis offrait une tournée aux retardataires, de plus en plus nombreux à mesure que le mot se répandait dans le quartier. Gilles était un homme plutôt discret, à l'aise dans un embonpoint acquis avec les saveurs du Sud-Ouest, toujours prêt à lever le coude pour nous accompagner. Nous l'aimions pour sa générosité. Il lui arrivait de fermer boutique et de nous laisser seuls avec ses copains restaurateurs du quartier qui terminaient leurs services. Il ne posait jamais de questions sur nos activités. Pour lui, nous étions « les étudiants », ceux de la fac de droit, une institution qui avait encore du prestige en centre-ville. Le droit menait à tout, disions-nous, et nos chemins menaient au Saint-Sernin à l'heure de l'apéritif.

À Ankara, c'est l'heure du bilan. Une vie nouvelle pour moi, plus sereine. Une arrivée en train sous la neige depuis Istanbul, une journée grise et pluvieuse de novembre où la capitale turque m'est apparue ingrate et amère. J'ai pris mon poste sur la colline de Yildiz, un quartier en plein essor. Une pause dans une vie qui a manqué de recul. Du journalisme, certes, une curiosité pour les affaires de l'âme, mais une fuite régulière d'un endroit à l'autre. Dans les ruelles mal éclairées de la citadelle romaine, je compte les pas comme un compositeur. Sur les pentes des derniers bidonvilles, devant le mur d'Auguste, je contemple une ville de 5 millions d'habitants qui occupe une vaste plaine. Ankara me séduit un peu plus chaque jour. Une ville sans contours précis, à mille mètres d'altitude, qui devient une cage minérale en été. Une ville mal aimée en Turquie, déclassée par rapport à sa rivale du Bosphore et pourtant si accueillante, avec des avenues qui montent en pente droite comme à San Francisco. Le discours est bien rodé : un climat sec, le mausolée d'Atatürk, un musée des Civilisations qui s'étend sous les voûtes fraîches du Bedesten, un ancien marché couvert de l'époque ottomane. Une cité dont le calme tranche nettement avec le chaos régional et les titres alarmants de l'actualité. Je retrouve mes marques, comme si le journalisme n'avait pas compté pour grand-chose pendant toutes ces années. Le temps du retour est venu. Je déambule au pays des morts. Le visage de Frédéric me revient par à-coups, un appel que je ne peux plus ignorer.

« Ma vie professionnelle bat de l'aile », me dit cet acteur turc que je vois régulièrement.

Nous sommes dans un café de Gazi Osman Pacha, un soir de juillet, non loin de la galerie Nev et du club de jazz Black & White. L'endroit est ouvert jusque tard, il n'y a pas grand monde. Ankara dort déjà.

Je lui réponds du tac au tac : « Non, c'est ta vie entière qui bat de l'aile. » Il ne réagit pas, cherche ses mots.

L'acteur me donne confiance. Un homme arrivé comme moi au mitan de sa vie. Nous nous sommes rencontrés par hasard au bar du Hilton, sa prestance avait attiré mon attention. Les mains enfouies dans son gilet à fleurs, il ne faisait aucun effort pour parler avec ses voisins, du genre à dire ce qu'il pense sans précaution ni retenue. Après un premier verre, nous nous sommes bien entendus, puis très vite revus. J'aime les gueules cassées, les types abîmés. Il aurait voulu jouer avec Fellini, mais l'acteur compte les shots de vodka. L'heure des bilans. Je n'en mène pas large non plus. Il y a le jour et la nuit, la solitude et l'alcool, le côté sombre du relâchement. Depuis quelques jours, le souvenir de Frédéric est revenu me hanter avec cette vie que je refaçonne chaque jour. J'ai besoin d'avancer. Je ressasse cette fameuse pochette et son contenu.

« Je médite sur l'inutilité des souvenirs, j'ose dire à mon tour, la jeunesse qui n'est plus là, les regrets qui martèlent.

– De quoi tu parles ? C'est la sève de la vie les souvenirs, on oublie l'inutile, répond-il.

– Tu ne regrettes rien, toi ?

– L'inventaire serait fastidieux, me confie-t-il. Je n'en ai pas le luxe… (Une pause.) Au fond, je suis bien comme je suis maintenant. »

Dans la rue d'Argentine, il fait encore chaud. Nous échangeons sous les branches d'un cèdre du Liban. Il boit vite. Je lui parle de la France, de Toulouse, de cette campagne que j'aime tant et qui me manque. Nous sommes tous deux nés sous le signe du Bélier, *koç* en turc, il parle bien français, ancien élève du lycée de Galatasaray, un établissement francophone d'Istanbul où se formait l'élite du pays avant le retour de l'islam politique et du renversement des valeurs. À heure fixe, nous nous abîmons en vodkas pour des opérations « vide commun », selon l'expression que nous avons adoptée, comme un sas de décompression. Les digues cèdent avec l'alcool qui devient torrent dans nos veines. Il porte beau, grand, un visage carré, des sourcils épais, un regard d'obsidienne, une barbe finement taillée. Des mots qui fusent comme si nous étions sur scène, les rires, les applaudissements. Je retrouve un ami, loin des petits tracas, avant le travail de sape des idées sombres. Je lance avec ironie :

« La reconversion professionnelle n'est pas une idée de pays émergent.

– Émergent ? Fais attention à ce que tu dis, nous vous coupions la moustache il n'y a pas si longtemps. (Rires.)

– La richesse nous a rendus sales et vulgaires.

– Tu divagues. Moi, ce sont les filles que je regrette, l'université, le théâtre… Les actrices ont une telle énergie à dépenser ! »

J'évoque mes errances, les voyages, les amours inachevés, l'écriture qui n'est jamais vraiment venue. Nous nous soutenons avec des propos qui n'ont pas besoin de sous-titres. Hors du bureau, l'acteur me permet un contact chaleureux autour d'une table remplie de mezzés où nous trinquons à la santé des uns et des autres. Je lui parle de Frédéric, du dossier, des lettres et des photos. J'ai besoin de paix. J'apprends à partager, à pardonner peut-être, à revoir les chemins détournés de l'existence.

« Tu recherches un amour perdu, me juge-t-il.

– Oui, peut-être, tu vois juste. Un amour pour un garçon, une amitié aussi.

– Ankara a changé… ajoute-t-il comme s'il cherchait à éluder le sujet.

– Oui, comme toi, comme moi. Il faut que les choses changent. Tu sors, tu titubes et tout recommence !

– Noir, noir, noir… Pourquoi voyons-nous tout en noir ? dit-il en me prenant par le bras.

– Mais, cher ami, c'est l'alcool, la chaleur, la politique, et puis l'amour qui se carapate en douce. »

Je l'écoute sans broncher, je l'observe, il m'amuse. Le *mano a mano* des alcooliques a commencé. Nous sommes sur la piste, la foule demande une mise à mort. Il est tard. La magie n'accroche plus. Je me découvre vulnérable, il est temps de dormir. J'en ai déjà trop dit. L'acteur me donne un sursis, ce qui l'autorise à se rendre désagréable avec le serveur, il est vrai ne sachant pas servir la vodka, toujours trop tiède, toujours trop tard, alors que nous nous desséchons un peu plus à chaque verre. Je revois Noël, mon binôme photographe, et nos reportages en Irak et en Syrie, mes amis de Toulouse, l'université, Paris, Londres, Frédéric enfin, chacun son tour, puis le présent trop tranquille, cette paix pourtant que je cherche tant. L'acteur me dévisage, puis se lève avec difficulté. J'allume une cigarette, je ne perds pas le fil du monologue. Une soirée en Turquie comme je n'en avais pas connu depuis longtemps. Il vacille, se rattrape à la porte-fenêtre, manquant de tout renverser avec sa cape de tragédien.

Nous sommes les derniers clients en cette heure tardive, un bar qui n'a pas vraiment de licence et qui me rappelle celui décrit par Simenon dans *Les Clients d'Avrenos*, un roman qui commence à Ankara et se termine à Istanbul, où nous suivons le jeune diplomate Bernard de Jonsac tombé amoureux d'une femme qui n'existe pas. Un livre qui m'avait été conseillé par Emmanuel Carrère, venu en Turquie faire un reportage pour la revue *XXI* en novembre 2016. Noël et moi nous avions couvert son déplacement et nous avions pris le temps de suivre le chemin des vieilles pierres, la péninsule historique, la rive asiatique avec ses nouveaux quartiers, les lieux de bohème près de Kadiköy, l'acienne Chalcédoine.

Frédéric avait tenté le concours de Sciences Po dans la foulée du bac. Un échec placé pour lui sous le signe de la fatalité – je l'ai compris bien plus tard. Il considérait à tort que de telles études n'étaient pas faites pour lui, mais il avait surtout la crainte de s'installer seul à Paris, une ville qu'il ne connaissait pas et qui devait l'effrayer. Il s'était donc inscrit en fac de droit à Toulouse en attendant mieux. Sa volonté de fuir une « vie minuscule », comme il le disait, en avait pris un coup.

« Pas bon signe », avait-il lâché après m'avoir rapporté ce qu'il estimait être une humiliation.

« Mais tu aurais pu présenter un autre concours, un institut de province par exemple, lui avais-je répondu.

– Non, c'était Paris ou rien. »

De mon côté, j'avais grandi dans cette ville qui nous attirait comme un aimant. Mes souvenirs d'enfance étaient ceux de l'Ouest parisien, rue de la Pompe, à Gerson, une institution privée : une première communion en aube blanche à l'église Saint-Honoré-d'Eylau, des sorties de classe au stade de la Muette durant lesquelles nous passions chaque mercredi devant l'ambassade soviétique où le professeur nous obligeait à changer de trottoir pour nous éviter d'être « kidnappés ». Le sujet du concours n'est plus revenu dans les conversations avec Frédéric, que cet échec conduisait même à renoncer à faire une nouvelle tentative, ce qui aurait été la chose normale à faire au vu de ses capacités remarquables. Mais il voulait aller vite sans se retourner ni même exprimer le moindre regret, un mot qu'il ne connaissait pas.

« Tant pis pour eux, qu'ils aillent au diable, ces fils de profs dégoûtants ! » disait-il.

Un sale caractère.

« Tu exagères, je répondais.

– Il ne faut jamais revenir en arrière, c'est une règle. Quand tu marches en ville, tu prends toujours des chemins différents à l'aller et au retour. Dans la vie c'est la même chose, comme en forêt. C'est moi qui décide. »

Frédéric venait d'un village près de Montauban, ville où il avait passé ses années de collège en internat, puis ses années de lycée à faire des allers et retours : « Mortel, avait-il lâché une fois lorsque j'avais émis l'idée que nous puissions nous y rendre ensemble. Je n'ai plus rien à faire là-bas », comme s'il s'agissait d'un endroit hors du monde, un bout de pays dont il ne m'avait jamais confié le nom. Chaque jour un transport scolaire, la musique d'Étienne Daho dans le Walkman collé aux oreilles, l'envie de rester en ville, tard, à traîner, avec des escapades jusqu'à Toulouse, la grande ville, pour les week-ends, à dormir dehors, en bande puis en solo, afin de sentir la « vie des autres », comme il me l'expliquait. Montauban est une destination que l'on rejoint en autocar depuis la gare routière de Matabiau, après la rue Bayard, le quartier des squats et des prostituées, plein nord, une préfecture où mon père avait été stagiaire à la sortie de l'école d'administration avant son séjour place Beauvau. Frédéric était issu d'une famille de « fiers paysans », m'avait-il confié un soir au bord de l'ivresse, sans s'étendre davantage, alors que nous déclamions des vers de Blaise Cendrars en partance pour la Sibérie. Nos études ne faisaient que commencer, nous aurions bien le temps de rattraper les saisons perdues avant que les années ne passent trop vite et de choisir une vie à notre mesure – nous ne savions pas encore que ces semaines étaient fragiles comme du cristal.

« Tu verras, on en fera des grandes choses, disais-je avec un air paternaliste lorsqu'il paraissait déprimé.

– Je demande à voir, surtout pour toi », répondait-il avec cet air de défi auquel je n'osais répondre car je savais qu'il aurait le dernier mot.

J'avais peur de me brûler à son contact, d'abîmer cette relation que je pensais exclusive. Nous entrions dans une zone de turbulences, partagés entre l'idée de nous assurer un avenir et celle d'un parcours sans filet, un parcours à nous, persuadés que nous avions rendez-vous avec le destin.

« Tu verras, soyons patients, notre tour viendra, disais-je.

– Pour toi, c'est possible, tu as des arrières. Mais pas pour les gens comme moi ! »

Il n'était pas envisageable de répondre dans ces cas-là, il pouvait devenir méchant.

Au siècle précédent, nous aurions pris le premier bateau pour des territoires lointains où le besoin d'hommes de notre carrure était indispensable pour l'avancée de la civilisation. À n'en pas douter, nous aurions pris la tangente à la première contradiction avec nos autorités et serions partis encore plus loin, comme des dissidents.

*

Frédéric ne parlait jamais du passé, alors que, moi, c'était le contraire. Il n'aimait pas « s'étendre », comme il disait. « Abrège. Tu m'ennuies avec tes histoires. Moi, je suis l'avenir, l'homme de tous les possibles », affirmait-il avec une morgue inégalable qui me stupéfiait, sous-entendant que je ne faisais pas suffisamment d'efforts, que je n'étais pas à la hauteur. Et si ce fou sorti de nulle part qui avait envoûté la bande avait raison ? Je décidais de mettre mes pas dans les siens, avec une dose de soumission nécessaire. Nous avions conscience de la chute des anges, de la fin des privilèges, d'une transformation radicale de la société, signe pour nous d'une révolution silencieuse. Une révolution prisonnière d'intérêts particuliers qui nous dépassaient, au-delà des idées politiques et des lectures que nous engrangions avec des auteurs sulfureux. Frédéric était un garçon doué, travailleur. J'étais impressionné par la masse de textes et d'articles qu'il était capable d'ingurgiter. Moi, au contraire, j'avais survolé la profusion d'ouvrages qui recouvraient les murs de la maison familiale. En philosophie, je m'étais arrêté à Montaigne et Descartes, tandis qu'il s'était acharné avec des auteurs plus modernes.

« Laisse les verbeux parler, disait-il, on vaut mieux que ces intellectuels à la ramasse qui mangent au râtelier du pouvoir ! »

Je lui laissais me raconter ce qu'il voulait, je prenais des notes. Frédéric dévorait les pages. Il lisait vite, très vite, tandis que je devais relire plusieurs fois les mêmes paragraphes pour être certain d'en avoir saisi le sens. Il se nourrissait de la pensée des autres. Plusieurs semaines après, il était encore capable de restituer des textes entiers avec la précision du démon, tant sa mémoire avait quelque chose de gigantesque. « Il n'y a pas de demi-mesure », affirmait-il.

Si nous voulions ressembler à ces écrivains que nous admirions, nous n'avions pas compris que la plupart d'entre eux avaient perdu la raison, s'étaient suicidés ou étaient morts en exil loin de chez eux. Des extrémités auxquelles nous ne pensions pas puisque la vision d'un écrivain avec vie de famille et sécurité sociale nous semblait une incohérence : il y avait forcément un truc lié à l'inspiration et à la magie du verbe.

J'habitais avec ma famille les deux étages nobles d'un bel hôtel particulier en plein cœur du secteur sauvegardé, là où les ruelles dessinent les contours de la ville du Moyen Âge, avec ses murailles et ses fossés de défense, là où les codes remontent à des temps anciens. Il est certain que nous n'avions pas la même vie. Un quartier fermé sur lui-même, chargé de mystères, avec ses portails majestueux et ses vastes cours intérieures.

Une histoire de familles qui frôlent l'endogamie, partagent les mêmes rituels, la messe du samedi soir à Saint-Jérôme, les week-ends dans une propriété où les parcs débordent de joie en été contre la dépossession des habitudes. Frédéric louait une simple chambre d'étudiant dans le quartier Saint-Cyprien, sur l'autre rive de la Garonne, avec un téléphone sans répondeur, des murs blancs et des piles de bouquins disposées en arc de cercle autour d'un matelas posé à même le sol. Très peu d'affaires personnelles, pas de photos de famille, pas de posters, pas de bibelots, rien. « J'ai tout dans ma tête, tu ne peux pas comprendre », disait-il.

Un jour, alors qu'il était venu dîner à la maison, il avait été impressionné par le décorum des meubles anciens. « Un musée », me dit-il le lendemain, ne pouvant retenir cette pique à mon égard – sa manière de fonctionner. Au cours du repas, le garçon si disert avait été plutôt réservé, n'arrivant pas à parler de lui-même, mais brillant sur d'autres sujets comme celui de l'Histoire, dont mon père était friand. La ligne de Frédéric était claire : il voulait prendre l'ascenseur social au plus vite sans passer par l'escalier de service, mais il voulait le sien propre, il n'était pas Rastignac. Son approche était celle d'un chaos qui lui permettrait d'émerger, qui n'était pour le moment qu'intérieur et dont il n'arrivait pas à s'extraire, marqué au fer rouge par ce qu'il considérait comme du déterminisme social. Il n'est plus revenu dîner chez moi – ce que j'ai toujours regretté – et nous ne sommes jamais allés dans son « bled » du Tarn-et-Garonne, comme il le disait lui-même avec une forme de mépris.

Par tradition, les profils de la faculté de droit étaient composites, un « creuset républicain » selon une expression plus contemporaine. Il y avait de la place pour tout le monde, depuis les fils de la bourgeoisie installée jusqu'aux gaillards aux accents rocailleux qui n'avaient rien à perdre – le Sud-Ouest a toujours été un territoire frondeur. Si nous devinions la différence de nos origines, nous n'en parlions jamais, car il n'y avait rien de plus égalitaire qu'une conversation politique entre jeunes gens du même âge, même avec nos adversaires. Il y avait beaucoup de fantasmes liés à cette cité que Frédéric apprenait à découvrir, une ville discrète et chaleureuse où j'étais plus à l'aise que lui pour appliquer les codes de notre nouvelle vie.

*

Le Saint-Sernin s'était imposé pour des raisons pratiques. Les autres bars du quartier étaient déjà occupés par nos concurrents. Le Papagayo, au croisement de la rue Deville et de la rue Valade, était fréquenté par les syndicats de gauche ; le Peyrou, au croisement de la rue des Lois, par les syndicats de droite, voire d'extrême droite. Nous ne voulions pas nous mélanger, même si bien entendu les gars du Peyrou nous étaient plus sympathiques. Il n'était pas question d'entrer en conflit avec eux, surtout avec ceux du Papagayo, menés par le fils Trigano qui avait le bras long sur la scène locale. Un type qui a fait carrière par la suite dans la communication politique, représentant pour nous l'arrivisme sous sa forme la plus vile. De plus, ces deux bistrots étaient situés trop près du campus alors que nous voulions surprendre avec nos maigres forces, marquer le terrain. Nous avions besoin de distance, un « espace vital », disait Frédéric alors qu'il imposait déjà ses points de vue. Le café coûtait alors cinq francs en terrasse.

« Plus vite, les gars, il faut choisir, lançait-il avec son air narquois. Vos idées sentent le renfermé. Sortez de vos concepts moisis, le roi ne reviendra pas, il est mort depuis longtemps ! »

Nous prônions une remise en cause de la société selon les codes de l'anarchisme de droite, sans que nous puissions nous entendre sur une définition commune. Le charme des groupuscules était de pouvoir se diviser avant de se réconcilier autour de motions communes. Nous ressemblions dans cet exercice à nos adversaires d'extrême gauche, ceux de la Jeunesse communiste révolutionnaire (JCR) et ceux de Lutte ouvrière (LO).

« La vie politique se mène comme une guérilla à la manière des chouans, disais-je.

– Une guerre culturelle », reprenait Frédéric, n'hésitant pas à réutiliser le vocabulaire de nos ennemis.

Pour ce qui était du registre musical, nous aimions autant les chansons de Jean-Pax Méfret, chantre de l'anticommunisme, que les concerts des Béruriers noirs et le punk de Daniel Darc, qui se vantait déjà de lire *Les Décombres* de Lucien Rebatet : « Un mélange explosif, commentait Frédéric, la marque des grands hommes qui passent d'un extrême à l'autre. »

Situé à l'angle de la rue Saint-Bernard, le Saint-Sernin se trouvait dans le prolongement de la basilique romane, fierté de Toulouse légèrement à l'écart du centre étudiant. La dissidence n'était pas pour nous déplaire. Nous exhortions nos faibles troupes au mouvement permanent pour une herméneutique de la vie et du rêve, ce qui n'était pas évident à assumer au quotidien. Nous partagions des références cinématographiques telles que *Les Tontons flingueurs*, *Un singe en hiver*, *Les Valseuses* et la série des *James Bond*, contre les films de Godard et de la Nouvelle Vague, contre toute position idéologique appliquée à l'art et aux mœurs. Nous prônions une liberté en toutes choses, sans morale ni contrainte, contre l'idée même de consensus. La décadence et la fin des civilisations étaient nos leitmotivs préférés, un peu par paresse, appuyés par une conception cyclique des bouleversements. Nous étions antimodernes par principe, sceptiques par conviction, et fatalistes pour le reste. Nous recherchions une sensation venue du large, celle de l'infini, avec le vent de l'océan. Il ne fallait pas que l'on nous dise quoi penser. Ni tabous ni vengeances. Les militants étaient des frères pour nous, des types qui avaient des idées et que nous respections pour cela, même si nous échangions des coups – j'en ai revu depuis. Nous étions les partisans de la « théorie du 1 % », hommage à l'écrivain Frédéric H. Fajardie: nous voulions changer le monde avec un groupe réduit d'activistes. Nos imaginaires étaient truffés de héros délaissés tandis que nous cherchions le voyage sans le déplacement. Avec le recul, je sais que nous avons eu raison sur le fond mais pas sur la méthode. Beaucoup d'entre nous ayant échoué à courir après ces mirages, certains n'en sont jamais revenus. C'est peut-être un peu pour eux que j'écris maintenant, pour ces amis perdus, pour Frédéric qui est passé comme une comète dans ma vie.

Avec l'acteur, il y a eu comme un élan de sincérité. Nous nous sommes revus plusieurs fois après l'épisode du Hilton et notre première soirée rue d'Argentine. Il m'a invité à dîner – les tables sont excellentes à Ankara : poissons, viandes et desserts. Il arrive toujours à l'heure, les gens le reconnaissent dans la rue. Il bénéficie d'un regain de popularité depuis quelques années grâce au petit écran, après une longue traversée du désert, et tourne une série télévisée dans le quartier populaire de Keçiören, un quartier conservateur où il ne s'agit pas de prendre un verre en terrasse. Est-il sultan ou commissaire, les deux personnages phares du nouveau régime ?

« Commissaire, bien sûr ! dit-il. Tu sais qu'on est regardés depuis la Grèce jusqu'à l'Égypte !

– C'est le fameux *soft power* turc.

– Oui, c'est tout ce dont nous sommes capables maintenant... »

Le chauffeur de la production le dépose devant le café et attend. Pour le plaisir de la clientèle, l'acteur arrive à nos rendez-vous avec sa casquette vissée sur le crâne. Il pose sur la table son flingue factice. Je lui ai parlé du dossier entrouvert chez moi. Des souvenirs qui reviennent et m'encombrent. J'ai voulu passer à autre chose, c'est lui qui m'a retenu.

« Elle est intéressante ton histoire, continue ! »

Près de la baie vitrée, le garçon nous réserve la même table. Il a compris nos habitudes de frissons et de glace. Vodka ! Le grand acteur a tourné dans le théâtre national, a couru les scènes du pays, de l'étranger aussi. Son père a été assassiné dans l'est après le coup d'État de 1980, sur une route du Hakkâri, où le « petit juge » suivait l'armée en plein réveil de la question kurde. Sans autorité, le jeune homme a découvert à Istanbul, où il était livré à lui-même, la boisson, la drogue et l'extrême gauche. Il a été militant aussi, contre l'oppression, contre les crimes et la prison. Collé à ma banquette, je suis attentif aux moindres mots qu'il arrache de l'oubli. Nous vivons entre fonte des glaces et mouvements autonomes. Il se lève soudain et porte la main à son front, d'un geste théâtral qui me rappelle Jean Desailly dans *Le Cardinal d'Espagne*, une pièce que j'avais vue avec Sophie, à Paris, au printemps qui avait suivi le départ de Frédéric : « Penser que c'était un moinillon qui crevait de faim quand il était étudiant, qui n'est sorti qu'à cinquante-huit ans d'une obscurité sordide… »

C'est bien de cela qu'il s'agit pour nous deux, à Ankara, la question d'une « obscurité sordide… » : deux hommes qui s'accrochent à de rares certitudes. L'acteur turc ne connaît pas Montherlant, il préfère Hamlet, me dit-il. Shakespeare, le « régulateur des passions humaines… », l'habite. Il en connaît des tirades entières qu'il récite à la fin des repas pour amuser la galerie. C'est son truc à lui, être un prince scandinave au pays de la poussière, Hamlet en Turquie ! Le passé revient en bloc, je ne contrôle plus rien, je revois le visage grimaçant de Frédéric. Les lèvres de l'acteur tremblent. « Dieu que c'est bon ! » dit-il en turc puis en français, pour être certain d'être compris. Il lève son verre avec lenteur. Je le trouve magnifique dans ses hésitations alors qu'il quémande l'indulgence d'un ami. Nous tournons au ralenti. Le Rimmel coule sur sa barbe. Une bouteille chaque soir, on tient le coup. Il faut de la cadence, du rythme, un peu d'ambition. Tac, tac, tac. Des mots contenus pour des phrases ciselées. Les premiers verres sont décisifs. Ne pas faiblir. La vodka, puis la nuit, le chaos intérieur, le sommeil qui se refuse, l'absence enfin.

Je revois l'université, le bistrot, l'escalier en marbre de la bibliothèque municipale où nous sortions fumer, la rue du Périgord. L'acteur m'écoute, je soliloque. Je lui parle de mon amitié avec Frédéric, de notre amour commun pour la même fille, de nos moments rares de complicité, de son départ pour une guerre qui commençait dans les Balkans, en Croatie.

« C'est un film ton histoire ! » me dit l'acteur.

Quel calme, à des milliers de kilomètres de Toulouse, dans un pays que nous n'avions jamais évoqué avec Frédéric, la Turquie.

« Mais pourquoi être parti ainsi, pourquoi aller dans cette guerre inutile ?

– À l'époque, nous cherchions l'aventure par tous les moyens. Nous voulions exister, prouver que nous étions des hommes.

– Et donc tuer ?

– Non, ce n'était pas l'idée première. Nous recherchions le danger. Une question d'amour et de poésie, d'amitié aussi.

– Une sorte de suicide, alors ?

– Non, le besoin de lumière… Nous n'avions pas vingt ans…

– Pour vous rincer l'œil sur le malheur des autres, oui !

– "Tout survivant a besoin d'un compagnon imaginaire", a dit une fois Frédéric. Oui, à mon tour de me considérer comme un survivant. »

Après la mort du maréchal Tito en 1980, le processus de séparation de la Yougoslavie couvait déjà. La République fédérative socialiste n'allait pas survivre à la fin du despote, encore moins à la violente crise qui frappait le pays, entre inflation et endettement auprès du FMI. Le pays tel qu'il était au sortir de la Seconde Guerre mondiale n'allait bientôt plus exister, Tito n'avait pas désigné de successeur. Le *Plavi Voz* – le *Train bleu* – ramena son corps depuis Ljubljana, où il s'est éteint, jusqu'à Belgrade, la capitale. À vitesse réduite, c'est tout un peuple qui se figea devant la figure du Commandeur pour des funérailles grandioses, en présence de nombreux chefs d'État étrangers, les acteurs principaux des dernières années de la guerre froide. Valéry Giscard d'Estaing s'était fait représenter par Raymond Barre, alors Premier ministre, un faux pas diplomatique qui fut relevé par la presse d'opposition de l'époque.

Leonid Brejnev incarnait toutes les contradictions d'une Union soviétique en fin de course, Margaret Thatcher représentait le Royaume-Uni, Helmut Schmidt la République fédérale d'Allemagne, et Ceauşescu la Roumanie voisine. Qui s'en souvient ? « Tito n'est donc récupérable par aucun des blocs, écrivait le correspondant du *Nouvel Observateur* à Belgrade. Il a été le précurseur d'un ordre mondial dans lequel chaque pays pourra choisir librement son système social et sa destinée propre... »

Dans les années 1970, Belgrade était une ville à la mode dont l'avant-garde culturelle et artistique était tournée vers Paris, Berlin, Vienne et Londres. Chaque été, les motards d'Europe de l'Ouest traversaient la Yougoslavie pour se rendre en Grèce. Le pays de Tito était respecté pour cette troisième voie qu'il s'était choisie. En 1981, de grandes émeutes éclatèrent à Priština, la capitale de la province autonome de Kosovo, où le pouvoir central répondit par un état d'urgence. Une première crise de l'après-titisme pour une province qui allait être le marqueur de ces revendications identitaires. « La guerre a commencé au Kosovo, elle finira au Kosovo », affirmèrent les témoins de l'époque. Slobodan Milošević fut élu en 1986 – il avait quarante-cinq ans – à la tête de la Ligue des communistes de Serbie, moins de quatre ans après il accéda à la présidence de la République. Il n'hésita pas à briser le tabou des nationalités dans cet ensemble composite de peuples, de religions et de confessions lors d'un discours devant les Serbes du Kosovo. « Personne n'a le droit de vous brutaliser », dit-il en prenant la défense de ses compatriotes, contre les Albanais devenus majoritaires sur cette terre orthodoxe. Du côté croate, les archives des Oustachis – le régime pronazi de Zagreb qui sévissait entre 1941 et 1945 – furent ouvertes aux chercheurs. Ce régime avait été responsable de l'extermination de centaines de milliers de Serbes, de Juifs et de Tziganes, dans des camps comme celui de Jasenovac qui, par sa superficie, est plus étendu qu'Auschwitz. « Un camp qui se distingue des autres par la façon dont on y tuait les gens, à l'aide de marteaux, de couteaux et de pierres », autant de manifestations d'un « pur sadisme », selon Shimon Peres, l'ancien président israélien, qui effectua une visite sur place en 2010. De son côté, à Zagreb, Franjo Tudjman fut élu en 1990 président de l'entité croate. Il affirma aussitôt : « La Serbie ne peut plus diriger la Yougoslavie... » après avoir axé sa campagne électorale sur l'idée d'une nation croate souveraine dans ses « frontières naturelles », dont une partie de la Bosnie-Herzégovine où vivaient de nombreux Serbes. L'Histoire revenait en force, avec ses traumatismes et ses règlements de comptes.

En 1989, Slobodan Milošević prit le contrôle de l'armée yougoslave, la JNA, et se rallia à l'idée d'une Grande Serbie, avec le soutien des milieux nationalistes de Belgrade. Il suspendit aussitôt l'autonomie du Kosovo, tandis que la Bosnie s'inquiétait – à juste titre – de son avenir en comprenant que la fin de la Fédération yougoslave serait aussi la sienne. Le miracle d'une Sarajevo cosmopolite n'allait pas durer longtemps, quelques années encore, avant la destruction des livres et des monuments – l'incendie de la grande bibliothèque de la ville en 1992. La guerre commençait alors qu'au Saint-Sernin nous rêvions de fixer ces moments de liberté pour une Europe nouvelle que nous voulions comprendre. Le 25 juin 1991, la Croatie proclama son indépendance de manière unilatérale, ce qui mit le feu aux poudres. L'armée yougoslave intervint alors pour briser le jeune pays et protéger les minorités serbes établies un peu partout. Une armée entrait en campagne sur son propre sol pour une guerre brusque et dévastatrice.

*

En France, en cette fin d'année 1991, la gauche et la droite hésitaient à s'engager sur la nature du conflit, surtout sur la première phase entre Serbes et Croates, les deux camps ne suscitant que peu d'empathie. Tous les observateurs restaient médusés par la violence des premiers combats, et des sièges de villes comme Vukovar en Slavonie, à l'est de la Croatie, et Dubrovnik sur la côte dalmate. L'Europe en construction d'un côté se défaisait de l'autre, sous les pluies de bombes, les tranchées et les vivres acheminés par convois humanitaires. Quant à nous, nous étions sensibles à la volonté d'indépendance des Croates, un peuple pro-occidental selon nous, qui luttait contre la barbarie. Nous étions avant la Bosnie et Sarajevo, mais de cela je ne parlerai pas car Frédéric avait certainement déjà été tué.

Il ne fallait pas perdre de temps, pensions-nous. À deux, nous serions plus forts. Nous étions mi-novembre, Vukovar tombait aux mains des Serbes après plusieurs semaines d'un siège épouvantable. Nous regardions les nouvelles, fascinés par la vitesse des images. Il ne s'agissait pas d'une guerre à l'autre bout du monde, pas de Birmanie ni d'Afghanistan, mais d'un contexte européen qui nous était plus familier – enfin le pensions-nous. C'est avec Frédéric que je traverserais les fleuves et les marais, les forêts dont nous cherchions la protection au-delà des nuages et des montagnes. Ce souffle dantesque était celui que nous attendions comme un fantasme en Technicolor pour nos yeux ébahis. L'Europe repartait sur le sentier de la guerre avec ses passions intactes, un acte que nous ne voulions pas manquer. Je retrouve les images dans une mémoire endolorie : elles sont floues et grisées. Les *footages* d'époque nous arrivaient par des extraits du journal du soir, à 20 heures pétantes, après la première guerre du Golfe, et le déroulé obsessionnel de la technologie occidentale. Là, c'était différent, une catastrophe avec de la boue, des cours d'eau, des villes et des clochers. D'un côté, la lutte pour l'énergie fossile ; de l'autre, celle de terres sans ressources. Personne ne voulait s'en mêler, aucun exotisme dans ce « moment yougoslave » comme nous disions à l'Ouest avec condescendance. Il y a toujours eu un peu de mépris pour la guerre des autres, surtout dans les Balkans avec leur matériel soviétique passé de mode et leurs exécutions sommaires. « Quelle bande de sauvages ! » disions-nous. Le temps des transfuges était terminé, un an à peine après la réunification allemande, l'ouverture des frontières et la fin officielle du communisme. Nous attendions le soleil noir de la Reconquista dans le ciel gris de la social-démocratie. Ce conflit gênait plus qu'il ne suscitait d'adhésion : cette guerre faisait honte à l'Ouest civilisé, un épiphénomène entre globalisation des idées et construction européenne. Nous ne voulions pourtant pas la manquer, Frédéric et moi. Aller voir, jouer avec l'idée de mort et revenir comme bon nous semblait.

« Nous serons trop vieux pour la prochaine », disait-il pour tenter de convaincre certaines réticences. Il était obsédé par l'idée d'agir, de partir le plus vite possible. Et tant mieux si la cause ne recueillait pas le soutien de tous.

En face du Saint-Sernin, c'était la Bourse du travail avec sa belle façade Art déco. Plus loin, sur le boulevard Lascrosses, il y avait l'École supérieure de commerce que nous ne fréquentions pas, sauf un soir où nous étions allés écouter Bernard-Henri Lévy venu évoquer son dernier livre, *Les Aventures de la liberté* – une épopée « subjective » sur un certain nombre d'auteurs selon le texte de présentation. Le titre nous plaisait. Avec Frédéric, nous avions joué les cadors en fin de conférence en interpellant le grand auteur qui nous avait aussitôt rabroués devant tout le monde, avec talent je dois le reconnaître. Nous avions pris la parole pour attaquer Sartre et sa collaboration passive avec l'ennemi pendant l'Occupation, épisode qu'il avait omis de citer, comme celui de son stalinisme pathologique. L'audience n'était pas celle de la fac de droit, l'incident était clos, il n'y aurait pas de conséquences. L'un de nos slogans était : « Notre force est d'avoir raison », un argument un peu simpliste que nous clamions dans l'incompréhension générale et qui masquait – surtout – notre incertitude.

« Plus c'est simple, plus ça passe. Peu importe ce que tu sais ou pas, c'est la manière de le dire qui compte », disait Frédéric qui était vite devenu une sorte de gourou avec son air de tout savoir.

En quelques semaines, nous avions été pris en grippe par ceux qui observaient la scène militante locale ; ils ne savaient pas dans quelle catégorie nous classer. Nous sentions bien qu'il y avait une supercherie quelque part, une sorte de langage codé dont nous étions exclus pour des idées reprises en boucle par les parangons de vertu. Pour nous, la doxa n'était pas celle des idées générales, des pétitions et des grandes manifestations, mais bien au contraire celle du petit nombre et de la réflexion en vase clos, un situationnisme à rebours. La politisation de chaque mot, de chaque phrase, apportait du suspense sur un campus qui devenait chaque jour un peu plus un champ de bataille pour ceux qui rêvaient d'un Mai 68 à l'envers. Parmi nous, il y avait les costauds du service d'ordre, ceux qui prenaient aisément la parole en public, dont j'étais, puis Frédéric, solide mais plutôt réservé, avec des mots dont on se souvenait. En termes de rhétorique, il avait une longueur d'avance sur nous, auprès des marxistes d'abord car il avait un oncle syndicaliste. « Je les connais bien, laisse-moi faire… » J'ouvrais le débat, je prenais les premiers coups, tandis que Frédéric, le taiseux du Tarn-et-Garonne, venait en couverture pour enfoncer un adversaire que j'avais à peine entamé. Nous avions entrouvert Clausewitz et mettions en place des tactiques bien ficelées pour nous placer au centre des débats, au-delà des grands romans que nous gardions pour l'été, à la recherche des civilisations perdues. Il fallait identifier les groupes qui pouvaient nous être nuisibles et préparer un programme de lecture pour la prochaine controverse. N'importe quel rassemblement était l'objet d'une altercation, la contradiction n'était pas notre point fort. Si nous acceptions le débat, nous n'aimions pas la défaite. Parfois les coups de poing fusaient, les cris, les casques et les cannes plombées, dans un terrain imaginaire peuplé d'a priori et de courses-poursuites dans des couloirs trop calmes ; des institutions qui nous semblaient hors d'âge, des bâtiments gris et poussiéreux, signes selon nous d'une petite URSS. Sacrée génération Mitterrand ! Nous rejetions Sartre et Aragon avec un train de retard, nous citions Cioran pour son désespoir et Soljenitsyne pour son anticommunisme. Nous nagions dans une formidable abstraction propre à cette jeunesse qui était la nôtre, à courir après les collages aux heures périlleuses de la nuit, avant de nous réfugier dans les troquets de nos tendances, souvent à deux pas de ceux de l'adversaire, où nous portions des toasts à la mémoire de la reine Marie-Antoinette et de Louis XVI. Il y avait encore les Doors, Pink Floyd, Led Zeppelin, Police et David Bowie, comme les longues marches sur les bords de la Garonne, les escapades du week-end vers les châteaux cathares ou du côté des vignobles de Gaillac.

Avec Frédéric, chacune de nos apparitions était soigneusement étudiée. Nous entrions au Saint-Sernin avec des airs empruntés, certains de notre bonne étoile. Du côté des syndicats, le pacte de non-agression a volé en éclats au grand bonheur de tous, chacun défendant son pré carré dans les dernières belles journées de l'automne. Dans le grand amphi, nous prenions toujours place dans les premiers rangs lors des AG de l'Unef pour apporter la contradiction. Ils nous observaient d'un air mauvais et nous le leur rendions bien. La jeunesse ne fait rien discrètement. Nous étions tendus comme des arbalètes, prêts à réagir à la moindre provocation. Nous devions frapper vite et fort. Avec Frédéric, nous avons compris que nous étions un tandem prometteur. La paix revenue, le soufflé est retombé aussitôt. La routine, les cours, les amis. Il nous arrivait de laisser nos affaires au Saint-Sernin pour le lendemain.

Dominique Baudis était toujours maire de Toulouse. L'ancien responsable des Jeunes démocrates avait succédé à son père en 1983, l'« homme de l'endettement zéro » s'était fait une solide réputation, en préférant un ancrage local à celui d'un portefeuille ministériel à Paris.

Sophie est entrée dans notre vie avant que le printemps ne nous écrase de ses arômes. Nous n'avons rien vu venir, ni même imaginé que nous puissions changer si vite d'approche dans le domaine de l'amour, enfermés dans une logique combattante dont les filles étaient exclues. Nous étions à la recherche d'héroïnes pâles et distantes qui n'existent que dans les romans, de ces personnages aux destins tragiques dont nous enviions les aventures. Il y avait eu *Les Poneys sauvages* de Michel Déon, écrivain que nous admirions et que nous voulions rejoindre à Patmos ou en Irlande, avec ses personnages hors du commun, comme Sarah et Delia, riches, libres, forcément superbes, qui enchaînent les liaisons et les absences prolongées. Des sœurs, des amantes, des muses, une vision « terriblement anachronique », avait déclaré Déon lui-même, comme si elles ne pouvaient pas s'incarner hors de ces corps irréels.

Les passions du cœur n'étaient pas pour nous, avec nos certitudes sur la « vie en grand » et les exigences d'un choc salutaire. Aucun de nous n'avait une petite amie et la question des minorités sexuelles n'était pas d'actualité, ni même un sujet politique, alors que le sida proliférait dans des cercles que nous ne fréquentions pas. Nous regardions de haut tous ceux qui pouvaient être en couple, et si certains de la bande avaient un flirt – ce qui était rare –, ils le cachaient pour ne pas afficher ce que nous considérions comme une faiblesse. Nous étions plutôt maladroits, dans un domaine qui au fond nous effrayait.

Mi-novembre, nous avons commencé avec Frédéric à réviser nos cours en vue des partiels de février. Nous imaginions les sujets à venir avec l'idée de nous y mettre au plus vite. Nous voulions réussir dès le mois de juin pour partir ensuite en « exploration », disions-nous, un voyage pour lequel nous devions mettre de l'argent de côté. « Je refuse le voyage en tant que tel, disait Frédéric. Nous ne sommes pas des touristes, nous devons avoir un objectif. » Nous aimions les cartes, celles que l'on déplie, celles d'état-major et celles qui sont en relief avec les courbes de niveau. Côté études, nous voulions nous inscrire à Paris dès la rentrée suivante. Il était hors de question de croupir plus longtemps en province. Quant aux examens, nous avions mis en place une stratégie pour nous rapprocher de Sophie, une jeune chargée de cours qui nous inculquait les principes du droit civil dans des salles surchauffées. Elle nous impressionnait par une pensée concise et la perfection d'un visage couleur de nacre. Elle riait de ses propres traits d'humour et continuait à nous vouvoyer en écrivant sur le tableau.

« Elle est diablement sexy, celle-là, avec son air de sainte-nitouche, ai-je dit à Frédéric en sortant du premier cours.

– T'inquiète, je vais m'en occuper », a-t-il répondu, saisissant mon message comme un défi. Elle serait bientôt nôtre, à n'en pas douter.

*

Sophie adorait les questions théoriques, les digressions et les citations d'articles universitaires, ce qui nous ravissait – enfin le prétendions-nous, en classe, pour nous faire bien voir. C'est elle, la première, qui nous a parlé des doctorats et du concours général de l'université – c'était surtout, en fait, à Frédéric qu'elle s'adressait dans ces apartés de fin de cours que nous avions initiés. Il avait su en quelques semaines de cours se distinguer, n'hésitant pas à prendre la parole pour réagir à ses propos, tandis qu'au premier rang je fixais ses jambes qu'elle ne cessait de croiser et décroiser – pour mon seul plaisir je pensais. Elle portait souvent une jupe noire, style tailleur, des collants gris ou chair sur des ballerines fines, ainsi que des bottes avec les premiers frimas d'octobre, un chemisier blanc, un grand chandail ou des vestes cintrées. Pour le vocabulaire juridique, je m'en remettais à Frédéric tandis que je jouais les charmeurs dans nos entretiens, avec des regards appuyés et des propos plus légers – j'en avais l'habitude. Frédéric m'avait rejoint dans cet exercice, je ne sais pas si elle se doutait de notre manège. Quelle émotion ! Elle avait un peu plus de vingt-cinq ans, nous cherchions le moindre prétexte pour attirer son attention, nous faire remarquer.

Un jeudi, je m'en souviens, nous avons engagé la conversation sur un sujet banal. J'avais préparé des phrases pour ne pas me trouver à sec, ce qui n'était pas le cas de Frédéric qui, en voltigeur, avait réponse à tout. Je tremblais mais ne montrais rien ; Frédéric plastronnait avec son savoir et ses références. Sophie nous répondait avec ferveur. Le verbe juridique était pour elle quelque chose de sérieux – je me rappelle l'éclat de son regard, des pupilles de feu pour une vocation bien établie. Une jeune femme qui était si différente de celles que nous connaissions

– certes plus jeunes et moins expérimentées. Frédéric y était très sensible. Elle nous écoutait, curieuse de notre façon de penser, de notre « liberté », disait-elle, surtout de la précision des réponses de mon camarade, comme de la paire étonnante que nous formions tous les deux.

« Tu es le plus beau, tu souris, et moi je ferre… », avait-il expliqué.

Je devais la rassurer avec mon air de dandy, avec mes vestes de tweed, parfois même une pochette colorée. Tous les moyens étaient bons pour nous démarquer de la masse et même de la bande sur laquelle nous prenions une sacrée avance.

« Pas de pitié, allons-y ! avait dit Frédéric. Nous aurons notre année les mains dans les poches. »

Nous débutions en fanfare. Quelques mots exprimés à la fin d'un cours, un couloir, une sensualité évidente pour une relation interdite alors que je revois le fil de ces heures qui ont bien été celles d'un coup de foudre. Nous aurions pu la saisir sur place, fermer la porte, la poser sur le bureau avec délicatesse et l'entreprendre dans nos styles respectifs – en avions-nous déjà un ? Nous étions un puis deux dans ce même corps, nous observant à la dérobée dans le regard de l'autre.

La semaine suivante, nous l'avons attendue dans le couloir pour faire quelques pas avec elle. J'avais poussé Frédéric du coude pour qu'il me laisse m'exprimer en premier. Une victoire.

« Mademoiselle, ai-je dit, il faut que nous parlions des partiels avec vous.

– Appelez-moi Sophie, c'est suffisant. »

Elle dégageait un parfum de sucre, des cheveux châtains mi-longs avec des boucles d'oreilles discrètes, un style BCBG produit d'une classe moyenne éduquée avec des parents installés dans une activité libérale. Une fille qui avait des valeurs, mais sans tabous.

« Je n'ai pas beaucoup de temps, que voulez-vous exactement ?

– Que vous nous donniez les sujets en avance, a dit Frédéric avec son ton provocateur.

– Vous êtes drôles tous les deux. À condition que j'en aie le pouvoir !

– Vous ne dites pas non, alors ? ai-je repris.

– Tout est négociable. J'aurai quoi en échange ?

– Nous », a osé répliquer Frédéric.

Elle a ri de cette audace, rougi, puis nous sommes passés à autre chose – comme si de rien n'était. Nous montions à l'abordage. Elle terminait une thèse sur un sujet que je n'avais pas saisi – tout cela me semblait si abstrait –, alors que mon camarade enchaînait les questions à propos d'auteurs que je ne connaissais pas, sur la théorie du droit, la philosophie, les notions de justice et d'égalité. Il citait un essai sur les prisons de Michel Foucault, qu'il prétendait avoir lu, ce qui faisait toujours son effet pour un garçon qui n'avait pas encore vingt ans. Elle nous a dit voter à gauche, ce à quoi nous avons répondu que « ce n'était pas notre tasse de thé », avec un rire gras et moqueur, quand ces choses-là comptaient encore. Je ne la quittais pas des yeux. Je me moquais du sort des types enfermés dans les quartiers de haute sécurité alors que je buvais ses paroles en suivant la finesse de ses mains, ses poignets, ses avant-bras, la naissance de son cou, pesant dans ma tête le poids de chaque muscle et de chaque tendon qui reliait ce corps admirable, ses jambes, ses genoux, ses chevilles et le reste obscur que nous n'osions pas imaginer. J'observais le corps d'une femme et peu m'importaient la montée de l'extrême droite en France, le retour de la peine de mort dans l'opinion publique, les échecs économiques de la gauche, la fin de Touche pas à mon pote – auquel elle avait bien entendu adhéré –, comme les nombreux scandales du moment.

« On s'en fout des mecs au pouvoir, on veut détruire le système, a insisté Frédéric.

– Il y a les élections pour manifester son mécontentement. Vous êtes allés voter aux dernières élections ?

– Non, trop jeunes encore, ai-je répondu, surtout moi qui venais à peine de recevoir ma carte d'électeur.

– Vous y croyez à leurs mensonges ? a repris Frédéric.

– Je n'y crois pas, mais je sais qu'il n'y a pas de meilleurs modèles, vous connaissez la citation de Churchill, j'imagine, sur la démocratie comme le moins mauvais des systèmes ?

– Oui, mais c'est par défaut. Pour nous, seuls les artistes savent vivre vraiment. Ils expriment leurs âmes, pas les politiques, ai-je répondu pour la surprendre et l'amener sur un autre terrain.

– L'objectif ultime de l'art c'est de partager la conscience, a ajouté Frédéric pour marquer un point.

– C'est intéressant comme point de vue. Vous n'êtes pas comme les autres… Bon, je dois vous laisser, a-t-elle dit sans attendre la réponse. On se voit la prochaine fois pour continuer cette charmante conversation. »

Elle nous a tourné le dos, nous étions sans voix : « Oui, à la prochaine fois, alors. » Elle avait évoqué une « charmante » conversation, c'était la première fois que nos propos étaient ainsi qualifiés.

Dans ces moments partagés, nous retrouvions nos réflexes militants pour l'épater, nous démarquer, lui en redire sur ce que nous étions, sans failles ni réserves. Elle cédait un peu plus à chaque fois. Elle nous relançait. Les autres de la bande étaient soufflés par notre audace. Je sentais qu'il pouvait y avoir une suite au-delà de la question des partiels. Nous parlions d'anarchie, d'un roi qui viendrait nous sauver, d'une contre-révolution nécessaire pour que les gens vivent mieux, pour une vie sans limites ni contraintes. « Nous voulons laisser une trace », lui disions-nous, une empreinte, un petit quelque chose dans l'histoire des hommes sinon dans son cœur. Elle riait, nous posait des questions sur nos lectures, nos amis, nous demandait ce que nous voulions faire « plus tard », le grand vide qui ne nous intéressait pas encore. Un métier pour quoi faire ? Nous formulions des réponses insensées, aventurier, président, roi de Patagonie, ministre, écrivain, mais jamais avocat, greffier ou notaire – la trilogie maudite. Elle était intéressée, amusée par ce manège avec deux jeunes gens si sûrs d'eux-mêmes. Ces moments de convivialité devinrent vite ambigus, avec des moues, des piques et des silences lorsque le temps suspend son envol.

« Alors les garçons… quoi de neuf aujourd'hui ? » disait-elle avec un air naturel.

Nous étions flattés sans oser imaginer la suite. Nous étions une seule personne pour elle, Frédéric et moi, elle n'aurait pas à choisir. Frédéric osa lui écrire un matin: « Lequel de nous deux préférez-vous ? » Stupéfaite, elle nous répondit: « Mais qui vous dit que je suis libre ? » J'ai retrouvé le message dans le dossier. C'était gagné.

Sophie était une porte de sortie qui nous mènerait en année supérieure. Nous n'avions pas d'autres intentions encore. Nous nous accrochions à cette seule idée, celle de réussir à peu de frais. C'est elle qui pourrait nous guider à Paris dans les cercles de ce monde étudiant qu'elle connaissait bien. Nous lui proposions l'abandon total, le risque, la folie. Nous l'interrogions sur sa famille, ses études, cherchant à savoir si elle était vraiment avec quelqu'un ou pas, une « fréquentation » comme nous disions. Il faudrait alors choisir, nous le provoquerions en duel et jetterions son corps dans la Garonne sans aucun ménagement. Elle riait si fort de cette idée. « Le pauvre, il n'a pas mérité un tel traitement ! » répondait-elle. Elle passait de l'un à l'autre avec un air un peu perdu.

« Vous n'êtes pas de mon monde », semblait-elle vouloir nous dire, alors qu'elle était sur le point de céder, de se laisser faire, d'entrouvrir les lèvres.

Je connaissais Frédéric depuis peu et nous étions déjà complices par ce quotidien que nous édifiions chaque jour. Le contrat était clair, il ne servait à rien d'attendre.

Sophie revenait en boucle dans nos conversations. Nous n'en parlions encore à personne, elle était notre trésor exclusif.

« Tu crois que nous pouvons l'intéresser ? demandais-je.

– Mais nous l'intéressons déjà, imbécile. Tu as vu comme elle continuait à nous poser des questions alors qu'elle n'avait soi-disant pas de temps. Tu sais, ces filles, elles savent ce qu'elles veulent, crois-moi !

– Par courtoisie peut-être ?

– Tu es fou, c'est dans ta famille qu'on fait des choses alors qu'on n'est pas obligé, pas chez moi.

– Laisse ma famille tranquille !

– En tout cas, je n'ai pas oublié les formes de sa poitrine, mon gars. Elle est exceptionnelle celle-là. On n'en trouvera pas deux pareilles, j'en suis certain. En plus, elle nous sera utile. Tu as vu tout ce qu'elle a fait ? Brillante !

– Elle vote à gauche quand même…

– Ce sont les meilleures, les coincées dans leur tête qui veulent faire le bien mais qui ne savent pas par où commencer. »

Je rentrais moins chez moi pour l'heure du dîner. En semaine, nous restions au Saint-Sernin pour ne pas rater la fermeture du restaurant universitaire. J'aimais ce grand écart dans un mélange de genres qui n'en était qu'à ses débuts. Nous traînions tous les deux en imaginant ce que nous pouvions entreprendre avec elle, une jeune femme célibataire de surcroît – elle nous l'avait avoué –, dans une ville où elle s'était installée en septembre. Nous n'aurions pas osé l'embrasser tant cet état d'incertitude devait durer, à la voir un peu plus chaque semaine, dans une attente qui pouvait nous sembler très longue.

« Laissons-la venir, disait Frédéric avec son cynisme habituel.

– Moi, je l'aime déjà à en crever, répondais-je.

– Sois patient, c'est elle qui nous fera signe.

– Comment on fera, tous les deux ? Un jour chacun, c'est bien ça ?

– À deux on est plus forts, ça rassure... On verra pour le reste.

– Tu as raison. »

Il nous fallait mener plusieurs vies en même temps et rester discrets. Pour une fois, la politique n'était plus une priorité. Un jour gris de novembre, nous l'avions suivie pour voir où elle habitait, à deux pas de la fac. Nous étions restés plantés devant le porche de son immeuble en espérant qu'elle ressorte pour lui proposer un verre. La pluie s'en était mêlée et nous étions retournés au Saint-Sernin où les amis nous attendaient. Le lendemain matin, à l'aube, nous devions aller accueillir au train des « collègues » venus spécialement de Dijon pour suivre nos activités militantes. Nous voulions collaborer à leur nouvelle revue qui était alors le nec plus ultra dans les mouvances que nous fréquentions, un petit canard qu'ils avaient appelé *Insurrection*. Rien n'était plus séduisant que ces infractions d'un univers à l'autre. J'admirais Frédéric, nous aimions tous les deux Sophie.

À Toulouse, pour « amis » nous disions « collègues », un mot que j'utilise encore dans le contexte de ma vie de bureau à Ankara. Nous marchions vite, nous ne déjeunions pas, nous n'étions jamais fatigués. Le matin, nous nous retrouvions pour le premier café, avant les cours, où nous arrivions souvent en retard pour nous placer au fond de l'amphi avec une vue plongeante sur ce qui devenait une zone hostile. La politique revenait en force, les prises de parole, les tracts et les exploits. La proximité de la khâgne du lycée Saint-Sernin, située de l'autre côté de la basilique, confirmait le côté littéraire de notre périmètre avec la présence de ces jeunes professeurs dont nous écoutions les conversations et des rares étudiants en lettres que nous avions adoptés dans notre cénacle. Ils préparaient le concours d'entrée à l'École normale supérieure – c'est la première fois que j'entendais le nom de cette institution. Ces derniers avaient le droit d'assister à nos réunions mais ils ne devaient pas intervenir. Il y avait une hiérarchie stricte entre nous et « les autres », dont nous nous méfiions. Avec Frédéric, nous avons acheté notre premier Code civil, le mien neuf, le sien d'occasion. L'histoire du droit nous intéressait, nous voulions nous remettre au latin. J'ai entendu le nom de Justinien pour la première fois, cet empereur d'Orient qui ordonna la compilation des sources du droit romain au VIe siècle dans une ville qui s'appelait Constantinople. Pour le reste, nous avions nos « cahiers à citations » que nous remplissions, articles de journaux, auteurs et matériaux glanés dans nos lectures, un peu à la Walter Benjamin qui avait théorisé cette approche dans *Paris, capitale du XIXe siècle*, son *Livre des passages*. Pour lui, la citation était un art qui se passait d'explication, un montage littéraire qui devait éveiller l'imagination du lecteur, une sorte de journal illustré qui engloberait l'histoire du monde. J'en retrouve certaines pages dans le dossier, le reste ayant été déchiré pour une raison oubliée.

« Notre vie doit se résumer en une seule phrase », avait dit une fois Frédéric lorsque nous cherchions des épitaphes pour nos tombeaux. L'amitié est à ce prix, celle des pardons et des renoncements. Nous construisions une œuvre sans le savoir tandis que l'amour avec un grand « A » restait une lubie vers laquelle nous hésitions à nous engager. Nous avions peur de l'échec, peur que l'on ne nous dise « non ». Nous nous étions choisis avec Frédéric, c'était l'essentiel. Le soir, nous nous retrouvions dans les studios des uns et des autres, dans une soupente de la place des Carmes ou près du Grand Rond. Nous terminions nos journées sans nous préoccuper de l'aube qui se levait quand, portés par l'ivresse, nous hurlions dans des rues trop calmes. Sophie était notre secret, notre joie, notre réconfort. Cette liberté était celle que nous exigions depuis toujours.

C'est au Bibent, café situé à l'angle de la place du Capitole et de la rue Saint-Rome, que se réunissaient avant la Première Guerre mondiale des étudiants serbes qui appartenaient à l'organisation de la Main noire, responsable de l'assassinant de l'archiduc Ferdinand à Sarajevo, en juin 1914. Une coïncidence qui m'avait frappé, alors que nous commencions avec Frédéric à nous intéresser à cette partie du monde. Nous entendions parler des Balkans dans les médias, de la Serbie, de la Croatie, un conflit qui surprit l'Europe entière par son intensité. Nous étions fascinés par cette tragédie qui se déroulait en vase clos, dont nous parlions tous vivement avec les « collègues », surtout au début de la bataille de Vukovar dont nous suivions les évolutions dans les médias. La Yougoslavie arrivait au bout d'un processus de décomposition enclenché avec la mort de Tito, plus de dix ans en arrière. *Le Figaro* titrait : « La guerre en Europe ». La poudre parlait à nouveau en ces confins ; nous étions en pleine réunification allemande, entre l'Acte unique et le traité de Maastricht, alors que François Mitterrand et Helmut Kohl gouvernaient les destinées d'une Europe apaisée. Le temps était au beau fixe, celui d'une « paix éternelle », une « paix prospère », nous promettait-on. Une guerre à deux heures de vol de Paris ou en train de nuit, par l'Autriche et l'Italie. Une nouvelle frontière, celle du Danube.

« La guerre c'est bon pour le moral, déclarait Frédéric, alors que nous ne connaissions encore rien de ces peuples, ni même de ce que pouvaient signifier la souffrance, l'exil et la mort.

– *La guerre, seule hygiène du monde*, clamaient les futuristes italiens, reprenait Lionel avec enthousiasme.

– Allons voir ! lançais-je pour les surprendre.

– J'ai un bon contact dans une association humanitaire, répondait un autre.

– On s'en fout de ton humanitaire, si on y va c'est pour cogner dur », reprenait Frédéric.

Nous ne savions pas encore qu'une telle idée pouvait être odieuse. Il cherchait la provocation, sans limites. Nous l'écoutions.

« Le nettoyage des écuries d'Augias a commencé, ils ne vont épargner personne, ils viendront ensuite jusqu'à Paris! » disait-il encore, espérant une contagion du chaos au reste de cette Europe démocratique qui le faisait vomir. Nous parlions de nous engager comme si c'était une chose facile à accomplir – plus facile que nos partiels en tout cas.

L'ordre postcommuniste s'effondrait dans la joie générale, ces « dictatures bureaucratiques », comme disaient, gênés, nos ennemis à l'université. Même si le cas yougoslave était différent, Tito ayant refusé la logique des blocs avec une politique de « neutralité » et d'« autogestion », des mots clés qui rassuraient à l'Ouest. Nous ne pouvions rester indifférents. Si l'Europe n'intervenait pas, ce serait à nous de le faire, étudiants insurgés, même nous ne savions pas encore clairement de quel côté nous devions aller. Nous sortions cartes et livres pour savoir qui, des Serbes ou des Croates, pouvait se réclamer d'un pays.

*

Je relis plusieurs fois la seule lettre de Frédéric que je retrouve dans le dossier avec des photos, des mots qui m'apparaissent si solennels et durs. Je l'ai reçue deux jours après son départ: « *J'ai l'impression de te voir juger les gens de haut* », m'écrit-il alors qu'il préparait déjà sa fuite, sans moi, enferré dans ses propres certitudes. Je retrouve aussi Sophie avec son sourire désarmant quand nous étions allés tous les trois dans le Gers, un dimanche de décembre, pour trouver des menus « foie gras compris » à quelques dizaines de francs. Une première escapade pour le trio amoureux que nous formions. J'avais pris la berline de mes parents, je fonçais dans chaque virage sur ces petites routes de campagne comme s'il devait être le dernier. Nous nous sentions forts, persuadés d'être indestructibles. « Plus vite, plus vite », hurlait Frédéric, assis derrière avec des yeux bouffis par l'absence de sommeil, tandis que Sophie s'occupait de la radio, la fenêtre baissée avec le froid piquant de l'hiver qui s'engouffrait dans l'habitacle. La photo a été prise à la sortie du restaurant, nous étions ivres. Nous nous prenons par les épaules, Sophie au milieu, plus petite que nous, le regard rempli de malice, fière d'être ainsi entourée. La veille, nous nous étions embrassés pour la première fois. J'avais encore son goût sur les lèvres, l'émotion d'une seconde qui devait durer l'éternité, les mains dans ses cheveux avec une légère senteur de parfum. Le patron de ce routier était sorti avec un verre d'armagnac à notre intention, « pour la route ! » avait-il lancé. C'est lui qui avait pris le cliché. La journée était magnifique, un moment suspendu aux caresses de la vie. Nous avions marché sur le bord de la route, puis nous nous étions effondrés dans la neige tombée la nuit précédente, le visage en avant, « sans bouger ». J'avais gagné à ce petit jeu et Sophie m'avait déposé un autre baiser à la commissure des lèvres pour me féliciter. « *J'essaie de créer mon propre espace de liberté,* continuait Frédéric dans sa lettre, *un endroit où j'aurais mon rôle à jouer. Ne me cherche pas. Je vais devenir moi-même et c'est cela qui est formidable.* »

Il avait souligné ce passage plusieurs fois.

*

En 2003, un certain Goran m'avait envoyé un courrier électronique via le journal de grande diffusion dans lequel je commençais à publier. Un message que j'avais alors laissé sans réponse, mais que j'avais imprimé. Je le retrouve attaché avec la lettre de Frédéric. Le trombone est rouillé, à l'image de ces souvenirs qui s'entassent et se confondent. Plus de dix ans étaient passés après des faits qui n'avaient plus guère de sens pour moi. Je voulais tourner une page, celle de cette blessure qui me faisait toujours mal. Avec mon départ de Toulouse, j'avais laissé Sophie et Frédéric derrière moi, y compris la « Yougoslavie » où je me doutais bien qu'il était parti seul de son côté. Ce sentiment de honte ne m'a jamais quitté depuis, une fêlure. D'autres auraient oublié, pas moi. L'ami que j'admirais avait jugé que je n'étais pas digne de le suivre. Avec Sophie, nous étions restés ensemble quelques mois après son départ, le temps de finir l'année universitaire.

« Je ne sais pas où je serai l'année prochaine, me disait-elle lorsque je lui posais des questions sur notre avenir commun.

– Tu ne dis jamais *nous*, je lui répondais.

– Je ne sais pas, je n'y arrive pas.

– Essaie, ça me ferait plaisir. »

Elle s'accrochait à sa thèse de droit, sa seule certitude. Je sentais mes questions ridicules, jamais Frédéric ne m'aurait laissé m'humilier ainsi. Je suis bien parti pour Paris, comme nous en étions convenus avec Frédéric. Je ne changeais rien à nos plans.

Le message était simple : « *I am Goran from Osijek, are you Sebastien, friend of Frederic ?* », suivi de quelques mots pour s'excuser du dérangement au cas où je n'étais pas la bonne personne.

Après tant d'années, c'était la première fois que j'avais des nouvelles de celui que j'avais porté au pinacle. Je revenais de Bagdad pour mon premier gros sujet où j'avais couvert la prise des palais du dictateur irakien avant leur pillage par la foule. Un sujet exclusif, à mon tour de devenir un homme. La ville venait de tomber aux mains de la coalition menée par les Américains, le chaos était total. Depuis Paris, j'avais pris un aller simple en passant par la Jordanie, sans aucune garantie de retour. Je suivais des cours du soir à l'École des langues orientales, rue de Lille dans le VIIe arrondissement, en tant qu'auditeur libre, avec des professeurs qui nous parlaient de leurs pays comme de jardins d'Éden où coulaient le lait et le miel. J'allais vite déchanter. Je voulais écrire, être connu, faire un grand coup dans cette vie que j'avais rattrapée après des débuts hésitants. J'avais un compte à régler avec l'idée de courage. Un contact dans l'armée américaine – un gars croisé à Chicago en juillet 1997 dans un club de jazz, devenu capitaine – m'avait permis de suivre, *embedded*, une avant-garde spécialisée dans la sécurisation des lieux de pouvoir et la collecte de renseignements. Je commençais un nouveau métier exaltant, d'un pays à l'autre, c'était bien suffisant. Ce passé toulousain ne me concernait plus. Il restait associé à des personnes que j'avais perdues de vue. La ville me semblait si médiocre, étroite, avec des souvenirs enfouis sous une tonne de ciment.

« Qu'il aille au diable ! » avais-je dit à voix haute en lisant ce mail. Je pensais à Frédéric bien sûr. Étais-je d'ailleurs la personne recherchée ?

Oui, bien entendu, cher Goran, je suis l'ami que tu veux pour soulager tes souvenirs, toi aussi. Frédéric était donc arrivé jusqu'à Osijek, dernière ville de Croatie avant la frontière serbe, non loin de Vukovar.

*

Sur Facebook, j'ai trouvé son compte. Goran, un gars au visage souriant qui poste des photos de famille, sa femme, ses deux filles, ses amis qu'il retrouve pour des dimanches le long du fleuve, le Danube, près de Vukovar la Maudite, puis quelques voyages à l'étranger, des villes d'Europe – je constate qu'il est venu à Paris –, un peu d'Istanbul même où nous nous sommes peut-être croisés, un séjour dans une île paradisiaque, je pense à l'Asie du Sud-Est.

Je les montre à l'acteur qui me sert de défouloir. Je n'ai pas lâché le morceau.

« Dis-lui de venir prendre un verre avec nous, il a l'air sympa ton type !

– C'est plutôt à moi d'aller le voir.

– Après toutes ces années, oui, pourquoi pas. C'est bien un romantisme d'Occidental. Chez nous, loin des yeux loin du cœur.

– J'ai besoin de me libérer de cette histoire, de la classer pour avancer. Je dois savoir si Frédéric est mort. S'il est vivant, il devra m'expliquer son départ.

– Est-ce si important ? Tu ne pourras être que déçu par la réponse. Il ne te reconnaîtra peut-être même pas.

– On ne triche pas avec les serments de jeunesse… Le temps est venu. »

Nous avons le même âge avec Goran, à une semaine près. Un cousin de Croatie qui pourrait m'accueillir chez lui selon les règles de l'hospitalité orientale, ou bien dans un hôtel – ce qui aurait ma préférence – près de la petite gare d'Osijek, deux à trois étoiles sans plus, une chambre proprette à l'allemande dont les fenêtres donneraient sur la place centrale.

Je cherche le sommeil noir. Je mets à jour mes dossiers. J'imprime, je complète, j'archive. Je me plonge dans les cartons et refais le film de ces débuts où tout était envisageable, même le pire. Une question d'équilibre. Je retrouve les visages d'antan, les projets, alors que je compte les points d'accroche sous le ciel d'Anatolie. Je revois les moments d'hésitation, les mots des uns et des autres, les tentatives de séduction, les faux départs, les disputes, les espoirs, puis le tunnel noir de l'absence. Frédéric m'avait laissé seul avec la rage au cœur, celle des doutes et des regrets, je m'en souviens maintenant. Je l'ai tant haï. Nous voulions partir tous les deux, mener ensemble cette aventure que nous considérions comme une étape indispensable dans notre formation : nous appliquions en cela les méthodes de la gauche qui allait se former auprès des Cubains ou des Palestiniens. Après son départ, Sophie a été notre seul fil d'Ariane, c'est pour cela que je suis resté avec elle, pensant à lui dans ses bras, envoûté par cet amour que j'expérimentais de manière exclusive dorénavant. Frédéric n'est jamais revenu de son périple, plus aucun signe de vie. Des mois d'attente où j'ai dû me reconstruire en oubliant les promesses. Sophie était un prétexte, nous l'avions conquise à deux, elle avait cédé, elle permettait l'amour, le chagrin, les pleurs et les rires. Alors que certains aiment bâtir, d'autres se tournent vers la destruction et le chaos. Formidable tragédie de l'homme blanc attaché à la vérité, alors que tout se mélange et se répète.

En été, les rues d'Ankara se vident pour le *bayram*, la fête religieuse qui clôt le ramadan. Les rues de Kavaklıdere ne sont plus ces trouées de glace que nous devinons sur les cartes postales d'antan, lorsque les enfants s'élançaient sur des luges improvisées. Au printemps, ces mêmes gamins observaient depuis leurs balcons les cigognes prendre leur envol dans un ciel traversé de hordes : chocs, éclats, balafres, comme si l'Antiquité pouvait se lire dans les montagnes qui nous entourent, Hittites, Phrygiens et Romains. Les photographies accrochées aux murs du café montrent une ville que l'on reconnaît à peine depuis sa construction, des allées de verdure, des parcs, des villas, des bâtiments administratifs aux allures de bonbonnières, des ronds-points, une gare, alors qu'il s'agissait d'une capitale en construction, entre steppe et mamelons ingrats. J'ai emménagé dans un beau duplex situé à l'arrière du Sheraton.

Le concept studio n'existe pas en Turquie. Le pays voit grand, à commencer par ses intérieurs. Plusieurs mois après mon installation, je contemple le jour qui se lève, avec à mes pieds une ville créée comme un programme politique. À l'ouest, il y a Istanbul et sa démesure, six cents kilomètres par l'ancienne province de Bithynie jusqu'au détroit du Bosphore. À rebours de cette ancienne capitale et sa patine, j'ai toujours aimé le particularisme de la nouveauté : le Brasilia d'Oscar Niemeyer filmé par Philippe de Broca dans *L'Homme de Rio* (1964), Le Corbusier en Inde, à Chandigarh où des avenues rectilignes favorisent la circulation dans une ville « à taille humaine » (1950), le village modèle de Hassan Fathy, en Égypte, près de Louxor (1946) – où Flavia, une artiste italienne, m'avait entraîné le jour de mon anniversaire, alors que nous nous étions rencontrés à l'hôtel Marsam fréquenté par les archéologues –, Addis-Abeba et sa folie des grandeurs. Autant de lieux visités – traversés souvent – au cours d'explorations personnelles où je cherchais à me changer les idées, loin des conflits et des passions.

À Toulouse encore, la lecture d'un existentialiste chrétien m'avait éclairé. Dans *Homo viator*, Gabriel Marcel, un philosophe iconoclaste pour son époque, réfléchissait à une « métaphysique de l'espérance » contre le matérialisme alors en vogue. C'est un vieux père jésuite chez qui j'étais allé me confesser à Notre-Dame-du-Taur qui m'en avait conseillé la lecture. Je m'étais incliné, il m'avait relevé. Il avait senti que cette approche du voyage pouvait m'aider à trouver un devenir qui serait mien. Belle intuition chez ce vieillard aux mains fines qui mourut quelques mois après. J'avais à peine dix-huit ans et je me posais tant de questions. Pour cet auteur, l'être humain était un « homme en chemin », un itinérant poussé à quitter son sol natal porté par sa seule conscience. Frédéric n'avait pas aimé ce livre, trop « mou » selon lui, trop « chrétien ». Il n'était pas du genre à tendre l'autre joue et à se raconter des paraboles. Il ne s'agissait plus seulement de spiritualité, mais de « faim », de « colère » et de « peur », alors que des années après je cherche toujours le vent et l'ivresse des laits fermentés.

À une période de nos vies, l'ambition avait été la même, froide et démesurée. Je repense à nos débats avec Frédéric. Des faits et gestes qui n'ont mené à rien ou « pas grand-chose », me confie l'acteur avant de se regarder dans le miroir de la grande pièce et de se passer la main dans les cheveux. Il souffre, c'est le temps des confessions, un verbiage proche du désespoir. Nous avons commandé une nouvelle bouteille. Je connais cette impression d'égarement, celle des ruptures amoureuses et des petites défaites de chaque jour. J'ai continué à lui parler de Frédéric, à me confier sur ce sujet. Je lui raconte les moindres détails. Je pense « amertume », alors que le mot « espoir » tombe dans la conversation, plusieurs fois. Un claquement sec : « espoir » donc. Il insiste, mais plus rien n'accroche. Se pouvait-il que Frédéric soit encore vivant ? En turc, le mot sonne tout aussi brièvement, *umut*, même si les racines sont différentes, le persan d'un côté, le latin de l'autre, pour autant que ces berceaux de civilisations aient pu s'être croisés un jour. Un sens étymologique incertain, une simplicité dans la forme, un lien indéfinissable avec le cœur de l'Homme. L'acteur s'enfonce. Il se répète, il martèle, comme si nous n'avions pas le choix, comme si la fin de notre soirée dépendait de mon acceptation. Oui, je lâche « espoir », en songeant au lendemain, à mes heures de sommeil, à d'autres lieux, comme si les mots avaient le pouvoir de rembobiner les émotions d'un super-huit d'encre et de papier. Pour la première fois depuis l'université, j'ai revu Frédéric. L'ami des beaux jours est venu à notre table, profitant de notre soûlerie, comme je l'avais laissé à Toulouse, intact. La même allure, le sourire moqueur avec des gestes de victoire.

La nostalgie revient comme une drogue. Je suis pris à mon propre piège. « De l'espoir à vous faire pleurer de rage », écrivait le poète Nâzım Hikmet depuis la prison de Bursa. C'est au retour de l'une de ces soirées avec l'acteur que j'ai pris la décision d'ouvrir le fameux dossier consacré à l'ami perdu. Frédéric, Sophie, des visages gravés dans une mémoire où plus rien n'imprime. Que reste-t-il de cette magie d'antan ? Les années passent et avec elles le souvenir des jours heureux. Avec l'acteur, nous sommes en mauvais termes avec la réalité. Il a quitté la « grande » scène, dit-il, sans savoir pourquoi, accusant la politique – toujours –, la crise économique, la chute de la livre turque, l'Amérique bien entendu, et l'Europe qui ferme ses portes. L'acteur pourrait être roi à Paris, Londres ou Berlin. Tout se mélange, personne n'a encore eu le courage de l'abattre. C'est la vodka et cette foutue moiteur qui nous abîment. J'évoque à mon tour les architectes, les plans de villes, les grandes dates de l'Histoire, ce « grand musée de rêves passés », selon une expression chère à George Steiner, les rendez-vous manqués entre l'Orient et l'Occident, les croisades, le passage des gueux, les empires défunts. L'acteur ne m'écoute plus. Pour une fois ce n'est pas lui qui est sur scène, mais le petit *franghi* impatient et colérique. Chacun son tour, lui avec ses auteurs du théâtre classique, moi à la fabrique des images et des mots. Il n'y a pas de thérapie pour les anciens reporters. L'acteur n'a plus d'âge. Il est dans son élément. Il tutoie Frédéric maintenant. En l'espace de quelques secondes, il redevient le nomade cherchant la razzia et les pâturages. Les pommettes saillantes, ses traits se durcissent. L'acteur se lève et s'effondre. Je fais signe au garçon de m'aider pour le traîner jusqu'à la voiture. Le chauffeur de la production reste stoïque, il nous aide, il en a l'habitude. Un corps lourd qui encombre. Nous ne sommes pas dans une série télévisée, il est chargé comme une mule. Il a posé les bonnes questions. Des échecs qui n'ont pas la légèreté de la cendre.

Une dernière cigarette, je rentre à pied dans cette nuit légère. Je descends la rue d'Argentine. Le quartier est désert, des taxis qui rejoignent Kızılay et Ulus, le quartier de la citadelle, ralentissent à mon niveau, les éboueurs commencent leur tournée. Après le départ de Frédéric, je me suis inscrit à Paris pour finir mon premier cycle de droit. Je ne pouvais plus rentrer à Toulouse, j'ai menti à Sophie, je n'ai pas donné de nouvelles non plus. « Il faut bien vivre quelque part », m'a confié l'acteur d'un ton las et désabusé avant son coma éthylique, évoquant un prélude de Chopin sur lequel il a aimé une fille. Je n'ai pas voulu ~~pas~~ rouvrir la boîte de Pandore, je sais bien qu'il pense lui aussi à l'exil. Le pays sombre. L'aigle noir d'Anatolie prendra son envol. De mon côté, je découvrais alors la possibilité de rêver en grand. Marche ou crève. Certains camarades du Saint-Sernin ont tout arrêté, études et concours, pour ne jamais s'y remettre, attrapés par la fougue ; d'autres sont partis sans revenir – c'est ce que nous voulions. Mais nous n'étions pas égaux devant ce jeu de massacre, je le réalise bien plus tard. « Mon intelligence me suffit », avait lâché une fois Frédéric en pleine AG de l'Unef, sous les huées des partisans du système.

*

Je prends le soleil du matin avant qu'il ne brûle. C'est l'été. L'acteur est parti en Cappadoce pour le week-end. C'est la fête d'Haci Bektaš, un saint homme respecté par la communauté religieuse des Alévis de Turquie, comme le sont aussi Yunus Emre et Rûmi, des saints et poètes qui ont fui l'avancée des Mongols. Il m'appelle sur la route avant d'arriver à Aksaray pour s'excuser des écarts de la veille. Je n'aurais pas imaginé une telle ferveur religieuse chez cet homme, ni même sa capacité à prendre la route si tôt après tout ce que nous avons absorbé. L'acteur redevient sérieux, fini les caprices du prince bouffi d'orgueil se morfondant dans un bar avec une vodka trop tiède. Les Alévis croient en la réincarnation. Je trouve des liens avec Frédéric, passer d'un extrême à l'autre, sombrer dans une fièvre mystique et raconter n'importe quoi.

« Si ton ami est mort, il s'est certainement réincarné, me dit-il.

– Il n'en avait aucune envie, je pense, pourquoi dis-tu ça ?

– Soit tu pars le trouver, soit tu arrêtes ! »

Dans la steppe, il n'y a pas d'intermédiaires, on ne discute pas. Les soufis avaient le pouvoir de soigner les gens, thaumaturges comme nos rois. Ils pouvaient voler dans les airs et se transformer en animaux sauvages, lions, colombes et grues cendrées.

« Un monde merveilleux à portée du nôtre », dis-je en plaisantant alors que je raccroche. Bonne route, mon ami ! L'acteur a raison, un oukase tombé du ciel.

Les soirées vodka-orange et vodka-cerise se sont enchaînées au même rythme, chaque vendredi soir, lui après ses tournages de séries noires, moi après le bureau. Il s'était accaparé mon histoire comme dans *La Nuit des rois*. Il ne fallait pas qu'elle se termine, sinon j'étais perdu. Frédéric était devenu son ami. Il regrettait de ne pas l'avoir connu et voulait en savoir plus maintenant. Je lui ai montré les photos ; j'étais fier de notre jeunesse, de nos certitudes et de cette facilité de passer d'un corps à l'autre. Un soir, une journaliste de la télévision s'est pointée, curieuse de notre manège. Elle s'est assise en face de nous deux, son smartphone en mode silencieux, les jambes légèrement ouvertes – elle avait ôté une chaussure. Son mari était parti à Bodrum avec les enfants. Nous avons dû la ramener chez elle ivre morte. Dans son frigo, une Smirnoff intacte.

Avec Frédéric, nous avions tant bu un soir d'hiver que nous nous étions assoupis dans des bris de verre. Cette image me revient, intacte et glaçante, un fragment sans conséquence. Nous n'étions pas au Saint-Sernin mais dans un troquet moins exposé à l'angle de la place Esquirol et de la rue de Metz. L'une de ces journées où l'on se demandait quoi faire. Nous traînions à chercher des noises dans le quartier, heureux de nous retrouver sans la bande, entre nous, de nous morfondre loin de Sophie pour imaginer les prochaines étapes. Nous n'avions pas tardé à remettre en cause nos promesses de célibat. Nous cherchions des prétextes, je cédais.

« On se la partage un jour sur deux ? avait demandé Frédéric.

– Elle ne voudra jamais, avais-je répondu.

– Tu as raison, c'est à elle de décider.

– Oui, demandons-lui quand même. »

En termes de chronologie, cette soirée s'est déroulée un mois avant le départ de Frédéric pour la Croatie. Il ne montrait rien de ses sentiments réels. Nous nous sommes disputés. J'ai eu l'impression d'être lâche. Avait-il déjà décidé son départ ? Je me suis longtemps posé la question. Cette passion pour la même jeune femme s'installait dangereusement, nous ne savions pas quoi en faire. Elle nous divisait sans le savoir. Au cours d'une de nos soirées avec l'acteur, Frédéric s'est assis en face de nous, avec sa veste brune en peau retournée des matins de pluie. Son front était mouillé comme s'il revenait d'une longue marche en forêt. Par quel mystère revenait-il me voir ? Pourquoi maintenant ? Il riait aux éclats.

« Lequel de vous deux est intéressé par mon bonheur ? » avait demandé Sophie.

Elle cherchait les clés d'un amour à égalité, républicaine jusqu'au bout.

« Tu nous ennuies avec tes questions de classe, avait répondu vertement Frédéric, le bonheur, tu n'as que ce mot à la bouche ! Tu sais bien que cela n'existe pas. »

Il comptait les mots comme un boutiquier, il savait trancher vite et être désagréable.

« Tu n'iras pas très loin, m'avait-il dit un jour d'un ton moqueur.

– Chacun ses combats, laisse-moi faire, avais-je répondu, agacé, même si nous projetions de partir ensemble – nous partagions tout.
– Tu n'auras qu'une vie de bourgeois déglingué.
– Va te faire foutre. »

J'avais senti à mon égard de la pitié dans son regard, une commisération qui m'avait dérangé, comme si mes idées n'étaient pas dignes d'être considérées. Je n'étais pas résolu à accepter cette attitude hautaine. Pour moi, le Graal était ailleurs tandis qu'il espérait le retour d'une violence première, avec du sang et des larmes, ce qui n'était pas mon credo immédiat. Une violence qu'il sentait frémir et qui n'était pas que symbolique.

« Je n'ai rien à perdre », avait-il dit encore. « C'est compliqué », avait-il conclu d'un air distrait, comme s'il était déjà passé à autre chose, alors que je continuais à poser des questions, à argumenter, à espérer des réponses. Le principe d'égalité ne valait selon lui que pour les esclaves du système dont je pouvais être selon ses critères.

« J'aurais pu être sataniste », me dit-il enfin, sous l'influence d'une herbe qu'il avait trouvée chez un arabe d'Empalot. Une ZUP où il menait des expéditions parallèles loin du centre et de nos habitudes, des immersions dans des milieux interlopes où je le soupçonnais d'actes de petite délinquance.

Parfois d'autres voix parlaient en lui, il aimait les jeux de rôle et changer d'identité, tandis que je me voyais plutôt dans un bel hôtel à Venise en compagnie de Sophie. Il tournait en rond dans ses références, incapable de s'élever au-dessus des jeux de pouvoir et de ses « listes » de livres qu'il remplissait comme un possédé. « Empathie » est le mot que je cherche, un mot qui n'était pas dans son vocabulaire, ni dans sa façon d'être. Il était colérique, y compris avec Sophie, sans s'en rendre compte, trouvant toujours une bonne raison pour justifier le parcours « forcément médiocre » qui l'attendait.

*

Si nous étions complices au-delà du raisonnable, il y avait toujours ce moment où je décrochais. La distinction entre le vrai et le faux lui faisait perdre le sens des réalités. Les choses devenaient alors trop abstraites pour moi, désincarnées. Je tentais de me rattraper à des banalités pour meubler la conversation. Il s'en rendait compte et pouvait devenir cruel. Une gravité qui devenait alors insoutenable, à commencer pour lui-même : il se prenait la tête, toujours de la même manière, penché sur son verre, livide, les veines saillantes qui irriguaient un crâne au bord de l'implosion. Il attendait beaucoup de nous, Sophie et moi, sans jamais rien demander. Comment savoir ? Comment deviner ?

« Sinistre besogne », répondait-il en passant à autre chose lorsque je commençais à regarder l'heure et lui demandais s'il allait bien.

Une question qu'il ne supportait pas.

« Comment veux-tu que j'aille bien, arrête ce genre d'idiotie ! »

La solitude était pire chez lui, tandis que je pouvais retrouver la table familiale quand je voulais, les amis de mes parents dont j'appréciais la présence. Pour Frédéric, la vie n'était qu'un continuum de « gens sales et méchants » comme il disait. J'osais répondre « Tu verras, on ira voir le monde », après avoir pointé sur la carte un lieu à la frontière du Tibet qui s'appelait Taxkorgan ; je m'en souviens comme si c'était hier : la table ronde du café, le demi de bière posé près d'un roman ouvert, la réconciliation. Nous avions calculé le nombre de kilomètres et les étapes à franchir pour nous remplir les mirettes de choses étonnantes. J'y suis allé depuis, j'ai fait le voyage en pensant à lui plusieurs fois et aux camarades alors qu'il devait croupir dans un coin maudit de Croatie, son beau visage rongé par les vers. Frédéric n'avait jamais pris l'avion, il n'avait pas de passeport. Une fois, je l'ai entendu dire qu'il voulait entrer dans la diplomatie, puis plus rien, pas de métier en vue, ni de carrière – le mot n'avait alors aucun sens pour nous –, sinon celle de l'écriture. Encore, je me demande s'il ne s'agissait pas d'une posture. Il aurait pu tout faire.

*

La bande du Saint-Sernin s'était formée sur les décombres d'une association de jeunes malfrats peu enclins à la tolérance. Il faut bien le reconnaître, nous n'étions pas des anges. Plutôt turbulents et très insolents. Binaires par définition, avec nos lacets blancs, nos cabans et nos redingotes, le son d'*Orange mécanique* dans les oreilles – un film qui nous avait enchantés. Le lycée n'avait aucun sens pour nous, sinon celui de l'expérience sociale en vase clos avec ses tribus et ses rituels. Les trimestres se déroulaient comme une suite de tunnels sans lumière. Nous tâtonnions par éclats successifs. L'énigme était pour nous ce concept de « révolution » que nous voulions redéfinir. Nous devions être à la hauteur de cette parenthèse universitaire qui s'ouvrait pour des jeunes gens tiraillés entre le particulier et le collectif.

Deux mois après la rentrée de septembre, le droit a commencé à ennuyer Frédéric alors qu'il y brillait plus que nous tous.

« À quoi cela va nous mener ? » disait-il avec nonchalance.

Il voulait s'inscrire en histoire médiévale, dès la rentrée suivante, à Paris.

« Je dois me diversifier », lançait-il.

« J'en parlerai à Sophie », disait-il encore.

Je connaissais déjà sa réponse mais ne lui dis rien. Elle y serait opposée.

Avec le latin, il voulait se mettre au grec ancien et parlait du concours de l'École normale, influence de nos khâgneux du Saint-Sernin que j'avais depuis pris en grippe à cause de leurs idées toutes faites. Sophie ne comprenait pas ces revirements et répondait doctement en essayant de le raisonner. Le droit était une vocation pour elle, un sacerdoce. Elle voulait finir son doctorat, entrer dans la magistrature. Elle nous parlait de justice et d'égalité, ce que nous ne comprenions pas. La Croatie restait notre seul agenda. Elle n'aurait qu'à voir ce dont nous étions capables ! La politique n'était pas son créneau. Nous lui prenions les épaules pour traverser la rue, nous lui tenions la porte, nous l'invitions à chaque fois avec nos maigres économies.

« Laisse, c'est pour nous, disions-nous avec emphase.

– Mais non… »

J'insistais :

« Mais si, enfin, pour qui tu nous prends. »

Le passage au tutoiement s'était fait naturellement, elle en avait décidé ainsi. La différence d'âge ne comptait plus, nous nous étions choisis dans ce bal qui devait durer toute la vie. Les règles du jeu n'étaient pas claires. Des rendez-vous sans intimité à part quelques baisers, pour cela inoubliables. Que voulait-elle ? Était-il possible de nous aimer tous les trois de la même manière ? Je revois ces photos et je me demande ce qui a cloché depuis.

Osijek est une petite ville de Croatie que nous connaissions par les nouvelles. Un point de contact dans ce vaste jeu d'échecs balkanique qui comptait pour la stabilité du Vieux Continent. De la Yougoslavie, nous ne connaissions presque rien, sinon Belgrade de nom, la capitale d'un royaume allié de la France, et Sarajevo qui avait reçu les Jeux olympiques d'hiver en 1984. Osijek était située à quelques kilomètres de Vukovar, lieu d'un affrontement dantesque près de la frontière serbe, à l'est de la zone croate. Entre pilonnages d'artillerie et combats urbains, cette guerre qui commençait comme l'éclair montra d'emblée son visage le plus brutal. En quelques semaines, le paysage avait été transformé, de petit coin de campagne paisible avec jardins et forêts, en enfer sur Terre. De notre côté, à Toulouse, avec les camarades du Saint-Sernin, nous rattrapions notre retard sur cette partie du monde en lisant tout ce qui nous passait sous la main. Nous avons ajouté à nos listes déjà bien remplies les ouvrages d'Ivo Andrić, Prix Nobel de littérature en 1961, et le formidable *Migrations* de Milos Tsernianski, contant l'histoire des diasporas d'Europe centrale, puis ceux de la séparation des Églises entre l'Orient et l'Occident.

En novembre 1991, nous étions dans la première phase de cette sale guerre – la plus intense, celles des Serbes et des Croates. Une guerre qui devait s'étendre sur une décennie, depuis la séparation de la petite Slovénie en 1991 – la plus à l'ouest de la fédération yougoslave, près de l'Italie – jusqu'au siège de Sarajevo, puis l'indépendance du Kosovo après les bombardements de l'Otan sur Belgrade. Point de grands architectes pour ces manœuvres mais des chefs hargneux rescapés de l'ancien système socialiste. Nous observions ce qui se passait à l'Est avec délectation, comme si ce flot de destructions pouvait répondre à l'absurdité de la vie, comme si ce conflit était une anticipation de ce qui allait nous arriver un jour. Nous en étions persuadés. Une guerre qui s'est insérée dans notre quotidien, d'une manière malsaine, au-delà des idées et des positions de chacun, surtout avec Vukovar, une bataille digne de Stalingrad. Selon Frédéric, le chaos était inévitable et même souhaitable. « Je flaire la bonne affaire, la possibilité d'une aventure », disait-il. Pour lui, il y avait un ordre suprême dans ce désordre absolu, ce qui le rassurait.

Avec la bande, nous nous étions rangés du côté du mal, par principe, contre le ronronnement global et une couverture médiatique au service de la seule émotion. En cette fin du XXe siècle, plus personne n'acceptait le diktat des grandes puissances, même au sein de l'Europe en construction. Nous ne parlions pas encore d'élargissement tandis que les petits marquis de la société de consommation ne voulaient rien entendre du passé qui revenait en force. Il n'était pas question encore de nous engager, de nous battre – en étions-nous capables ? –, même si nous voulions dans nos cœurs défendre la veuve et l'orphelin. Par la puissance des mots et des images, nous étions déjà dans nos têtes à Venise, Trieste, Ljubljana, Zagreb et Belgrade, dans ces longs couloirs déserts pour une Europe sans frontières. La Croatie était pour nous ce petit pays qui se battait pour sa liberté. C'est ce que nous pensions. Une expérience militante à peu de frais pour une esthétique de la mort et du courage.

Le Saint-Sernin bruissait de rumeurs sur nos intentions. Certains se voyaient déjà comme des transfuges, passer de l'« autre côté » avec armes et bagages, connaître la guerre pour grandir plus vite. Les idées fusaient, les projets, les grandes manifestations, les marches silencieuses en souvenir des âmes mortes. Nous cherchions notre guerre d'Espagne, il fallait nous préparer, tisser nos réseaux, nous organiser sans en parler à Sophie qui tenterait de nous raisonner. Nous étions tous les deux d'accord sur ce point. Il s'agissait d'une affaire d'hommes, alors que Frédéric commençait à la retrouver dans mon dos – ce que je ne savais pas encore.

*

Sophie nous attendait à la sortie de chaque cours en nous lançant des sourires complices. Elle prenait son temps à ranger ses affaires, à échanger distraitement avec d'autres étudiants venus eux aussi poser des questions sur les examens. Nous étions sa pelote de laine, n'hésitant pas à distribuer des coups de patte bien sentis. Il n'était pas question encore de nous voir hors du strict cadre de l'université et des apartés de couloir. Il y avait deux TD par semaine, le mardi et le jeudi. Les week-ends nous semblaient interminables. Elle portait souvent une jupe en stretch noir qui se relevait lorsqu'elle se mettait sur la pointe des pieds pour écrire au tableau.

Nous étions fous d'elle – notre trésor –, jaloux et infects lorsqu'elle nous parlait de réunions avec d'autres chargés de cours, des types insignifiants selon nos critères – des besogneux. Sa petite bouche murmurait des choses appliquées avec douceur, elle soignait son vocabulaire, elle voulait être comprise, aimée – je l'ai bien senti. Frédéric était plus brutal dans l'expression de ses sentiments, une manière d'être qui pouvait dérouter – je ne sais pas s'il en avait conscience, ce n'est pas pour autant qu'elle l'aimait moins. Elle était pour lui un personnage de roman qu'il se devait de séduire pour franchir un interdit, faire confiance.

Nous passions à l'offensive, lisions encore plus pour l'impressionner, jusqu'à lui réciter des lignes du *Spleen de Paris* apprises la veille. Ce que fit Frédéric dans le grand hall, de manière théâtrale, avant de lui proposer de prendre un café, genou à terre : « Enfin ! seul ! On n'entend plus que le roulement de quelques fiacres attardés et éreintés. Pendant quelques heures, nous posséderons le silence, sinon le repos. Enfin ! la tyrannie de la face humaine a disparu, et je ne souffrirai plus que par moi-même... »

Une première, nous étions prêts pour le flux des sentiments amoureux, une tentative inoubliable. La bande ne comptait plus en cet instant, ni la politique, ni la Yougoslavie – dont nous ne lui parlions pas. Nous étions seuls au monde, à rebours de tout ce que nous nous étions juré de ne jamais faire. Elle ne dit pas « non », mais pas « oui » non plus. Un rendez-vous ? Oui, un rendez-vous, pourquoi pas. Nous avons insisté, je l'ai prise par le bras, elle s'est laissé faire. Nous étions si fiers. Elle nous a proposé d'aller au Papagayo, un lieu habituel pour elle – je me souviens de la moue de Frédéric qui était prêt à refuser pour ne pas croiser ceux d'« en face », les gars de l'Unef avec leurs alliés de la JCR. Je lui donnai un coup de coude : « Parfait ! » dis-je pour nous deux. Au diable la politique et le reste ! Si nous devions nous battre, elle verrait bien que nous étions les plus forts.

Un jeudi, vers 11 heures, le café était encore désert. Une chance. J'étais chargé de l'entrée tandis que Frédéric surveillait la rue par la baie vitrée qui ne demandait qu'à voler en éclats. Nous faisions les grands. Elle nous confortait dans ce jeu de rôle. Je ne me souviens plus des termes exacts de la conversation, nous franchissions une étape après laquelle un retour à la normale serait impossible. Nous avions parlé études, de nos choix, de son parcours à elle – petite fille rangée –, de ses rêves et ambitions. Il y a eu des silences, des tentatives, des regards, des explications laconiques de Frédéric sur sa vision originale de l'existence. Nous n'osions pas la fixer dans les yeux en même temps. Je faisais le mariole avec « mon air entre deux airs », comme elle me le dit une fois, sans que je sache s'il s'agissait d'un compliment ou pas. Nous avions pris un café « serré » que je torturais avec la petite cuillère.

« Vous viendriez en voyage avec nous ? » avais-je demandé soudainement.

Je revois l'éclat de son regard, quelque chose était en train de se passer. Elle n'était plus l'enseignante mais l'amie, celle qui nous écoutait.

« Pour aller où ?

– On ne sait pas encore, il faut nous faire confiance », avait répondu Frédéric.

Il arrivait que je commence une phrase et qu'il la termine.

« À nous trois ?

– Oui, à nous trois, nous sommes inséparables maintenant. C'est à prendre ou à laisser.

– On part quand ? » avait-elle répondu.

*

Dans les jours suivants, nous l'avons invitée au cinéma. Je me suis lancé, je l'ai embrassée devant Frédéric en fin de séance. Elle s'est laissé faire, surprise d'abord, puis saisie de tremblements. J'étais le héros de la place Wilson tandis que

Frédéric lui avait pris la main pour l'étrange ballet d'un amour qui commençait. Nous l'aimions à nous jeter dans les flammes, elle nous fascinait. Elle était la mère, la sœur, l'amante. Après ce premier geste, nous nous sommes déclarés, chacun notre tour afin de nous jurer fidélité comme si ce moment devait durer la vie entière. Nous sortions tous les trois, elle riait, elle nous aimait « ensemble » disait-elle, avec sa bouche remplie de mots rassurants.

« Je vais vous aimer pareil, déclarait-elle.

– Mais c'est impossible, répondait Frédéric, tu dois choisir. Lequel tu préfères ? »

Il la provoquait. Elle rougissait. Nous marchions dans la rue en la prenant par la main « chacun d'un côté », le long de cette même Garonne où Frédéric avait voulu se jeter un soir, pour « voir ce que cela faisait de mourir ». Sophie s'était précipitée pour le retenir alors qu'il était déjà monté sur le parapet, l'imbécile. En sa présence, le temps se remplissait de mots inattendus.

« Racontez-moi des histoires, nous demandait-elle.

– Mais tu nous ennuies avec ces demandes. Laisse les choses venir…

– Vous voulez être écrivains, non ? Allez, faites-moi rêver !

– Tu en dis déjà trop, répondait Frédéric en lui prenant le bras, notre relation est inhabituelle, unique, elle ne peut pas se décrire, elle se compose à la seconde. C'est comme un engagement, on ne peut pas revenir en arrière. »

Il n'aimait pas le mot « amour », il en avait peur. Il parlait de « relation », de « fréquentation », ce qui ne manquait pas de faire enrager Sophie.

« L'amour, c'est un bloc qui te tombe dessus, affirmais-je.

– Je préfère des mots doux, mais, si tu insistes, lui répondait-elle, je vous verrai l'un après l'autre, chacun d'un côté pour ce qu'il a de mieux. »

Elle riait aux éclats, en se moquant de nous avec notre air désabusé. Sophie avait eu quelques passades amoureuses avant nous, « mais rien de sérieux », d'après elle.

« Tant mieux, commentait Frédéric.

– Et nous, c'est sérieux ? disais-je.

– Je n'aurais jamais pu imaginer une telle combinaison. Vous m'avez surprise !

– Elle est là ton histoire, c'est ce que tu voulais, non ? rétorquait Frédéric.

– Je suis bien avec vous, je retrouve un peu de calme, vous me sortez de moi-même.

– Être bien ne veut rien dire, répondait Frédéric, c'est la fébrilité de notre amitié qui compte, son ambiguïté. Je ne crois pas à cet amour plat et conventionnel dont tout le monde parle. À force de le clamer, je suis certain qu'il n'existe pas, c'est nous qui avons raison ! »

Sophie nous suivait, cherchait notre compagnie avec déraison alors qu'elle avait un doctorat à finir, des concours, une carrière en devenir. Nous la placions sur un piédestal. Nous la poussions gentiment pour effleurer sa poitrine à la sortie des classes, tendrement, avec une complicité qui nous rendait « irremplaçables » selon elle. Nous commentions ses tenues, elle tournait la tête et remontait sa jupe doucement dans le couloir après avoir vérifié qu'il n'y avait personne. Je posais ma paume sur son sexe, elle retenait son souffle. Frédéric me regardait. Nous réinventions la vie. Elle aimait ces jeux coquins, nous encourageait – nous avions carte blanche. Elle redevenait en notre présence une petite fille riant aux éclats, goûtant à cette liberté dont nous l'abreuvions.

« À deux, la vie est trop simple, terne, répétitive, déclarait Frédéric.

– Pouvons-nous avoir un enfant à trois ? » rispostait-elle.

*

Une fois, nous l'avions accompagnée faire des courses et nous avions volé des sous-vêtements pour elle, rêvant qu'elle les enfile devant nous, sur place, maintenant, sans attendre, un « geste révolutionnaire », selon Frédéric. « Retournez-vous ! » avait-elle ordonné dans la cabine d'essayage. En sortant, nous nous étions faufilés sans payer vers la sortie pour nous réfugier à l'Utopia, un cinéma d'art et d'essai, et voir un documentaire sur Andy Warhol. Un gars sous acide s'était jeté par la fenêtre de la Factory, persuadé qu'il pouvait voler comme un ange :

« Quel con ! avions-nous hurlé dans la salle.

– Ce type est un minable, avait ajouté Frédéric, sans compassion, alors que le geste du gars avait une certaine allure. Moi, je peux voler comme un ange, vous verrez.

– Arrête ton char, idiot, tu nous ennuies », avais-je répondu en serrant Sophie contre moi, tentant de lui saisir les lèvres à nouveau.

New York était une ville que nous voulions découvrir à trois.

« Je suis le funambule sans filet, continuait-il dans la rue, je vis, je vole, je meurs. »

Je n'avais pas compris ce qu'il voulait dire. Une conversation qui m'est revenue dix ans après, devant l'effondrement des tours du 11-Septembre. Lui aussi avait l'impression d'étouffer à la recherche d'un oxygène rare. Dans la pénombre de la salle, nous avions eu le droit de poser la main sur ses cuisses, de remonter jusqu'à la limite du bas-ventre, le jeu était d'aller à la même vitesse. Si l'un de nous trichait, nous devions repartir depuis le genou. Nos mains se croisaient avec celles de Frédéric au niveau du pubis, déjà brûlant et humide. Nous retenions notre souffle – une respiration –, Sophie fermait les yeux et entrouvrait la bouche. Nous l'embrassions ensemble, doucement d'abord, puis chacun notre tour, lui tenant le visage dans cette salle à moitié vide. À l'heure des cinéphiles, tout était permis. Nous nous étions confiés sur nos doutes, nos inquiétudes, elle ne voulait plus nous quitter, plus nous lâcher, elle voulait prendre tout ce que nous pouvions lui donner sans arrière-pensées ni réserves dans l'attente des jours à venir, comme s'il n'y avait rien de plus fort que ce présent que nous réinventions.

« Oui, New York, pourquoi pas ? Allons-y…

– Je vous suis à condition que vous arrêtiez de vous disputer continuellement. »

Nous voulions tout partager, nous échapper vers une destination inconnue.

« Tu n'as rien compris, Sophie, entre nous c'est plus fort que tout, tu n'existes pas », répondait Frédéric.

Elle était triste pour quelques minutes puis redevenait normale. Nous étions ses « porteurs de lumière », comme elle disait en posant la tête sur nos épaules, à tour de rôle, avec des jeux de langue et de main. Ce serait notre voyage à nous, notre périple initiatique, l'Amérique, les grands espaces et la fusion des corps dans des cadres différents. Être avec Sophie nous paraissait si doux, je lui prenais la tête entre les mains et lui embrassais le front. Elle se laissait faire avec ses yeux gourmands, ses formes puissantes, ses mains à la recherche du désir. Nous nous étions mis à courir sous la pluie en renversant les poubelles. Nous ne savions pas aller plus loin, pas tout de suite. « Attendez un peu... », semblait-elle nous dire malgré les apparences, malgré ses provocations. Elle devenait enfin, après toutes ces années, celle qu'elle n'avait jamais osé être. Avait-elle été heureuse ? Parfois nous allions dîner à la brasserie du Capoul, un lieu qui nous plaisait pour son élégance.

« Elle nous provoque, disait Frédéric, je ne vais pas tenir. Je te préviens. »

« Un jour, je serai à vous deux », répondait-elle, malicieuse, en nous laissant pantois devant la grande porte de son immeuble après nous avoir déposé à chacun un baiser au bord des lèvres.

Je franchis le Rubicon des oubliés, j'avance comme un somnambule. Je dois aller en Croatie pour comprendre ce qui s'est passé alors que nous n'avions pas encore vingt ans. J'ai voulu aller vite depuis, ne pas m'accrocher à cet âge confus. L'acteur avait raison, il est temps d'avancer. Qu'est-il arrivé à Frédéric depuis son départ ? Si je me suis souvent posé la question, j'ai craint la réponse. Au Saint-Sernin, il y avait Stéphane qui sortait ses poings avant toute discussion, Christian qui déchiffrait des romans épais, Louis-Xavier qui s'était fait tatouer une fleur de lys sur l'épaule, Emmanuel qui voulait devenir maître de karaté, Arnaud qui sifflait les filles, Jérôme qui débattait tout seul de sujets importants, et Catherine – dite « Katy » –, la seule fille de la bande, qui n'était pas la dernière à venir se castagner avec nous. Si tous avaient connu Frédéric, j'en avais été le plus proche. Eux non plus n'avaient pas compris cette soudaine absence. Une autre époque, celle des effacements possibles, de la vie jouée à pile ou face. Je pense à ces amis alors que je m'apprête à répondre à Goran, depuis son message lancé comme une bouteille à la mer. J'en ai acquis la certitude, une question de paix intérieure, une question de fidélité à cette amitié qui a tant compté – pour moi. Je rassemble les maigres éléments dont je dispose, la force surtout dont j'ai besoin pour ce retour qui n'est pas qu'intérieur.

Après les années 1990, l'engagement politique a changé de nature. Le bon temps où les militants de gauche allaient se balader en Amérique du Sud et ceux de droite en Afghanistan ou au Liban était révolu. L'époque des chiens de guerre devient tristement un objet de recherche pour universitaires, avec colloques et publications savantes. Fini les anciens paras qui voulaient se tailler des royaumes à la manière d'un Kipling. Si certains se voyaient comme les défenseurs d'une juste cause, d'autres n'hésitaient pas à entrer dans cette carrière pour des raisons moins avouables. Condamné par la justice dès 1977, le mercenariat a été réprouvé par la France en 1994 avec une disposition spéciale du Code pénal. Avant cela, il y avait eu Bob Denard et ses hommes de main, les services rendus, le Tchad, les Comores, l'Angola, ou encore le Biafra et le Katanga dans la foulée des guerres coloniales. Tous étaient en recherche d'une vie digne et acceptable, contre toute idée de déchéance. Pour la Yougoslavie, il y eut rapidement des engagés volontaires des trois bords, auprès des Croates, mais aussi auprès des Serbes et des Bosniaques. Du côté croate, des réseaux se sont formés dans la mouvance nationaliste européenne, dont une trentaine de Français qui ont rejoint dès novembre 1991 la Légion noire de Mladen, du nom d'un Croate immigré en Suède où il tenait un restaurant. Cette idée de guerre était alors acceptable. Certains avaient une expérience militaire acquise en Angola dans la guérilla anticommuniste, d'autres étaient des déserteurs de la Légion étrangère, entraînant avec eux leurs camarades de section.

Dans ce marché de la mort, la Yougoslavie a été un tournant. L'idéologie revenait au premier plan après une décennie de régulations techniques, d'adaptations aux changements géopolitiques. En Irak, plus tard, ce sont des sociétés de service, des *contractors* affiliés à des agences gouvernementales, qui ont pris le relais avec l'idée d'un appui aux opérations de paix et d'un soutien humanitaire, si grotesque que cela puisse paraître. Le soldat libre-penseur qui pouvait inspirer notre démarche avait laissé place à une activité privée pour justifier les budgets des bailleurs de fonds internationaux, le comble de l'ironie. Mais nous avions oublié que la jeunesse a des constantes : la faim – je pense aux gars de Kadhafi semant la mort dans les derniers jours de Tripoli –, la foi peut-être, mais surtout l'appel du grand large, quelle que soit la direction prise par les vents. Dans le cas de Frédéric, il n'a jamais été question d'argent et il n'était pas croyant sinon en lui-même. Nous refusions toute marchandisation de la vie et des idées. Dans le Donbass, en Ukraine, des anciens de Croatie ont refait surface vers 2014, incapables de retrouver une place dans la société. J'ai pensé à eux en revoyant la figure du *Capitaine Conan* de Bertrand Tavernier, lorsque Philippe Torreton se rappelle après la démobilisation ses combats de Sioux sur le front bulgare. Il y a la violence légitime que l'on apprend en cours de droit, et celle décidée par des individus – pour le meilleur et pour le pire.

*

Je dois m'y rendre à mon tour. Un voyage si proche mais qui me semble un récif inabordable – contourné depuis toutes ces années, petite braise des Balkans. Le récit se précise. Refaire le voyage en sens inverse, en bordure des « falaises de marbre » comme nous disions, en référence à

Ernst Jünger que nous voulions rencontrer dans son refuge de Wilflingen, en vieux pays souabe. L'emprise se délite. Je suis l'homme d'Orient, je relis à voix haute mes notes prises à l'hiver 1992 dans un café près de l'université : des dates, des noms, avec des coupures de presse qui se déplient en accordéon sur des papiers jaunis. Je ferme les yeux. Pourquoi réveiller cette mémoire engourdie ? L'acteur m'encourage. Je dois aller au bout de cette démarche, j'en ai besoin pour l'amitié et l'amour. J'étais si fragile. Frédéric avait été cette lumière sur la côte des naufrageurs. À mon tour d'allumer la dernière cigarette. Il est bien venu me rendre visite au cours d'une soirée avec l'acteur, je n'ai pas rêvé. Il ne m'avait donc pas oublié. Combien de temps avait-il tenu dans ce drame à huis clos ? Quels ont été ses derniers mots ? Le carnet noir de nos lectures me revient en mémoire. J'aurais pu tout inventer. Le mensonge aurait été une bien piètre vengeance. Je vais grandir. Il n'est pas trop tard. La Croatie, l'université, les camarades et les années de jeunesse qui ne reviennent plus. Pour nous, il était évident que Sophie devait rester hors de nos affaires. Après le départ de Frédéric, cette ligne m'a bien arrangée : « Il est parti en voyage », disions-nous devant les autres, sans se douter de ce qu'il était vraiment en train de faire.

« Il y a ceux qui passent à l'action et ceux qui resteront des observateurs toute leur vie », me disait Frédéric, en repoussant mes positions sur la nature de notre engagement. Le diable était entré dans son cerveau, il voulait faire le coup de feu à tout prix, se démarquer des autres, faute de pouvoir leur ressembler. Mes remarques l'agaçaient. Des jeunes s'engageaient dans l'humanitaire et vivaient ainsi leur expérience d'adrénaline, mais le tiers-monde ne nous intéressait pas. Nous n'avions pas l'intention de sauver qui que ce soit à part nous-mêmes. Tout ce qui venait du monde capitaliste ne pouvait qu'ajouter des troubles à des situations déjà inextricables. La jeunesse a besoin de fraternité, d'un idéal pour avoir le sentiment d'exister. La guerre de Croatie était le premier conflit après la chute du mur de Berlin, c'était du sérieux. Tito avait été un héros pour toute une génération politique, l'entrée en guerre de ces paysans du Danube sonnait le glas de ces belles années. Personne ne s'y attendait. « La révolution n'est pas un dîner de gala », disait Mao. Nous nagions en pleine abstraction. Une guerre qui n'était pas de « basse intensité », selon les spécialistes, avec des chefs de bande pour héros, des mafieux et des criminels. C'est la fin tragique de la bataille de Vukovar – la seule dont on se souvienne avec Sarajevo – qui a motivé notre projet de départ, plutôt réservé au début, la rentrée universitaire s'était bien passée et nous avions rencontré Sophie. Ce sentiment d'impunité m'effraie maintenant, une grâce en négatif, sans amour ni patrie. Nous voulions attaquer la diligence du siècle.

« Il suffit d'être prêt », disait Frédéric.

1991. Slavonie orientale, le Danube, ses méandres, l'odeur de la poudre. La guerre fait rage depuis plusieurs semaines entre Serbes et Croates, les frères ennemis. La Grande Serbie d'un côté, la Croatie nationaliste de l'autre. Près d'Osijek et de Vinkovci, des bourgades croates à la frontière serbe, la ville de Vukovar fait office de verrou pour l'armée fédérale qui cherche à rétablir l'ordre ancien, celui de la Yougoslavie. La JNA doit s'en emparer à tout prix pour reprendre pied en Croatie et faire la jonction avec ses propres troupes positionnées à l'ouest, au sud de Zagreb, protégeant l'enclave serbe de Krajina. Il pleut comme à Gravelotte, les combats se déchaînent dans un contexte urbain. L'armée cherche à passer en force sur un terrain accidenté tandis que le réduit croate s'amenuise un peu plus chaque jour. Au Saint-Sernin, nous disséquions chaque étape de la bataille avec minutie, une guerre de mouvement dans un premier temps

– avec l'été –, un siège en bonne et due forme avec les pluies de l'automne. La mobilisation nationale est déclenchée par la jeune Croatie le 5 octobre ; le 15 juin elle avait proclamé son indépendance. Les milices de défense des débuts sont progressivement remplacées côté croate par une armée régulière, avec service militaire et armement fourni par l'étranger, souvent les mêmes qui appelaient à la cessation des hostilités. Les réflexes d'une Europe impériale ont vite repris le dessus, les Français étant accusés de soutenir les Serbes, les Allemands d'appuyer le projet d'indépendance croate. La Yougoslavie n'existe plus que sur le papier, la lutte est rude dans les bunkers de la guerre froide. Les anciennes provinces se déchirent selon l'intrication des nationalités et des religions réparties dans des enclaves héritées du passé, qu'il soit austro-hongrois ou ottoman. On parle de « nettoyage ethnique », une expression née dans le contexte yougoslave et reprise ensuite par les Nations unies. La plupart des combattants étrangers venus soutenir les Croates ont été rassemblés dans des sections spéciales, selon leurs origines et leurs langues communes. Si la cause croate avait été populaire dans les milieux d'extrême droite en Europe, il y avait de tout, des militants, des aventuriers et des jeunes épris de liberté. Je pense à Jean-Michel Nicollier, un Français né en 1966 à Vesoul, parti sur un coup de tête dans ce bourbier et dont nous avions vu l'image dans un reportage à la télévision – un moment déclencheur à n'en pas douter. Le garçon participait à la bataille de Vukovar. Il nous avait impressionnés. « Un type qui en a », avait dit Frédéric. Sur le front d'Osijek, peu d'étrangers avaient opéré. La guerre en Bosnie allait débuter plus au sud, Serbes et Croates voulant se partager le pays selon les termes d'un accord entre Tudjman et Milošević, les deux chefs politiques à la manœuvre, le premier croate, le second serbe. Nous n'étions qu'au début d'un vaste conflit qui allait durer plusieurs années. À Zagreb, les combattants des années 1990 venaient chercher l'alcool et la drogue, le temps d'une courte permission loin du front et de ses horreurs.

Sur d'anciennes cartes postales que j'ai retrouvées sur Internet, nous pouvons deviner la richesse d'un pays qui n'existe plus. Elles sont légendées en quatre langues, dont le français, elles datent des années 1900. Vukovar était un mélange de populations comme beaucoup de ces bourgades d'Europe centrale, en bordure de frontières oubliées. Il y avait du monde de Zweig dans ces instantanés d'une époque à jamais révolue, un art de vivre avec des accents et des coutumes différents. Je vois ainsi la petite gare de Vukovar qui permettait de relier en train

Belgrade à Sarajevo, une autre en sépia montre le vieux marché du centre avec ses belles arcades, une troisième, plus fanée, représente la grande synagogue construite en 1845. Cette ethnographie mélangée, Croates, Serbes, Slovaques et Ruthènes, se retrouva au cœur de la bataille pour la défense de leur ville comme ils auraient pu le faire au Moyen Âge. Au dernier recensement de l'époque yougoslave, Vukovar comptait 87 000 habitants, une riche bourgade, un port naturel installé sur le Danube qui vivait du commerce avec le reste de l'Europe et ses nœuds commerciaux. Sécession contre indépendance, la guerre des slogans et des passions. Au Saint-Sernin, il y avait une télévision sur laquelle nous regardions ces images retransmises depuis ce coin d'Europe qui nous parlait d'un avenir différent de ce que l'on nous avait dit. Pour nous, il s'agissait d'un combat en bonne et due forme avec des gentils (les Croates) et des méchants (les Serbes). Nous étions confortés dans ce point de vue par la pensée dominante. L'Europe des régions était alors un concept en vogue.

*

Le 24 août 1991 marque le début de l'attaque de Vukovar par les troupes serbes – ils tiennent les postes clés dans la JNA. Des bombardements touchent les localités voisines, dont Osijek, la ville où je dois me rendre pour retrouver Goran, là où Frédéric s'était certainement rendu depuis Toulouse. Le projet de Belgrade était d'avancer le plus en profondeur en territoire croate pour faire la jonction avec la région de Krajina peuplée majoritairement de Serbes. Au contraire des Croates, les populations serbes étaient dispersées sur l'ensemble du territoire yougoslave, soit près de 8 millions d'individus pour un peu plus de 4 millions de Croates. Selon le plan initial, Vinkovci et Osijek devaient être prises dans la foulée de Vukovar. Mais rien ne s'est passé comme prévu, l'armée fédérale avait sous-estimé la capacité de résistance de ces guerriers motivés par l'idéal de leur jeune patrie et surtout par ce qui était considéré comme une agression. La bataille s'est enlisée. Il ne s'agissait plus d'accrochages mais de manœuvres de chars avec soutien d'artillerie en zones urbaines. L'armée aurait dû contourner la ville, ne pas s'arrêter, encore moins s'acharner malgré un rapport de force écrasant en leur faveur, 2000 combattants pour la garde nationale croate contre plus de 30000 fédéraux au pic de la mobilisation. Vukovar devint un symbole pour les deux camps. Il ne fallait pas perdre malgré le nombre important de déserteurs du côté serbe, les officiers n'hésitant pas à faire tirer sur leurs propres lignes pour les faire avancer.

Dès septembre, soit quelques semaines après le début de son engagement, la JNA compte de lourdes pertes, infanterie et matériels lourds, laissant des dizaines de véhicules blindés sur la route stratégique de Trpinjska. La route permettait d'accéder au centre de Vukovar, un axe vital pour la défense croate. Des unités spéciales avaient été entraînées pour neutraliser les chars lourds de l'armée, les empêcher de manœuvrer et s'emparer des munitions. Il fallait tuer sans détruire, récupérer le matériel et se faufiler entre les lignes pour revenir en arrière avec le magot. Pour les seules journées des 27 et 28 août, deux avions de chasse serbes avaient été abattus, dix chars avaient mis hors de combat. Selon un volontaire croate interviewé à l'époque, dont je me rappelle encore le visage noirci, « il fallait s'approcher à vingt mètres pour être certain que chacune de nos munitions touche son but ». Nous étions éblouis par ces images qui n'étaient pas un film en noir et blanc. « Putain, c'est du lourd », avait lâché Frédéric. Nous commentions avec passion les armements, les uniformes, les paysages urbains dévastés, les cris de guerre. Nous vivions cette offensive par procuration. Les troupes de la JNA arrivaient par le sud et le nord, depuis Osijek déjà encerclée par des milices serbes, tandis que l'artillerie se positionnait sur l'autre côté du Danube, du côté de la Voïvodine, à l'abri d'une grande forêt. J'ai pu voir ce terrain légèrement accidenté qui se déroule jusqu'à une butte dominant le fleuve au sommet de laquelle se trouve un château d'eau qui servit de poste d'observation pour les forces croates. Ce monument est toujours là de nos jours, fracturé, en ruine, troué de toutes parts, symbole d'une ville martyre.

J'ai posé cinq jours de congé. Mon supérieur hiérarchique fraîchement rentré de ses vacances dans les Pouilles n'a pas posé de questions. À mon tour de partir, les collègues arriveront à suivre les dossiers le temps de cette escapade. Rien d'urgent. Avec l'acteur, nous avons pris un dernier verre pour nos blablas habituels. À bientôt, l'ami, je te raconterai !

« Tu es obligé d'y aller ? m'a-t-il demandé.

– Oui, le moment est venu. Je n'ai plus d'hésitation. »

Trois fois, je lui ai dit de ne pas s'inquiéter. J'ai senti qu'il regrettait de m'avoir encouragé. Frédéric était devenu un ami imaginaire pour nous deux, j'en parlais comme s'il était là. Comme de Sophie d'ailleurs, mais avec plus de réserve, elle n'avait pas eu le beau rôle, je m'en veux. L'acteur désirait en savoir plus maintenant.

« Bonne chance, m'a-t-il dit, comme si je partais à mon tour en guerre. Tu me raconteras à ton retour. Je tiens la table en ton absence, reviens vite ! »

Dans l'avion, j'ai pris un premier whisky, puis un second. Vol TK1055 pour Zagreb depuis Ankara avec escale à Istanbul. Un ciel gorgé d'eau qui me donne l'impression de s'écraser sur les collines. Le massif des Rhodopes puis la Macédoine où je reconnais les rives du lac d'Orhid, la petite cité lacustre de Struga, une ville où j'ai été invité à suivre un festival de poésie il y a quelques années. Plus loin, c'est Belgrade, le Danube et ses affluents qui dessinent des veines sur un corps de marbre. Un temps clair et dégagé sur l'aéroport Franjo-Tudjman. Deux heures de vol pour un voyage trop longtemps repoussé – je suis ébloui. Le chauffeur du taxi est trop jeune pour se souvenir des années de couvre-feu, de la guerre et du reste. Il ne m'écoute pas, il s'en moque. Par la fenêtre baissée, ce sont de belles allées pour une Vienne en miniature que je découvre, un bistrot, une bière, une nappe blanche.

*

Avec Frédéric, nous savions qu'il fallait prendre des *deutschemarks* pour se rendre dans cette partie des Balkans. C'était la monnaie forte de l'époque. Nous avions potassé un vieux *Guide bleu* sur la Yougoslavie qui avait appartenu à mon grand-père. Je respire, j'ouvre les bras, enfin. Les écritures sont en lettres latines, non loin de l'Hotel Dubrovnik Palace, je déambule sur la place centrale. Il y a du monde, une odeur de pluie près du marché. Frédéric a-t-il aimé une autre femme après Sophie ? Une fille de rencontre, une fille pour étrangers venus se perdre dans les brumes de son pays, les armes à la main ? En guerre, tout est permis. Il y a eu un concert la veille, près du château et des ruelles médiévales, un séminariste passe devant moi en col romain. Zagreb, le 9 novembre 1880, un tremblement de terre figea la grande horloge, 7 heures et 3 minutes, le matin. Au Palace Hotel, dans la glace de la salle de bains, je ne me reconnais pas. Ma première nuit intérieure. J'ai eu un rêve étrange, celui du patriarche œcuménique Bartholomée de Constantinople arrivant en Cappadoce pour signer un traité de paix avec les Turcs. À ses côtés se tenait Daniel Cohn-Bendit, en grand officiant, vêtu d'une toge blanche et de chaussettes dans des sandalettes de cuir. L'inconscient a ses mystères.

Sur la place centrale, le lendemain matin, je remarque la statue du ban Josip Jelačić, un général croate au service de l'Empire austro-hongrois.

En 2016, pour la première fois, lors de l'anniversaire de l'opération éclair menée par l'armée croate en 1995 contre la région autonome de Krajina, des manifestants se sont rassemblés à son pied pour commémorer la mémoire de « toutes » les victimes de la guerre, y compris celle des civils serbes tués dans cette opération militaire, un sujet tabou. Il s'agissait de la dernière action d'envergure pour clore quatre années de guerre avec le voisin serbe. Le tramway circule. Je suis les rails à la recherche d'une ville enfouie, Zagreb, la Croatie, alors que je chine les signes d'un passé qui ne m'appartient pas. J'imagine ce que nous aurions fait avec Frédéric près de trois décennies plus tard, réparer l'absence. Il y a des jeunes, c'est la chute des feuilles, l'odeur caramel de l'automne, des chiens qui vagabondent, des arbres, beaucoup d'arbres, platanes, marronniers, pins, acacias, des couples qui s'embrassent, jeans troués et smartphones. Ce sont de grands et beaux immeubles portant des noms d'architectes autrichiens. Il fait beau. Je me sens si léger.

Sur le quai de la gare, Glavni Kolodvor, *peron* 2A, 12 h 49, j'attends le *Croatia Express* pour Osijek. J'ai enfin écrit à Goran. Il ne m'a pas encore répondu. J'y vais quand même. Depuis Zagreb, la carte m'indique un trajet en ligne droite vers l'est, au Danube. J'ai vingt minutes d'avance. Signe des temps nouveaux, le *Train bleu* de Tito réhabilité pour les touristes est annoncé en provenance de Belgrade, le même qui avait ramené son corps. Les anciennes républiques socialistes se réveillent avec une féroce nostalgie pour le pays d'avant, paix et unité. Ce mal porte un nom, *yougonostaljia*, un mal qui évoque aussi l'amertume du présent, entre déception européenne et stagnation économique. Cette guerre dont je parle n'intéresse plus, et avec elle ses combattants quels qu'ils soient. J'ouvre la fenêtre du compartiment où je me retrouve seul dans le dernier tronçon, entre Koška et Osijek. L'air brûlant de l'automne continental me fait suer. Je remets ma veste, je me suis assoupi, je me passe un peu d'eau sur le visage. Terminus. Osijek. Pas moyen de faire demi-tour. Est-ce que Goran viendra à notre rendez-vous ? Un petit coin d'Europe orientale où les gens sifflent les couchers de soleil.

Goran est venu. Il a bien reçu mon message. Il m'attend sur l'unique quai, les mains dans les poches, avec des lunettes noires effilées, de celles qu'utilisent les alpinistes. Je l'ai reconnu tout de suite, sans hésitation. Il n'y a pas grand monde. Un homme de ma taille, au-dessus de la moyenne, en plus massif. Un visage coupé à la serpe, un rire presque enfantin, un regard que je ne déchiffre pas. J'arrive dans un trou, un vrai trou, comme dans *Quelques jours avec moi*, ce film de Claude Sautet que nous avions tant aimé avec Sophie, serrés l'un contre l'autre pendant toute la durée du film, avec Daniel Auteuil et Sandrine Bonnaire lancés dans une joute amoureuse que nous voulions imiter. La gare d'Osijek est moins prestigieuse, un bout de réseau qui ne va pas plus loin. Après, c'est la Serbie.

« Il y a longtemps que je t'attends », me dit-il d'emblée, dans un anglais simple et efficace.

Nous nous donnons l'accolade comme si nous nous connaissions déjà, deux amis qui se retrouvent après une séparation, tant de choses à se dire, à rattraper depuis ce rendez-vous manqué de 2003. Je bafouille une excuse. Je regarde autour de nous, il est seul. Pas de Frédéric ventripotent avec lui, ni femmes ni enfants. Des anciens combattants étrangers étaient restés en Croatie après la guerre pour se marier, se faire oublier et profiter de leur nouveau pays comme des conquistadors. Les choses sont claires, pas de surprise. Il est venu à pied depuis son bureau, un bâtiment moderne avec de grandes baies vitrées qui donnent sur la gare. Je n'en mène pas large.

« Je suis officier de police », dit-il avec application.

Je réponds un peu vite : « Beau métier. »

Un garçon qui me plaît, un taiseux du Danube, un gars à la voix enrouée, un sourire énigmatique. Depuis la fin de la guerre, il ne semble pas avoir bougé, la même ville, le même décor alors que j'ai fait plusieurs fois le tour du monde. La journée est terminée pour lui, une longue soirée peut commencer. Un ciel bas, moins de 100 000 habitants pour Osijek, avec un centre historique, une citadelle, des étudiants et des cafés, des berges ouvertes aux promeneurs. Je serais bien allé à l'hôtel directement, seul, pour ressasser mes souvenirs une dernière fois, m'assoupir un peu, alors que je suis venu pour combler des lacunes. Mais je ne sais pas faire, je n'ai jamais su dire non. Nous faisons quelques pas. Il n'y a pas de taxis.

Goran est aussi carré que sur ses photos. À dix-huit ans, il devait être impressionnant, un colosse prenant les armes pour sauver son pays. J'aurais fait de même, à n'en pas douter. Il avait eu la chance de devenir un héros – le mot qui change tout. Je temporise, je m'échappe. Un moment d'histoire que nous avons voulu faire nôtre avec nos arguties idéologiques alors que l'amour nous ouvrait les bras. Je ne veux pas parler de Frédéric le premier, ni même de Sophie encore. Il faut savoir attendre, je savoure, ma seule résolution pour cette rencontre d'un genre un peu particulier. Je foule enfin le même quai où Frédéric était arrivé un certain mois d'hiver 1992. Je suis tenté de me baisser pour prendre un peu de gravier dans les mains. À Toulouse, au même instant, nous éclusions avec Sophie les bars du quartier pour le retrouver – je n'avais rien dit sur mes intuitions. Nous avions fait l'amour ensuite, le soir même, pour conjurer nos peurs. La première fois.

Goran boite un peu. La jambe gauche.

« Une ancienne blessure », me dit-il, sans plus de détails.

Il ne s'étend pas. Une foule de questions se bousculent pourtant. Partager la mémoire d'un ami commun est-il suffisant ? Frédéric a été un feu follet dans nos vies, celles de Goran, Sophie et la mienne. J'ai pris avec moi la lettre qu'il m'avait envoyée la veille de son départ, postée depuis Toulouse, avec le cachet de la poste centrale de la rue Lafayette. J'ai pris aussi les quelques photos dont je dispose pour être certain que nous parlons bien de la même personne. Avait-il écrit à Sophie avant son départ ? Elle ne m'en a jamais parlé alors que je voudrais déplier sa lettre à nouveau comme une carte au trésor, comme si cet air de Croatie orientale pouvait m'en révéler un peu plus, palimpseste de notre insouciance. Une lettre que j'ai lue des dizaines de fois, des phrases que je connais par cœur et qui m'ont empoisonné : « *J'essaie de créer mon propre espace de liberté, un endroit où j'aurais mon rôle à jouer. Ne me cherche pas. Je vais devenir moi-même et c'est cela qui est formidable.* » Et moi, que vais-je devenir ? L'une des photos nous montre tous les deux, avec Frédéric, au pied du château de Montségur où nous étions partis un week-end, comme si j'avais besoin de prouver ma filiation pour cette amitié de papier. Nous avions organisé une sortie « orientation » dans les forêts de l'Ariège pour recréer les conditions de survie lorsque nous serions pourchassés par les forces de l'ordre. Si Goran pouvait me donner les informations dont j'ai besoin en quelques minutes, sur le quai, je serais prêt à repartir en sens inverse, sans détails ni digressions. Je m'accroche pourtant. Je sais qu'il le faut, je sais que cette voie est celle du salut – le mien dorénavant. Je montre sans rien dire la photo à Goran comme un laissez-passer. J'ai la gorge nouée. Je pense à l'acteur qui est à l'origine de ce retour. Une vodka, vite ! Goran prend la photo, ne dit rien non plus et me la rend avec un mouvement des lèvres que je ne déchiffre pas. Il est mon seul lien avec cette époque inachevée. Un temps figé aux émotions d'une époque révolue. Au fond, je n'ai pas changé.

*

Nous traversons la petite ville, jusqu'au fleuve Sava, comme deux vieux amis qui se retrouvent. En chemin, il salue plusieurs personnes.

« À Osijek, tu n'es jamais seul, me dit-il. Tu croises toujours quelqu'un que tu connais. »

Je revois la disposition des lieux d'après ce que j'ai pu en comprendre sur le site internet de la municipalité, un bourg lorsque l'on vient d'Ankara ou d'Istanbul, tant ces villes se sont étendues de manière démesurée, avec leurs millions d'habitants. Il me propose de dîner sur une péniche accostée à la berge. J'accepte avec plaisir. J'ai faim, j'ai soif. Je demande un grand verre d'eau que j'avale d'un trait, puis un verre de vin. Je pose mon sac dans une lumière d'arabesques. J'envoie un message à l'acteur pour lui dire que je suis bien arrivé. Il ne va plus s'inquiéter.

« Tu dois avancer, m'avait-il dit, mais sois prudent », comme si cette partie du monde était toujours le repaire de brigands et d'affreux Tchetniks – le nom donné aux irréguliers serbes.

Une campagne paisible nous entoure, un cours d'eau sans remous, des pontons animés pour cette belle soirée d'automne. Sur l'autre rive, ce sont des vergers qui s'étendent à perte de vue, des cigognes qui passent dans un ciel d'aquarelle. Je pense à Marie Laurencin et au poème d'Orhan Veli : « J'écoute Istanbul, les yeux fermés... Les oiseaux passent, des hauteurs, de nuées en nuées, de cris en cris... » Le dîner commence. J'ai plaisir à le voir, à faire sa connaissance – enfin –, lui qui détient les clés d'une énigme qui me tord le ventre. Je me détends, je retrouve mes esprits. « Bon appétit », me dit-il en français. La première côte de porc arrive. Il y en aura une seconde. Je dévore comme à des funérailles. Qu'allons-nous bien pouvoir nous dire ? Trois jours à tenir, c'est long. Je repense au bureau que j'ai laissé à Ankara, à mes nouveaux collègues, à Sophie à qui je voudrais dire tant de choses – à ces souvenirs qui m'obsèdent et me tourmentent. Un frère d'armes pour Goran, un ami d'université pour moi, une jeune femme à qui je n'ai rien su dire de profond. La sauce est bonne, les frites aussi. J'engloutis les années en pensant à celles qui nous restent. Nous commandons une bouteille de *Baranya*, un cépage de Hongrie. Nous nous écoutons sur un fond musical rock des années 1990, notre décennie, la meilleure. J'ai l'impression de revivre. Il boit avec moi. Je vais plus vite que lui. Je lui pose une question sur sa jambe. J'ai mieux vieilli.

*

Alors que la lumière est l'ennemie de l'écrivain, ce soir elle me sauve. Elle permet des digressions, des absences. Nous parlons travail. Je lui demande la nature de ses responsabilités comme si j'étais toujours le journaliste curieux de ces détails, indiscret souvent. Un accord de guitare me rappelle Eric Clapton. Goran travaille pour la police des frontières. À l'été 2015, il s'est occupé des réfugiés syriens qui déboulaient en Europe centrale. Nous nous souvenons de ces images d'exils et de renoncements. Ses réponses m'étonnent, loin des clichés sur ces pays que l'on méprise un peu vite.

« Je voyais de nouvelles têtes. J'ai parlé avec eux, il y avait des docteurs, des paysans. Un forgeron m'a même demandé où il pouvait trouver un cheval... J'ai appris à les comprendre, à les écouter. »

La Croatie fait-elle partie des accords de Schengen ?

« Non, pas encore, mais nous voulons en être. Est-ce que c'est bon pour nous ? Je ne sais pas... » (Soupirs.)

C'est surprenant de voir ces paysages si calmes alors qu'il y a eu des combats et des morts dans la foulée du siège de Vukovar, le temps des grandes offensives comme l'Europe n'en avait pas connu depuis la Seconde Guerre mondiale.

« Rien n'a changé, répond-il. Nous sommes les mêmes. »

Les tables valsent autour de nous, elles se font et se défont, comme des réminiscences. Des familles arrivent. Un vendredi soir en Croatie, une fin de semaine dans une petite ville où le temps se fige avec volupté. Cette rage que nous avions alors m'est dorénavant incompréhensible. Pourquoi étions-nous si fascinés par la violence et la mort ? Sur les photos que je montre à Goran, j'ai du mal à me reconnaître. Nous étions des criminels en puissance, avec notre conscience à nous, dans une vie sans transition. Il fallait aller vite, décider pour toujours, partir, crier, et nous répandre dans une sainte orgie. Nous étions certains d'avoir raison et pour cela dangereux. Le Saint-Sernin était notre lieu chaud et protecteur où nous entrions avec nos ouvrages, nos journaux et libelles où nous dénoncions la perversion de la République, des institutions et des cliques qui se passaient le pouvoir d'un clan à l'autre. Nous avions demandé un rendez-vous au président de l'université pour lui faire des propositions sur la réforme des premiers cycles, damant ainsi le pion aux syndicats. Toulouse, son centre-ville, la place du Capitole, la grande poste, l'université, les rives de la Garonne, encore et encore, les courses au milieu de la nuit, les tractages, les contrôles de police, les nuits en garde à vue. C'est ensemble que nous devions découvrir le pays des chevaux sauvages, avec Frédéric. Je m'en souviens. Il me l'avait promis.

Je voudrais expliquer tout cela à Goran mais les mots me manquent. Je n'ose aborder de front les bonnes questions. Je réponds par des sous-entendus. J'explique comme je peux les anecdotes que je mélange parfois – tout est si loin. Il me demande comment j'ai connu Frédéric, après l'épisode de la photo. « *Our mutual friend* », dit-il avec pudeur, sans prononcer son prénom comme les personnages de l'Ancien Testament. Comment résumer une vie ? La mienne, la sienne, celle de Frédéric parti et mort si jeune. Il m'interroge – comme s'il était plus facile de se confier à un inconnu. Faut-il tout expliquer ? Je me lance, confidence pour confidence. Je parle de moi pour éviter l'émotion qui me submerge. Je change de sujet.

« J'ai aimé l'armée, mon service militaire, le sport, la nature, les armes. C'était dans le sud de la France, dans les Pyrénées, nous faisions des marches en plein hiver, sous la lune, avec des gars extraordinaires. »

Goran écoute, il est concentré, je le sens fragile, tendu.

« J'étais parachutiste, dis-je, l'adjudant-chef nous parlait du corps-à-corps pour nous impressionner.

– Mais tu as sauté d'un avion alors ? Tu as eu peur ? » insiste celui qui a vu les chars de l'armée yougoslave foncer sur sa position dans une aube glaciale. Le bruit des diesels, le craquement des chenilles, le cri des hommes, la violence qui avance comme un bloc.

« Il n'est pas naturel de se jeter dans le vide, dis-je, j'ai le vertige maintenant. » J'ajoute, pour esquiver l'essentiel : « L'année dernière, je suis allé à Taïwan. » Je meuble à ma façon, je comble les lacunes.

« Oui, je connais Taïwan, c'est une destination célèbre pour les Croates, dit-il. Beaucoup de mes amis y sont allés.

– Taïwan, tu es certain ?

– Ah non, reprend-il, la Thaïlande, le pays des îles et des massages. »

Je me rappelle les photos que j'avais vues sur son compte Facebook avec une plage paradisiaque en arrière-plan. Il parle bien anglais mais parfois je dois le reprendre. Peut-être l'émotion.

Comment pouvaient-ils communiquer avec Frédéric dans son anglais de Montauban ?

« Taïwan est une île, dis-je, en bordure de l'océan Pacifique. Sur certaines routes de montagne, il y a des gorges si profondes que l'on n'en voit pas le fond, j'ai dû descendre de la voiture pour continuer à pied. Foutu vertige !

– Moi aussi, je ne peux pas me pencher du balcon sans ressentir un malaise. Je crois que j'ai perdu l'équilibre assez vite. »

Silence.

« Je t'ai dit, Sébastien, que je ne sais pas conduire ? C'est ma femme qui m'accompagne partout. »

*

Goran n'a pas quitté Osijek, sa ville natale, depuis la fin du conflit. Il est resté collé aux mêmes squares, à ce fleuve tranquille alors que je m'accroche à des bribes de conversation qui datent d'un autre siècle. Le vertige, oui, c'est bien de cela qu'il s'agit, se pencher sur un vide qui nous attire. Voilà ce que nous sommes devenus, deux anciens qui se racontent leurs petites misères. Des mots qui me rappellent le comptoir de La Belle Ferro, près des locaux de *Paris-Match*, à Paris, où j'aimais traîner étudiant avec des gars qui nous racontaient leurs guerres. Il y avait celui qui ressassait l'Algérie, un autre qui se vantait d'avoir suivi le commandant Guillaume auprès des Karen, le célèbre personnage du *Crabe-Tambour*, tandis que Néné, un ancien phalangiste qui tenait un claque rue Saint-Denis, baissait son froc après moult carafes pour nous montrer la cicatrice d'une balle prise à Beyrouth. J'ose dire :

« À l'époque de l'armée, je sautais sans aucun problème, je priais, tous les soldats ont leur rituel. Je me sentais un surhomme. »

Il ne réplique pas.

« Je ne me souviens plus, Sébastien, tu es originaire de Paris ?

– Non, du Midi, Montpellier où je suis né, pas très loin de la mer.

– Mais Frédéric parlait de Toulouse. »

Silence à nouveau. C'est la première fois que depuis Sophie j'entends le prénom de mon ami dans la bouche d'un autre. Je ne suis pas là par hasard. Frédéric est bien venu dans ce coin paumé pour accomplir son destin. Nous y sommes, le cœur de notre rencontre, la raison de ce voyage après tant d'hésitation. Goran a franchi le seuil du temple. C'est la bonne adresse, nous parlons bien de la même personne. Frédéric lui avait donc mentionné mon existence. Je ne m'étais pas égaré après ces années de papiers, entre photos et souvenirs.

Combien de temps Frédéric a-t-il tenu en milieu hostile ? C'est la question que je n'ose formuler. Son dieu païen était celui de l'action, il ne savait pas échanger autrement qu'avec des phrases aiguisées comme des lames de rasoir. Frédéric parlait pour vaincre, non pour qu'on l'écoute. Sophie savait l'amadouer pour prendre ce qu'il y avait de meilleur en lui. Sa vie intérieure n'avait rien de clair, ni de lumineux. L'aveu d'une impuissance, le début des déraillements, si jeune, si vite, pour une cause qui nous semblait si confuse.

*

« On cherche un mode d'emploi dans la vie des autres », m'avait-il dit une fois, comme s'il voulait me rassurer, me prévenir aussi de ne pas tenter de le suivre, stupéfiante leçon pour un garçon de cet âge. Nous n'étions pas des fanatiques, nous voulions nous repaître du petit chant quotidien des mots en pensant à ces auteurs que nous aimions comme des frères. J'explique tout cela à Goran qui veut en savoir plus, la littérature, la politique, Sophie. Il attend depuis si longtemps. Frédéric ne savait pas comment s'en sortir, il ne croyait pas à l'amour et à ses conséquences. Il était complexe, impénétrable, et attaquait dès qu'il se sentait sur la défensive. Il fallait lui résister. Sophie faisait partie du décor pour lui, comme un bibelot que l'on déplace dans son salon selon l'humeur du jour. Il avait vu en elle la possibilité d'une autre voie mais ne l'assumait pas. Nous étions si différents. Il était têtu, incapable de contenir le flux de ses émotions, de les comprendre même, alors que je prenais un plaisir fou à m'y abandonner, à perdre la tête pour des choses futiles. Lorsqu'il s'énervait, il me fixait de son regard noir, non plus comme l'ami, le confident, mais comme le produit d'une classe qui avait usurpé le pouvoir, « son pouvoir », disait-il. J'étais le concurrent à détruire, l'ennemi héréditaire. Dans ces moments de crise, Sophie l'écoutait mais n'osait pas répondre. Elle en avait peur. C'est alors moi qui rentrais avec elle après un dîner ou une soirée chez l'un des gars de la bande. Nous traversions la petite place Saint-Georges avant de reprendre la grande rue Alsace-Lorraine à la recherche d'une boulangerie ouverte. Sans dire au revoir, Frédéric avait filé à l'anglaise avec sa colère.

Le blondinet séducteur devenait un monstre, ses yeux des meurtrières. Il disparaissait pendant plusieurs jours. Je passais le soir devant chez lui, je sonnais mais il n'ouvrait pas. Il séchait les cours le reste de la semaine. Sophie me demandait si j'avais des nouvelles. Je faisais alors le pied de grue au bar d'en face, fréquenté par des supporters du Stade toulousain aux polos ridicules. Tant pis pour lui. Sophie était inquiète. Elle nous couvait.

Pour le dessert, Goran me propose d'aller dans un endroit où ils servent des pâtisseries « fait maison ». Il y tient alors que je suis épuisé, une spécialité que je ne devrais pas manquer selon lui. Portés par le vin, nous suivons les berges du fleuve, heureux de faire quelques pas dans la tiédeur du soir. Goran porte mon sac. Il a insisté malgré son handicap évident. Commencer une carrière par la guerre n'est pas l'idéal, je pense. Un trou dans un CV qu'il faudra expliquer un jour. Je lui décline une succession de dates, un parcours personnel qui me semble irréel, dans lequel j'ai du mal à me reconnaître. Je suis frappé par l'indigence de mes propos, des événements que l'on croit importants mais qui ne veulent plus rien dire après tant d'années. Mes jambes vont se briser comme du verre, j'en suis certain. Le fleuve coule dans une inquiétante étrangeté. Je le relance. À son tour de raconter.

« Après la guerre, je n'ai rien pu faire, dit-il. Nous avons été dépossédés de notre victoire, non par les Serbes mais par notre propre pays... Avec le cessez-le-feu, on nous a demandé de reprendre une vie normale, comme si rien ne s'était passé... d'oublier la guerre, les crimes et les trahisons. »

Alors que ces jeunes ont encaissé les premiers chocs de Vukovar, ils avaient été relégués en quelques mois aux oubliettes d'un conflit dont plus personne ne voulait entendre parler. Le tourisme a vite repris sur la côte de Dubrovnik avec les charters d'Europe du Nord. Rien de mieux pour anesthésier les douleurs.

« Je voulais être archéologue, continue-t-il, mais j'en ai tellement bavé de cette boue que selon moi aucune civilisation n'avait pu s'établir dans ces parages ! »

Frédéric avait creusé des tranchées avec lui, c'est ce que je comprends au détour d'une phrase. Il passe vite à autre chose, il ne veut pas s'étendre, nous nous connaissons à peine, alors que c'est justement ce qui m'intéresse, les détails, pour reconstituer le tableau final. Goran donne confiance. Je continue à noter de mémoire. J'essaie de suivre.

« Dans la vie, on a commencé avec la mort alors que je rêvais de théâtre et de musique, dit-il. Je n'avais aucune idée qu'un jour je serais officier de police. Je n'aimais pas les flics de mon enfance, des salauds, ceux de l'époque communiste. »

Je lui dis avoir travaillé dans une société à Londres, que je me sentais important, mais que tout cela n'était que du théâtre. Je mentais sur mes études.

« Le théâtre c'est la vie ! reprend-il. Toi au moins, Sébastien, tu as su inventer ta vie. »

Une phrase que Frédéric aurait pu prononcer, comme si Goran se souvenait d'une conversation qui s'était tenue auparavant en ces mêmes lieux.

« Il n'y a que les mégalomanes qui survivent », dis-je.

Il comprend « mélomanes ». J'insiste :

« *Mégalomanes*, les gens qui s'inventent des histoires, des mythomanes.

– Ah oui, j'en connais certains qui nous envient, nous les anciens combattants, jaloux de ne pas avoir fait la guerre. »

Un comble.

Goran est mal à l'aise pour évoquer ces années noires. Après la démobilisation, il a suivi un ami à Londres, ville où nous aurions pu nous croiser à deux ans d'intervalle, la ville indispensable pour les continentaux.

« Je voulais y habiter avec Domago et Viktorin, mes copains d'enfance. Domago voulait être banquier pour gagner de l'argent, Viktorin voulait voyager. Il y avait aussi Thomas avec nous, le plus petit de l'équipe, celui qui se faufilait pendant les attaques pour couper les barbelés. »

Thomas habite à Copenhague dorénavant, Domago est rentré à Zagreb où il enseigne l'anglais, Viktorin, quant à lui, le « grand » de la bande – nous le verrons demain –, vit toujours à Osijek. Puis de continuer à me citer des noms, comme si je devais les connaître, des compagnons qui avaient servi avec lui dans les premiers groupes d'autodéfense de la ville, les gars que Frédéric avait connus dans la section, une bande joyeuse, celle des années heavy metal et des coups d'éclat. Certains touchent des pensions de l'armée, d'autres non, comme si leur lutte n'avait compté pour rien. Une génération sacrifiée sur l'autel de la politique. Deux ans, trois ans de guerre pour certains, des blessés, des tués, des absents, des têtes brisées, de ceux qui ne parlent pas, ne sentent plus rien.

« À Londres, reprend-il, je n'avais pas d'argent, je restais à la maison toute la journée, je regardais les gens passer dans la rue. »

La Croatie, personne ne connaissait.

« Notre pays n'était rien pour eux, même pas une destination de vacances. Ils nous parlaient de Tito avec admiration. Je ne répondais pas. Je suis parti avec l'équivalent de 150 *deutschemarks*. Rien d'autre. Le prix de quelques dîners, une semaine de travail pour nous... »

Au retour de Londres, Goran a essayé de s'installer à Zagreb mais ça n'a pas marché, une ville trop grande selon lui. En 1995, il est revenu à Osijek pour l'université et s'inscrire en droit, une première réinsertion dans la société, sans violence ni regrets, toujours prisonnier de ses cauchemars, la guerre n'était pas encore finie.

« J'ai commencé à écrire pour me vider la tête, dit-il, une centaine de pages qui me sont venues d'un trait, puis j'ai arrêté. Une histoire un peu folle, un sujet où il y aurait tous les sentiments du monde : l'histoire d'un homme qui ne sait pas quoi faire de sa vie, qui ne sait pas où habiter ni comment oublier... »

Le livre n'est pas fini, il veut s'y remettre.

« Tu m'as donné des idées, Sébastien. Notre rencontre est tellement inhabituelle !

– Écrire, dis-je, c'est un moyen d'exprimer ce que l'on ne sait pas faire ni dire... »

Frédéric lui avait parlé de moi, j'en étais certain à présent. Je retrouve les intonations de l'ami perdu dans ces confidences sur l'écriture.

« J'aimerais terminer ce livre maintenant, dit-il. En Croatie, je ne connais pas d'écrivains. Nous sommes un si petit pays. C'est ça l'inspiration ? Revenir sur le passé ? »

Je suis venu pour clore un chapitre, non pour en ouvrir un autre, encore moins un livre. C'est moi qui suis dans une impasse, pas lui. Je demande :

« Tu veux quitter Osijek ?

– Non, j'habite toujours le même quartier, mais on a changé de rue quand même », répond-il avec humour.

Dans les années 1990, tout devenait croate, les bières, les vins, la musique, la langue aussi – contre l'influence du cyrillique. Il y avait une marque de cigarettes appelée Croatia destinée aux troupes. Les jeunes d'aujourd'hui veulent imiter les anciens. Selon Goran, ils se comportent comme s'ils avaient connu ces années épouvantables, le temps des héros.

« C'est à l'opposé de ce que nous voulions, dit-il, oublier et faire la paix, pardonner. Dans les grandes villes les gens sont plus ouverts, dans les campagnes ils vont vous demander si vous êtes serbe ou croate, alors que nous n'avons pas de travail. Les jeunes ne pensent qu'à partir. Notre guerre d'indépendance, c'est du passé. Nous devons vivre au présent. Je préfère lire, écouter et voir le monde avec mes propres connaissances… »

Il me dit aimer sa petite ville, un bourg serein, prendre du plaisir à jouer avec sa fille cadette, sortir dîner avec sa femme le long du fleuve comme nous le faisons tous les deux. À mon tour de faire des réponses courtes. Je n'ai pas envie de parler de la Turquie, de mon travail, ni de rien d'autre de ce que j'ai pu faire ou manquer depuis ces années-là.

« Je considère, dit-il soudain, n'avoir aucune obligation vis-à-vis de la religion ! »

Une formule tranchante, du genre de celles affectionnées par Frédéric. L'art de poser des questions qui n'attendent pas de réponses. Nous passons devant la petite cathédrale catholique, il continue :

« C'est là que je me suis marié, ma femme y tenait. Je crois et je prie, mais pas plus. Je n'attends rien des institutions. »

Il poursuit sur la guerre, la Serbie voisine, la jeunesse sacrifiée, les tués, les combats et la réconciliation nécessaire.

« J'ai beaucoup d'amis serbes maintenant. Nous nous retrouvons à Belgrade pour des concerts en plein air, c'est facile pour nous d'y aller en bus, la frontière est ouverte. On nous a jetés les uns contre les autres. La paix aurait été possible. Nous ne comprenions rien à ce qui se passait. Nous étions des chiens fous, *wild dogs*, répète-t-il deux fois, des tigres même. »

Il m'arrête, me prend le bras et me fixe.

« Ils ont toujours des tigres en Turquie ? »

Je rame. Je suis dans un film au ralenti. J'ai l'impression de traverser le fleuve en portant la table et les chaises sur mes épaules, je coule, je me noie. Nous tournons autour du pot.

« Le clavecin me plaisait », reprend-il, passant du coq à l'âne – je lui explique cette expression en français.

Pourquoi le clavecin après les tigres d'Anatolie ? Peut-être est-il fou et je ne m'en suis pas rendu compte depuis la gare ? Il me parle de Led Zeppelin dont nous écoutions les albums avec Frédéric. Il va trop vite pour moi, trop de digressions, trop de confiance après ces années de silence. Je continue à écrire dans ma tête au fur et à mesure. Il est tard maintenant.

Je dois dormir. Goran me raccompagne jusqu'à l'hôtel.

Il me dit à demain. « Nous irons à Vukovar. »

*

Je suis épuisé, troublé par le contraste entre cet amoncellement d'informations et la sécheresse de mes souvenirs. Le vertige revient, celui d'un échec programmé. Ce que j'avais goûté pendant ces semaines avec Sophie et Frédéric n'a pas eu d'équivalent depuis. Sophie n'était pas tout, mais cette vie n'aurait rien été sans elle, l'amour comme une liturgie. Je file dans ma chambre. Je n'ai pas eu le courage de rester chez Goran. Il n'a pas insisté. Il est minuit. J'ai besoin d'être seul. Il m'a intégré dans son récit comme si j'avais vécu moi-même ces événements. Depuis Zagreb, j'ai fait six heures de train avec un tortillard qui s'est arrêté dans chaque village, traversant cette campagne riche et heureuse, des champs, des champs, rien que des champs. Ça m'a rappelé les longs trajets que nous faisions en voiture avec mon grand-père sur les routes des Cévennes, dans le nord de l'Italie ou en Suisse. Je baissais la fenêtre pour me remplir les poumons. Nous étions arrivés à Florence le jour de mes quatorze ans et j'avais grimpé au sommet du Duomo pour admirer la splendeur de cette ville. Mon grand-père était un camisard, le dernier de son espèce, un homme entier ouvert au monde : « Il faut aller en Italie une fois par an, disait-il, pour nous laver les yeux avec de belles choses. » À la fin de sa vie, j'ai retrouvé sa trace dans le canton du Valais, la montagne où il s'était retiré près de la tombe de Rainer Maria Rilke. C'est à lui que je pense avant de fermer les yeux. J'étais l'enfant qui ne parle pas. Je garde les volets ouverts. Je ne me sens plus coupable.

Toulouse-Ankara-Osijek en train rapide. Je retrouve la sensation du mouvement, des scènes qui défilent sous la fiente des âges. Je ne comprends plus le lien ni les raisons de ce tête-à-tête convulsif, une plaine froide et désolée d'un côté – le départ de Frédéric, les peurs et les incertitudes –, les lieux enchanteurs de l'Arabia Felix de l'autre. Le grand nettoyage a commencé. Que reste-t-il de cette mémoire qui peine à se reconstituer, loin des corps et des visages ? Se souvenir, pour quoi faire ? Le puzzle se défait sous mes mains frauduleuses, Sophie, Frédéric, où êtes-vous ? Le garçon inquiet des débuts devenait un jeune homme sur lequel je m'appuyais, m'inféodant à cette situation de dépendance. Mes sentiments n'étaient pas clairs. Je cherchais un soutien, des conseils, un peu d'attention. Frédéric passait vite d'une humeur à l'autre. Il fallait le suivre, un défi permanent pour Sophie et moi, tandis que je le voyais évoluer dans son comportement, avec ses lubies, ses projets, ses combats secrets dont il ne parlait à personne. J'essayais de l'impressionner pour exister à mon tour. Une lutte un peu vaine, alors qu'à ses yeux je restais celui qui avait la vie facile, une vision structurante, plutôt désagréable. Pour lui, j'avais deux privilèges indépassables, celui d'avoir vécu mon enfance à Paris et celui de bien connaître par mes parents un professeur de droit à l'université qui rédigeait des notices dans le Dalloz. Des arguments que j'usais en dernière instance lorsque je n'avais plus rien à dire. Si nous parlions souvent de Paris dans l'espoir de nous y installer au plus vite, je lui présentai le professeur à la fin d'un cours. Ce dernier était venu dîner chez mes parents le week-end précédent. Il était craint pour ses bons mots, une arme à double tranchant dans une ville où tout le monde se connaissait : « Monsieur, vous avez atteint le degré zéro du style universitaire », avait-il lancé à un jeune thésard qui n'était autre que le fils d'un avocat renommé à Toulouse. Il était de ces maîtres pétris de culture classique, exigeant, sachant rudoyer ses étudiants avec une morgue inégalable. Un soir, il nous avait invités tous les deux pour dîner et nous avait présentés à sa femme, comme « deux brillants étudiants ». Nous avions échangé un regard complice avec Frédéric, en imaginant la réaction de Sophie lorsque nous lui rapporterions ce propos. Le couple n'avait pas d'enfants et vivait depuis toujours dans le même appartement. Dans cette ambiance surannée où je perçois encore le tintement de la louche raclant le fond de la soupière de Moustiers, il s'était confié sur ses études à Paris, sur l'après-guerre, sur cette sensation de voir une époque se terminer, celle de l'université et de son autorité intellectuelle. Dès le lendemain, nous en avions parlé à Sophie qui le respectait beaucoup. Du coup, elle nous aimait encore plus. Elle nous embrassa. « Je peux lui parler de toi si tu veux », avais-je lancé, insolent. Elle adorait nous entendre sur ces personnalités qu'elle ne percevait que par le prisme de la hiérarchie. Dans le même registre, il y avait notre professeur d'histoire du droit qui prenait un malin plaisir à nous adresser ses remontrances en latin pour mieux souligner notre nullité, clamant des passages entiers de la bulle pontificale, *Unam sanctam*, de 1304, qui avait condamné le gallicanisme de Philippe le Bel. Ces enseignants n'étaient pas vraiment dans l'air du temps. Ils ne s'étaient toujours pas remis de la victoire de la gauche en mai 1981, nous les respections pour cette raison.

« Vous êtes mes héros », disait Sophie.

Elle en redemandait. Frédéric avait le talent d'imiter les voix et les attitudes. Il était une éponge.

« J'ai fait ce que l'on attendait de moi, j'ai le droit de vivre maintenant », nous avait-elle confié.

« Les choses ne sont pas aussi partagées que vous le pensez », disait-elle avec philosophie lorsqu'elle nous trouvait extrémistes – nous adorions la choquer –, apportant de la nuance dans nos affirmations ; des phrases qui avaient le don de nous calmer, entre l'impatience d'en découdre et le désir de lui plaire, de l'embrasser, de la saisir avec force, là tout de suite, comme si nous étions dans une bulle. Nous ne formions qu'une seule personne, nous en étions persuadés. L'hiver tombait sur la ville, nous rentrions avec Frédéric après avoir traîné au centre commercial Saint-Georges pour écouter de la musique, nous arrêter dans une librairie, observer les gens passer en nous remplissant de cet amour phénoménal. Seule Sophie a été témoin de ces points de bascule, et je n'ai rien fait pour la retenir. Fallait-il passer à autre chose ? La question n'est pas encore tranchée. Par où commencer ?

*

Et si nous prenions le prochain train ? C'est une question qui revenait souvent avec Frédéric, même si la destination n'était jamais certaine, encore moins les billets pris. Nous étions ainsi

« montés » à Paris sur un coup de tête. Une fugue en pleines révisions, peu avant la Noël 1991. Dans la rubrique « Conférences et événements » du *Figaro*, j'avais repéré la venue d'Octavio Paz à la Maison de l'Amérique latine, sur le boulevard Saint-Germain. Un train de nuit – le *Capitole* – nous mena directement au cœur de Paris par la ligne des Aubrais, la vitre du compartiment baissée pour laisser entrer l'air glacé, avec les bières que nous avions achetées en chemin vers la gare. Paris allait nous saisir à l'aube par son odeur si singulière, quai d'Austerlitz puis quai Saint-Bernard, à pied, le long de la Seine, en nous tenant par les épaules. Sur le boulevard Saint-Germain, nous n'avons pas osé entrer au Flore, préférant le Old Navy, un bistrot plus modeste – situé avant le carrefour Mabillon. Plus loin, au 60, rue de Seine, devant La Louisiane, un hôtel dont Frédéric connaissait l'adresse par ses lectures, nous avons observé les touristes américains entrer et sortir du petit établissement en imaginant lequel avait pu passer la nuit dans la chambre d'Ernest Hemingway ou dans celle de Henry Miller. Devant le 25, quai Voltaire, nous avons rendu hommage à Montherlant, là où l'homme de *La Relève du matin* s'était tiré une balle dans la bouche : « Je deviens aveugle. Je me tue. » En fin d'après-midi, après une excursion au Père-Lachaise jusqu'à la tombe de Jim

Morrison, nous avons traversé les jardins du Palais-Royal pour faire le pied de grue de l'autre côté de la Seine devant la grille de la Maison de l'Amérique latine. Nous avions passé une veste froissée sur une chemise blanche à col ouvert – malgré le froid, une question de style. Nous n'avions rien lu du Prix Nobel car seule l'idée de croiser le chemin d'un écrivain connu nous motivait, surtout pour les histoires que nous en tirerions à notre retour. Après quelques verres de champagne, une photo mal cadrée du poète vers lequel j'avais poussé Frédéric, nous avions repris le chemin d'Austerlitz en sens inverse.

De cette soirée, je me rappelle un brouhaha de lumière et de parfums, une foule serrée avec des regards et des phrases un peu vides. Des écrivains et des éditeurs que nous identifiions de loin avec Frédéric au milieu d'une cohorte de pique-assiettes dont nous étions. La société littéraire entrevue ce soir-là nous semblait un monde idéal. Elle serait nôtre un jour, à n'en pas douter – en tout cas pour moi. La décision était prise, nous appartiendrions à cette confrérie des dîners en ville. Mais pour cela, nous devions terminer notre première année, nous inscrire dans une fac parisienne, écrire sur un sujet dur et violent qui nous imposerait du premier coup. Frédéric avait été dopé par cette expédition. La

Croatie était devenue une obsession, une clé pour avancer. Il continuait ses listes et s'y tenait avec acharnement. J'en ai conservé certaines dans le dossier et je reste abasourdi par leurs précisions, effrayantes même pour un garçon de dix-neuf ans. Il avait écrit à des auteurs rencontrés ce soir-là, mais personne n'avait répondu sauf Charles Dantzig, dont nous lisions les articles dans *L'Idiot international*. Un garçon qui était originaire de Tarbes et qui avait fait son droit à Toulouse, comme nous. J'ai retrouvé sa lettre, touchante pour cette réponse adressée à deux jeunes gens qu'il ne connaissait pas. Nous n'étions pas compris et ce statut nous rassurait.

Début janvier, Frédéric est devenu plus taciturne. Un vilain mois, crasseux. Nous n'avions pas passé le Nouvel An ensemble. Il avait pris une décision, mais je ne savais pas encore laquelle. J'ai commencé à douter, non pas qu'il puisse me trahir – c'était impossible – mais qu'il préparait quelque chose de plus grand, de plus étonnant. Il voulait « nous » prendre Sophie, j'en étais certain. Nos conciliabules se tendaient. Il devenait exigeant, ne souffrant plus la moindre contradiction sur les « sujets » qui nous tenaient à cœur. Il était déjà parti dans sa tête, le voyage dont on ne revient pas. Pour la fête de Noël, il avait évoqué un court séjour chez ses parents, au village, mais je m'étais demandé s'il ne nous avait pas menti à se morfondre dans ses vingt mètres carrés de meubles dépareillés. Je sais maintenant qu'il ne s'agissait pas de Sophie, mais qu'il avait suivi la bande concurrente, celle du Peyrou, pour une semaine « cohésion » en Ariège où ils se sont refait le serment des Horaces au cours d'une marche aux flambeaux. L'extrême droite européenne s'était emparée de la cause des Croates et cherchait à recruter via ses réseaux de province. À côté d'eux, nous étions bien fragiles au Saint-Sernin avec nos cheveux mal ordonnés, nos idéaux libertaires et notre royauté chimérique. Frédéric avait dû recevoir des instructions pour garder le silence. Il ne m'en a rien dit. Quelques semaines auparavant, une affiche de recrutement avait circulé dans nos cercles contestataires. Elle évoquait un « meeting de la Croatie nationaliste » qui devait avoir lieu à Paris dans les semaines suivantes. Sur fond blanc, un combattant croate stylisé prenait fièrement la pose avec son AK-47 d'où pendaient les perles d'un chapelet. Le message était clair, il s'agissait de défendre l'Occident chrétien attaqué par les forces obscures du « communisme », comme l'écrivait Alain Sanders, qui sévissait alors à *Présent*, un quotidien proche du Front national. Le journaliste s'était déjà rendu en Croatie plusieurs fois et décrivait dans ses articles l'armée yougoslave comme des « serbolcheviques », « serbes » étant pour lui synonyme de « communistes », donc d'« athées », ce qui n'avait rien de rassurant pour un chantre de la Contre-Réforme. Pour lui, la Croatie luttait contre les forces du mal, contre la « peste rouge », sans bien entendu évoquer les massacres de masse commis contre les Serbes par le régime nazi oustachi pendant la Seconde Guerre.

Je ne sais pas si Frédéric croyait à ces balivernes, mais il est certain que l'aspect martial de ces déclarations devait lui plaire, alors qu'il n'était ni catholique ni d'extrême droite, malgré ses provocations. Frédéric s'était-il rendu à Paris sans me le dire ? Le rassemblement était prévu dans les premiers jours de janvier. De son côté, Sophie avait passé les fêtes de fin d'année à Marseille, chez ses parents.

*

Le soir précédant son départ, avec Frédéric, nous étions restés tous les deux pour fumer une cigarette. J'étais loin de m'imaginer que c'était la dernière que nous partagions, une taffe chacun notre tour. La main gauche engoncée dans son caban, je me rappelle un calme souverain. Nous étions descendus près du pont Saint-Pierre, notre coin. Avait-il déjà tout planifié ? Son voyage, son sac, ses contacts. Dès l'aube, je sais qu'il a filé pour l'Italie avec le train de Nice-Menton où il s'est agrégé à un groupe de volontaires venus d'Allemagne, d'Angleterre et des Pays-Bas. Nous nous étions serré la main en nous disant « à demain », pour notre cours d'histoire du droit, le seul que nous ne manquions pas. Comment sait-on que l'on voit une personne pour la dernière fois ? Dans la rue, je ne m'étais pas retourné comme je le faisais parfois pour le voir glisser dans la nuit. Le lendemain, je sonnais chez lui, sans réponse. Il n'était plus là depuis de longues heures, déjà Venise ou Trieste par la ligne du sud, puis Zagreb la fenêtre grande ouverte. Personne ne l'avait vu sortir et je n'ai pas revu Sophie de toute la journée. C'était le jour où elle donnait des cours aux étudiants de seconde année, le seul jour de la semaine où nous ne nous voyions pas. Je traînais seul jusqu'au monument aux morts, puis repassais dans les troquets où nous aimions finir nos soirées près du palais Niel avant de rentrer par la Garonne. Sophie n'avait pas eu de nouvelles non plus. Elle pensait qu'il était avec moi tandis que chez Frédéric le téléphone retentissait dans une chambre vide. Avait-il voulu me protéger en me laissant derrière lui ? Je me suis longtemps accroché à cette idée un peu naïve pour me donner une contenance. Il avait jugé que je n'étais pas digne de le suivre, c'est tout. Je l'ai rejeté pour cette même raison pendant des années, humilié, écrasé. Quelle idée ! J'ai reçu la lettre le surlendemain, je l'ai ouverte, j'ai tout de suite compris, je n'ai rien dit. J'avais le droit au secret.

« Il se passe quelque chose là-bas, il faut aller nous battre », disait-il alors que je tentais de comprendre les positions des uns et des autres, de mettre un peu de subtilité dans une époque qui n'en avait pas. L'Europe était en pleine ébullition, la paix une exception, nous devions « nous préparer pour la prochaine guerre », selon lui. Au Saint-Sernin, je soutenais ses positions pour ne pas perdre la face, même si je n'étais pas d'accord sur le fond. Nous formions un bloc. « Attendons Frédéric pour savoir ce qu'il en pense », disions-nous, comme si nous étions incapables de penser clairement sans lui. « Frédéric arrive », chuchotions-nous alors.

En France, les lignes n'étaient pas claires, le début du conflit yougoslave n'intéressait pas. Il indisposait. Je me demande encore ce qu'un esprit libre comme Frédéric est allé faire avec ces types aux cheveux courts, mais c'est sous-estimer l'attraction de l'ordre et de la discipline sur des esprits en mal d'action. Si nous avions été impressionnés par leur engagement, nous ne les aimions pas. « Ils n'ont pas le niveau », avait déclaré Frédéric de manière péremptoire une fois, chaque idée devant se justifier pour nous par un texte, un livre, une pensée construite. Le champ des émotions était celui des grands romans et des épopées, pas celui de l'exclusion et du repli identitaire – un mot que nous n'utilisions pas. Frédéric savait décider dans l'urgence alors que je prenais mon temps, ce qui l'exaspérait. Je découvrais avec lui l'impatience, une pathologie. Notre idée première était de nous rendre en Yougoslavie quelques semaines pour revenir passer nos examens au printemps. Il n'était pas question de rejoindre la lutte armée. Mais l'aventure est devenue une idée fixe. En quelques semaines, il a été transformé. Il me regardait parfois avec mépris. J'avais pourtant acquis une place spéciale à ses côtés. L'intrusion inattendue de Sophie dans notre vie avait été pour lui un facteur déstabilisant. La présence d'une femme pouvait tout faire capoter, nous ramollir, nous empêcher d'accomplir ce destin qui nous attendait. Frédéric ne s'est jamais inscrit en histoire médiévale comme il le voulait. Un jour, il n'était plus là, il avait disparu. J'aurais dû partir sur ses traces sans réfléchir, mais non, j'ai préféré garder Sophie pour moi. Les digues ont cédé. Nous nous aimions sans limites. Le réveil allait être difficile.

*

J'ai longtemps attendu un signe qui n'est jamais venu. Frédéric m'avait sauvé la vie en filant seul dans les Balkans, je m'en étais convaincu, mais cette vie, je ne savais pas qu'en faire. Je voulais oublier les digressions, les détails, les rendez-vous manqués. Je n'en avais parlé à personne jusqu'à nos soirées d'Ankara avec l'acteur où j'ai vomi en bloc ce passé qui m'étouffait depuis trop longtemps. Frédéric était parti.

« Il reviendra bien », disions-nous avec Sophie pour nous rassurer, ce n'était qu'une question de jours, de semaines. Un jeune homme qui s'est jeté dans un wagon contre l'idée même de l'échec.

Avec elle, j'étais le gars des sales boulots, celui de la réconciliation lorsqu'il y avait une dispute entre eux, notre relation étant plus lisse, plus calme, plus acceptable. Un soir avant son départ, nous l'avions raccompagnée chez elle après avoir vu *La Double Vie de Véronique*. Nous étions tombés amoureux de l'éclatante Irène Jacob dans cette histoire de destins mêlés entre une jeune fille de Cracovie et une autre de Clermont-Ferrand. Sophie ressemblait à cette actrice et l'idée qu'elle pût avoir un double quelque part nous avait amusés.

« Une Sophie pour chacun de nous », avais-je dit en riant.

Avec le dossier des photos retrouvées, c'est le seul film que j'ai voulu revoir à Ankara. Avant de nous séparer, nous l'avions embrassée « en même temps » sur la bouche selon un rituel bien défini, puis à la naissance du cou et de la poitrine, chacun notre tour. Je retrouve le flottement des parfums et les formes de son corps. Des moments qui me reviennent comme des coups dans le ventre. Les heures ne comptent plus. Il est difficile de faire la part entre ce qui s'est réellement passé et les reconstitutions.

« Je dois penser à l'avenir », me disait Sophie lorsque je faisais semblant de ne pas l'entendre. Sa thèse avançait, la dernière ligne droite, la plus risquée. Nous nous aimions plusieurs fois par jour pour rattraper le temps perdu, combler ce vide depuis le départ de Frédéric. Je riais, elle buvait, elle me caressait les cheveux avant de s'endormir, après les gestes de l'amour, les confidences de la nuit. Le matin, elle aimait m'écouter lire à voix haute une page ou deux du roman que je lisais tandis qu'elle se réveillait. Le soir, après les cours, nous nous retrouvions directement chez elle. J'arrivais en avance et parfois je regardais dans ses affaires, sans aller trop loin non plus. Elle m'avait confié un jeu de clés. Nous nous enfermions pour mieux sentir nos cœurs. Je cuisinais un peu, nous buvions des bouteilles de qualité que mon père achetait directement auprès des producteurs. Dans la foulée de notre séparation, Sophie a terminé sa thèse de droit. Je sais qu'ensuite elle a commencé à enseigner dans une université de sous-préfecture pendant deux ans, la tendance était alors à la déconcentration des premiers cycles. J'avais suivi son parcours quelque temps avant de partir moi-même m'installer à Londres après Paris. Je ne voulais pas me retourner, trop tôt, trop jeune. Une routine s'est installée avec elle, de février aux prémices de l'été. Elle devenait mienne. Puis le temps des vacances viendrait et avec lui s'achèverait notre amourette, les nuits indociles à refaire le monde. Je sentais bien que je ne faisais pas partie de ses projets d'avenir. Frédéric l'avait captivée. Elle voulait tourner une page, sans moi, l'étudiant de première année. C'est la paire qu'elle désirait et qui l'avait fait vibrer comme jamais auparavant.

Après la douleur, j'ai revu l'histoire à mon seul avantage, des scènes inattendues qui devaient me marquer pour longtemps. Je sais que le concours de la magistrature l'attirait, à Bordeaux – une ville qui lui conviendrait. Elle avait un cousin qui possédait un vignoble, où elle voulait m'emmener, enfin le disait-elle. J'ai oublié le nom et les lieux. Nous n'y sommes jamais allés. Je la sentais partagée entre plusieurs voies, je commençais à l'encombrer. Frédéric nous manquait à tous les deux d'une manière insupportable. Nous n'étions pas entiers sans lui. Elle pouvait tout faire, mais ses déclarations sonnaient faux.

Frédéric n'était plus là pour nous relancer avec sa dérision tout-terrain. Elle me parlait carrière et diplômes alors que nous avions vécu tous les trois l'expérience du bonheur parfait, comme un été sur la Côte d'Azur à lire sous les branches d'un grand chêne. Après le départ de Frédéric, nous avons tenu quelques mois, puis j'ai claqué la porte sous un prétexte futile; c'est lui qu'elle voyait en moi. Il revenait sans cesse dans nos conversations. Dans une rupture, il y a toujours le pour et le contre, la colère, la jalousie, mais peu de place pour le pardon et l'oubli. Je n'ai rien avoué de mon côté sur la Croatie, ni même montré la lettre de Frédéric qui aurait pu la rassurer. Elle ne comprenait pas pourquoi il n'était plus là, pensant aux partiels, aux examens, à nos études, alors que pour nous ces choses-là ne comptaient déjà plus. J'en voulais à Sophie alors que nous nous étions exclus nous-mêmes des connivences et des cercles vertueux. Sophie me regardait et semblait vouloir me dire: « Que vais-je bien faire de toi ? » J'avais évoqué la Yougoslavie pour meubler l'absence, sans insister, en passant.

« Il peut être partout, il reviendra », disais-je.

Elle n'avait pas imaginé que nous puissions nous battre, la violence étant une absurdité pour elle. Ai-je manqué de courage ? Certainement, en pensant à tout ce qui bloque et qui empêche d'avancer. Dans son studio de la rue Deville, sur les toits de Toulouse, je me suis plusieurs fois refait le scénario du départ, le mien, pour le retrouver et lui montrer qu'il avait eu tort de me laisser derrière. Mais je ne pouvais pas bouger, j'étais tétanisé. Nous nous enfermions avec Sophie pour ne pas nous faire mal ; un amour qui s'est installé trop tôt, les jours puis les nuits, une tension de chaque instant, le doute puis la déception. Frédéric devenait un obstacle entre nous deux, je ne savais comment m'en débarrasser, non pas tuer le père, mais le frère, le traître. Je devenais irritable, insupportable, touché dans mon orgueil. Sophie n'était pas sensible au pouvoir des mots, elle restait confinée dans ses commentaires juridiques, seuls garants d'un respect selon elle de l'État de droit.

Un soir, je l'avais raccompagnée chez elle et j'étais resté. Sophie tremblait. Je l'ai prise dans mes bras. Il y avait plusieurs jours que nous étions sans nouvelles. Je n'en menais pas large. Je sentais ce destin tant espéré fondre sous mes pas, incapable de réagir, interdit par la peur de décevoir. J'aurais dû prendre le train à mon tour, me précipiter sur le sentier de la guerre, sauver Frédéric peut-être. Le lendemain de cette première nuit, je suis allé prendre un café, seul. Le Saint-Sernin était encore vide à cette heure. Je souriais. Gilles venait juste d'allumer le monstre rugissant de sa machine à café. Il faisait beau comme quelquefois en février, une lumière chaude qui se reflète sur la brique rouge. Un samedi matin, pas de cours, juste le vent d'hiver qui contourne les obstacles. Frédéric était parti dans la nuit de mardi. Sophie dormait encore. J'avais fermé la porte avec délicatesse pour ne pas la réveiller. J'avais pris un livre par réflexe mais ne l'ai pas ouvert. Après un long moment, je suis remonté, mon destin était scellé. Il devrait y avoir des avertissements pour les jeunes têtes blondes. Le rêve coûte cher. Il faut être à la hauteur.

*

« Nous pourrions nous aimer pour toujours », disions-nous avec elle. Des phrases un peu creuses alors que rien ne devait durer – je le sais maintenant. Le doute s'est installé comme un poison. J'ai repris l'université, les cours, les TD de Sophie et nos petites escapades hors du quartier. Je m'asseyais au fond de la classe, les bras croisés, les yeux tournés vers la fenêtre – plus de jambes ni de regards. Nous pensions être forts pour reprendre notre envol, tous les deux, avec des gestes simples, des mots moins compliqués. Nous le méritions pourtant. Nous devions oublier l'absent, faire comme si rien ne s'était passé, comme s'il allait revenir très vite. Notre épiphanie n'a pas duré longtemps. Je l'ai bien emmenée à Paris, au théâtre où elle avait apprécié le jeu de Jean Desailly – sans plus sur le fond, « ampoulée », disait-elle sur la pièce, Montherlant n'était pas son affaire –, au cinéma, au restaurant, dans les parcs et les allées que nous découvrions ensemble, mais ce n'était pas suffisant. Il en fallait toujours plus, toujours mieux. Nous étions descendus place Saint-Sulpice, dans le petit hôtel Récamier qui proposait des chambres à 120 francs la nuit, ce qui nous permettait de veiller tard près de la fontaine, après quelques verres au Café de la Mairie ou Chez Georges, ouvert jusque très tard dans la rue des Canettes. Je lui avais montré le tableau de Delacroix dont Frédéric m'avait parlé sans l'avoir jamais vu, *La Lutte de l'Ange avec Tobie* – sur lequel Jean-Paul Kauffmann a écrit un merveilleux livre. J'ai présenté Sophie à mes copains de la politique – ceux que nous fréquentions avec Frédéric au 10, rue Croix-des-Petits-Champs, derrière le Palais-Royal. Les Camelots du roi partaient en opération le soir même du côté de Jussieu pour protester contre la présence dans le corps enseignant d'un ancien tortionnaire passé au service du Nord-Vietnam, Georges Boudarel. Sophie est venue avec nous. Lancés depuis les tours de l'université, les types de la Ligue communiste nous attendaient avec des boulons et des cocktails Molotov, tandis que nous avancions en lignes serrées derrière une immense banderole avec les drapeaux fleurdelisés claquant au vent. Après la dernière charge des CRS, nous avons dévalé la rue Monge jusqu'aux arènes de Lutèce où, haletant, tous les deux, nous nous sommes étreints en nous disant que Frédéric avait manqué un sacré truc. Tant pis pour lui, il n'avait qu'à rester. J'étais bien. Nous voulions grandir, oublier cet abandon et cette respectabilité qui nous attendait. Je venais d'avoir dix-neuf ans, j'étais gâté par une fille plus âgée, une âme généreuse qui me prenait la main pour traverser la rue. Nous faisions l'amour en tous lieux, vite et bien, comme le reste d'ailleurs, comme cette façon si singulière que Frédéric avait de s'exprimer. Je la prenais fort, souvent. Elle aussi. Nous étions ivres de nos corps, de cette sensation complète et délicieuse.

Nous étions revenus à Toulouse par le même train de nuit que nous avions pris avec Frédéric en décembre, les fenêtres closes cette fois « pour ne pas attraper froid ». De retour à la fac, Sophie a commencé à montrer une réticence à s'afficher en public avec un étudiant plus jeune qu'elle, le début de la fin – sa faute. Une fois, puis deux, le message était clair. Les partiels approchaient, puis les examens et les séances de révision à la bibliothèque universitaire où je retrouvais ce qu'il restait de la bande. Je ne donnais pas cher de notre avenir. Frédéric n'était plus là pour me protéger. Je tournais en rond de longues heures, sans diversion possible. Nous nous retrouvions directement chez Sophie, le soir, la fenêtre grande ouverte, la plus belle vue du monde pour cet amour interdit. Je ne parlais plus à ma famille, je ne rentrais pas les soirs, ni même les week-ends, lorsque nous prenions plaisir à découvrir des nouveaux territoires dans une ville qui nous rassurait, vers la Côte Pavée, les allées Jean-Jaurès ou vers Saint-Étienne, près de chez moi où je rasais les murs. Nous nous installions dans des cafés discrets, à lire les pages terrifiantes sur la Yougoslavie dans *Le Monde* – « Il faut lire la presse de l'ennemi », disait Frédéric. Je me souviens des grandes envolées de Rémy Ourdan qui nous écrivait depuis Sarajevo assiégée, dès avril 1992. J'espérais y retrouver la trace de mon ami. Une action héroïque par un volontaire français alors que ces pays évoquaient plutôt des snipers et des opérations de nettoyage ethnique. De Vukovar, personne ne parlait plus déjà, la bataille faisait tache dans le paysage. L'Europe s'enfonçait un peu plus chaque jour dans l'incertitude. Sophie m'écoutait encore. Elle aimait ma curiosité, mon enthousiasme. Qui allait quitter l'autre le premier ? C'était la grande, elle devait décider. Sophie relisait ses cours, elle préparait son premier article pour une revue universitaire qu'elle me demandait de relire à voix haute. Je faisais l'acteur avec de grandes phrases, me levant et m'imaginant juriste à Rome au temps du Bas-Empire. Des baisers complices qui devaient durer toute la vie. « Bonjour, les amoureux ! » nous lançait le garçon.

*

Après les examens, nous sommes allés en voiture à Barcelone pour un voyage de la dernière chance, je pressentais la fin. J'avais pourtant été reçu dès le mois de juin en année supérieure. Je pensais à la suite, je voulais aller à Paris au plus vite, fermer cette parenthèse toulousaine, continuer à tenter la chance, partir avec elle peut-être mais elle ne répondait pas franchement à mes questions. Après Collioure, nous avons longé le front de mer jusqu'à Figueras, visité le musée Dalí, puis déjeuné les pieds dans l'eau à Cadaqués. Après le poisson, elle me lut des lettres de Paul Éluard alors que nous étions ivres de vin blanc :

« Né de la sainte et du martyr,
Voici pourtant l'enfant parfait,
Au sommet d'une aurore intime. »

Il faisait beau et frais. Je reprenais espoir mais cette foutue rentrée universitaire approchait. Nous avons été incapables de nous projeter au-delà du mois de septembre. Je voulais coûte que coûte changer d'horizon, elle devait se concentrer sur sa thèse dont la soutenance était prévue pour la fin de l'automne. Frédéric était parti depuis près de six mois, nous n'avions toujours aucune nouvelle. « Qu'il aille au diable ! » disais-je, ce qu'elle ne voulait pas entendre. À mon tour de m'échapper. Je suis bien allé m'installer à Paris avant Londres et le reste, nous n'avons pas cherché à nous revoir. Mon dernier appel remonte au mois de juillet 1992. J'ai laissé ensuite plusieurs messages sur son répondeur, sans réponse.

Le matin, Goran vient me chercher à l'hôtel. Il est prévu que nous allions passer la journée à Vukovar. La petite ville n'est pas très loin, soixante kilomètres jusqu'au Danube. Comment peut-on habiter à Vukovar ? Une question qui me vient alors que je fais quelques pas autour de l'hôtel – je n'ai pas bien dormi. Une ville qui ne laisse indifférent. Je trouve Goran près de la réception avec à ses côtés une grande et belle jeune femme, Alba, son épouse, et Emma, l'une de ses filles. « Emma, comme Emma Bovary », me dit Alba avec un sourire de pure joie. Elle a lu Flaubert à l'école et s'est amourachée de ce personnage féminin qui vivait dans un pays lointain, comme si Osijek pouvait ressembler à un bourg de Normandie. Point de tristesse dans la personne que je rencontre, au contraire, elle rayonne à l'idée de faire ma connaissance tant Goran lui a parlé de moi. Il a même pensé à apprendre le français, me dit-elle, pour pouvoir lire mes articles et vérifier ce que lui a dit Frédéric, « *your friend* », glisse-t-elle à voix basse, comme si je devais encore porter le deuil.

Alba a évoqué Frédéric sans fards ni mystère, une nouveauté pour moi qui en ai fait une sorte de culte – non pas vivant mais mort, à l'image de ces souvenirs que je poursuis comme une enquête. En quelques heures, depuis mon arrivée, je suis devenu le personnage principal d'une histoire qui ne m'appartient pas vraiment. Frédéric a bien été cet être de chair et de sang venu en ces confins armés. Jusqu'où voulait-il aller ? J'étais Jésus devant le corps de Lazare, comme si j'avais le pouvoir de réveiller les défunts.

Le rire d'Alba est encore plus fort que les mots de Goran la veille. Elle mentionne le prénom de Frédéric une seconde fois dans notre conversation – avec un bémol dans la voix – pour m'avouer qu'elle ne l'a pas connu car elle était trop jeune à l'époque. Pendant la guerre, elle avait interdiction de quitter la maison. On peut comprendre ce père inquiet qui comptait les roquettes tomber sur la ville tandis qu'une lutte dantesque se jouait à une poignée de kilomètres. Alba se souvient du bruit des canons et du fracas des avions passant en rase-mottes sur Osijek.

Des adolescents étaient partis rejoindre les forces d'autodéfense, bientôt ce serait le tour de Goran avec ses amis d'entrer en résistance. Certains avaient été de Vukovar, d'autres avaient tenu le front près de la maison, des lignes mouvantes où il fallait montrer souplesse et rapidité. C'est dans ce contexte que Frédéric était arrivé en Croatie, dans les lendemains de Vukovar et du fragile cessez-le-feu entre Serbes et Croates qui en avait découlé. Un petit front armé dans les Balkans, un de plus, « rien de nouveau », disions-nous, des escarmouches, des périmètres que personne ne voulait rendre, des terrains de pas grand-chose. En retrait, les mains dans les poches, Goran écoute notre conversation. Il laisse sa femme dire, je le sens fier. Elle s'exprime avec une aisance qu'il n'a pas. Je comprends aussi qu'il lui porte le même amour qu'au premier jour. Je tombe sous son charme à mon tour. Il y a un peu de Sophie en elle, et ce trouble ne passe pas.

Je revois notre « chère amoureuse », comme nous lui disions pour la taquiner au début de notre relation, alors qu'elle voulait nous raisonner sur les choses de l'amour avec son air docte et ravissant. Frédéric et moi avions tenté de l'embrasser plusieurs fois déjà, d'aller plus loin, mais elle savait le désir aussi précaire qu'un château de cartes. « Ne pas se précipiter », disait-elle avec sa tête froide de juriste, alors que son attitude n'était que feu et sortilèges ; sortir avec deux garçons plus jeunes, en même temps, prêts à tout pour obtenir ce qu'ils voulaient. Les femmes ont une manière d'aimer différente de la nôtre, elles choisissent le moment. « Je ne m'ennuie pas avec vous, c'est le plus important », disait-elle. Une époque sans filtre, sans mesure, où l'amour était gratuit. Elle prenait des risques, nous l'admirions encore plus. Il y avait des étapes, des seuils sur lesquels nous ne revenions pas, une main passée dans ses cheveux, une caresse dans l'ombre, des mots simples évoquant la joie, le sexe et la poésie, une apocalypse de sensations. Alba brise la chape de plomb qui nous asphyxiait avec Goran depuis nos divagations le long du fleuve. Elle voulait venir à la gare pour m'accueillir, me dit-elle, mais Goran l'en a dissuadée. Il voulait être seul, ranger son bureau, fumer le temps que le train arrive, réviser sa mémoire. Il avait pensé à des fleurs ou quelque chose dans le genre, mais il aurait pu y avoir une méprise, un embarras. J'aurais préféré une bouteille de whisky pour m'enfermer dans ma chambre d'hôtel. La pilule n'était toujours pas passée après bientôt trente ans, le choc du départ, alors que nous étions si près de réussir l'association parfaite, de celle que l'on recherche ensuite.

Au détour d'une phrase qu'elle prononce au passé – sans faire attention, sans fausse pudeur, comme s'il s'agissait d'une évidence –, je comprends que Frédéric est bien mort. Un constat fixe et brutal qui ne souffre pas d'hésitation. Alba ne pouvait se douter de l'importance de cette information alors qu'une partie de moi refusait toujours cette évidence. J'avais tant à lui dire, à lui montrer. Je l'avais pourtant croisé plusieurs fois, j'en étais certain, à Los Angeles et ailleurs, dans mes échanges avec l'acteur au bord de la dépression pour des retrouvailles mystiques où l'on se pardonne tout. Un mot, un simple mot prononcé par une voix si douce dans une tempête où je suis Ulysse attaché au mât. Le deuil peut commencer. J'ai gagné. Je suis toujours vivant, soulagé presque – je pourrai revenir à Ankara assez vite et oublier pour de bon cette histoire d'un autre moi, avant de continuer ma vie. L'acteur sera content de me revoir sain et sauf, nous pourrons reprendre le cours de nos soirées. Il n'y a pas eu de miracle.

« *After his death* », dit-elle dans son calendrier de petite fille, se rappelant clairement du jour où « le Français » a été tué.

*

Combien de destins pour ressembler au sien ? Combien de jeunes gens venus crever en ces basfonds d'une guerre oubliée ? Toute la ville en avait parlé alors et admiré son courage pour une cause qui n'était pas la sienne. Il était un héros et j'étais l'ami du héros. Le quartier avait suivi la procession portant son corps jusqu'au cimetière de l'ancienne cité fortifiée. Il avait été enterré à la va-vite avec les morts de la veille, en ce bastion imprenable. Je comprends la chance que Goran a eue de rencontrer cette fille, de savoir la retenir surtout. Une vision d'harmonie qui me fait mal. Alba avait neuf ans au moment des événements. Elle avait admiré Goran qui, avec ses camarades, était sorti du bois pour sauver la ville. Nous aurions fait de même à n'en pas douter. Je n'ai pas su quoi lui répondre lorsque sa main est venue sur mon bras, les larmes contenues, touché par ce geste inattendu devant un Goran aux petits yeux, preuve aussi d'une nuit sans sommeil. Alba m'a réconcilié sans le savoir avec Frédéric tandis qu'elle m'explique avoir préparé des sandwichs pour le pique-nique de la journée. Quelle drôle d'idée d'aller à Vukovar avec un panier en osier rempli de victuailles ! Une attitude païenne je pense, rendre hommage aux disparus par un banquet. Alba ne viendra pas avec nous, une affaire d'hommes, dit-elle avec malice. Je le regrette un peu. J'aurais pu lui parler de Sophie et lui demander son avis sur la marche à suivre, pour renouer, expliquer ou pas, me faire pardonner et reprendre l'amour où nous l'avions laissé. Étrange impression de ce retour alors que je repense à ces années de guerre qui ne valent plus rien. La Croatie est entrée dans l'Union européenne, les frontières se sont ouvertes, une économie fébrile, des plages et des îles.

Toute confession ne peut venir que du cœur. La place de Sophie n'est pas encore très claire, j'ai manqué plusieurs étapes. Je ne peux oublier la tendresse, les premiers baisers – mon premier amour –, la fraîcheur de sentiments qui s'expriment sans arrière-pensées. J'étais encore le petit garçon impressionné par le grand frère, prêt à tout pour l'imiter. L'idée d'un destin commun n'était pas négociable, nous étions intransigeants. Contre la société du nivellement par le bas, il n'y avait pas de reculades, disions-nous avec emphase, le poing levé devant des amphis bondés. Le collectif n'était pas notre souci au-delà de la bande que nous formions, une dizaine de personnes en tout, sans compter Sophie que nous rencontrions en dehors de ce cercle. Nous nous repassions en boucle le film de Romain Goupil, *Mourir à trente ans*, en rêvant de ces années de lutte dans le Quartier latin. Nous survolions le temps à la manière des contes d'antan. Il n'y avait rien de pire que la jeunesse que nous formions, pour cela magnifique et inoubliable. Nous cherchions le confort et la reconnaissance d'un côté, la violence et l'aventure de l'autre.

En son for intérieur, Frédéric avait déjà arbitré, sans moi, sans nous – je pense à Sophie. Une intelligence froide et mécanique qui n'était d'aucune compromission. Il avait été plus rapide que moi dans ce choix dont on ne revient pas. Un conflit idéal pour de longs week-ends passés sur le Danube, sans obligation de résultat sinon de petits meurtres entre amis. Peu importait la cause et les lieux, seule l'idée de départ comptait comme un bras d'honneur aux années 1980, la consommation, le camping et le Top 50.

Dans nos conversations, j'étais le gars des compromis alors que Frédéric ne croyait qu'au chaos. Je n'étais pas un ange non plus, je cherchais l'estocade, le coup de maître pour m'imposer. Il n'y avait pas de règles. Sophie nous écoutait dans ce jeu de dupes, elle comptait les points avec dilection. Son sourire nous désarmait, sa peau diaphane, la confiance qu'elle nous donnait. Elle nous provoquait.

« Soyez précis, les garçons », répétait-elle à propos de nos élucubrations en remontant ses lunettes sur son petit bout de nez chagrin.

Nous hésitions, nous inversions les rôles avec Frédéric pour lui faire peur, moi le méchant, lui le gentil. Un prétexte pour la rassurer, la prendre contre nous, l'amour par excès. Frédéric était caméléon. Il changeait de point de vue selon les intérêts du moment, avec la même conviction. Il n'était pas à une contradiction près, car, au-delà du libre-penseur fasciné par le désordre, il y avait chez lui une attirance pour la « vérité », disait-il, contre les mensonges et l'hypocrisie. Nous voulions détruire la petite Europe sans saveur de nos aînés. Nous échafaudions des plans et des théories sous le soleil noir de la mélancolie. Si j'ai profondément aimé ce garçon, je l'ai aussi haï pour m'avoir laissé seul. Du jour au lendemain, j'étais devenu un paria, le type dont on se méfie tandis que Sophie pleurait dans mes bras en pensant à lui. Des souvenirs pénibles, encombrants. Le message de Goran m'avait attrapé à une époque où je voulais me stabiliser. Je n'avais aucune envie de revenir en arrière. Ce passé était bien mort pour moi. Les témoins s'étaient dispersés et je ne revenais plus que rarement à Toulouse. Il m'arriva même de réinventer ma biographie afin d'escamoter cette première année de droit qui ne m'avait apporté que du malheur. In fine, Frédéric avait disparu, Sophie aussi.

Au début, les guerres sont toujours radieuses. Nous étions heureux pour ces peuples qui gagnaient leur liberté. Il devait s'agir de grands mouvements de troupes comme à la parade. Mais les choses ont vite dégénéré en combats de rue, guérilla, exécutions sommaires et massacres. Les images se sont raréfiées. Aucun journaliste n'a pu rester jusqu'à la fin de Vukovar. Aux pires moments de l'engagement, 12 000 projectiles tombaient sur la ville par cycles de vingt-quatre heures. En novembre, après trois mois de siège, les derniers combattants du périmètre croate se sont rendus, à court de munitions. On lève les bras, on sort, on implore la grâce des vainqueurs. Au cours de l'offensive, du côté serbe, les troupes irrégulières ont vite remplacé les conscrits et les réservistes de l'armée nationale, peu motivés. On peut les comprendre. Il était question de service militaire, pour une classe d'âge déjà déboussolée par l'effondrement d'un pays. La JNA opérait sur son propre sol contre des gens qui parlaient la même langue, à grand renfort d'aviation, de marine même – sur le Danube – et de bataillons de chars, les fameux T-34, T-55 puis T-84. Les stocks de l'armée avaient été pillés, vendus au plus offrant par des officiers sans scrupules en échange de lingots d'or et d'argent. Les Croates attaquaient par petites unités mobiles à travers un réseau de tranchées et de tunnels. « Une fois qu'elle était tombée dans notre piège, nous détruisions l'infanterie, puis les chars un par un », explique le même combattant dont je retrouve l'interview sur YouTube. Certains ont accusé le haut commandement serbe d'incompétence – voire de trahison. Du côté croate, il y a aussi eu des hésitations sur le sens qu'il fallait donner à cet affrontement, celui d'une guerre civile et rien d'autre. Beaucoup ont dit que les défenseurs avaient été trahis par le gouvernement central de Zagreb qui ne voulait pas abîmer son désir de reconnaissance internationale. C'est possible, car les deux commandants croates qui ont tenu le siège ont été arrêtés par la police quelques jours après la défaite pour étouffer leurs critiques contre le laxisme du président Tudjman dans la défense de la ville. Du côté serbe, cette victoire a été présentée comme une « libération », celle de Vukovar, contre une « forteresse oustachie », malgré des points de vue très divisés, dont des intellectuels et des hommes politiques opposés à Milošević, le grand argentier de ces manœuvres. Une bataille qui a cependant sauvé la Croatie. Pour nous, piètres commentateurs, c'était le plus important.

Dix ans après les accords de Dayton, en 1995, nous disions encore « Yougoslavie », malgré les indépendances successives. À Belgrade, en 2005, où je m'étais rendu pour une rencontre sur le journalisme, personne ne parlait plus de ces années de guerre. Il fallait oublier et dévorer la vie, gagner de l'argent, séduire, pour mieux revenir passer l'été sur les pontons de la Sava lorsque la chaleur vous écrase. C'était à mon tour d'exister, à moi de saisir le rêve. Frédéric n'allait pas me briser une seconde fois.

À la fin des combats, quatre-vingt-dix pour cent des bâtiments de Vukovar ont été endommagés ou détruits, des milliers de familles déplacées, dont beaucoup à Osijek. Dans ces lendemains de victoire, les paramilitaires serbes commirent des atrocités, les 20 et 21 novembre, lorsque deux cent soixante hommes ont été amenés depuis l'hôpital central où ils étaient soignés vers un corps de ferme appelé Ovčara pour y être assassinés. Parmi eux se trouvait le jeune Jean-Michel Nicollier, notre compatriote qui s'était porté volontaire au service de la Croatie libre et dont le corps n'a jamais été retrouvé, comme des dizaines d'autres. Le 6 octobre 1991, en plein siège de la ville, Nicollier avait pu trouver un téléphone afin d'appeler sa mère pour la rassurer – elle l'appelait son « Jean de la Lune ». Un reportage filmé juste avant l'évacuation de l'hôpital, où il était traité pour une blessure, le montre expliquer aux journalistes Hervé Ghesquière et Agnès Vahramian les raisons de sa présence en Croatie : « J'étais engagé volontaire. Et puis, on a perdu. Tant pis. » À la question de savoir ce que symbolisait Vukovar pour lui, sa réponse était tranchante : « Une boucherie. » Un jeune homme qui nous ressemblait, la même simplicité dans le regard, un sourire qui attire, une sorte de candeur. Je retrouvais un peu de Frédéric dans cet idéalisme affiché, même si je sais au fond que mon ami ne croyait qu'en lui-même. « Ni Dieu ni maître » aurait pu être aussi sa devise. En septembre 2014, le nom de Jean-Michel Nicollier fut donné à un pont sur la rivière Vuka, jusque-là nommé « pont de l'Amitié », au cœur de la ville. Il n'y a eu que quatre survivants des massacres d'Ovčara, dont un homme âgé qui a raconté que le préposé au meurtre s'était acharné en premier sur le prisonnier français. En 2010, le président serbe Boris Tadić est venu avec son homologue croate sur les lieux mêmes de la ferme pour s'excuser au nom de son pays et demander la « possibilité d'un pardon ». Les deux hommes politiques se sont aussi rendus dans le village voisin de Paulin Dvor, où dix-huit Serbes avaient été exécutés par les forces croates. Des dizaines de volontaires étrangers ne sont jamais revenus des guerres de Yougoslavie.

*

La question n'est plus de savoir s'il est mort, mais où et quand ? Les choses me semblent un peu moins lourdes à porter. Je savais qu'il était parti, je savais qu'il avait rejoint les forces croates, mais je ne savais pas combien de temps il avait survécu à son engagement. Je comprends les familles qui cherchent le corps d'un disparu.

Je n'ai pas pensé à contacter ses parents ni les autorités, encore moins Sophie qui n'est plus dans ma vie depuis longtemps. Qui pour s'intéresser au destin d'une tête brûlée ? Les Croates n'avaient pas besoin de nous pour gagner leur guerre. Avec Frédéric, rien n'était prévisible. Calquer mes émotions sur les siennes n'était pas la bonne méthode à suivre pour le retrouver. Il m'avait mieux décrypté que je n'avais pu le faire. La cause croate était devenue la sienne, tandis que je voulais posséder Sophie. Il est mort alors que je suis vivant, piètre victoire. Je confonds les pages et les jours.

Plusieurs fois, j'ai cru croiser Frédéric au cours de mes voyages, une silhouette qui passe au Liban dans un restaurant, au bord d'une plage en Turquie, devant une descente d'avion à Roissy, à Los Angeles encore, dans un bistrot français de Los Feliz où je me trouvais pour interviewer Jean-Yves Thibaudet, un pianiste réputé. Je devais en faire le portrait pour l'édition française de *Vanity Fair*, un magazine qui avait l'avantage de ne pas lésiner sur la dépense. Un homme est entré pour s'asseoir directement au bar. Il a enlevé sa casquette et m'a fixé dans le miroir. Je ne l'ai pas tout de suite remarqué. Un visage qui pouvait être le sien avec vingt ans de plus, des cheveux mi-longs, une silhouette familière. Il portait une veste de jean usée, des lunettes avec des verres jaune dégradé, une allure qui était la sienne lorsque nous entrions au Saint-Sernin. Je l'ai fixé à mon tour, nos regards se sont croisés. Après avoir réglé son verre, l'homme s'est levé en se pressant vers la sortie. Je me suis excusé, « un vieil ami », ai-je dit, puis j'ai couru pour le rattraper tant j'étais certain qu'il s'agissait de Frédéric. Nous avions tellement à nous dire, à partager ; nous aurions bu en nous racontant des histoires. Rien de plus. L'homme avait déjà disparu sous les ficus de l'avenue. J'ai fait quelques pas, entrant même au Dresden – le club de jazz voisin – pour scruter la salle avec un air inquisiteur. J'étais livide lorsque je suis revenu à table. Frédéric était parti une seconde fois. « Disparition », le maître mot de ces années qui continue à me hanter comme si j'étais responsable de sa mort.

L'homme des théories avait-il su montrer de la pitié ? C'est une question que je me suis longtemps posée. Je m'étais confronté au cours de mes propres reportages dans des zones de guerre à des profils identiques, à ces cow-boys prêts à tout pour exister, en Syrie, dans des bars d'hôtel à Beyrouth, Istanbul et Erbil. Autant de points de bascule pour des existences que l'on ne choisit pas, l'enfance, l'ennui, l'envie d'exploser d'un coup, la colère, le désir, le besoin d'être tout simplement. Le cerveau n'oublie rien, une règle vérifiée dans les insomnies. « Je suis las de tuer, mais pourtant je suis venu », m'a dit un combattant étranger dans le Donbass, d'autres

– les pires – s'étant engagés pour une idéologie obscure, une mine blafarde, un regard bas et fuyant devant la caméra, préférant tutoyer la mort plutôt que d'affronter leurs quinze mètres carrés sous les toits de Paris, avec boulot et petite amie. Ils partaient, ils arrivaient, passe-murailles d'une époque où le désir de vengeance redevenait possible. Je me souviens de ce Canadien survivaliste de l'Ontario qui s'était mis au service des FDS (Forces démocratiques syriennes) – une coalition militaire formée en 2015 dans la zone kurde de Syrie. Il avait rejoint le Bataillon international de libération affilié à l'extrême gauche européenne. Particulièrement disert, fier de lui, il m'expliquait le cul rivé à son talus de pierres qu'il était venu se battre pour anticiper la baisse des ressources mondiales, que les gens étaient des ennemis naturels et que par conséquent la guerre était légitime. La pire chose était selon lui l'indifférence alors qu'il citait Rousseau et sa théorie sur la violence de la société. James n'avait pas fini ses études, il voulait être médecin et s'était envolé pour Istanbul depuis Toronto. Une fois arrivé dans le Rojava kurde, il s'est fait une spécialité du tir à longue distance après ses années de chasse dans les forêts du Canada.

En quelques années, la Syrie était devenue un dépotoir pour ces types en mal d'action, une arche de la criminalité, une zone de *team building* pour cadres paumés et racailles en recherche de « lien social ». Je n'en pouvais plus d'entendre ce genre de raisonnement tenu par des jeunes gavés de viande saignante. Au Canada, James était chasseur à l'arc, une manière selon lui d'éprouver la nature en prélevant le strict minimum pour se nourrir. L'Homme était un parasite, les marchands d'armes des bienfaiteurs. Il se pensait précurseur avec ses petits yeux chafouins, un gars que l'on aurait pu croiser en claquettes sur une plage de Thaïlande. Avec Frédéric, nous l'aurions pris pour un tocard avec ses idées simplistes alors que le processus de décision avait été le même. Des visages dans lesquels je ne cessais de croiser le sien, la fine fleur d'une jeunesse occidentale.

Depuis la zone irakienne jusqu'aux frontières de l'ancienne Rome, en plein désert, la région était devenue un terrain de jeu pour ces soldats de fortune. Des volontaires qui ne faisaient pas de vieux jours sur le champ de bataille, prenant des risques inconsidérés à la recherche de l'exploit personnel. Le reste des troupes ne les estimait pas et les envoyait au casse-pipe, dans des opérations kamikazes pour le camp d'en face – celui de Daech – ou sur des théâtres secondaires pour de belles images de propagande.

Nous en avions rencontré avec Noël, de ces hommes et femmes – oui, des femmes, autant criminelles que les autres – venus d'Australie, du Texas, de Corée ou des banlieues d'Europe, Paris, Londres et Bruxelles. Des gens de rien qui voulaient exister, comme nous à l'époque – j'ai du mal à écrire cette phrase. Je formulais mes questions, ils posaient pour la photo avec leurs armes, leurs drapeaux et leurs slogans avant de passer à l'attaque d'un bastion tenu par des jeunes du même âge dans ces coins pourris, fruit d'un sous-développement chronique.

Ils cherchaient la gloire dans un conflit régulateur d'accroissement démographique, terminant la tête éclatée, le bras emporté, la jambe broyée, se vidant de leur sang en quelques minutes, le regard hébété en manipulant leur smartphone. Les gars de la section creusaient un trou, récupéraient les papiers, sans fleurs ni couronnes. Tout était ensuite oublié.

*

À Toulouse, il n'y avait pas de « Yougos », nous ne les connaissions pas. Nous avions rencontré quelques Libanais mais trop peu diserts à notre goût sur leur guerre civile, soit qu'ils aient trempé dans des trafics ou qu'ils aient quitté trop tôt le pays.

« Ces Orientaux, tu ne peux pas leur faire confiance », avait dit Frédéric.

Les premiers Yougos que je rencontrai, ce fut à Paris où je me suis installé l'année qui suivit son départ. J'avais réussi à intégrer une seconde année de droit à Assas avant de tout plaquer. Un ami s'était converti à l'orthodoxie et je l'accompagnais parfois pour un service religieux. Nous allions à l'institut Saint-Serge, dans le XIXe arrondissement, que j'aimais pour ses arbres et son côté champêtre en pleine ville, ou chez les Serbes, rue du Simplon, pour une ambiance gorgée d'encens et de vieux dialectes. Je pensais toujours à Sophie, plusieurs fois j'ai voulu la retrouver. Dans un autre périmètre, celui de la plus chic église russe de la rue Daru, je croisais les descendants de l'ancienne aristocratie, comme l'écrivain Gabriel Matzneff qui nous intriguait avec son allure de bonze oriental. En 1998, j'étais allé voir au cinéma *Pretty Village, Pretty Flamme*, un film sur la guerre de Yougoslavie, tout comme le formidable *Underground* d'Emir Kusturica, primé à Cannes. Au banquet de l'exil, les Yougos étaient les derniers installés, une immigration remontant à la crise économique des années 1980. Je liais encore amitié avec quelques Grecs et

Roumains dans l'arrière-salle d'un traiteur « balkanique » au début de la rue Monge. Près du jardin du Luxembourg, dans la petite rue Férou, au numéro 5, il y avait la librairie L'Âge d'Homme où j'ai fait la connaissance de l'éditeur Vladimir Dimitrijević et de Pierre-Guillaume de Roux, des intellectuels iconoclastes qui aimaient rassembler autour d'eux des sorbonnards en mal d'épopées. Dans les jardins, j'avais aperçu Emil Cioran assis seul sur un banc, quelques mois avant sa mort. Je n'avais pas osé aller l'aborder pour lui dire combien nous aimions ses livres avec Frédéric. Non loin, au 5 de la rue Malebranche, il y avait la Librairie Le Savoir, tenue par un autre Roumain, mais franchement fasciste celui-là, qui éditait les livres du négationniste Roger Garaudy. Il éructait contre Le Pen qu'il jugeait vendu à la démocratie, tout en vantant les mérites de la Garde de fer qui avait fait des merveilles selon lui pendant la dernière guerre. Il faut bien admettre que nous ne connaissions pas grand-chose à l'histoire de ces pays, tant le tropisme atlantiste et le rideau de fer nous avaient isolés de ce passé européen, quel qu'il soit. Je me souviens encore d'une longue soirée dans le petit restaurant bulgare de la rue de Nevers, où nous avions fini à la même table que Sylvie Vartan en écoutant Clark, un trompettiste devenu gigolo sur le tard, arrivé à pied depuis Sofia en fuyant les derniers goulags d'Europe – du moins le prétendait-il.

*

Ces découvertes étaient pour moi un avant-goût des voyages à venir, je prenais toutes sortes d'informations pour me constituer une réserve de projets. La carte Interrail permettait pour un forfait modeste de circuler facilement en Europe. Sur la Croatie libre, je ne m'étendais pas trop et cachais mon passé militant avec Frédéric. C'était le temps des auberges de jeunesse, des fax et télégrammes, des méthodes Assimil et des chèques de voyage estampillés American Express. Un cousin germain plus âgé que moi, Aymeric, s'était rendu à Prague deux ans avant l'ouverture du rideau de fer, un visa qu'il avait obtenu par son syndicat étudiant à Nanterre. Un garçon qui avait pris le temps de me raconter son périple à son retour – j'avais quatorze ans –, en me montrant sur la carte le trajet qu'il avait accompli depuis Paris. Il voulait voir le pays de Milan Kundera, visiter la maison de Kafka, rencontrer les étudiants alors en révolte contre le gouvernement central, lui-même ayant participé aux grèves de 1986 contre le projet de loi Devaquet. Ce voyage l'avait métamorphosé, il ne voyait plus le monde des idées de la même manière, une question de recentrage. Il avait le cœur fragile, des idées généreuses. Au fond, nous en voulions à ces Serbes, Croates et consorts de venir troubler notre petite routine du bonheur, entre gens du même monde. Côté politique, les Serbes avaient perdu la guerre médiatique, après Vukovar et surtout Sarajevo. Ils ne seraient pas de cette nouvelle Europe qui se confortait dans ses directives. Nous étions pour eux les anciennes puissances impériales avec notre verbe haut et nos manières. Depuis les premiers combats du printemps 1991, la guerre est montée en intensité, très vite. Frédéric était donc devenu un chien de guerre. Il avait rejoint la cohorte de ces maudits que nous admirions dans les livres. Je l'imaginais dans des situations héroïques à sauver ses camarades et renverser les situations.

En mai 1998, avec Sophie, nous nous sommes revus par hasard, à Paris. La première fois depuis notre dernier baiser, six ans auparavant, une éternité. Je revenais de Londres pour le week-end où j'avais commencé un semblant de vie professionnelle. Si je pensais souvent à Sophie, j'avais réussi à éliminer Frédéric avec la certitude de ne plus jamais le revoir. Nous étions montés tous les deux dans le même autocar d'Air France. Je l'ai tout de suite reconnue, sa nuque, ses cheveux, l'allure d'une femme sûre d'elle. Plongée dans ses pensées, elle portait un seul bagage à main et ne me remarquait pas. Assise côté fenêtre, à l'avant de l'autocar, je n'ai pas osé me lever – mon cœur battait si fort – pour m'asseoir à ses côtés alors que la place était vide – ce que j'aurais dû faire, mais rien n'avait été « normal » dans cette relation. C'était bien elle, la même Sophie, son parfum, sa présence, cette silhouette reconnaissable entre mille.

Il était tôt encore, dans les 8 heures du matin, je m'étais levé à l'aube pour rejoindre le City Airport, avant de m'assoupir quelques minutes. Un besoin de fermer les yeux sur les courbures de son corps et tout ce qui se bousculait. J'ai repensé à Frédéric, à ses mots qui n'avaient rien de doux. L'autoroute A1, la Plaine-Saint-Denis, la porte de la Chapelle, le périphérique, les Grands Boulevards, la Seine qui panse les plaies. Au moment de descendre à Montparnasse, je me suis approché d'elle, pour lui prendre le bras doucement, comme il m'arrivait de le faire à Toulouse pour la surprendre – ce qu'elle n'aimait pas –, en m'excusant presque, impatient de l'entendre, de la revoir, de la toucher. Nous sommes tombés dans les bras l'un de l'autre. Elle m'a serré fort contre elle. Comment avions-nous été si proches et puis plus rien ? Elle arrivait de Marseille où elle avait une partie de sa famille, ce que j'avais oublié. Elle était toujours aussi pétillante, avec cette petite ride que je ne connaissais pas à la commissure des lèvres, un tatouage aussi qui avait fait son apparition à la base du pouce et de l'index.

Je lui ai aussitôt proposé de prendre un café dans un troquet de la rue de la Gaîté. Elle avait une heure devant elle, « pas plus », me dit-elle. Les choses s'étaient calmées, nous avions une égale envie de nous confier sans limites l'un à l'autre. Je revois les scènes de Barcelone, nos escapades nocturnes dans une ville endormie, nos longues soirées à penser le monde, nos retours enlacés à gravir les étages vers la chambre d'hôtel, puis son studio à Toulouse pour une vengeance consentie. Lors de nos conversations, nous réfléchissions sur le rapport province-capitale, sur ce qu'il fallait modifier pour changer la verticalité du pouvoir, sur l'argent, le désir de bien faire, contre ce que nous appelions la « vie vraie », en pensant à Arthur Rimbaud dans sa lettre du « Voyant » où le « voleur de feu » devient l'insolent des jours perdus à la recherche de la « poésie totale ». Elle m'écoutait avec délices tant la littérature n'était pas son domaine. « Je meurs, je me décompose dans la platitude, dans la mauvaiseté, dans la grisaille », écrit-il en 1870. Oui, c'est de cela qu'il s'agissait, je lui expliquai, de cette « grisaille » qui encombrait nos vies, de cette lumière qui avait fasciné le jeune poète, à Marseille, Chypre, Alexandrie et Aden. « Je devais repartir aujourd'hui même ; je le pouvais : j'étais vêtu de neuf, j'aurais vendu ma montre, et vive la liberté ! » Nous connaissons la suite.

Je la dévisageais. Je sentais qu'elle était aussi remuée que moi. Elle portait un pantalon serré, des chaussures à talons bleu marine – ce qu'elle affectionnait –, un chemisier blanc ouvert, et la même coupe au carré que nous lui connaissions avec Frédéric. Elle me fixait, me prenait la main comme l'on rassure un enfant alors que j'aurais voulu la dévorer. Nous nous étions aperçus, croisés, aimés sans détours. Elle n'était plus étudiante et avait finalement intégré la magistrature. Fini les cours en province, les papotages des fins de TD, les envolées lyriques sur des sujets sérieux avec des jeunes gens ardents. Elle avait « changé », me dit-elle sans avoir besoin de s'expliquer, en passant vite, faisant référence à une conversation que j'avais moi-même oubliée en un temps qui n'existait plus. Il s'était passé tant de choses depuis... Par quoi commencer ? Les premières minutes sont cruciales. Je voulais lui prendre la main, la serrer contre moi et reprendre le fil de ce que nous avions été un jour tous les deux. Lui dire que je l'aimais toujours, que je voulais m'excuser de l'avoir abandonnée comme Frédéric m'avait laissé, reprendre nos rêves si elle me le demandait. Je lui expliquais mon parcours avec des phrases un peu creuses, lui démontrant en quoi l'action publique était terminée et que seule l'économie de marché avait la capacité de réguler le monde moderne.

« Que tu as changé ! me dit-elle.

– Je suis le même pourtant, tout ça n'est qu'illusion.

– Même si tu es le même, je pense ne t'avoir jamais connu.

– Je n'ai pas su te dire ce que je voulais. Est-il trop tard maintenant ?

– Oui et non. Je veux entendre... »

Je n'ai pas su répondre de nouveau.

À Londres, je fréquentais des yuppies qui ne juraient que par la finance. Le bloc soviétique s'était effondré et les derniers potentats orientaux n'avaient qu'à bien s'accrocher. Je logeais avec un *room mate* dans le quartier de Chelsea en bas de King's Road, une petite chambre près d'un pub qui s'appelait le World's End – tout un programme –, où nous nous rendions pour des pintes de Guinness.

« Nous sommes déjà venus dans ce café », lui dis-je, afin de créer un moment de complicité, ce qui était faux. Elle n'était pas dupe.

« Ne me raconte pas d'histoires », disaient ses yeux prune.

Nous n'étions pas venus dans ce café, ni même dans cette rue. La ficelle était trop grosse, elle le sentait. Elle se referma après un rire nerveux.

« Au fond, c'est vrai que tu n'as pas changé... Tu aimes raconter des histoires... dit-elle.

– Ne m'en veux pas.

– Je n'ai pas beaucoup de temps, tu sais. »

Elle lâcha la main que j'avais saisie, prit son crème du bord des lèvres et me parla d'elle – beaucoup –, de ses hésitations et de son fiancé qu'elle a eu besoin de mettre sur la table pour se rassurer. C'était moi le héros de ces retrouvailles, pas cet inconnu.

« Il y aura donc toujours quelqu'un entre nous…

– Quelqu'un de bien, tu sais, dit-elle.

– Il ne m'intéresse pas. Tu hésites toujours, alors ? Toi non plus tu n'as pas changé.

– Tu es bien présomptueux. Comment oses-tu me dire ça ? »

Elle aurait pu parler de Frédéric, me dire que lui seul avait le droit de lui parler ainsi, mais elle n'alla pas plus loin. Elle se leva, manqua de partir, puis se rassit. J'avais visé juste.

« Excuse-moi. »

Le fiancé enseignait à Assas. Je m'en moquais, qu'il crève lui aussi avec ses idées de vie conventionnelle. « Un garçon solide, me dit-elle, je me sens bien avec lui. »

À un moment donné nous avons été si proches. Sur Frédéric elle ne pipa mot et je sentis qu'il fallait m'en tenir à cette discrétion. C'était le seul point qui pouvait me faire gagner du temps, pour elle, pour moi, la garder dans mes maigres filets alors que le sol se dérobait sous mes pas. Je n'étais pas certain de sa réaction. Elle commençait à regarder sa montre. Le temps du condamné. Elle pourrait me reprocher de ne rien lui avoir dit sur la lettre de Frédéric, sur nos projets, sur ces pays qui n'intéressent plus personne, sur cette guerre imbécile qui nous a brûlé les ailes. J'ai manqué l'occasion.

*

Après notre séparation à l'été 1992, j'ai appris qu'elle avait revu le père de Frédéric par un ami de la bande. Ils avaient déposé une main courante à la gendarmerie pour signaler sa disparition, puis plus rien, pas d'enquête. Personne n'avait demandé son dû, personne n'était venu me voir ni même me consulter. Pour des raisons financières, les parents avaient rendu assez vite le petit appartement qu'occupait Frédéric. Il n'avait pas beaucoup d'affaires. De mon côté, j'avais reconstitué le scénario. Il avait suivi un groupe de volontaires partis combattre en Croatie où plusieurs avaient été tués, tandis que d'autres s'étaient reconvertis sur de nouveaux théâtres d'opérations en Bosnie. Sans elle, sans sa présence en ce matin parisien, j'aurais pu douter de ce passé qui nous tenait l'un l'autre. Un silence pesant s'installa entre nous. Nous n'avions plus rien à nous dire. Plus de mots ni de phrases, rien ne sortait. Elle posait peu de questions. Je ne l'intéressais plus. Elle s'apprêtait à partir. Avant de se lever elle me demanda d'un air distrait :

« Tu as eu des nouvelles ? »

Il n'était pas besoin de préciser de qui nous parlions. Je ne répondis pas. Je n'avais plus envie d'elle. Le charme était rompu. J'ai vu le feu dans ses yeux, pour lui, pas pour moi.

« Je vous ai tant aimés !

– Je sais et je me demande encore lequel tu préférais.

– Imbécile, tu n'as toujours rien compris... »

Elle m'a regardé, elle est partie.

Dans la rue, pour ce qui devait être un adieu – elle avait déjà hélé un taxi –, je ne me suis pas retourné pour la voir m'échapper encore une fois. J'étais désespéré. Je n'ai rien fait pour la retenir, lui expliquer, lui dire ce que j'avais sur le cœur, lui dire que je m'étais trompé sur toute la ligne et que je l'aimais, qu'elle était la femme de ma vie, que je ne supportais plus ces ambiguïtés, que je ne voulais plus lui mentir, et la saisir encore et encore jusqu'à me fondre en elle. Je me suis jeté alors sur l'avenue du Maine, marchant comme un dératé jusqu'à Alésia, à bout de souffle. J'ai voulu mourir lorsque j'ai compris que je n'allais plus jamais la voir, son parfum, ses mains, les courbes de son corps. Il était impossible de reprendre une activité normale. Sophie était devant moi et je n'avais pas été capable de lui dire la vérité, sur Frédéric d'abord, son départ et les raisons, sur mes sentiments et mes silences, lui dire que j'étais meilleur, lui dire qu'il était devenu un assassin dans une guerre qu'il s'était choisie contre toute forme de raison. Je voulais fuir, me remettre en « mouvement », du latin *motio*, qui a donné aussi « émotion ». Oui, j'allais retourner à Londres, continuer ma vie avec des centaines de nouvelles têtes qui m'attendaient hors de moi-même. Je délirais. Je suis revenu au café de la rue de la Gaîté, j'ai attendu une journée entière qu'elle revienne.

Viktorin, dit « Pacha », est un ancien combattant. Un guerrier esquinté à la voix caverneuse, celle des grands fumeurs. Il a fait partie de ceux qui sont allés au feu dès les premiers jours. « Nous n'avions peur de personne en ce bas monde », dit-il. Il a connu Vukovar sous les bombes, avec la boue des tranchées et le cliquetis des grenades. Il n'a pas hésité. Vive la Croatie libre ! La jeunesse se levait d'un seul bloc contre l'ennemi. Le temps des courses et des derniers soupirs. Viktorin est un original, une âme fracassée qui vous regarde en biais, sans miséricorde, une cicatrice sur la joue, les cheveux longs, la paupière lourde. Nous l'attendons devant une petite maison ouvrière qui ne paie pas de mine à la sortie d'Osijek, sur la route de Vukovar. Il vit avec sa femme qui est chanteuse d'opéra, plus âgée que lui. Il me demande ce que je viens faire ici. Pourquoi Vukovar ? Il provoque, je souris un peu bêtement. Comment lui dire que nous étions fascinés par cette guerre qui commençait ? J'ai envie de répondre, mais pas ici, pas en ce dimanche de rencontre avec des gens qui m'accueillent comme si j'étais le fils prodigue, dans la douceur d'une journée de septembre. Je résiste.

Pensionné par l'État, Viktorin est un vétéran au sens officiel, ce qui n'est pas le cas de Goran – malgré sa blessure à la jambe – « trop jeune » à l'époque, lui a-t-on répondu lorsqu'il est allé demander une pension à l'administration. Il n'avait pas encore dix-huit ans, l'âge légal pour le service militaire. « La ville est toujours en restauration », me dit-il. Vukovar, un nom qui claque comme un drapeau. Comme Goran ne conduit pas à cause de sa patte folle, c'est Duye qui nous prend en charge sur la recommandation d'Alba, un jeune qui admire les « anciens ». Viktorin ne conduit pas lui non plus, il se met avec les bières à l'arrière d'où il lance des invectives. Un dimanche par mois, ils ont l'habitude de se retrouver sur les rives du Danube pour passer le temps autour d'un barbecue, se raconter des histoires. Vukovar n'est pas très loin, une belle route de campagne encadrée de petites maisons sans étages. Des vieux assis sur des bancs avec leurs calots de l'ancienne armée yougoslave nous regardent passer. La saison est magnifique. Duye conduit lentement, il laisse passer des camions en direction de la Serbie voisine. Je pourrais m'installer en ces parages après Ankara et reprendre la vie laissée par Frédéric. L'idée passe et ne revient pas. Dans la voiture, la conversation fuse sur un son de guitare électrique. Au-delà du Danube, côté serbe, ce sont des forêts pour une sorte de parc régional naturel où l'artillerie s'était positionnée pendant la bataille.

« Le lieu du tonnerre », m'explique Viktorin en désignant la rive opposée d'un geste amusé.

Il fait partie de la poignée de combattants qui a pu s'échapper quelques jours avant la chute de la ville, avant la reddition complète et l'entrée des paramilitaires serbes. Nous connaissons la suite des événements, la fin des combats et le massacre de la ferme d'Ovčara. Sa mission était de protéger Osijek avant la signature d'un cessez-le-feu.

« *We are fucked. We are all fucked* ! » lance-t-il depuis la banquette arrière.

Je ne pose plus de questions. Je laisse venir.

Depuis Alba ce matin, il est temps de décrocher vraiment. Je scrute l'horizon avec le regard de Frédéric. Nous n'avions pas encore voyagé – ou si peu. Comment étaient le monde, les autres, la vie ? Ils parlent de la guerre entre eux, je les écoute d'une oreille distraite. Pour Viktorin, il n'y a pas d'hésitation, il considère que l'on tue parce que l'on donne l'ordre de tuer. Goran est plus réservé, en partant du principe qu'il y a des gens plus faibles que d'autres, ceux que l'on peut manipuler et ceux qui ne savent pas dire non quand il le faut. Je pense un peu comme lui mais ne dis trop rien. Avec sa fantaisie, Viktorin est plus enclin à la confidence. Il parle vite pour décrire ce qui lui passe par la tête, sans transition :

« Nos pays sont enfermés dans la commémoration, dit-il. Je ne vais jamais aux réunions d'anciens combattants, je les emmerde, *fuck them* ! »

Goran reprend la parole, plus calme et mesuré :

« En Europe, nous ne savons plus qu'ouvrir des tombes ! J'ai grandi avec Tito, l'idée que nous étions une même et seule nation. J'ai eu une éducation socialiste. J'ai l'impression que nous étions sur une autre planète… Quand tu es enfant, tu ne comprends pas les changements politiques, ce sont des mots de grandes personnes. Tu penses que tout le monde vit de la même manière. »

Duye s'accroche au volant sans louper un mot de la conversation, même si son anglais est hésitant. Nous cherchions avec Frédéric nos révolutions dans une société sans reliefs. Gauche et droite avaient étouffé l'espoir. Nous devions nous spécialiser, choisir un métier et nous fondre dans un ordre qui n'avait rien de spirituel. Je leur explique.

« L'éducation était très formelle, continue Goran, nous portions des uniformes à l'école, que nous arrangions à notre goût. Beaucoup d'organisation, de plans. Il fallait tout prévoir. C'était une éducation fondée sur des idées de changement alors que nous vivions un temps figé. Nous apprenions l'histoire des partisans, des dates, des commémorations, des dates, des commémorations… L'éducation de nos enfants est un peu la même aujourd'hui, seules les références ont changé… »

Viktorin travaille pour une ONG allemande auprès de réfugiés syriens. Une façon pour lui de reprendre pied, au service des autres. « Je ne leur demande pas leur religion, dit-il. Est-ce important ? Je suis humain, il est humain, c'est notre relation, c'est suffisant. Les Serbes sont orthodoxes, les Croates catholiques, Milošević et Tudjman nous ont utilisés pour nous diviser alors que nous sommes le même peuple. C'est la vérité ! »

Le Danube apparaît et reste majestueux sans nous quitter. Un bras liquide qui se perd dans les marécages, des méandres où se cachent les cigognes. À Vukovar, il y a la grande rue du centre-ville avec de jolies arcades, celle de

Franz-Joseph où les Serbes tentaient de passer avec leurs véhicules blindés. Nous longeons la statue du Français tué à Vukovar. Je m'incline en pensant à Frédéric. Il y a encore quelques roses posées à son pied. Des maisons portent les traces de combats sur des façades marquées d'impacts, comme à Osijek, des taches indélébiles sur les murs de nos passions.

« Oublier, c'est peut-être déjà pardonner, ajoute Goran aussitôt, lui qui est devenu officier de police d'un pays entré en 2013 dans l'Union européenne. Tu imagines si tout le monde ressassait ses batailles… *Haydi*, on avance ! »

Quelle est donc cette maladie qui nous ronge ?

« La guerre peut recommencer, nous avons ce potentiel. Nous tous… », insiste Viktorin avec des yeux illuminés. Il ajoute : « Il suffit d'être prêt pour accepter les changements », sans que je saisisse bien le sens de ses mots. Il ferme les yeux. « Les Serbes sont entrés à Vukovar par les égouts, nous nous sommes battus au couteau… »

Mes compères se racontent dans leur langue des épopées bien à eux. Ils rient à nouveau dans une insouciance qui me rassure. J'appartiens déjà au groupe, Frédéric m'a servi de passeport. Je contemple la silhouette d'une ville qui ne se relève pas. Rien de grave cependant, tout est passé, le danger ne reviendra pas. Vukovar est en paix. À pied, nous rejoignons l'ancien château d'eau percé d'impacts comme une bête sauvage qui refuse de mourir. Impossible d'imaginer les combats en ces lieux débonnaires, des villas, des terrains potagers et des garages individuels. Il y a une boutique de souvenirs où l'on peut acheter des reproductions en plâtre du château d'eau. J'en prends une avec moi pour l'acteur, une preuve de mon voyage. Drôle de cadeau, mais il n'y a rien d'autre. Nous restons sans mots, une cigarette au bec, le regard tendu vers le monument. Ils prennent des photos, chacun notre tour pour la pose d'un dernier regard. Avec les sandwichs d'Alba, nous nous asseyons à l'ombre d'un saule pleureur près de l'eau où l'on a envie de plonger. Au milieu du fleuve, un îlot permet de se baigner plus facilement en été lorsque le niveau de l'eau baisse et que l'on peut s'y rendre sans perdre pied. Pour « île », le mot qu'ils utilisent est *ada*, un mot turc. Le temps se couvre, il pleuvine. Que valent nos souvenirs ?

« Quand la guerre a commencé, tout le monde a rejoint l'armée, nous étions si excités », explique Viktorin. Il me fixe dans les yeux et me raconte l'histoire de Frédéric, d'un trait, sans transition, comme si lui aussi avait besoin de se vider. Personne n'est venu leur poser de questions. Une histoire toute simple, qui pourrait se résumer en quelques mots : il est venu, il a vécu, il est mort. Viktorin est celui qui a le mieux connu Frédéric. Il l'avait rencontré dans le train de Zagreb où il avait passé une courte permission. Il revenait à Osijek pour la suite des événements après un passage au quartier général. C'était la fin du mois de février 1992, dans un compartiment surchauffé où les bouteilles d'alcool fort circulaient. Frédéric avait suivi le chemin le plus court depuis Toulouse, en prenant un train pour l'Italie, puis Bratislava et Zagreb en ligne directe comme je le pensais, où il s'était arrêté quelques jours avant de poursuivre plein est. Ses compagnons de voyage s'étaient dispersés vers le sud pour rejoindre des unités étrangères déjà engagées sur le front de Bosnie. Il ne les avait pas rejoints. Que cherchait-il ? Viktorin ne sait pas. J'essaie de reconstituer le voyage, de me remémorer nos derniers échanges. C'est si loin.

Avec Sophie, nous avons essayé de nous aimer normalement mais cela devenait difficile. Le Saint-Sernin restait calme. Les gars n'en demandaient pas plus, je mentais outrageusement alors que je me doutais bien qu'il était en train de construire sa légende. À Sophie aussi, je continuais de nier la Croatie et nos ambitions farfelues. Je tenais parole. « *Ne me cherche pas* », avait-il dit dans sa lettre. Un ordre auquel je m'étais soumis comme un cadet, la seule certitude à laquelle je pouvais me raccrocher. Il reviendrait un jour, je devrais justifier mes actes. Dans son appartement – Sophie avait une clé, ce que je ne savais pas –, tout était bien rangé comme s'il devait revenir. Je remarquais que son caban bleu marine n'était plus là, nous l'avions acheté ensemble – j'avais le même – dans un surplus militaire près de Balma en prévision du froid des Balkans. Nous avions pris une paire de rangers à lacets noirs, une boussole aussi. Il n'avait pas résilié son bail.

« Il reviendra », disions-nous pour nous rassurer.

J'ai pris quand même quelques livres qui m'appartenaient. Nous marchions sur des ruines.

Pour Sophie, j'étais le lien avec quelqu'un qui n'existait plus et qu'elle avait aimé plus que moi. Nous ne finirions pas nos jours ensemble. Elle devait avancer, sans perdre de temps, pour oublier ces jeunes gens fous, un vertige de chaque instant. Avec Frédéric nous avons été une exception dans sa vie, une passion démesurée, du genre qui n'arrive qu'une seule fois, celle de l'insouciance. « Un homme bien », disait-elle à son propos pour se rassurer lorsqu'elle avait peur de lui, quand quelque chose de dur perçait dans son regard. Elle se tournait alors vers moi pour calmer le monstre qu'il devenait.

En mars 1992, un mois après le départ de Frédéric, lors de notre séjour à Paris, je m'étais rendu avec Sophie au Théâtre de la Madeleine. Nous cherchions un lieu où nous réchauffer après le spectacle, tandis que la pluie tombait en rideau sur la ville, prendre un verre et faire le point. En pensant au texte du *Cardinal d'Espagne*, je lui avais confié mes premiers doutes sur la possibilité d'un avenir commun, elle et moi, d'une manière distraite, maladroite, un peu stupide, un défi de ma part alors que j'étais si inquiet. Nous pouvions tout nous dire, je le croyais, nous expérimentions l'amour sous une forme nouvelle. J'ai été imprudent.

« Tu veux dire que tu me quittes ? me demanda-t-elle avec ses paupières mouillées.

– Non, je pose la question simplement.

– Une question dangereuse, tu le sais bien.

– Frédéric me manque.

– Moi aussi. N'en parlons plus.

– Il aurait aimé cette pièce.

– C'est lui qui a choisi de nous quitter, dit-elle, pas nous. Il faut que nous soyons forts, je ne veux plus entendre tes doutes. Je n'ai pas cette patience.

– Embrasse-moi. »

Après sa « disparition » – nous ne parlions plus de fugue ni même de départ –, elle faisait semblant de lui en vouloir. Nous étions tombés dans les bras l'un de l'autre pour nous venger de son absence, pour combler un manque. Nous nous poursuivions comme des somnambules au bord du vide. Nos soirées étaient parfois longues, silencieuses, incertaines comme deux corps qui se cherchent dans la nuit. Nous ne savions pas comment faire avec ce flot de sentiments contradictoires qui nous submergeait. Nous avions nos secrets, le mien était de savoir où était parti Frédéric, le sien qu'elle avait eu une relation particulière avec lui dans les dernières semaines. Je sentais qu'ils avaient tous les deux brisé l'interdit au creux de nos soupirs et de nos flottements. Ils avaient enfreint nos règles, nos petits jeux, nos messages d'espoir, d'un amour sans faille à trois, comme si cela pouvait exister. Elle était fascinée par celui qui n'était que fulgurance et lumière, de ces étoiles qui brillent après leur dernier éclat. Frédéric nous avait trahis, tous les deux, chacun dans son genre. C'est peut-être pour cela qu'il était parti, un choix impossible.

Les garçons se sont confiés. Si nous pouvions cracher notre passé et reprendre le cours normal de l'existence, comme si rien n'avait eu lieu – ma seule ambition du moment. Après notre excursion à Vukovar, je suis rentré à l'hôtel pour relire une dernière fois la lettre de Frédéric, lui dire au revoir à voix haute, dans une piaule aux murs blancs où je laisse une part de moi-même. La recherche se termine. J'ai voulu brûler cette feuille aux pliures fragiles, faire le deuil de cet élan qui nous avait portés, mais je me suis retenu – il est déjà trop tard. Nous avions bien vécu la même vie, traversé les mêmes événements, à des milliers de kilomètres les uns des autres, reliés sans le savoir par des liens qui n'ont jamais cessé de nous accrocher. Une histoire de jeunesse entre Toulouse et Osijek, avec ces amis que je découvre, Alba surtout, qui me redonne confiance. J'avais le début du récit, ils en avaient l'épilogue. Allez, encore un petit effort, je pourrai mettre un point final, revenir à mes activités de bureau et penser à autre chose, retrouver l'acteur turc, nos soirées et nos divagations heureuses avant peut-être de partir en vacances. Seule la question de Sophie demeure, ne sachant pas quoi en faire, lui écrire, essayer de la revoir ?

Frédéric est donc descendu du train à Osijek. La neige tombait sur le quai. La ville n'était plus éclairée à cause des couvre-feux et des restrictions sur le mazout destiné à la seule petite centrale thermique. Je l'imagine relevant le col de son caban, fermer le dernier bouton du haut, humer l'air glacé de cette nouvelle étape qui serait la dernière. Il avait son passeport neuf avec lui, quelques vêtements chauds, une boussole et un appareil photo. La grande bataille de Vukovar avait cessé depuis trois mois mais les forces serbes enserraient les bourgades de l'Est, dont Osijek. Le temps des grandes offensives avait été stoppé net sur un territoire morcelé. Depuis le 2 janvier 1992, le cessez-le-feu entre Serbes et Croates était plus ou moins respecté. Le 15 du même mois, la reconnaissance internationale de l'indépendance du pays avait été célébrée à Osijek par une pluie de roquettes venues du camp adverse. Viktorin revenait de Zagreb où il avait passé une courte permission et pris ses instructions pour une nouvelle affectation. Dans le train, il avait remarqué ce jeune homme au regard étrange assis dans un compartiment de seconde classe. De toute évidence un étranger dont la présence tranchait au milieu des conscrits en uniforme. Il était passé une première fois dans le couloir et avait fait demi-tour pour venir s'asseoir devant lui, par curiosité d'abord, puis pour s'assurer qu'il n'était pas un « espion », un mot d'importance dans ces périodes charnières.

« Je voulais comprendre ce qu'il venait faire ici. Un étranger seul, ce n'était pas courant », dit Viktorin.

Les frontières étaient ouvertes, Frédéric n'avait pas eu besoin de visas. Beaucoup de ces trains étaient utilisés par les passeurs du commerce à la valise avec l'Autriche et la Hongrie, la voie du Nord. Frédéric s'était présenté comme journaliste et avait expliqué se rendre à la frontière du Danube pour observer les conditions du cessez-le-feu. Il avait montré à Viktorin la fausse carte de presse que nous avions fabriquée sur la base d'un original que j'avais subtilisé à un journaliste de *La Dépêche du Midi* venu dîner un soir chez mes parents. Une couverture parfaite selon nous. Viktorin l'avait écouté attentivement, l'avait cru – tout était alors plausible – et lui avait donné le blason à damier de la Croatie libre à porter au revers de son caban. « Une sécurité pour toi, *be careful* ! » Le train glissait dans une nuit de feutre, les fenêtres fermées, la musique et les bouteilles. Tous fêtaient l'indépendance ! Ils avaient fumé tous les deux, puis Viktorin était parti retrouver ses camarades. Sur le quai d'Osijek, le terminus, il l'avait aperçu dans la cohue avec son sac à dos, seul. Il était tard, il n'y avait pas d'hôtel où s'installer ni aucune possibilité de logement dans une ville assiégée. Il lui avait proposé de venir avec lui.

« Je n'ai pas hésité », dit Viktorin.

C'est ainsi que le soir même de son arrivée Frédéric campait avec la petite section que Viktorin commandait. Ils avaient fait le parcours à pied depuis la gare, à courir parfois pour ne pas avoir froid. Face à eux se trouvait le terrain contesté de l'université d'agronomie, un sale bâtiment tout en longueur, haut de cinq étages, qu'ils tenaient depuis trois semaines avec des renforts éphémères. Les coups de feu étaient quotidiens. Le canon grondait, les mortiers surtout. Je suis certain que Frédéric jubilait. Tout avait été si facile. En quatre-vingt-seize heures depuis Toulouse, il se trouvait déjà au cœur de l'action. « Une chance », avait-il dit à Viktorin qui ne comprenait pas cette réaction. Ce dernier pensait qu'il allait rester deux ou trois jours avec eux, puis repartir avec son lot de photos. Il connaissait les journalistes pour en avoir escorté quelques-uns au début de Vukovar.

Le lendemain, le maire était venu visiter la ligne de front et avait offert une bouteille de whisky. Au début, Frédéric posait beaucoup de questions, puis de moins en moins. Il avait été présenté au maire comme un « reporter venu de France ». Ce dernier avait demandé une photo à ses côtés pour la gazette locale. J'ai retrouvé l'article. Le nom de famille qui est cité n'est pas le sien, un nom inventé qui ne me dit rien. Il est resté ainsi à partager ce quotidien de drôle de guerre pendant plusieurs semaines, ne manifestant aucune impatience. « Comme s'il avait trouvé son élément, un peu comme nous, ajoute Viktorin, nous avions peur d'un retour à la vie normale. » À Zagreb, il avait quitté le groupe des volontaires avec qui il était parti depuis Toulouse, ceux qui étaient venus pour des raisons politiques – je ne suis pas étonné de l'apprendre. Il ne s'était pas fait à l'idée de suivre un groupe, obsédé que nous étions par la singularité, le rejet de toute forme d'action collective. Je le reconnais bien dans cette décision. « À plus de deux, on devient cons ! » disait-il. Le premier soir à Osijek, avec la section, ils avaient partagé un repas composé de feuilles de chou farcies, des *sarmas*, « fortement arrosées de *slivovitz* », précise Viktorin, lorsque les Serbes s'étaient lancés dans un festival de balles traçantes. Frédéric s'était positionné sur la terrasse du haut pour observer cette scène dantesque. Ils célébraient un anniversaire de l'autre côté ; un chaos qui était pour lui le signe du monde de demain. Les tirs venaient du village de Tenja en l'espèce, des foyers de claquements secs à quelques centaines de mètres.

« *It's like a fireworks !* » avait-il dit.

Une guerre des campagnes contre la ville, des banlieues contre les centres-villes, une sorte de kermesse au quotidien avec des armes de grands, des blessés, parfois des morts. Il va vite, il passe les détails. Viktorin m'explique que Frédéric avait impressionné les plus aguerris par son calme et sa détermination. Ils avaient bu ensuite pour se remettre, écouté en boucle une cassette des Sex Pistols, puis joué avec des grenades quadrillées toujours enveloppées dans leur papier d'origine. Viktorin était un spécialiste des mines et des explosifs, il savait les risques que chacun pouvait prendre. Après s'être exfiltré de Vukovar, il était resté dans l'armée pour mettre son expérience au service des plus jeunes : éviter qu'ils ne se fassent descendre trop vite. Il connaissait son terrain aussi bien que les détours pourris de l'âme humaine mais, avec Frédéric, il avait été surpris. Un jeune homme sorti de nulle part qui, en quelques jours, avait recueilli l'adhésion de tous. Le lendemain, il lui avait passé une veste militaire, trop grande pour lui, et l'avait emmené pour une inspection de cette petite armée de fortune.

Tous avaient encaissé les premiers chocs et n'avaient pas lâché un pouce de terrain depuis le cessez-le-feu.

« Lors des attaques, des dizaines de grenades tombaient par jour, me dit Viktorin, il n'était pas question de rendre les armes ni de passer à autre chose, malgré l'indépendance.

– C'est une guerre qui a commencé en baskets, lunettes de soleil et fusils de chasse, ajoute Goran. Nous n'avions pas vraiment d'uniformes, aucune formation militaire...

– *We learn fast !* » conclut Viktorin.

Frédéric fit la connaissance de Goran et de son équipe lors de cette inspection. Ils tenaient une sorte de môle, un bout de tranchée. Goran se souvient de son regard ébahi devant ce paysage de désolation. « Il donnait l'impression de vouloir partir seul à l'assaut, il était comme aimanté, j'ai dû le retenir par la manche. » Frédéric aurait voulu s'engouffrer dans ce paysage et disparaître, pour « tester sa chance », comme il disait, « voir jusqu'où on peut aller », « vivre encore plus vite », des formules qui me reviennent en boucle et qui m'ont poursuivi pendant toutes ces années. J'esquisse un sourire. Un soir, au Saint-Sernin, nous avions eu cet échange étrange sur la mort. Il me disait ne pas la craindre, que l'important était le souvenir que l'on laisse derrière soi. J'avais répliqué que seule la vie m'intéressait, qu'elle était tout pour moi et que je ne voyais pas l'intérêt de partir si jeune lorsqu'on n'est pas obligé. Il m'avait répété le mot de Lasalle :

« "Tout hussard qui n'est pas mort à trente ans est un jean-foutre."

– Mais tu n'es pas Lasalle, je lui avais répondu, les armées de l'Empire, c'est fini ! »

Des mots en l'air qui devaient être sans conséquences. J'ai mis du temps à comprendre ce qu'il voulait dire, j'ai pris des risques moi aussi dans cette existence à plusieurs visages où j'ai tant de fois joué ma peau.

« Tout est une question de chance ! » avait-il conclu.

Le front était calme malgré des échanges réguliers, parfois une roquette sur le quartier, ce qui ne manquait pas de provoquer une réplique nourrie des Croates. Goran lui avait dit que ce n'était pas le moment de faire une bêtise, qu'il fallait être patient, que tout se terminerait un jour. Une petite guerre pépère en somme où l'on s'invectivait d'un camp à l'autre pour se donner des nouvelles.

« Nous entendions les Serbes chanter et nous insulter sur la radio avec nos diminutifs. Ils voulaient venger les crimes des Oustachis, nous nous battions pour notre liberté, rien de plus, ajoute Goran.

– Nous ne pouvions aller nulle part. À l'arrière personne ne comprenait que la guerre continuait encore, il n'y avait pas de renforts, Zagreb était loin et se concentrait sur la Bosnie qui était le véritable enjeu du conflit », explique Viktorin.

Le pays était déjà engagé dans d'autres batailles, plus importantes. Le lourd rideau du XXe siècle n'était pas encore près de tomber. Certains jours plus violents que d'autres, la petite équipe devait rentrer à découvert en traversant à toutes jambes le champ qui menait à l'université pour se protéger. Les éclaireurs longeaient le lac gelé pour le ravitaillement et jouer les cadors devant les filles à bord de voitures volées.

*

La guerre avait été un formidable accélérateur de liberté pour cette jeunesse sans autorité ni consigne sinon celles de l'alcool et de la drogue. Ce bout de terrain contesté était devenu leur royaume. Je l'ai vu moi-même avec mes acolytes au retour de Vukovar, une vaste étendue qui court sur plusieurs centaines de mètres jusqu'au même bâtiment de l'université toujours debout, point d'ancrage de leur action militaire. Nous retrouvons les slogans de l'époque encore écrits sur les murs. La zone est maintenant traversée par un périphérique qui contourne Osijek avec le projet d'y implanter un magasin Ikea. Viktorin et Goran m'ont mené devant la statue de bronze d'un officier croate, le chef du quartier qui a été assassiné en pleine guerre pour une raison obscure. Dans une vie précédente, il avait été le chef d'une mafia locale particulièrement violente qui, dès les premiers combats, avait formé un escadron avec ses hommes de main.

« *Worst time need worst people*, explique Goran.

– Nous l'admirions tant, ajoute Viktorin, un vrai chef ! »

Le jour de ses funérailles, Arkan lui-même, ancien mafieux tristement célèbre pour sa milice des Aigles blancs, avait commandé aux troupes serbes de ne pas bombarder la ville en hommage à cet ancien complice. La réalité est parfois complexe.

« Frédéric n'a tué personne », lâche Viktorin devant la statue du bonhomme. Une remarque venue de nulle part et qui me soulage, je ne sais pas pourquoi. Je marque mon étonnement. « Il ne voulait pas tenir d'armes », me dit-il, sauf une fois après une attaque. Il voulait faire des images. Nos débats au Saint-Sernin avaient donc eu du sens. Frédéric n'était pas devenu un meurtrier. Il était resté avec la petite section pour partager leur quotidien malgré la tentation de passer à cette violence primaire qu'il attendait tant.

« Le bruit des chars était terrifiant, rappelle Goran, surtout la nuit. J'ai longtemps fait un rêve où je mourais écrasé. »

Frédéric avait été une sentinelle près de frondaisons qu'il pensait être le monde de demain, bien loin de l'insouciance d'une génération qui se préparait au choc de la mondialisation. Passer l'hiver de ses vingt ans dans cette boue n'était pas commun, une escapade inexplicable pour nos contemporains. La guerre des autres l'avait attendri. En quelques semaines, il avait changé. Il ne voulait plus se battre comme il me l'avait déclaré avec emphase sous le regard effaré de Sophie qui ne comprenait pas nos positions. Elle croyait que nous étions dans la métaphore, la suggestion, un autre de ces coups d'éclat dont nous avions le secret pour l'impressionner, la choquer, exister ! Les enjeux n'étaient plus les mêmes. Il était arrivé trop tard. Une fois son barda posé, il était redevenu le jeune homme alerte et rieur, à l'aise dans cet élément de franche camaraderie, loin des poncifs de l'époque et des mutations de pays trop calmes. Les deux anciens guerriers en parlent toujours avec émotion, un tremblement perceptible dans leur voix, une nostalgie pour ces années de jeunesse où ils s'étaient enrôlés pour une cause noble. Personne n'était préparé pour cette déchirure, ni l'Europe, ni les Yougoslaves eux-mêmes, ni cette jeunesse impertinente qui buvait et se soûlait de rock, peuples et religions confondus. La répartition des rôles était bien établie. Ils m'avaient intégré dans leur récit comme si j'avais vécu moi-même cette période, un récit dont pourtant seul Frédéric avait été le témoin. Ils l'avaient aimé, lui qui savait rassurer les autres, les encourager, les écouter. Je devenais Frédéric pour eux. Nous étions du même sang, du même pays. Le Saint-Sernin était loin. Pensait-il à nous ? Ces petits gars de Croatie continuaient d'exister.

Tout ça pour ça, aurais-je pu titrer. Un jour, Frédéric était resté auprès de la mère de Goran qui avait eu un brutal accès de fièvre. Les nuits étaient encore fraîches en ce début de saison. Les garçons devaient rester sur la ligne, la nuit avait été mouvementée. Frédéric s'était porté volontaire pour passer la journée avec elle, rester à ses côtés et l'accompagner à la cave en cas d'alerte. La sœur de Viktorin se souvient de Frédéric. Elle était un peu amoureuse de lui, fascinée par ce Français qui était venu les voir au milieu de l'enfer, « beau comme un ange », dit-elle.

« Il avait quelque chose de différent de nous, me dit Viktorin, une subtilité que nous n'avions pas. Il donnait l'impression de comprendre, de saisir nos langues et nos passions. »

Le jeune homme que je connaissais avait changé comme si le brouillard qui l'encombrait s'était soudain dissipé.

Nous traversons ces mêmes allées, déambulant entre les immeubles aux façades défoncées ; c'est dans ce décor qu'un tir de mortier foudroya Frédéric un matin de mai 1992. Je préparais mon examen dans les bras de Sophie. Il sortait faire des courses. Le temps était calme, rien à craindre. Il s'était porté volontaire une fois de plus pour aider les vieux de l'immeuble à se réapprovisionner. Mon ami était donc mort les mains chargées de provisions ! Rien de plus, rien de moins. Pas de New York ni de Los Angeles, ni d'exploit héroïque à charger l'ennemi baïonnette au canon. Son corps en deux morceaux avait été ramassé par les voisins, dont le père de Goran qui me raconte l'histoire dans son petit salon avec un verre, fumant cigarette sur cigarette. La nouvelle de sa mort s'était répandue en ville comme une traînée de poudre. Le Français avait été tué, les gens l'aimaient. Il avait porté haut les couleurs de sa propre humanité, des sentiments que je ne lui soupçonnais pas. Frédéric avait été enterré à la va-vite. Je demande à voir la tombe derrière le mur d'enceinte. Elle gît, anonyme, avec d'autres petits tas mal foutus d'une période qui n'intéresse plus. Une simple croix et son prénom sans accent écrit sur un bout de marbre. Seule la sœur de Viktorin continue de venir déposer chaque année, le Jour de l'indépendance, un bouquet de fleurs. L'année où

Goran m'a écrit à Paris était celle de son mariage avec Alba. Il avait arrêté d'écrire et avait dit oui à la femme de sa vie. Il voulait tourner une page et se débarrasser de ces souvenirs qui l'encombraient, comme moi. Je n'avais pas répondu, il était passé à autre chose. Viktorin, avec sa conscience de militaire, avait écrit à l'ambassade de France à Zagreb dans les années qui ont suivi, lettre restée morte, elle aussi. Pas de médailles à gagner.

Lorsque je suis allé chez Goran le lendemain de Vukovar, nous avons dîné tous ensemble sur sa terrasse. Au moment de partir, il m'a confié son sac qu'il conservait au grenier avec son propre barda de l'époque. Frédéric avait pris avec lui son appareil photo que je retrouve avec l'objectif cisaillé par le choc. Dans ses poches, il n'avait rien, sinon une photo qui ne le quittait pas : Frédéric, Sophie et moi à la sortie du restaurant de Lectoure, où nous étions allés par un beau dimanche avec la voiture de mes parents. Sophie au milieu, tout sourire, moi essayant de l'attirer un peu plus de mon côté. Je prends le tout. J'ouvre la pochette contenant les images qu'il avait prises, des poses viriles de la section, des paysages détruits, une vue du Danube sous la neige, un pont coupé en deux par un bombardement, des portraits. « Ce sont les seules photos que nous avons de cette période, sans lui tout aurait été oublié, me glisse Goran, c'est moi qui ai fait développer les négatifs. » Je ne sais pas quoi répondre. Une seule montre Frédéric. On le voit dormir dans un jardin, la tête posée sur le côté. Peut-être le mois d'avril puisque le printemps est installé. Derrière lui, je devine un vieux mûrier qui porte ses fruits. Son visage apaisé me rappelle *Le Dormeur du val*, la même sérénité, la bouche fermée, la tête nue, les pieds entourés de fleurs :

« Il dort dans le soleil, la main sur sa poitrine,

Tranquille. Il a deux trous rouges au côté droit. »

Frédéric a été tué dans les semaines qui suivirent. Je garde cette photo prise par Goran, leur laissant le reste. Je trouve aussi deux brouillons de lettres dans un cahier rempli de son écriture fine et serrée. La première lettre m'est adressée, la seconde est pour Sophie. Je n'ai pas encore le courage de déchiffrer le reste.

Sébastien,

Les jours passent, passent et passent encore… Voilà plus de trois mois que je suis arrivé à Osijek, je suis tombé sur des camarades formidables avec qui je compte rester encore un peu. Le voyage dont tu parlais tant, espèce d'imbécile, c'est moi qui l'ai fait. J'ai été plus rapide que toi ! J'espère que tu ne m'en veux pas. Tu feras mieux la prochaine fois… Je voulais t'écrire dès ma descente de train pour t'expliquer encore, je n'en ai eu guère le temps ni l'inspiration, les choses sont allées vite ici… La guerre, c'est un double qui se met en marche, un double que tu ne contrôles plus et qui te surprend. Je comprends beaucoup de choses. Je me sens mieux, plus libre, l'esprit plus clair. Je n'ai pris aucun livre avec moi ! Je pense souvent à nos fastes journées toulousaines alors que désormais de nouveaux horizons s'ouvrent et vont m'empêcher de revenir. Je compte sur toi pour continuer notre lutte politique et j'espère que tu trouveras un jour le roi que tu cherches. Nous nous connaissons sans être allés au fond de ce que nous aurions pu expérimenter. Je ressens des liens qui dépassent la simple amitié, des liens révolutionnaires hors des conventions. Elle est peut-être là, la vraie politique, celle des compromis et de l'écoute. Nous sommes de la même race, celle à qui il ne faut pas en raconter. Je t'ai attendu deux jours à Zagreb, mais je vois que tu as bien respecté ma consigne. Je pensais que tu allais l'enfreindre et me rejoindre. Tu m'as surpris.

Tu as choisi Sophie, je le sens bien, tu as été sage... Je pense aller encore plus loin, ne jamais revenir. Votre monde ne m'intéresse plus. Je découvre d'autres rapports humains. Après ce que j'ai vu, le reste paraît si pâle, sans saveur. Tu me disais de vivre pleinement mais je ne comprenais pas ce que tu voulais dire [ratures sur plusieurs lignes]. *La semaine dernière, j'ai vu mon premier blessé, un garçon comme nous qui avait reçu une balle de gros calibre dans l'épaule. Il hurlait de douleur comme un cochon que l'on égorge. Tu aurais dû voir la scène, une vraie saloperie ! Goran et son équipe étaient fous de rage, ils ont répliqué lourdement, j'ai été tenté d'y prendre part avec eux, j'ai pris un fusil à lunette et j'avais un Serbe dans ma ligne de tir. Je n'ai pas pu appuyer, rien n'est venu. Ce n'est pas pour moi. J'ai pensé à toi ! Tu avais raison. J'avais besoin de ce choc pour me sauver. Le lendemain, c'est Goran qui s'est pris un éclat dans la jambe. Un bon gars pour une mauvaise série. Lorsque la mécanique de la violence s'enclenche, plus rien ne peut l'arrêter. Il faut alors attendre le choc pour se débander. Plusieurs fois j'ai pensé être compté parmi les morts, puis j'ai ouvert les yeux et me suis mis à courir avec les autres.*

J'aurais beaucoup de choses à te raconter mais le temps me manque. Nous dormons peu, les Serbes sont tenaces. Je suis sûr qu'ils ne savent plus pourquoi ils se battent sinon pour une sorte de plaisir. Nous arrivons à rire de tout. Notre action doit être une extase, une jouissance de chaque instant. Ils sont tous un peu fous avec leurs allures de chouans et leurs airs de conspirateurs. J'apprends un peu leur langue, je parle en anglais avec eux, regrettant de ne pas avoir été assez studieux de ce côté-là, mais j'étais si malheureux. Tu ne peux pas savoir, toi, le malheur n'est pas dans ton ADN. Il faut être allé très bas pour comprendre la colère des enragés. Je me sens bien avec eux, à égalité. Il n'y a pas de questions. Je fais parfois des allers et retours avec le centre-ville pour aider les vieux à ne pas rester seuls. Tu me vois garde-malade ! Ça va te faire rire mais je crois que je suis devenu une sorte de mascotte pour eux, je leur porte chance. Toute violence est légitime, la prudence n'a plus sa place dans ce monde pourri [passage souligné deux fois]. *La guerre c'est l'égalité, plus de classes sociales ! Embrasse pour moi le Saint-Sernin,*

Frédéric

Le corps de la lettre est complété d'un post-scriptum écrit dans une encre différente, comme s'il avait été pris par une urgence. Il porte des ratures, la date a été modifiée plusieurs fois. La dernière que j'arrive à décrypter est celle du 12 mai 1992, il est mort le lendemain :

Prends soin de Sophie. Je ne lui ai rien dit encore. Je vais lui écrire. Vous me manquez tous les deux. Elle a été un appel pour nous. Arrête tes bêtises qui ne mènent à rien. Prends-la dans tes bras pour toi seul, elle attend un geste, c'est ce que tu voulais, non ? Je suis un peu parti pour ça aussi. Je sentais que j'encombrais, même si, oui, nous avons commencé à nous voir sans toi, je t'ai bien eu ! Elle nous aime tous les deux mais je ne suis plus là. C'est un amour unique qui a marché entre nous trois, sois-en persuadé ! Je sais que tu l'aimes. Je ne sais toujours pas ce que j'essaie de prouver. J'espère que vous serez heureux.

Frédéric avait déjà compris ce que j'ai mis trente ans à entendre. Sophie attendait un geste, un engagement, un mot qui s'appelle « sincérité », une preuve d'amour, un signe. Au cours de ma carrière, j'ai couru après l'idée de les impressionner, lui d'abord, Sophie ensuite. Je peux les laisser partir maintenant. Au café de la rue de la Gaîté, j'avais conforté Sophie dans l'idée que je n'étais pas à la hauteur. Frédéric savait ce qu'elle voulait entendre, mais il avait préféré partir pour ne pas décevoir ; elle se souviendrait de lui le reste de ses jours dans une vision idéale, c'est ce qu'il voulait. La lettre de Frédéric à Sophie est l'aveu d'un amour qu'il n'a pas osé, celle qui m'était adressée, une demande de pardon. Ce livre est bien ton seul tombeau, cher Frédéric. Nous pouvons tout pardonner aux anciens combattants. Alors que nous voulions aller en Italie, sous le soleil chaud de Toscane, c'est dans ce coin des Balkans que je t'ai retrouvé. Au retour à Ankara, j'ai commencé les recherches pour savoir ce qu'était devenue Sophie. Elle venait d'être nommée vice-procureur de la République à Toulouse, comme s'il s'agissait d'un retour aux sources. Avant cela, et c'est ce que je découvre, elle avait été en fonction à La Haye auprès du Tribunal pénal international pour l'ex-Yougoslavie (TPIY), chargée des affaires de Croatie, une coïncidence ou bien la résurgence d'une destinée qui ne voulait pas finir. Ce récit est aussi celui de la paix revenue, de l'apaisement. « Elle saura comment faire », disait Frédéric. Le livre vous est dédié. Vous me manquez.

*

La guerre serbo-croate a duré du 17 août 1991 au 12 novembre 1995. Cinq cents volontaires étrangers auraient servi à un moment donné dans l'armée croate, originaires de trente-cinq pays, tous pour des raisons différentes, soit d'anciens militaires, des militants et même des humanitaires décidant de passer à l'action. Sur ce nombre, il y eut 67 volontaires français, dont 8 furent tués et 20 blessés. Du côté serbe, il y eut aussi plusieurs dizaines de volontaires français. Les victimes se comptent par dizaines de milliers, avec les disparus et les blessés. On parle d'un demi-million de réfugiés pour les deux camps. Les blessés du camp adverse étaient souvent achevés. Cette guerre a été la plus féroce sur le continent européen depuis 1945.

Je connais le secret de mourir avant de mourir,
J'ai vécu tant de fois mes propres funérailles.
Edib Harabi, soufi, 1917, Turquie
(Traduction de Thierry Zarcone)

Remerciements

Pour Yvonne et Constantin.

Qu'il me soit permis ici d'exprimer toute ma gratitude à Manuel Carcassonne et Mélie Chen pour leurs encouragements et relectures.

Sans oublier Emmanuel Lauhon, José Médran et Sülün Aykurt.

Les informations chiffrées sur les volontaires étrangers ont été trouvées dans la thèse d'histoire contemporaine de Pascal Madonna, « Les volontaires français dans les guerres de Yougoslavie de 1991 à 1995 », soutenue à l'Institut d'études politiques d'Aix-en-Provence en mai 2019.

Cet ouvrage a été composé
par Maury à Malesherbes
et achevé d'imprimer en France
par CPI BUSSIÈRE (18200 Saint-Amand-Montrond)
pour le compte des Éditions Stock
21, rue du Montparnasse, 75006 Paris
en mars 2022

PAPIER À BASE DE
FIBRES CERTIFIÉES

Stock s'engage pour
l'environnement en réduisant
l'empreinte carbone de ses livres.
Celle de cet exemplaire est de :
850 g éq. CO_2
Rendez-vous sur
www.editions-stock-durable.fr

Imprimé en France

Dépôt légal : avril 2022
N° d'édition : 01 - N° d'impression : 2064197
82-07-9112/0

Introduction

Fini de rire !

Aller en classe, c'est classe !
Aller à l'école, quel bol !

Proverbe

Osons le dire : il vient de se passer un truc épouvantable. Il y a cinq minutes encore, vous savouriez sans même le savoir vos derniers instants de sérénité. Le monde était en ordre. Votre digestion vous plongeait dans la chère somnolence du samedi après-midi. Un moment dont vous vous souviendrez plus tard, bien plus tard, quand les enfants seront grands, avec une intense émotion. « Sapristi, direz-vous, c'était le bon temps ! » Eh oui.

Jusqu'à cet instant, le samedi était un jour formidable. Dans l'après-midi, tandis que vous zoniez paisiblement comme une larve, un enfant venait tout au plus vous réciter une leçon de français dans laquelle, pour une raison obscure, il était question d'un rongeur nommé Ratus. Parfois, un autre enfant vous demandait combien faisaient 5 + 6[1]. C'était fastoche. Vous saviez. L'enfant vous regardait avec de bons gros yeux éperdus d'admiration et notait la réponse dans son cahier, en s'appliquant à écrire. Vous lui tapotiez la tête avec bonhommie, et la chère douce torpeur pouvait à nouveau faire son job.

1. Ça fait 11.

C'était le bon temps, disions-nous.

Eh ben c'est fini !

Là, tout de suite, à l'instant même, votre univers vient de basculer, comme ça, sans prévenir, EN VACHE !

DÉPASSÉ AU TOURNANT DE LA SIXIÈME !

Tel le fourbe Comanche scalpant d'un revers de tomahawk la sentinelle cow-boy assoupie au coin du Rio Bravo, votre enfant – un bon petit gars, pourtant – s'est approché de votre cher vieux canapé en tenant son cahier de français, et vous a réveillé pour vous demander ce qu'était une « préposition converbale ». Bon sang, mais vous n'en avez pas la moindre fichue idée ! Vous ne saviez même pas que ça pouvait exister !

Le jeune zigue a besoin de votre aide, et vous n'êtes plus de taille ! Vous êtes dépassé ! Bon à nibe, comme une vieille souche inutile au milieu du champ du Savoir, que chacun montre du doigt en ricanant ! Que s'est-il passé ?

Au secours !

Pas de panique, vieux. Du calme. Vous n'êtes pas seul. Antilogus et Festjens sont là, près de vous, de part et d'autre de votre canapé, telles deux rassurantes potiches chinoises au sourire bienveillant. Ils vont vous sortir de là, vieux.

Bien. Maîtrisons nos nerfs et étudions la situation à tête reposée, comme des gentlemen. Inutile de se raccrocher à de vaines illusions tel le grotesque naufragé cramponné à sa bouée dans un océan infesté de squales, de crocodiles et de poulpes géants : c'est fini ! Dès l'instant où votre enfant a mis les pieds en CM2, le seuil de vos réminiscences scolaires est dépassé. Une page est tournée, Hervé ! C'est cuit, mon Kiki ! Tu l'as dans l'os, Bobosse ! Ton môme va passer dans le secondaire, Robert !

Jusqu'à aujourd'hui, l'enfant n'apprenait à l'école que des trucs élémentaires (d'ailleurs il était en cours élémentaire, c'est tout dire), mais la « conjonction proverbale » marque la fin de cette période heureuse aussi sûrement que le clignotant rouge annonce la panne d'essence. Ou le manque d'huile. Ou l'approche d'un croiseur galactique. Nous ne savons pas. Mais fichez-nous la paix avec ces gamineries.

Ce qui est important c'est que, dorénavant, vos enfants vont se mettre à apprendre des choses dont vous ne soupçonniez même pas l'existence, et vous allez passer pour un bouffon ! Bientôt, quand vous leur proposerez de les aider à faire leurs devoirs, ils poufferont comme des hyènes. « T'es gentil, p'pa, mais va boire ta bière », diront-ils avec un ricanement crispant. Comme si vous étiez un nul ! Bon sang, mais c'est pas croyable ! Qu'est-ce que vous avez fait au bon Dieu pour mériter ça ?

LE CHOIX INFERNAL

Partant du principe optimiste que votre enfant, une fois parvenu à l'âge de dix ans environ, est capable de lire, d'écrire et de compter, l'Éducation nationale (ce monument de l'esprit français que les autres peuplades s'acharnent à imiter ridiculement) entreprend maintenant de parfaire sa culture en lui enseignant les sciences, l'histoire, la géo, la philo, la techno ! Que des trucs que vous avez oubliés depuis le temps que vous travaillez comme un esclave pour ramener chaque mois aux vôtres la pitance sans laquelle ils vous jetteraient dehors !

Vous voilà placé devant un dilemme odieux : laisser l'enfant se débrouiller seul dans ses études en vous contentant de le priver de télé quand il redoublera sa Seconde, ou vous priver vous-même de la chère somnolence du samedi après-midi pour vous replonger dans les atroces programmes scolaires, afin de pouvoir au moins lui expliquer ces satanées fichues « conjonctions pronominales » (ce qui, osons le dire, est effroyablement pénible).

Franchement, le choix n'est-il pas infernal ?

N'avons-nous pas eu fichtrement raison de nommer ainsi ce paragraphe ?

Vous imaginez peut-être que les profs sont grassements payés pour faire le boulot à votre place, mais vous pouvez tout de suite vous sortir ça de l'esprit. Les profs ne sont pas grassement payés. Du coup, ils se croisent les bras : à vous de vous débrouiller avec les devoirs, le soir à la maison.

Pourquoi ? Dans quel but ? Sont-ce des esprits du Mal ? Des néfastes ? Cherchent-ils à vous humilier ? Veulent-ils vous récupérer dans l'enfer scolaire trente ans après ?

Même pas !

Ils n'ont gardé aucun souvenir de vous, ce qui n'a rien d'étonnant, vu les conditions lamentables dans lesquelles

Les grandes heures de l'Éducation nationale.
fig. 1 : Interro de maths sous Louis XI.

vous avez achevé vos études secondaires et décroché votre bac. Aucune rancune personnelle là-dedans ! Ils font pareil avec tout le monde ! Fumiers !

Bien.

Calmons-nous et tentons d'analyser froidement la situation. En y pensant bien, le tableau n'est pas si noir[1].

Tout d'abord, répétons-le, nous sommes là, fidèles au poste telles de vieilles huîtres agrippées à une poutre au milieu d'une tempête épouvantable, et cette perspective a de quoi vous rassurer.

D'autre part, le livre que vous tenez entre les mains ne s'intitule pas *Le Grand Meaulnes* ou *Qu'elle était verte ma vallée* ou tout autre bla-bla inopérant du point de vue de l'éducation des jeunes, mais *L'École expliquée aux parents*. Sacré morceau de chance ! Ne voulez-vous pas devenir un parfait parent d'élève ? Mais si, bien sûr ! Sinon pourquoi l'avoir acheté, ce livre ? Pour caler un meuble, p'têt ? Allons, courage. Redressez fièrement le menton tel Kit Carson le ranger du Texas, car la bannière de l'espoir est à nouveau hissée sur le fortin cerné par les Mohicans.

Nous allons vous sortir du fichu pétrin, ami.

Nous allons faire de vous le super parent d'élève des années 2000. Une sorte de type formidable. Un robot de la Science affûté comme un Opinel.

Nous allons faire de vos enfants des premiers de la classe ou, au minimum, des deuxièmes. En tout cas, ils seront dans les dix premiers, c'est sûr.

1. Non, il est vert ! Ha, Ha !

Bon, mais même s'ils ne sont pas dans les dix premiers, nous nous débrouillerons pour qu'ils ne redoublent pas.

Il existe des moyens pour cela. Nous les utiliserons.

Des moyens légaux et d'autres. Nous les connaissons.

Nous vous les apprendrons.

Ne nous remerciez pas, ami super parent d'élève.

Nous ne faisons que notre job.

Ah oui, en ce qui concerne la « préposition adverbale » de votre môme, ne vous cassez pas la tête, vieux. Tournez la page et plaquez-lui le livre sous le nez. Il devrait saisir l'idée générale.

DEMANDE

MON

TU VOIS

JE REGARDE

À MAMAN,

BIQUET,

PAS QUE

LE MATCH ?

PREMIÈRE PARTIE

L'ÉDUCATION NATIONALE, UN DÉFI FRANÇAIS JETÉ À LA FACE DU MONDE

Près de quinze millions d'élèves et d'étudiants. Plus d'un million et demi d'enseignants ou d'agents. Près de soixante-dix mille établissements scolaires. Douze tonnes de craies utilisées chaque année. Soixante-cinq mille pantalons de jogging troués aux genoux... Sans parler des innombrables intoxications alimentaires à la cantine, des bras cassés dans la cour de récréation ou des tombereaux d'amiante qui s'échappent chaque jour des plafonds.

Qui dit mieux dans le grandiose ?

Jamais, aucune entreprise humaine n'avait requis autant d'hommes, de moyens, d'énergie et de matériel (sauf peut-être l'opération Daguet en Irak).

Et tout ça pour quoi ? Pour que votre enfant vous ramène un 6/20 en maths.

Osons le dire : tout le monde est très déçu.

On s'attendait à mieux de votre part. Oui, car c'est de votre faute ! Vous n'avez pas su encourager votre enfant sur la voie du triomphe, et aujourd'hui, il connaît un destin médiocre, telle la langoustine baignant dans sa piteuse mayonnaise.

Vous voulez qu'on vous dise ? Vous avez été nul !

Euh, non ! Attendez ! Ne jetez pas ce livre à terre ! Ne le piétinez pas rageusement en criant des slogans hostiles ! Ce serait dommage, il est plein de renseignements utiles ! Nous nous excusons. Nous retirons le mot « nul ». Nous le remplaçons par « super ». Voilà. Vous avez été super.

Néanmoins, à l'intention des autres parents d'élèves (les vrais nuls ; il y en a), brossons, pour commencer cet ouvrage, un rapide portrait de l'univers scolaire.

■ LEÇON N° 1

De Charlemagne à Claude Allègre, une chaîne ininterrompue de types sensass

Tous les peuples ont un trésor secret qu'ils chérissent tendrement. Les Anglais ont les joyaux de la Couronne, dont ils tirent une fierté démesurée (et risible). Les Calédoniens leurs noix de coco sacrées qu'ils agitent frénétiquement pour la fête du Dieu-Triton Boonga Oonga. Les Italiens ont leurs exquises lasagnes al forno. Nous autres, nous avons l'Éducation nationale, orgueil de la France.

Certains s'imagineront peut-être que cette Éducation nationale (qui excite la jalousie sordide de milliards d'étrangers à travers le monde) nous est en quelque sorte tombée clés en main dans la bouche. Que quelques types se sont retrouvés dans une arrière-salle de taverne, un jour du Moyen Âge, et qu'ils se sont dit comme ça :

– Eh, les mecs, si qu'on faisait une Éducation nationale ?

– Ouais, c'est une super-idée, Jehan, j'ai toujours rêvé d'être recteur d'académie.

– OK, Pirlouit, mais demandons d'abord à Bob de nous concocter un projet pédagogique...

Eh bien, permettez-nous de vous le dire en vous regardant droit dans les yeux, amis parents d'élèves : les choses ne se sont pas passées ainsi. Non. N'insistez pas. C'est inutile. Vous ne nous convaincrez pas.

Notre Éducation nationale (dont la gloire rejaillit sur chacun d'entre nous) s'est faite petit à petit, comme l'oiseau fait son nid. Ou si vous préférez, comme un chant d'amour andalou s'élève langoureusement vers le ciel embrasé. Ou encore – c'est la dernière option – comme un damné se redresse en gémissant, les yeux emplis de terreur, après avoir chuté dans un escalier obscur peuplé de créatures hurlantes.

Pour édifier notre Éducation nationale « qui nous vaut une renommée flatteuse dans l'ensemble de la galaxie » il a fallu que tout un tas de gens chouettes se succèdent au fil des siècles, dans une farandole effrénée : des moines copistes, des jésuites à la fourberie légendaire, des agrégés de grammaire, des mathématiciens arabes, des désœuvrés, des gars qui passaient par là, des vieilles filles, des pédagogues fous, des bonnes sœurs, des pions, des surgés, des proviseurs, des conseillers d'éducation, et bien sûr, *last but not least*, de valeureuses générations d'élèves. Et de parents d'élèves.

Chacun, dans cette smala déchaînée, a apporté son grain de

sel au branlant édifice. Et souvent son grain de sable, au risque de gripper toute la putain de machinerie. Edgar Faure, Condorcet, Charlemagne, Lionel Jospin, Victor Duruy, Clovis, Jean-Louis Festjens, Claude Allègre, tels sont les noms immortels de quelques-uns de ces géants de la Science. Toutefois, attention ! Nous vous les donnons ici dans le désordre. Si vous avez un moment, à vous de les classer par dates, ce sera un excellent entraînement avant d'attaquer les devoirs d'histoire de votre enfant.

STOP ! Espace pédagogique !

Nous venons d'utiliser le mot « date ». Si, si, regardez bien, c'est juste au-dessus... Nous en profitons pour vous rappeler qu'il ne faut pas confondre les mots « date » et « datte ». Ils se prononcent pareil, mais pourtant ils n'ont pas le même sens. C'est fou !
La date est l'instant qu'il fait à un moment donné, alors que la datte est le succulent fruit du palmier. On dira ainsi par exemple :
– Aujourd'hui, c'est une grande date, Bibiche.
Mais on dira en revanche :
– Aujourd'hui, c'est une grande datte fourrée que je me taperais bien comme dessert, Bibiche.
On voit tout de suite que la première phrase est plus courte et plus claire. Nous vous la recommandons vivement.

Certains, peut-être, s'insurgeront et diront : « Classez-les vous-mêmes par dates, vos gugusses ! On a déjà payé le prix du bouquin, on va pas en plus se fatiguer à faire des trucs pénibles. Allez brûler en enfer ! » Pas question. Nous ne céderons pas à la menace de quelques fumiers. Ce livre, rappelons-le, s'est fixé pour but de faciliter la vie des parents d'élèves, mais cela ne signifie pas pour autant que nous devons nous taper tout le boulot. Non, madame !

Cependant, dans un souci d'apaisement et afin de calmer les plus excités, nous consentons à évoquer à présent quelques grandes figures qui ont émaillé l'histoire de l'Éducation nationale (légitime fleuron de notre arrogance) tels des coquelicots colorés dans la brise.

UN PROPOS ENCOURAGEANT DE LA DIRECTION

« L'une des priorités de la politique que j'ai déterminée pour l'action du ministère de l'Éducation nationale concerne l'effort que l'école doit entreprendre et mener à bien pour mieux assurer la réussite des élèves. »

Lionel Jospin - ministre de l'Éducation nationale,
de la Jeunesse et des Sports
12 octobre 1988.

L'approbation des auteurs

Merci, Lionel.

QUELQUES GRANDES FIGURES DE L'ÉDUCATION NATIONALE

■ **Charlemagne,** *l'empereur à la barbe fleurie. Constatant que seuls les enfants de riches allaient à l'école, Charlemagne exigea que les enfants de pauvres y aillent aussi. Ce fut un coup sévère pour les pauvres, qui avaient déjà pas mal de soucis (taille, gabelle, guerre de Cent Ans), mais l'empereur était un type pas commode et il n'y avait pas à barguiner, sinon Couic !.*

■ **Le jeune Sidney Bechet** *en cours de musique au collège Louis Armstrong de La Nouvelle-Orléans. Il allait révolutionner l'histoire du cornet à pistons.*

■ **Jules Ferry,** *l'inoubliable fondateur de l'école républicaine, laïque et obligatoire. Malgré ce rôle éminent, Jules Ferry est aujourd'hui bien oublié, et le tunnel sous la Manche menace de balayer les ultimes vestiges de son action : les célèbres ferry-boats. En revanche, et c'est à noter, son vieux rival Jules Grévy a toujours de nombreux adeptes dans l'Éducation nationale : les grévistes.*

■ **Maurice Global,** *inventeur de la méthode globale et Saint patron des orthophonistes, qui ont vu leur clientèle multipliée par dix grâce à lui. Merci, Maurice Global !*

■ **Le maréchal Pétain,** *père de la nation. Entre 1940 et 1944, et malgré une vive résistance, Pétain a imposé l'allemand deuxième langue dans notre pays. À l'époque, c'était gonflé.*

■ **Daniel Cohn-Bendit.** *L'audacieux novateur grâce auquel, depuis mai 1968, on dispose les tables en U dans les classes.*

■ **L'Arabe dément Abdul Alhazred,** *auteur du* Nécronomicon, *qui a introduit l'algèbre à l'école. C'était un premier mauvais coup, avant l'augmentation du prix du baril de brut.*

■ **Pierre Antilogus,** *6e de sa classe en maths, deuxième trimestre 1967, lycée Paul Valéry. Une performance que le fantastique vieux type ne devait plus jamais égaler (certains ont d'ailleurs prétendu qu'il avait triché ; c'est une rumeur ignoble).*

■ **Le baron Pierre de Coubertin,** *immortel auteur du slogan : « l'important, ce n'est pas de gagner ». Une phrase pleine d'humanité qui a été et demeure la consolation d'innombrables derniers de la classe.*

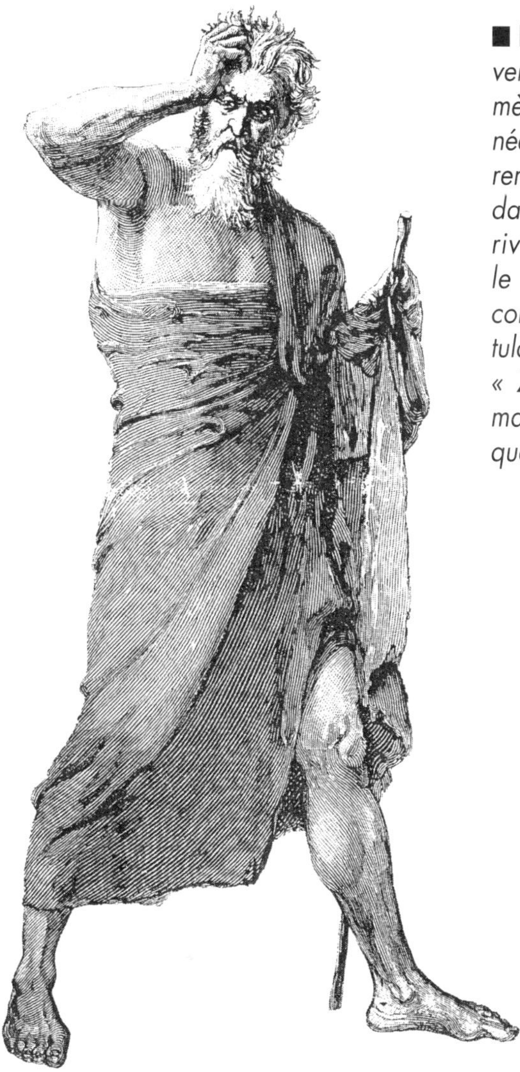

■ **Pythagore,** *le génial inventeur du principe d'Archimède. Durant de longues années, « Pythagore et ses théorem's » ont animé les soirées dansantes du Péloponnèse, rivalisant de rythme avec le groupe concurrent bien connu, « Euclide et ses postulat's ».*
« Zorba et ses bouzoukis magiques » ne sont apparus que plus tard.

Résumé de la leçon N° 1 :

Notre Éducation nationale (dont on est en droit de dire qu'elle est un rien bath) brille comme une étoile aveuglante au firmament du savoir humain intergalactique. Nous pouvons nous en targuer avec véhémence.

■ LEÇON N° 2

Laquelle école est-elle la meilleure qu'il faut choisir ?

Autrefois, amis, il n'y a pas si longtemps, quand vous étiez encore de charmants écoliers et que vous partiez nattes au vent sur les chemins poudreux encombrés de papillons joyeux, il n'y avait que deux grands types d'école : celles qui brûlaient comme des torches en quelques instants (modèle Pailleron) et celles qui regorgeaient d'amiante cancérigène (modèle Jussieu). Aujourd'hui, modernisme oblige, le choix s'est largement diversifié, si bien qu'à l'entrée de la Grande École les parents sont déboussolés. « Où vais-je pouvoir inscrire mon enfant chéri et adoré ? » gémissent-ils en se frappant la poitrine, tel Jocko le gorille. « Quelle école lui donnera les meilleures chances de devenir milliardaire ? »

Certains parents particulièrement cossards (et nous vous demandons de les conspuer – Hou ! Hou !) se contenteront de choisir l'établissement le plus proche de leur domicile. Comme c'est mal ! D'autres, pour d'obscures raisons mystiques, préféreront confier leur bambin hurlant de terreur à des internats huguenots, des institutions hottentotes, des confréries peuplées de barbus fanatiques, telle la redoutable École des Fils de la Haine de la Déesse Kali !

D'autres encore, avec un fatalisme répugnant, tireront à pile ou face, en se disant : « Après tout, qu'est-ce qu'on en a à foutre, une école, c'est jamais qu'une école, merde ! » Dans une large mesure, osons le dire, ceux-là n'ont pas entièrement tort. Car si l'on excepte l'école du cirque, qui est équipée d'un gigantesque trampolino, toutes les écoles sont à peu près bâties sur le même modèle (marinière).

STOP ! Espace pédagogique !

Nous venons de rencontrer, amis parents d'élèves, un jeu de mots raté. Si, si, regardez bien, c'est juste au-dessus...
Nous avons lu :
« Toutes les écoles sont bâties sur le même modèle (marinière). »
Ce n'est pas drôle. Pas du tout. Mais si nous avions lu :
« Toutes les écoles sont bâties sur le même moule (marinière). », c'était irrésistible et le fou rire devenait obligatoire ! Dommage !

L'ÉCOLE N'EST-ELLE QU'UN TAS DE MURS DISPOSÉS AU HASARD ?

Pas du tout. L'école est au contraire un espace savamment pensé, tel un Lego géant. Par exemple, la cour de récréation, qui n'a pas changé depuis votre époque. C'est toujours là qu'on court, qu'on saute, qu'on se bouscule, qu'on se casse un bras... Bref, comme son nom l'indique si justement, la cour de récréation reste l'endroit où l'enfant se récrée. Et aussi où il se récrie (d'horreur) quand les grands de la bande à Kevin se jettent sur lui pour lui taxer son blouson neuf (qui au cours actuel du change vaut bien 5 000 billes, ou 12 paquets de Snikers).

Généralement situé à portée de jambes de la cour, le préau offre à tous asile et réconfort, en même temps que l'abri de son toit bienvenu par temps de crachin. Car le préau est couvert (ardoises et zinc). Il lui arrive aussi d'être à ciel ouvert, notamment après une violente explosion due au gaz, mais c'est assez rare. Les murs, peints dans les tons pastel, sont décorés de délicieux dessins d'enfants réalisés par les petits de la classe de Melle Poulard. Évidemment, avec les tags, on a du mal à voir, mais croyez-nous sur parole : ces dessins d'enfants sont absolument délicieux.

Gravissons à présent le vieil escalier assourdissant qui s'élève vers les étages tel le cri chevrotant du pélican, et découvrons la majestueuse enfilade des classes. Là-bas, au fond du couloir, ce sont les toilettes où l'on fume le haschisch. De votre temps, souvenez-vous, on y fumait déjà des cigarettes. Il y a plus longtemps encore, sous les Vikings, on y fumait le saumon, mais à quoi bon s'attarder sur ces vieilles histoires ?

Entrons dans une classe. Étonnant spectacle ! Les tables sont disposées en U, en quinconce, en spirale, en chapelet, en escadrille par douze, c'est une fascinante féerie ! L'enseignant, lui, se tient sur son estrade, derrière son bureau, au milieu de la classe, en haut de l'armoire, alité chez lui avec une forte fièvre, n'importe où ! L'important, pour le type, est d'échapper aux projectiles dont son jeune public le bombarde dès qu'il a le dos tourné (avions de papier, boules puantes, carpes farcies, chaise, crapauds morts...).

Au sommet de l'édifice, semblable à l'araignée accroupie sur ses pattes arrière, le directeur de l'école veille au grain, vivante image du Savoir français défiant le monde. La bouteille de Ricard est à portée de main dans le troisième tiroir. Aux murs s'alignent les photos des anciens élèves devenus des célébrités. Incroyable : ce petit gros, c'est André Gide ! Et cet escogriffe en short, c'est Michel Platini ! Inouï ! Quant à cet Asiatique au sourire cruel, il paraît que c'est Pol Pot, l'inventeur de la Fête des Khmers ! Signalons que dans certaines ZEP (Zones d'Éducation Prioritaire), c'est au commissariat que se trouve affichée la tête des anciens élèves (5 000 F de récompense à quiconque pourra fournir un renseignement).

Le tour du propriétaire serait incomplet sans une petite visite à l'infirmerie, où se presse en permanence une foule soucieuse d'échapper au contrôle de maths. Pas d'apitoiement, mesdames ! Toutes celles et ceux qui sont là sont clairement des tire-au-cul (sauf peut-être le petit qui saigne abondamment de la tête).

Amis parents, attention ! Les éléments que nous venons d'énumérer doivent nécessairement figurer dans une école. S'il en manque ne serait-ce qu'un seul (préau, cour de récréation, directeur, bouteille de Ricard, etc...), c'est que vous n'êtes pas dans une école. Vous êtes ailleurs. Peut-être dans une caserne. Ou à la gare d'Austerlitz. Ou à l'hôpital central de Djakarta. Demandez à un passant, il se fera un plaisir de vous renseigner.

LE GRAIN DE SEL DE FRANÇOISE DOLTO

« Des enfants qui ont été des bébés vomisseurs prolongés sont des élèves qui, lorsqu'ils récitent parfaitement leur leçon, en ont alors tout oublié. »

L'Échec scolaire - Essais sur l'éducation - Ergo Press, 1989.

Les auteurs

En tant qu'anciens bébés vomisseurs prolongés, nous élevons une vive protestation contre de tels... BEUAARGH !.

APPRENEZ À LES RECONNAÎTRE

Fig. 1 : L'école.

Fig. 2 : L'hôpital central de Djakarta.
(Vue extérieure.)

NOTRE SLOGAN DEPUIS TOUJOURS : ASSEZ !

Oui, assez de mauvais choix ! Assez d'erreurs d'orientation ! Toutes les écoles ont beau êtes construites sur le même moule (marinière)[1], il n'en reste pas moins que chacune a son style et ses méthodes d'enseignement particulières. Ainsi, quoi de commun par exemple entre l'École du rire et l'École d'artillerie de Metz ? Nous ne saurions trop vous recommander, amis parents d'élève, de sélectionner un établissement adapté à la personnalité de votre enfant.

Quelques suggestions d'orientation :

- S'il ne présente aucune anomalie, inscrivez-le à l'École Normale.
- S'il a le rythme dans la peau, collez-le dans une école de samba.
- S'il a besoin d'être « vissé », c'est l'école privée qu'il lui faut. Et peut-être même l'école privée de dessert.
- Si vous êtes fauché, ami pauvre, nous vous conseillons l'école publique. C'est gratos.
- Si votre enfant aime la chanson française, essayez l'école des fans.
- S'il est violent, menteur et voleur, l'école du crime semble tout indiquée. Pour des raisons de sécurité évidentes, nous ne pouvons malheureusement pas vous communiquer l'adresse de cet établissement (il y a peut-être des poulets parmi nos lecteurs).

1. Cette fois, reconnaissez-le : c'est super-poilant !

■ S'il aime ronger son crayon, inscrivez-le à l'École des Mines.

■ S'il excelle en électricité statique et en cartonnage, il y aura toujours une place pour lui à l'École des hautes études d'électricité statique et cartonnage (dès que cet établissement aura été créé. Nous y travaillons d'arrache-pied).

■ S'il est fragile de la gorge, essayez donc l'école roulée, ha, ha !

STOP ! Espace pédagogique !

Nous venons de faire un calembour. Si, si, regardez bien, c'est juste au-dessus... l'école roulée, ha, ha ! Profitons de cette occasion pour rappeler qu'il ne faut surtout pas confondre « calembour » avec « camembert », qui sonne un peu pareil mais sent beaucoup plus fort. On dira ainsi par exemple :
– Il est excellent, ton calembour, Simone.
Mais on dira plutôt :
– Il est excellent, ton camembert, Simone. Mais qu'est-ce qu'il coince !

■ Si votre enfant peint à la manière de Vermeer, mettez-le à l'école flamande.

■ S'il a quelques kilos de trop, mettez-le au régime sans sel.

■ Enfin, si vous habitez Pékin, nous vous recommandons vivement l'école des cadres du Parti, qui reste une maison sérieuse et appréciée du Comité central.

Un dernier conseil : quand vous choisirez une école, attention au nom qu'elle porte ! C'est déjà une indication très claire de la qualité générale de l'établissement .

• Lycée Henri-IV, Saint-Louis, Jacques Chirac : le nom sonne noble, et même royal ; très bon niveau.

• Collège Ravaillac, Jacques Mesrine, Léonid Brejnev : déjà un ton en-dessous, mais il y a encore de la tenue.

• CES Coluche, Zavatta, Aldo Maccione : la meilleure filière pour préparer l'École du rire.

• École Eugène Crapu, Sébastien Gravelot, Victor Duruy : des noms d'illustres inconnus ; le niveau est nul.

Enfin, nous déconseillons formellement les appellations fantaisistes, tel « Lycée des amis du sport taurin » ou « Collège des francs buveurs de bière ».

Résumé de la leçon N° 2 :

Avant, il n'y avait que deux types d'école : celles qui brûlaient d'un coup et celles qui donnaient le cancer. C'était bien plus simple qu'aujourd'hui et personne ne songeait à s'en plaindre.

■ LEÇON N° 3

Maths, orthographe, cantine : ce qui a changé depuis votre époque

Les enfants sont de braves petits bonshommes, c'est entendu, mais enfin il faut bien reconnaître qu'ils auraient assez peu de chances de gagner à « Questions pour un champion ». Les enfants ne sont pas des champions. Aucune culture générale. Ils ne savent pas que les mots en -aille, -eille ou -euille sont féminins, sauf chèvrefeuille, millefeuille, portefeuille, alors que quand même, c'est vachement fastoche. Ils ne connaissent pas la capitale du Venezuela. Ils ne savent même pas que le foutu trou existe. Ils ignorent qui était Henri XII. Et quand vous le leur expliquez, ils marmonnent « Ah ouais ? » comme s'ils s'en fichaient.

Allez, pas de fausse modestie : quand vous aviez leur âge, vous faisiez moins de fautes d'orthographe que vos enfants, non ? Vous connaissiez vos tables de multiplication par cœur, ainsi que vos rois de France et la liste des départements. Vous saviez que Caracas est la capitale du Brésil. Ou du Nicaragua. Ou du Machu-Combo, peu importe. Là n'est pas la question.

La question, c'est que le niveau semble avoir baissé. Et pas qu'un peu (mon neveu). Le fleuve impétueux du Savoir qui, autrefois, éclaboussait en riant les rives fertiles de la jeunesse studieuse, ce fleuve autrefois impétueux s'est tari. On dirait un petit ruisseau grotesque.

Le plus troublant de l'affaire, c'est que l'enfant travaille plus que vous-même à son âge. Mais si, souvenez-vous ! Vous n'en fichiez pas une rame ! Toujours par monts et par vaux à lancer vos pétards, monsieur ! Toujours à jouer à la maîtresse avec vos ours en peluche, madame ! C'était le bon temps ! Vous vous souvenez de la fois où vous aviez mis mis une punaise sur la chaise de la prof de latin ? Ha, ha !

Bon. Enfin, bref, les enfants d'aujourd'hui travaillent davantage. Alors pourquoi sont-ils aussi nuls ? Y aurait-il un problème à l'école ? Les profs seraient-ils moins bons ? Y aurait-il une couille dans le potage ?

Pas du tout.

Nous sommes en mesure de vous rassurer formellement sur ce point : le potage est intact.

DE NOUVEAUX ÉPATANTS PROGRAMMES !

Lugubre constat : on n'apprend plus les mêmes choses que de votre temps, en classe. Il n'est plus essentiel de savoir où se trouve Caracas, et c'est bien regrettable. L'enseignement a évolué et se consacre à des choses un peu plus importantes, excusez-nous de vous le dire. Voilà pourquoi, avant de sauter à la gorge de l'enseignant pour exiger qu'il se mette un peu au boulot sinon vous lui faites une tête comme un potiron, il importe de vous informer un peu de ce qui se pratique de nos jours.

Sinon vous auriez l'air d'un agité.

CE QUI EXISTE TOUJOURS À L'ÉCOLE

- Les billes ;
- Les boules puantes ;

- Les boîtes qui font « Meuh » quand on les retourne ;
- Les surnoms poilants des profs ;
- Les bagarres à la récré ;
- Les mathématiques ;
- Les règles de grammaire ;
- Le pupitre au fond de la classe, à côté du radiateur ;
- Le fayot à lunettes ;
- Globule, le conseiller principal d'éducation qui pue du bec ;
- Les sardines moirées à la cantine ;
- Le gymnase qui sent des pieds ;
- Les double plafonds en amiante.

Sur ces terrains-là, vous ne courez aucun risque. Vous pouvez instaurer le dialogue en toute confiance, rien n'a bougé depuis votre chère vieille époque.

STOP ! Espace pédagogique !

Si toutefois vous parlez billes, méfiez-vous : un boulard vaut aujourd'hui deux calots, soit quatre billes, sauf si c'est des Varicelles (rouges) ou des Schtroumpfs (bleues).
C'est important.
D'autre part, mauvaise nouvelle pour vous, madame : on ne joue plus au hoola-hoop.
C'est nul.

Bien. Ainsi que nous vous le disions avant d'être interrompus, rien n'a changé. Sauf les maths.

LE CAS PÉNIBLE DES MATHÉMATIQUES

Quand vous étiez petit, ami lecteur, un ami des enfants avait formé le dessein de remplacer le calcul, la géométrie, l'algèbre et toutes ces choses inutiles par des formes ovales qu'on appelait « ensembles », et dont les parties communes étaient hachurées.

C'était formidable. Même nous, on comprenait.

Baptisées « mathématiques modernes » en raison de leur aspect futuriste, ces plaisanteries furent enseignées durant de longues années à la grande satisfaction des profs de dessin, qui voyaient ainsi leur piètre discipline promue au premier rang des matières scientifiques. Jusqu'au jour où un peine-à-jouir fit remarquer que c'était bien joli, toutes ces conneries (*sic*) mais que ça ne servait à rien.

Ce n'était pas faux. On oublia les mathématiques modernes.

Du coup, les profs de maths – des types atroces qui ont en général un beau-frère dentiste, on voit comme ils aiment les enfants – prirent une revanche éclatante : aujourd'hui, dès les petites classes, les mathématiques sont la base de la sélection, même pour les métiers qui n'en ont pas besoin. Les dentistes, par exemple, sont des forts en maths. Les Premiers ministres sont des forts en maths. Tout le monde est fort en maths. Sauf nous.

Au secours.

CE QUI N'EXISTE PLUS

- **L'orthographe** : le mot lui-même est une provocation. Il appelle la réforme. On aimerait l'écrire « ortograf » puis l'oublier à tout jamais, ainsi que son fatras de règles grotesques. Le pas décisif dans ce sens a été franchi à la fin des années twist avec l'introduction de la méthode globale dans l'apprentissage de la lecture : on n'apprenait plus le B-A-BA, on visualisait le mot d'un seul coup, comme ça, paf, et on s'en souvenait toute sa vie. Par exemple, « ornithorynque ». C'était super-valable.

Aujourd'hui, malheureusement, l'orthographe n'intéresse plus. Sachez-le, ami super parent d'élève, il serait vain d'essayer d'instaurer le dialogue avec vos enfants par ce biais. La phrase : « Tiens, mon grand, dis-moi un peu comment s'écrit "plébiscite" ? » serait une manière assez nulle de commencer une conversation. L'enfant pourrait se braquer et faire une gueule inverse pendant tout le week-end. Comme c'est dommage.

- **La sélection** : encore une vieille idée fasciste. Avant, on notait les devoirs. On distribuait des prix ! On faisait redoubler des classes aux plus nuls ! Certains même n'avaient pas leur bac ! Incroyable !

Aujourd'hui, si le prof estime que votre enfant doit redoubler, vous pouvez refuser ! Et même lui rire au nez avec insolence ! Désormais, l'enseignant est au service du peuple ! Ha, ha !

Certes, l'enfant vous fait toujours signer son carnet de notes, mais avec une décontraction qui montre bien que le damné livret a perdu son caractère terrifiant. Un simple coup d'œil sur l'objet vous donnera l'explication de ce mystère : la plupart du temps, il n'y a plus de notes. Il y a des lettres.

STOP ! Espace pédagogique

Comment vous y retrouver dans le nouveau système de notation ? Rien de plus fado :

A = Admirable = 20/20
B = Bien = 12/20
C = Crapoteux = 9/20
D = Détestable = 5/20
E = Exaspérant = 2/20
P = Pas bien du tout = zéro

CE QUI N'EXISTE PLUS (SUITE)

- **La chronologie en histoire** : combien de dates passionnantes aviez-vous dû vous farcir autrefois ! 1515 ! 1789 ! 1823 ! Le traité de Gdansk ! Le pacte italo-suédois ! Que des trucs géniaux !

D'un autre côté, c'est vrai que la chronologie, en histoire, était difficilement exploitable dans la vie de tous les jours. Vous vous voyez, dans un dîner en ville, essayer de caser 1515 dans la conversation ? Vous auriez l'air d'un type hyper-rasoir ! L'histoire, c'est dépassé. Par contre, les histoires drôles, ça c'est moderne ! Si vous en casez une dans un dîner en ville, on dira : « Voilà un type marrant ! On ne s'ennuie pas avec lui ! Tiens, je vais l'engager au poste de directeur général au salaire de cent plaques par mois ! » Super, non ? Et pourtant il n'y a toujours pas de prof d'histoires drôles à l'école. On croit rêver.

- **La triche** : copiage ! antisèches ! imitation de signature ! Qu'est-ce que vous avez pu dépenser comme énergie pour tenter de pallier vos lacunes, lors des examens ! Eh bien aujourd'hui, tout ça c'est fini. L'esprit de tricherie a quitté l'école, et c'est tout de même une sacrée chouette nouvelle. En effet, il n'y a plus d'examen. Ou alors l'élève a droit à une aide technique (calculette, dico, internet), ce qui rend inutile toute idée d'antisèche. Ainsi que toute nécessité d'apprendre ses leçons.

– **L'autorité et le respect du prof :** de votre temps, vieil ami, ça ne rigolait pas. Les coups de règle sur les doigts volaient bas, ainsi que les éponges gorgées d'eau sale, les morceaux de craie dans l'œil, les oreilles tirées jusqu'au sang, le crochet au foie, le double-nelson sur l'estrade, le saut-chassé dans le dos, le coup de boule en pleine poire ! Ah, les profs n'étaient pas des tantouzes, en ce temps-là, nom de Dieu !

Aujourd'hui, par un juste retour des choses, ce sont les élèves qui exercent le pouvoir de la terreur. Un prof la ramène ? Une claque ! Une plainte pour viol ! Un coup de couteau ! Ha, ha ! Tu fais plus l'malin maintenant, bouffon !

AUTRE CHANGEMENT DE TAILLE : LE VOCABULAIRE SCOLAIRE

Le législateur, dans son souci de rendre l'école plus proche et plus humaine, s'est employé à adoucir les termes mortifiants qui vous traumatisèrent tout au long de votre scolarité. Ainsi le terme affreux de « Surveillant général », qui évoquait la répression policière des années Pompidou, est aujourd'hui remplacé par « Conseiller d'éducation », un mot qui fleure bon le grand frère débonnaire sur lequel on peut toujours s'appuyer dans les moments âcres de la vie. Et il y en a beaucoup d'autres.

Voyons-les :

LANGAGE ANCIEN	**FRANÇAIS MODERNE**
Composition	Contrôle
Instituteur	Professeur des écoles
Articles et prépositions	Déterminants
Biologie	SVT
Dessin	AP
Gym	EPS
« Votre enfant est un élève médiocre »	« Au niveau de votre enfant, quelque part, il y a un problème »
« Vous habitez à Paris où en province ? »	« Vous habitez *sur* Paris ou *en* région ? »
« Michel, à la porte ! »	« Kevin, ta gueule ! »

PAS DE PANIQUE, AMIGO !

Certes, un nouvel esprit souffle sur l'antique institution, mais il ne faudrait pas pour autant en déduire qu'une vague d'insouciance ait déferlé sur l'enceinte scolaire. Ce serait dingue. Ça nous ferait beaucoup de peine que vous pensiez cela.

L'école moderne n'est pas laxiste. L'école moderne n'est pas insouciante. Nul ne songerait à la comparer à un joyeux drille virevoltant dans une verte prairie en bichant comme un pou. On penserait plutôt à un triste drille. À un dentiste fou armé d'une fraise rouillée. À une murène affamée coincée dans les W-C. Bref, à un truc hyper-pénible. Comme de votre temps. Ça n'a pas changé. Voilà qui rassurera les plus réactionnaires de nos amis lecteurs, que nous saluons d'une bise sur le front pleine de respect.

Oui, malgré tous les changements, vos enfants ont en effet de l'école une image aussi révoltante que vous-même à leur âge. Ils ne veulent pas y aller. Ils préféreraient se casser les deux jambes plutôt que d'y aller. Si on leur donnait le choix entre regarder Dorothée et y aller, ils choisiraient Dorothée. Vous voyez bien.

Alors, existe-t-il un moyen de donner à l'enfant le goût d'aller en classe ?

Dieu merci, oui. Il en existe même deux. C'est extra.

1. La bonne vieille chouette méthode de l'exemple : l'idée générale est de faire croire à l'enfant qu'à son âge vous étiez premier en tout. Saisi d'admiration, aveuglé par la Foi, transporté par la vigueur de l'exemple, l'enfant tente alors d'égaler vos performances. Il renonce aux Lego Technics ou aux Barbie pour réviser ses leçons. Il ne regarde plus la télé. Il demande un microscope pour son anniversaire. Au bout d'un moment, il doit porter des lunettes. On l'appelle Binoclard. Puis il fait Sciences-Po et l'ENA. Il devient ministre. Il propose une réforme fiscale. Des millions de Français descendent dans la rue. Des préfectures brûlent. C'est l'émeute. Son nom – votre propre nom de famille, ami parent – devient synonyme de « vrai con ».

C'est malin, tiens !

La bonne vieille méthode de l'exemple présente en outre un risque majeur : vous n'étiez pas premier en tout, loin de là, et votre mère a conservé dans un tiroir quelques-uns de vos

Les grandes heures de l'Éducation nationale.

fig. 2 : Françoise Giroud et ses camarades suffragettes obtiennent l'accès des femmes à l'enseignement des mathématiques. C'est la fin d'un odieux privilège.

piteux carnets de notes. Vous savez comment est la chère vieille dame. Tôt ou tard, elle va les montrer, ces fichus carnets, à ses petits enfants ! Et de quoi aurez-vous l'air ? D'un sacré baratineur ! D'un bouffon ! D'un « vrai con » ! Voilà ! Bien fait !

2. La chic méthode super-cool : pour devenir un super parent d'élève, et c'est quand même pour ça que vous avez acheté ce livre, quoi, bon sang, il faut se mettre à la portée du jeune bougre. Si vous lui dites qu'il est nul et que vous étiez premier de la classe, il y a rupture du dialogue. L'enfant doute, il est désorienté, il chancelle comme un yack gelé au cœur d'une tempête de neige meu-meu, et ce n'est pas bon.

Au contraire, si vous attaquez d'emblée en racontant les pires chahuts de votre carrière scolaire, l'enfant va être ébloui ! Vous devenez à nouveau un exemple ! Ainsi, vous aussi, vous étiez un cancre ! Vous aussi vous avez fait les quatre cents coups ! Eh ben dites-le !

Bon, évidemment, il se peut que certains parmi nos lecteurs n'aient pas été des cancres et que les quatre cents coups n'aient pas été faits. On ne sait pas, c'est possible. Mais ce n'est pas grave, nous avons pensé à tout.

L'ODIEUSE BASSESSE DU MINISTÈRE

« Trois enseignants sur quatre dans le premier degré sont des femmes. La féminisation du corps enseignant est une tendance lourde. »

L'État de l'école - Brochure du ministère de l'Éducation nationale - n° 6, nov. 1996.

La réaction outrée des auteurs

Les femmes ne sont pas lourdes, monsieur le ministre ! C'est mal de dire ça !

TROIS ANECDOTES À RACONTER POUR PROUVER À VOTRE ENFANT QUE VOUS AUSSI, VOUS ÉTIEZ UN SACRÉ NUMÉRO, HA, HA !

(Pour obtenir le maximum d'effet, racontez-la à table, sur le ton de la confidence, pendant que madame s'est absentée).

1re **anecdote** :

– Une fois, avec mon copain Georges, on avait enfoncé douze crapauds vivants dans le pot d'échappement de la DS du prof de science-nat. T'aurais vu le chantier quand il a démarré ! Il y en avait partout ! Il y a une fille, elle était couverte de bouillie de crapaud ! Ha, ha ! Et tu sais quoi ? La fille, c'était maman ! Ha, ha !

2e **anecdote** :

– Je me souviens, on avait une prof de maths super-mignonne, toujours avec des jupes super-courtes. Un jour, j'avais mis un miroir sous son bureau pour voir sa culotte, mais elle s'en est aperçue et elle m'a dit de rester après le cours. Eh ben, tu me croiras si tu veux, mon biquet, mais elle s'est jetée sur moi et elle m'a embrassé sur la bouche ! Avec la langue ! Elle était amoureuse de moi ! Et tu sais quoi ? Après on s'est mariés ! La prof de maths, c'est ta mère !

3e **anecdote** :

– Ça me rappelle la fois où on a fait des expériences, en cours de chimie. Le prof avait dit de faire chauffer je sais plus quoi sur le bec bunzène, mais nous on avait mis de l'acide chlorhydrique et du coca ! Ha, ha ! Ça a tout fait péter ! T'aurais vu ça, le plafond a explosé, y avait de l'amiante partout !

Y a une fille qui a été éjectée par la fenêtre et qui a atterri dans le gymnase, sur le trampoline. Elle a rebondi tellement haut qu'elle a battu le record de France de saut en hauteur ! Et tu sais qui c'était, la fille ?

Votre enfant vous regarde avec des yeux ronds, vous et madame – qui ne pourra que vous remercier de l'avoir si gentiment associée au récit de vos exploits. Le cher biquet est remonté à bloc et n'a plus qu'une idée : aller raconter ça aux copains, en classe. Brave petit bonhomme.

Bien. Il se peut évidemment qu'une mauvaise compréhension de votre méthode pédagogique conduise l'enfant à farcir lui aussi de crapauds le pot d'échappement de M. Rémy, son prof d'EPS, et que vous soyez convoqué par le directeur, mais c'est un risque à courir.

Votre enfant, désormais, a envie d'aller à l'école. C'est le principal.

Résumé de la leçon N° 3 :

Souffle le vent, siffle la tempête, au-delà des réformes, par-delà les ans, le vieil esprit demeure : l'école reste, pour l'élève, un endroit plutôt chiant.

Attention !
Leçon interdite aux profs !

■ LEÇON N° 4

Dis-moi quel est ton prof, je te dirai si tu redoubles

Un instant, ami ! Avant de vous élancer tel un cavalier arabe déchaîné dans la lecture de ce chapitre que nous n'hésiterons pas à qualifier de vachtement important, nous vous demandons de répondre à ces quatre questions :

1. Aimez-vous votre enfant ? OUI - NON

2. Souhaitez-vous qu'il réussisse son année scolaire ? OUI - NON

3. Êtes-vous prêt à l'aider à réussir ? OUI - NON

4. Pouvez-vous nous prêter 3 000 francs ? OUI - NON

Si vous avez répondu OUI au minimum trois fois, bravo, vous pouvez continuer à lire (si vous n'avez répondu qu'une fois OUI, mais à la quatrième question, vous êtes repêché. Merci, ça nous dépanne). Dans le cas contraire, posez ce livre et allez faire un tour. Vous n'êtes pas un parent d'élève. Vous n'êtes pas un être humain. Votre attitude cynique nous rappelle plutôt ces chacals puants qui rôdent la nuit sur la pampa telles des hyènes, et qui ne proposent rien de valable aux jeunes. Allez-vous-en ! Ça suffit comme ça ! Ne nous obligez pas à appeler la police !

Parents d'élèves nos frères, vous qui avez choisi de soutenir votre enfant dans sa scolarité, vous qui rêvez pour lui d'un avenir de sucre et de miel, avec aussi du nougat, de la chantilly, et peut-être une méga-classic double fromage, c'est à vous que nous nous adressons maintenant, et nous vous disons : « Il va falloir en mettre un sacré vieux coup, Bob ! » Il va falloir faire des trucs dingues. Accepter l'inadmissible. Et d'abord, aller trouver l'instituteur ou les professeurs de votre enfant. C'est obligé. Vous devez savoir à qui vous avez affaire. Mais... Mais que se passe-t-il ? Vous avez peur ? La terreur se peint sur votre visage ? Vous suez en lorgnant follement du côté de la sortie ?

Du calme !

Oui, bien sûr, l'école vous rappelle d'horribles souvenirs. Oui, vous vous étiez juré de ne plus approcher un professeur à moins de trente mètres... Mais reprenez-vous, vous êtes grand maintenant ! Le cauchemar est fini. Ils ne peuvent plus vous donner de mauvaises notes. Ils ne peuvent plus vous appeler au tableau pour vous interroger. Ils ne peuvent plus vous faire copier cent fois « Je ne dois pas lancer des crapauds morts sur mes camarades pendant les cours d'instruction civique ».

CE QUE L'HISTOIRE NOUS ENSEIGNE : FAISEZ GAFFE !

L'histoire, sachez-le, regorge de pauvres types. De malheureux crétins qui ont couru à la catastrophe pour avoir méconnu l'adversaire. Croyez-vous que le 8e Lancier du Bengale se serait engagé dans la passe de Mushawhar si le major O'Connally avait su que les Fils de la Haine de la déesse Kali disposaient d'une mitrailleuse Hotchkiss et de deux caisses de brandy ?

Imaginez-vous qu'à Waterloo, Napoléon aurait confié son armée de réserve à Grouchy, s'il avait su que le type était incapable d'arriver à l'heure (il mettait un temps fou à boutonner ses brandebourgs) ?

Pensez-vous que Henri XII aurait accepté de recevoir le duc d'Angoulême, s'il avait su que le prince de Nemours, armé d'un hachoir à viande, se tiendrait embusqué dans la pièce d'à côté, avec le connétable de Bourgogne, l'archevêque d'Autun, le bailli de Suffren, le grand mufti de Jérusalem, plus une demi-douzaine d'autres types armés de hallebardes ? Le pensez-vous vraiment ? Dites ?

STOP ! Espace pédagogique !

Nous venons d'évoquer un épisode peu connu de l'histoire de France. Nous en profitons pour rappeler aux amateurs de meubles anciens qu'il existe un moyen facile pour ne plus confondre les styles Henri XII et Philippe IX :
– Le buffet Henri XII se caractérise par ses pieds contournés, ses portes ouvragées et sa fine marqueterie de bois précieux.
– Le bahut Philippe IX se signale par sa taille gigantesque, son revêtement en fonte du Creusot et les effondrements de plancher qu'il provoque.

On voit tout de suite que ça n'a rien à voir.

Madame, monsieur, mademoiselle, votre enfant va passer entre trente et quarante heures par semaine à l'école ou au collège. Vous devez impérativement savoir à qui vous le confiez. Celui qui prétendrait aider sa fille ou son fils à réussir en classe sans seulement prendre la peine d'aller voir ses profs, celui-là serait semblable au fou qui prétend que vivre à deux, c'est merveilleux. C'est impossible ! Alors un peu de courage, amis parents, allez-y ! Vos enfants ont besoin de vous. Ne les laissez pas tomber comme de vulgaires crottes de nez.

L'EXPLICATION DU CREN[1]

« Ainsi, aussi, d'une certaine façon, l'image du professeur, dont sa modestie est avide, lui est renvoyée – envoyée – avant qu'il ne se la fabrique, après l'avoir regardée, acceptée, comme un reflet de coquetterie. »

De la psychopédagogie aux sciences de l'éducation - Cahiers du CREN, 1995.

La réaction mitigée des auteurs

D'une certaine façon, on n'a rien compris. Tu pourrais pas nous faire un crobard, CREN ?

1. Centre de Recherches en Éducation de l'université de Nantes.

Les grandes heures de l'Éducation nationale.
fig. 3 : Waterloo 1815.
Grouchy arrivera-t-il à temps, ou les Espagnols l'emporteront-ils ?

QUELQUES BONS VIEUX TRUCS POUR APPROCHER LES PROFESSEURS

Pareil au homard volant du Cap, avec lequel il a d'ailleurs de nombreux points communs, l'enseignant mène une vie discrète, modeste et retirée, si bien qu'il est difficile de l'observer. Des stratégies simples mais éprouvées – nous les avons testées pour vous – vous permettront toutefois une approche couronnée de succès.

● Muni d'un piolet, d'une corde de 150 mètres et d'un solide sandwich (rosbif froid-purée), vous grimpez sur le toit d'un immeuble surplombant l'école. Vous disposez ainsi d'un observatoire idéal. Inconvénients : c'est fatigant, salissant, et en prime, s'il pleut, vous risquez de glisser et de chuter pesamment dans la cour de récréation. À la réflexion, nous ne recommandons pas cette méthode.

● Déguisez-vous en élève et glissez-vous en douce à l'intérieur de l'établissement. Naturellement, si vous êtes chauve, avec des rides et du bide, vous serez repéré et vous aurez du mal à expliquer votre présence, surtout si vous portez des culottes courtes ou une petite jupe plissée. Des malentendus affreux risquent de se produire ! Vous pouvez aussi vous faire passer pour un enseignant, un inspecteur d'académie, un garçon de salle, un voyageur égaré, mais le risque d'être démasqué demeure. L'ultime recours sera alors de fuir vers le préau et de vous enrouler dans un tapis de gymnastique pour échapper aux recherches.

● Autre méthode : relever les adresses des enseignants sur

le minitel et aller enquêter sur place, en interrogeant les gardiens d'immeubles, les commerçants, les voisins, les amis, les parents, les services sociaux, la gendarmerie, les pompiers... Si vous en avez dans le calcif – et pour nous ça ne fait aucun doute – vous pouvez même tenter une incursion-surprise dans les appartements des profs, en défonçant la porte, juste histoire de jeter un coup d'œil. Mais nous entrons là dans une zone où la légitime curiosité du parent d'élève risque de se confondre avec la délinquance pure, et nous ne saurions vous encourager à de tels agissements... En tout cas, si vous tentez le coup, n'oubliez pas de mettre une cagoule. Et si vous vous faites piquer, dites bien qu'on y est pour rien, hein ? C'est pas de notre faute ! On vous connaît même pas, d'abord !

● Dans un registre plus pépère, vous pouvez vous rendre à l'école, au collège, et assister tout bêtement à la réunion qui rassemble chaque début d'année enseignants et parents d'élève. Évidemment, ça n'a rien de folichon... Vous allez vous retrouver coincé dans une salle de classe pendant une, deux, voire trois heures, tel le guerrier de la steppe pris sous une pluie de flèches. Vous serez assis à un pupitre trop petit pour vous, et vous ne pourrez pas étendre vos longues jambes au galbe affolant, mesdames, ni même piquer un roupillon, messieurs. Vous aurez droit à des tas d'explications pénibles sur les horaires, les dates des congés, les livres, le matériel à acheter, les programmes, le projet pédagogique et toutes ces salades à la noix.

Heureusement, vous n'êtes pas obligés d'écouter. Souvenez-vous : ils ne peuvent plus vous punir.

ILS NE PEUVENT PLUS RIEN CONTRE VOUS !

Si ça vous fait plaisir, vous pouvez bondir sur une table au beau milieu de la réunion de parents d'élèves et vous mettre à danser sur les tables comme Kiki le caniche, en criant à tue-tête. Ils seront bien forcés d'encaisser le coup, ha, ha !

Mais n'en faites rien. Jouez plutôt la modération. Contentez-vous d'observer les professeurs, puis reportez-vous discrètement au petit trombinoscope des pages suivantes, que vous sortirez à demi de votre poche.

Vous saurez tout de suite quel genre d'enseignant se trouve devant vous, et ainsi, tout au long de l'année, vous pourrez conseiller et aider votre enfant avec le maximum d'efficacité. Car n'oubliez pas, comme l'a si bien dit Cochise, ou Bismarck, ou Che Guevara, enfin en tout cas un Allemand : « Connaître l'ennemi, c'est tenir la moitié de la victoire ! »

STOP ! Mise au point !

Nous venons de qualifier les professeurs d'« ennemi ». Si, si, c'est juste au-dessus... C'est évidemment une plaisanterie (ha, ha !), car en réalité – répétez-le partout autour de vous –, nous avons une véritable passion pour les professeurs. Nous les trouvons super-géniaux ! Surtout ceux qui ont nos enfants dans leur classe.
Merci ! Merci à eux ! Merci de ne pas exercer de représailles mesquines !
Une petite pensée émue au passage pour nos fidèles vieux profs du lycée Charlemagne ou du CES Youri Gagarine... Sans eux, nous en sommes conscients, Antilogus et Festjens ne seraient jamais devenus les géants du Savoir qu'ils sont aujourd'hui. Et ça, ce serait affreux. Chapeau, les profs !

LES PROFS : LE TROMBINOSCOPE

Les plus récentes études américaines le prouvent : il existe, de par le monde, douze grands types d'enseignants. Chacun présente des caractéristiques précises, que la morphopsychologie révèle au premier coup d'œil :

1. Le gros qui s'endort

Également appelé « le vieux qui picole » (mais c'est pure calomnie), le gros qui s'endort est un vieux sage qui sait ménager ses forces, tel l'hippopotame clapotant dans sa vase visqueuse. Depuis près de 40 ans, il ressasse les mêmes cours, en ressortant les mêmes vieilles astuces aux mêmes moments. D'où cette légère tendance à somnoler qui lui interdit – et c'est à déplorer – de donner la pleine mesure de son immense érudition.

• **Si vous lui parlez :** secouez-le doucement par l'épaule. Un réveil trop brutal pourrait le mettre de mauvaise humeur.

• **Si vous lui faites un cadeau :**

– Des boules Quiès.

– Un vieux rhum de la Jamaïque.

– Un oreiller gonflable.

2. La pédagogue fervente

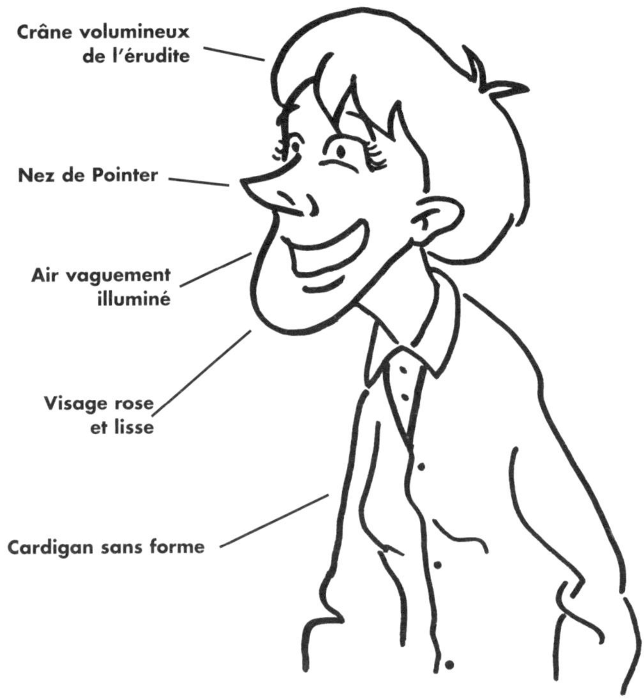

C'est par vocation qu'elle est devenue enseignante, et dix ans plus tard, elle y croit toujours. Inouï ! La chic fille s'efforce avec enthousiasme d'éveiller les jeunes esprits qu'on lui confie, de leur transmettre le flambeau sacré du Savoir, elle organise pour eux des sorties au musée, elle monte avec eux des spectacles de fin d'année... Devant un dévouement aussi inlassable, on reste comme deux ronds de flanc. La pédagogue fervente est une sorte de bonne sœur qui aurait choisi de consacrer sa vie aux élèves. Étonnant.

• **Si vous lui parlez :** jetez-vous à terre et baisez-lui les pieds comme à une sainte.

• **Si vous lui faites un cadeau :**

– Une minuscule boîte de chocolats (la PF a des goûts simples).

– Un joli dessin fait à la maison (c'est encore moins cher).

– Un petit poème écrit par vous (le summum de l'économie !).

3. Le coco barbichu

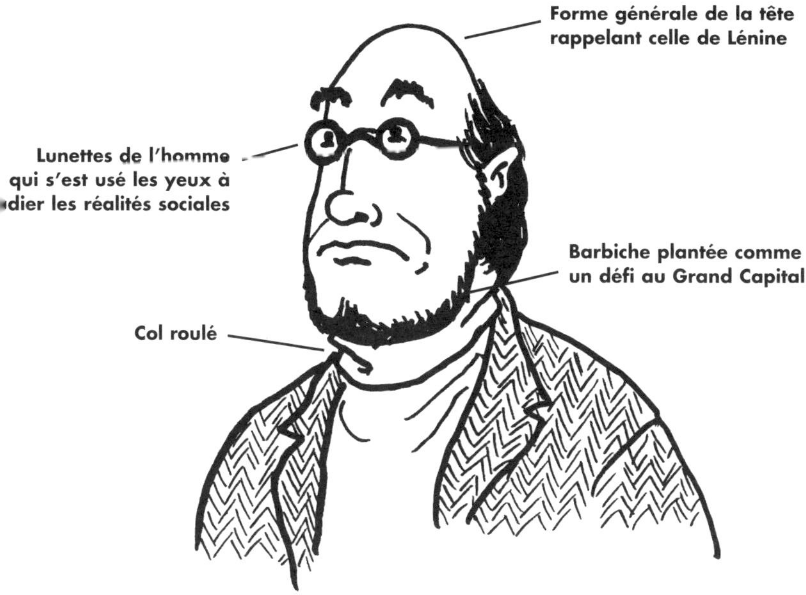

Le type vit dans un monde effroyable où les suppôts du capitalisme le plus réactionnaire ne cessent de s'en prendre avec un cynisme révoltant aux intérêts légitimes des travailleurs. D'où chez lui une nervosité bien excusable. En réaction, le coco barbichu se signale par un comportement hyper-actif à l'école : collage d'affiches, distribution de tracts, appels (hurlés au mégaphone) à la mobilisation populaire... C'est un très bon prof, attaché à sa classe, mais plus encore à la lutte des classes. Laïque, archaïque et sympathique, il n'a pas son pareil pour déclencher une bonne grève.

• **Si vous lui parlez :** appelez-le camarade. Ne lui dites surtout pas que vous êtes un patron bourré de pèze. Faites-lui comprendre au contraire que vous êtes du côté des masses laborieuses. Au besoin, levez le poing (pas trop haut tout de même) et sifflotez (doucement) l'Internationale.

• **Si vous lui faites un cadeau :**

– 350 grammes de zakouskis.

– Un buste de Brejnev.

– Un mètre cinquante des œuvres complètes d'Aragon et Elsa Triolet (Éditions Sociales).

4. Mademoiselle « Je craque »

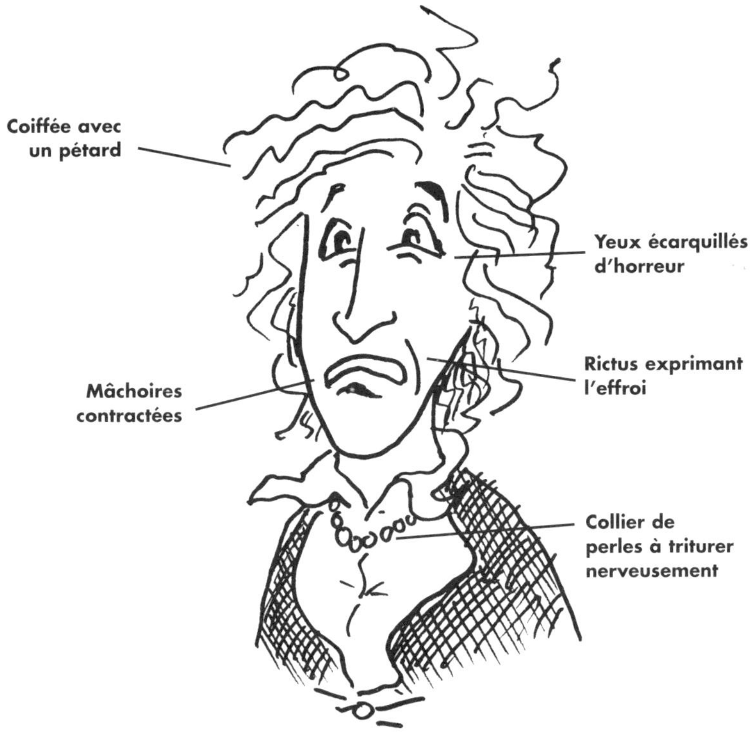

Profitez bien de sa présence ! Ça ne va pas durer longtemps... Mademoiselle « Je craque » sort d'une dépression nerveuse et cingle vers la suivante. Absence d'autorité, chahut constant et bruit infernal sont les caractéristiques de sa méthode d'enseignement. Quand elle est en forme (Prozac), elle tient le coup, et manifeste même une agitation fébrile, avec des éclats de rire exaltés. Puis soudain, c'est le breakdown, la chute, la crise, l'effondrure. Vous voulez qu'on vous dise ? « Je craque » est une brave fille, mais elle aurait dû choisir un métier moins dur. Caresseuse de poussins ou quelque chose comme ça.

• **Si vous lui parlez :** n'élevez pas la voix. Dites-lui que tout va bien, que l'ambulance arrive.

• **Si vous lui faites un cadeau :**

– Deux comprimés.

– Six cachets.

– Douze pilules.

5. Le fondu d'informatique

« Les jeunes doivent maîtriser les technologies de leur époque ». Fort de ce credo, le type a obtenu que l'école soit connectée au réseau Internet et équipée d'ordinateurs multimédia avec lecteurs de CD-Rom, imprimantes couleur, scanners et distributeurs de Coca... Depuis, il passe son temps rivé aux écrans. Certains disent qu'en fait il joue à Tétris ou à « Alerte aux Vénusiens morts-vivants ! ». Mais ce n'est qu'une abjecte diffamation.

• **Si vous lui parlez :** laissez-lui un message sur son site internet au http://www.gigacool.fr.

• **Si vous lui faites un cadeau :**

– Une journée au Futuroscope de Poitiers.

– Une panoplie de Batman.

– Des lunettes pour protéger ses yeux fatigués.

6. La prof canon

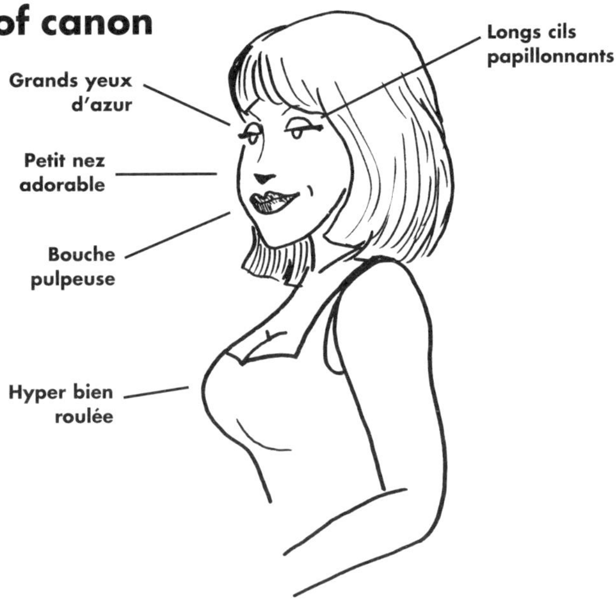

Très intelligente, doué d'un sens pédagogique novateur, elle porte, osons le dire, des petites jupes moulantes et des chemisiers ajustés qui dessinent à la perfection les courbes affolantes d'un corps voué au déferlement le plus torride d'une sensualité sauvage. Ses collègues sont amoureux d'elle, ses élèves sont amoureux d'elle, les parents sont amoureux d'elle (surtout les hommes). La prof canon est un joyau admirable, dont l'Éducation nationale serait en quelque sorte l'écrin glorieux.

• **Si vous lui parlez :** dites-lui qu'elle a les yeux d'Ornella Mutti, le sourire de Demi Moore, la pétulance d'Yvette Horner (facultatif), les seins de Sophia Lauren, les cuisses de Claudia Schiffer, les hanches de Marilyn Monroe, etc. Si votre femme est là, dites simplement « Bonjour, madame »[1].

• **Si vous lui faites un cadeau :**

– Un bouquet de roses rouges.

– Un porte-jarretelles et des bas résille noirs (à porter sous la petite jupe moulante).

– Un week-end à Honfleur avec vous (quelle chance elle a !)

1. Mais en laissant percer dans votre voix le déferlement torride d'une sensualité sauvage.

7. Le copain

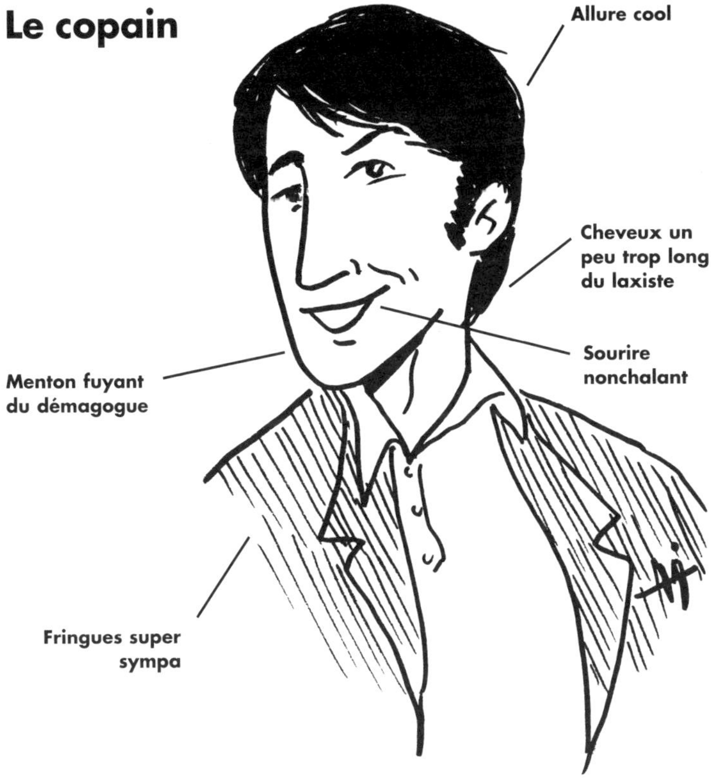

Plus qu'un enseignant, le copain se veut un grand frère. Il est super-sympa. On peut le tutoyer. Les règlements, les programmes, la discipline, il trouve tout ça nul. D'ailleurs, il ne s'assoit pas à son bureau, mais sur une table, dans la classe, au milieu de ses élèves. Si ça ne tenait qu'à lui, on pourrait fumer, et arriver à l'heure qu'on veut, et même, il n'y aurait plus de contrôles, plus de classe, plus de prof, plus rien ! Malheureusement, il doit bien tenir compte des consignes de l'administration, et c'est pour ça qu'il y a interro-surprise de maths. Ouvrez vos manuels à la page 32. Désolé.

• **Si vous lui parlez :** tutoyez-le et demandez-lui s'il a un bon plan pour avoir du shit.

• **Si vous lui faites un cadeau :**

– Un pétard de shit.

– Deux places pour le concert des Fuck the Provisor.

– Une photo dédicacée de Gérard Klein dans « L'instit' ».

8. La vachement sévère

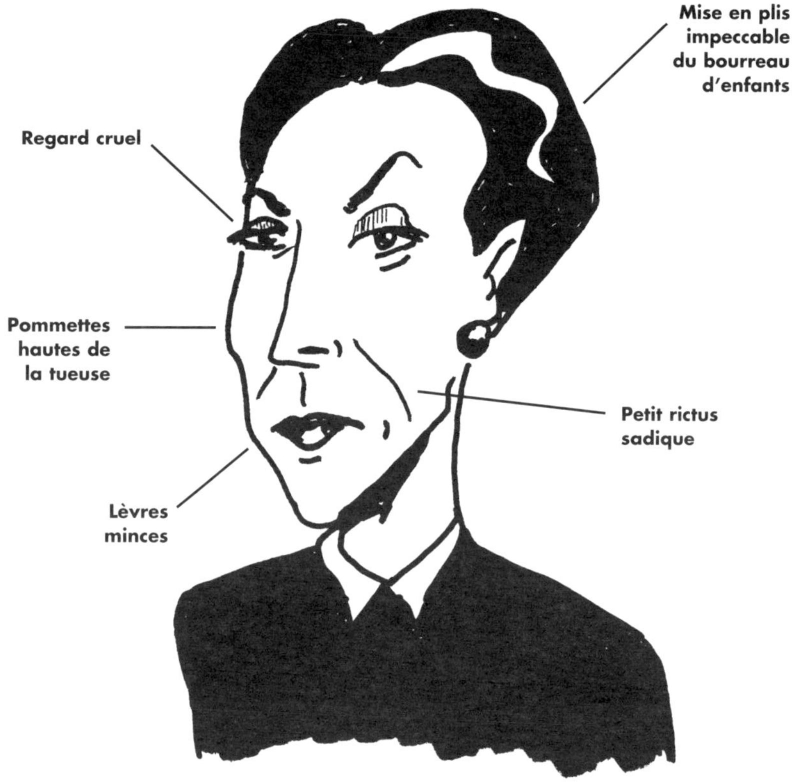

Des rumeurs terrifiantes courent sur son compte : on dit qu'elle distribue les zéros et les gifles à tour de bras, qu'elle a déjà expédié un élève à l'hôpital, qu'elle est la nièce de Himmler. Des parents d'élève ulcérés ont porté plainte contre elle, mais il n'y a rien à faire : la vachement sévère bénéficierait de protections haut placées... À noter : tous les enfants tremblent à l'idée de tomber dans sa classe, et le vôtre finit toujours par s'y retrouver. Fatalitas !

• **Si vous lui parlez :** tenez-vous hors de sa portée ; elle pourrait bien vous allonger une baffe.

• **Si vous lui faites un cadeau :**

– Un knout.

– Une panoplie de Wanda, la Maîtresse des ténèbres.

– *Le Manuel de la baffe*, des Éditions Cognedur.

9. L'incompris

Il aurait voulu être un artiste pour pouvoir faire son numéro, quand l'avion se pose sur la piste à Rotterdam ou à Rio... Eh oui, ce mec-là se voyait déjà en haut de l'affiche, en trois fois plus gros que n'importe qui son nom s'étalait ; il se voyait déjà adulé et riche, signant ses photos aux admirateurs qui se bousculaient... Le drame, c'est qu'à 53 ans, il est toujours prof de musique (ou de dessin, ou de sciences-nat) dans un bahut de banlieue. Vous savez quoi ? On n'a pas voulu reconnaître son talent ! On ne lui a pas laissé sa chance ! La vie est dégueulasse.

• **Si vous lui parlez :** ne lui dites surtout pas que vous exercez une profession plus ou moins tournée vers le monde des arts (producteur, éditeur, organisateur de spectacles, etc), vous ne pourriez plus vous en dépêtrer. Laissez-lui simplement entendre, par des hochements de tête, des soupirs et des regards pleins d'humanité, que vous avez su deviner quel immense artiste se cachait en lui.

• **Si vous lui faites un cadeau :**

– *L'Anthologie des génies méconnus,* des Éditions du Minable.

– Une gondole lumineuse (ou tout autre objet d'art).

– Une panoplie de poète maudit (avec pipe et grande cape noire).

10. La jargonneuse

Elle est pleine de bonne volonté, mais à force de vivre entre profs et de suivre des séminaires pédagogiques, elle ne s'exprime plus que par sigles. Elle vous dira par exemple : « Ce jeune voulait être CFC dans un GRETA en PACA, mais comme il a loupé son CAPET, il s'est retrouvé ATOS dans un CAFOC. » En clair, le zozo en question souhaitait devenir conseiller en formation continue pour un groupe d'établissements scolaires en Provence, mais n'ayant pu obtenir son certificat d'aptitude au professorat de l'enseignement technique, il a dû accepter un poste de non-enseignant (administratif technique ouvrier de service) dans un centre académique à la formation continue. Un destin tragique.

• **Si vous lui parlez :** essayez de placer le maximum de sigles : SVP, CQFD, UDF, EDF, SNCF !

• **Si vous lui faites un cadeau :**

– Une paire de baffes.

– Un week-end avec Maître Capello.

– Les publications complètes du CREN, du CRAP et de la DST.

11. Le prof d'histoire révisionniste

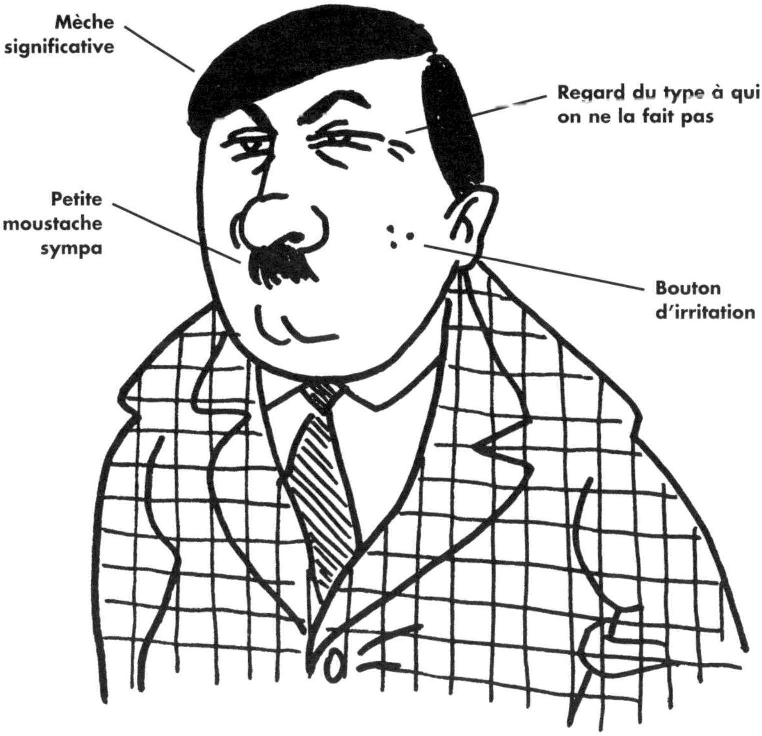

Un genre qui se répand. Semblable à saint Thomas (mais avec la petite moustache en plus), foncièrement sceptique, il ne croit que ce qu'il voit. Et comme il n'a pas vu les camps de concentration, il n'y croit pas. Normal. Notez qu'il n'a pas vu non plus la chute de Byzance, l'abdication de Napoléon ou Colomb découvrant l'Amérique, mais ça, pas de problème, il y croit. Non, finalement, il n'y a que les camps... Là, il a du mal. Il n'y arrive pas. C'est dommage...

• **Si vous lui parlez :** approchez, levez la main droite et chuchotez « Heil Hitler ».

• **Si vous lui faites un cadeau :**

– Un panzerfaust.

– Un recueil des bons mots de Goering, Éditions du Bunker.

– Une promenade en V2.

12. Miss « Vieille école »

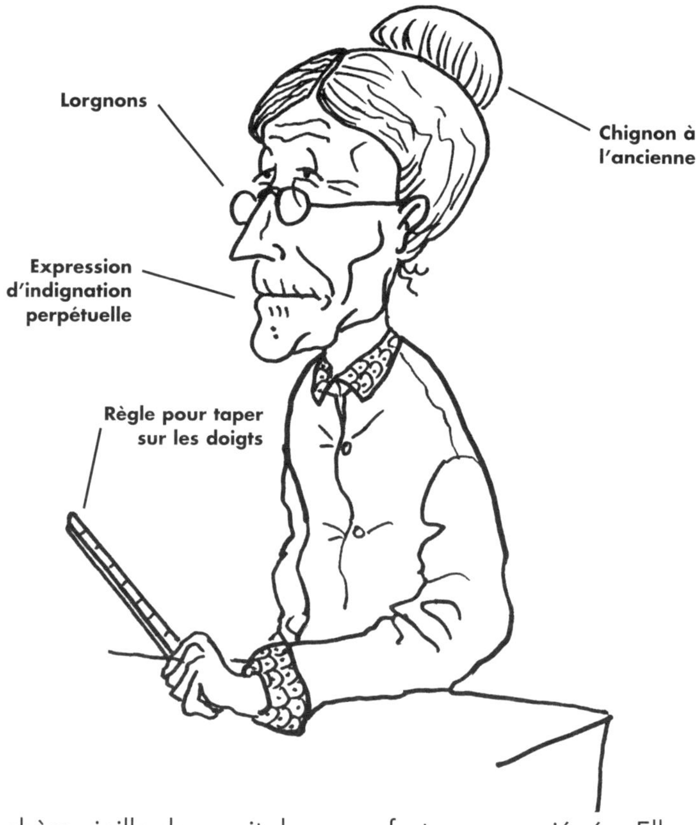

La chère vieille dame vit dans une forteresse assiégée. Elle a le sentiment affreux d'être l'unique et dernière représentante d'une culture menacée de disparition imminente. Outrée par l'« ignorance crasse » de la jeunesse, elle se montre sarcastique et pète-sec. À ses yeux, votre enfant – pourtant tellement adorable – n'est pas un enfant, mais un forcené, et la classe une horde atroce dont elle doit impérativement briser l'élan destructeur.

• **Si vous lui parlez :** mouchez-vous, tenez-vous droit, employez l'imparfait du subjonctif et appelez-la mademoiselle.

• **Si vous lui faites un cadeau :**

– Un napperon en dentelle du Puy.

– Un sachet de naphtaline.

– Une folle nuit d'amour avec un hidalgo au regard de braise.

Le saviez-vous ? Il y a des profs qui le sont plus que d'autres. Ou en tout cas qui sont plus valables :

• Le maître auxiliaire, appelé aussi « roue de secours », n'a pas plus de diplômes que vous, c'est tout dire !

• Le prof tout court, appelé aussi « prof de base », ou « monsieur le professeur » (mais seulement par sa concierge), ne dispose que du bagage minimum (un petit Bac A. Parfois un Deug ou un bout de licence) ;

• Le prof certifié a obtenu le Capes, un concours très difficile (pour les profs), et comme son nom l'indique, il est certifié d'appellation contrôlée ;

• Le prof agrégé a obtenu l'agrégation, un concours encore vachtement plus difficile que le Capes, et il est au top de sa profession. Malheureusement, il n'enseigne pas à l'école. Dommage...

Comment savoir à qui on a affaire ? Exigeons la transparence ! Que chaque prof porte une tenue spéciale selon son niveau, ou au moins une casquette avec son diplôme épinglé dessus !

Merci de faire le nécessaire.

Résumé de la leçon N° 4 :

Les enseignants sont compétents, dévoués, brillants, admirables, formidables, fantastiques et supergéniaux. C'est un vrai plaisir de faire leur connaissance, et en plus, c'est très utile quand on veut aider son enfant à réussir en classe. Encore une fois, merci, Antilogus et Festjens pour tous vos conseils qui font de nous des surhommes au sourire triomphal !

Faut-il adhérer à une association de parents d'élève ?

Compte tenu de ce que nous venons de vous apprendre sur les profs, sans doute avez-vous été tenté de répondre : « Y a intérêt », ou « J'vais m'gêner », ou encore « Un peu, mon neveu », ou un truc dans ce genre.

C'est normal.

Tout parent, devant une telle menace, ressent le besoin de se regrouper au sein d'une quelconque masse protectrice. « L'Union fait la force », comme disent nos amis belges. À moins qu'il s'agisse de nos amis britanniques. Ou Moldo-tchèvaques. Là n'est pas la question. Laissez-nous tranquilles.

La vraie question, celle que vous vous êtes posée tout de suite, c'est « Laquelle vais-je choisir ? ».

Car des associations il y en a des tas, et elles ont l'air plus chouettes les unes que les autres !

Citons pêle-mêle :

– La Fédération des Conseils de Parents d'Élève des Écoles Publiques (FCPE) ;

– L'Union Nationale des Associations Autonomes de Parents d'Élèves (UNAAPE) ;

– La Fédération des Parents d'Élèves de l'Enseignement Public (PEEP) ;

– La fédération des Parents d'Élève de l'Enseignement Public et du Spectacle (PEEP-Show) ;

– Le Groupement Autonome des Parents d'Élève dont le Nom Commence par A (GAPENCA) ;

– La Fédération Nationale des Associations de Parents d'Élève Amateurs de Bibelots Anciens et de Crèpes au Sucre (FNAPEBACS) ;

Et encore, nous en oublions plein ! L'APEL, l'ATART, le PROUT (groupement des Parents Retraités d'Outre-Mer Unis pour le Travail), trop souvent moqué, et tant d'autres ! Comment s'y retrouver ?

C'est très simple : rejoignez la nôtre !

Oui, car nous venons de créer une association de parents d'élèves, nous aussi ! À l'instant même ! Quelle coïncidence !

Loin de nous l'idée de critiquer le travail épatant accompli par les organisations admirables qui nous ont précédés — car enfin nous n'ignorons pas que certains de leurs membres pourraient acheter ce livre — mais enfin (avons-nous estimé en assemblée pleinière) ne serait-il pas temps de réunir l'immense majorité des parents d'élève de toutes opinions ?

– Bonne idée, vieux !

– Pourquoi ne pas fonder un grand rassemblement novateur ?

– Oh oui ! Ça serait bath !

Eh bien c'est chose faite.

TOI AUSSI

AMI PARENT D'ÉLÈVE,

REJOINS-NOUS À L' A.P.É.R.O.

(Association des Parents d'Élève Représentatifs de l'Opinion)

Notre slogan depuis toujours :
DE QUI SE MOQUE-T-ON ?

✔ **Contre** les mauvaises notes en dictée !
✔ **Contre** les intoxications alimentaires à la cantine !
✔ **Contre** les doubles plafonds en amiante !
✔ **Contre** les conjonctions pronominales !

✔ **Pour** le respect de notre opinion !
✔ **Pour** que votre enfant soit premier de la classe, ou à la rigueur deuxième !
✔ **Pour** la suppression de l'école le samedi matin quand on part en week-end !
✔ **Pour** des maîtresses d'école aux formes affolantes, moulées dans des minijupes pas possibles !
✔ **Pour** la création de l'École des hautes études d'électricité statique et de cartonnage !
✔ **Pour** qu'Antilogus et Festjens soient une bonne fois pour toutes nommés ministres de l'Éducation nationale, ou au moins qu'ils en touchent les appointements !

✔ **VERS UN SALAIRE DE PARENT D'ÉLÈVE !**

Rejoignez-nous à l'A.P.É.R.O. !

✂- -

❑ Oui, je partage votre opinion !
❑ Oui, je soutiens le combat de l'A.P.É.R.O. !
J'envoie tout de suite un chèque de 3 000 F à MM. Antilogus et Festjens, ainsi que ma photo en déshabillé vaporeux si je suis une jeune femme blonde aux formes époustouflantes.

Nom : .... Prénom : ....

Adresse : ....

Tél. (si formes époustouflantes) : ....

Découper et renvoyer à l'adresse suivante :
A.P.É.R.O.
Éditions Hors Collection 12, avenue d'Italie, 75013 Paris

DEUXIÈME PARTIE

VOTRE ENFANT, L'ÉCOLE, LES PROFS : UNE TRIPLETTE SUR LAQUELLE PERSONNE N'AURAIT MISÉ UN KOPECK

On a déjà vu à travers l'histoire des assemblages fous : le pacte de non-agression entre Rodrigo IX le Matador et Henri XII de France. L'improbable almalgame de mercure et de caoutchouc dans le carter de la Simca 1000. L'écœurant mélange de la dinde et des douceâtres marrons au moment du nouvel an.

Mais là, semble-t-il, la coupe est pleine.

Rien ne disposait l'enfant, cet être de fantaisie et de piaillements continuels, toujours prêt à sucer un bonbon gluant, à cohabiter dans le calme et le respect mutuel avec le professeur, sinistre figure paraissant sortie tout droit d'un cauchemar en noir et blanc. Et en plus dans une école, lieu particulièrement lugubre !

Autant atteler ensemble une brebis et un crocodile et leur dire allez, hue, mes cocos, tracez droit le sillon ! Autant mélanger la moutarde de Meaux avec l'andouillette de Troyes ! Autant demander à l'Équipe de France de marquer un but !

Et pourtant, ça marche.

Pourtant, chaque année, malgré la pluie, le vent, les grèves, l'Éducation nationale distribue vaille que vaille des millions de bacs, bepc, capes, agregs et autres diplômes que les étrangers n'ont pas chez eux (et qu'ils nous envient un max).

C'est que, contrairement à toutes les prévisions, votre enfant, l'école et les profs forment une sacrée combinaison gagnante à laquelle vous aussi, ami parent, vous pouvez participer, telle l'enthousiasmante sauce gribiche qui vient naper la tête de veau, pour le plus grand plaisir des consommateurs.

■ LEÇON N° 5

Agitation du matin, tsouin-tsouin !

Amis parents d'élève, ATTENTION ! Retenez bien ceci : l'enfant qui se réveille le matin dans une apothéose de rires et de chants d'oiseaux a toutes les chances de réussir sa journée à l'école et d'obtenir d'excellentes notes. À l'inverse, celui qu'on arrache à son lit dans la panique et la bousculade, au milieu des hurlements affolés, arrivera forcément en classe dans un état lamentable. Il sera alors une proie facile pour l'enseignant cruel qui, tel le puma bondissant comme un tigre sur le chevreuil dodu, ne manquera pas de l'interroger. Et ce sera la porte ouverte aux résultats scolaires médiocres, à la délinquance, la drogue, le crime organisé, les antisèches !

Est-ce vraiment ce que vous voulez, amis ?

Interrogez-vous avec sincérité. Pouvez-vous affirmer qu'il règne chez vous, le matin, une ambiance détendue pleine de rires et de chants d'oiseaux ? N'y aurait-il pas plutôt comme une précipitation fébrile, une cohue à peine humaine ponctuée de cris comme : « Viiiiiiite, mon poussin, mets tes baskets, on va arriver en retard à l'école ! » ou : « Nous ne serons jamais à l'heure, tu t'expliqueras avec le directeur ! » ou même : « Tu n'as plus le temps de te laver les dents, tant pis, rince-toi la bouche avec ton Nesquiiiiiiick ! » Sachez-le, mesdames et messieurs : tout cela n'est pas bon. Pas bon du tout... Heureusement, une fois de plus, Antilogus et Festjens sont là pour tout arranger, tels de fidèles et fabuleux vieux types !

Entendons-nous bien ! Nous n'avons pas le pouvoir de transformer votre enfant. Nous ne pouvons pas faire, d'un coup de baguette magique, qu'il se lève d'un bond à la première sonnerie du réveil puis qu'il saute en selle et parte à fond de train vers l'école en poussant de retentissants « Yippeee », comme un Ranger du Texas échevelé ! Non, votre enfant n'agira pas ainsi. Sauf bien sûr s'il est la réincarnation de John Wayne, auquel cas permettez-nous de vous envoyer une grande claque dans le dos, vieux. Vous avez une satanée fichue chance !

Mais si vous n'avez pas cette satanée fichue chance, ne désespérez pas. C'est là que nous intervenons... Oui, nous allons vous apprendre à être dès l'aube un parfait parent d'élève, le genre de type qui répand massivement de l'ambiance détendue autour de lui, dans un summum de rires et de chants d'oiseaux, tel un fantastique superman ! « Formidable, vous écriez-vous, nous voulons absolument devenir de parfaits parents d'élève, mais comment faire, où aller, à qui s'adresser, y a-t-il un formulaire à remplir ? » Allons, allons, un peu de calme, mesdames et messieurs...

Les grandes heures de l'Éducation nationale.
fig. 4 : Claude Allègre se prépare à dégraisser le mammouth.

Posez sans crainte les questions qui vous tarabustent. Antilogus et Festjens vous répondent en toute simplicité.

Première question

– Comment allez-vous, Antilogus et Festjens ? C'est tellement merveilleux de vous...

– Stop ! Pas de questions personnelles ! N'oubliez pas que nous sommes ici pour faire de vous de fantastiques supermen !

Deuxième question

– Ouais, vous avez raison, les gars. Alors dites-moi, d'après vous, à quelle heure je dois réveiller mon enfant ?

– Le plus tôt sera le mieux, ami. Certains parents s'apitoient et se disent : « Le petit était encore devant la télé à minuit et demi, il va être crevé, laissons-le dormir dix minutes de plus... » Mauvais calcul ! En temps normal, l'enfant s'agite comme un estivant piqué par un oursin, mais le matin, il est clair qu'il n'est pas au mieux de sa forme. Le petit être est comme engourdi. Comme anesthésié. Atrocement lent. Tiens, nous avons chronométré pour vous la durée moyenne de ses préparatifs :

Levage...douze minutes trente
Petit déjeunage.............................vingt-quatre minutes huit
Lavement...sept secondes douze
Habillure................................vingt-six minutes trente-trois

Nous vous laissons faire le total — ce sera un excellent entraînement avant d'attaquer les devoirs de maths —, mais vous voyez tout de suite que ça représente un foutu paquet de minutes. Notre conseil : prévoyez large !

Troisième question

– OK, c'est giga-cool, mais comment faut que je m'y prenne pour réveiller mon enfant ? Vous avez un truc super ?

– Vous pouvez essayer la méthode dite du « pénitencier de Jacksonville ». Vous entrez dans la chambre de l'enfant, vous lui posez la main sur l'épaule et vous le secouez en disant : « Aie du courage, petit ! » Vous pouvez aussi ouvrir ses rideaux et lui chantonner d'une voix douce : « Debou-out, mon ange, c'est l'heu-eure de se lever ! » Dans tous les cas, nous conseillons la plus extrême douceur. Songez que votre enfant a peut-être contrôle de maths dans la matinée et qu'il n'a absolument pas appris sa leçon ! Le pauvre !

Quatrième question

– Ouais, génial, mais est-ce qu'il n'y aurait pas un moyen pour qu'il se réveille de bonne humeur, parce que d'habitude il est super pénible, comme môme !

– Bien sûr, bien sûr... À son réveil, la jeune créature jette des regards sans complaisance sur le monde qui l'entoure, un peu comme un explorateur galactique qui se trouverait soudain télétransporté dans un groupe de Zorghs pontifiants. C'est le moment de le dérider, ami. Si vous excellez dans quelque exercice amusant (imitation du canard, pieds au mur, exhibition au sol), n'hésitez pas à montrer votre savoir-faire ! Notre suggestion : dans les cas désespérés, la famille défilera au complet dans la chambre en chantant — et en dansant — « tagada tsouin-tsouin ». Effet garanti !

Cinquième question

– Qui doit réveiller mon enfant ?

– Un étudiant payé pour cela ? Un voisin complaisant ? Un ami de la famille ? Allons donc ! C'est aux parents qu'incombe cette tâche ingrate mais pleine de noblesse. Surtout à celui des deux qui sait le mieux chantonner d'une voix douce : « Debou-out, mon ange, c'est l'heu-eure de se lever ! » Bravo, madame, vous vous êtes reconnue ! Et en plus, vous n'avez pas à vous raser (sauf sous les bras), ce qui vous confère une plus grande disponibilité le matin.

Sixième question

– S'il vous plait, docteur, est-ce que mon enfant peut

partir à l'école l'estomac vide ou vraiment vous me le déconseillez ?

– Toutes les études le démontrent : l'enfant qui part en classe lesté d'une livre de céréales au miel et au chocolat vomit dans le bus. En conséquence, la modération s'impose. Nous vous recommandons vivement de consulter ce petit tableau d'équivalence calorique :

1 grand verre de jus d'orange = 1 bol de chocolat
1 yaourt = 2 biscottes
1 quart de rouge = 2 œufs sur le plat
100 g de bacon = 1 croissant beurre
6 décilitres de pot-au-feu = 3 tasses de courgettes
10 rollmops = 1 rôti de porc
130 galettes de manioc = 8 douzaines d'huîtres
1 muid de purée de pois cassés = 9 m^2 de tartine au miel

RAPPEL : s'il n'est pas surveillé, le petit déjeuner peut entraîner une sérieuse perte de temps dans les familles. On a déjà vu, par exemple, une enfant de neuf ans rester plus de trente minutes parfaitement immobile en contemplation devant son paquet de céréales (qui était, il est vrai, vivement coloré).

Septième question

– Est-ce qu'il y aurait un moyen facile et pas cher pour que mon enfant accepte de se laver le matin ?

– Nous l'avons dit déjà : nous désapprouvons l'usage de la

violence. Toutefois, nous vous recommandons ici une méthode très en vogue dans l'ex-URSS. Vous saisissez le patient à bras le corps, vous le tirez vers la salle d'eau en chantant *Kalinka* et vous lui administrez une bonne douche glacée, histoire de lui remettre les idées en place, ha, ha ! Évidemment, c'est un coup à traumatiser le petit être, et peut-être même à attirer l'attention des assistantes sociales qui pullulent dans tous les établissements scolaires. Dites, vous imaginez qu'on vous accuse d'être un tortionnaire, un fumier, vous, la crème des hommes ! Ce serait vraiment dégueulasse... Vous voulez qu'on vous dise ? Tant qu'ils n'auront pas inventé le dentifrice au Nutella, il n'y n'aura pas de solution valable.

REMARQUE : à partir d'un certain âge, l'enfant — la fille surtout — se met à squatter la salle de bains pendant des heures, et la question devient alors : « Comment la faire sortir de là, nom de Dieu ? » Très simple : criez-lui à travers la porte que sa meilleure copine l'appelle au téléphone. Et si ça ne suffit pas, tambourinez frénétiquement en hurlant : « Au feu ! Au feu ! À l'aide ! Maman brûle comme une torche !» L'important étant toujours d'éviter le traumatisme.

Huitième question

– *Y a-t-il une tenue spéciale pour l'école ou mon enfant peut-il y aller habillé n'importe comment ?*

– « N'importe comment » nous semble en effet le terme approprié. « Mieux vaut faire envie que pitié », dit le proverbe. Eh bien figurez-vous qu'à l'école, c'est l'inverse. Dans certains coins pourris — et nous pressentons que c'est là que vous vivez, ami lecteur — le « fils de bourge », le « gosse qui a de la thune » est trop souvent la cible du racket et de la dépouille. C'est-à-dire que la bande à Kevin lui pique son argent de poche et lui arrache ses vêtements de marque. Blousons Schott ou Chevignon, jeans Levi's ou Cimarron, chaussures Doc Martens, Nike, Reebok, tout cela est à bannir. Ou alors, arrachez au moins les étiquettes et les sigles trop voyants, et collez-en d'autres, franchement répulsifs : « Toupourien », « Pacherfringues », « Merdicstock » !

Une suggestion : puisque votre enfant revient systématiquement de l'école crasseux et avec des vêtements déchirés, pourquoi ne pas l'y envoyer dès le matin crasseux et avec des vêtements déchirés ? Quelle économie de lessive !

RAPPEL : S'il n'est pas surveillé, le choix des vêtements peut entraîner une sérieuse perte de temps dans les familles. On a déjà vu, par exemple, un enfant de huit ans enfiler une jambe de son pantalon de jogging, puis rester plus de quarante minutes parfaitement immobile avant d'enfiler l'autre (qui était, il est vrai, retournée).

Neuvième question

– OK, d'accord, mais est-ce que vous pouvez me dire de quoi mon enfant a vraiment besoin à l'école ? J'ai l'impression qu'il a tendance à emporter trop de trucs...

– Nous abordons là, de plain-pied, le grave problème de la scoliose. Car contrairement à la fourmi, qui est capable de transporter trente-sept fois et demie son poids, l'enfant est un être musculairement limité. Ce qui n'empêche pas notre Éducation nationale (soleil de la pensée humaine) de lui faire véhiculer quotidiennement d'horribles masses de trucs et de machins plus ou moins utiles... Goethe a chanté, et avec talent, « les souffrances du jeune Werther ». Quel poète chantera « les souffrances des jeunes vertèbres » ?

Pesons ensemble le contenu d'un cartable d'écolier :

• Livres, cahiers à petits carreaux, à grands carreaux, à spirale, carnets, double-décimètre, gomme = 7, 8 kilos.

• Goûter, bonbons, chocolats, sucreries, friandises, McDo, frites, rations de survie, esquimaux glacés = 2, 6 kilos.

• Poupées Barbie, GI'joe, jouets divers à échanger, billes, pogs, scoubidous, corde à sauter, houla-hoop = 3, 2 kilos.

• Arme de service du père policier (357 magnum chargé) à montrer aux copains = 1, 9 kilo.

• Affaires de gym = 1, 2 kilo.

L'air de rien, nous en sommes à un paquet de dix-sept kilos ! Et cela aurait pu être pire : si votre enfant avait été un dealer, il aurait fallu ajouter 300 grammes de haschisch ! Mais même sans le haschisch, le poids reste très excessif, et nous vous proposons deux trucs pour le réduire.

PREMIER TRUC : taillez dans les livres ! On ne nous fera pas croire que les enfants ont besoin de tous ces livres, surtout aujourd'hui qu'ils ne savent plus lire.

DEUXIÈME TRUC : votre enfant n'a pas besoin non plus d'une gomme entière. Coupez-la en deux, ce sera toujours quelques grammes de gagné !

Les grandes heures de l'Éducation nationale.
fig. 5 : Scène de racket en banlieue. La bande à Kevin dépouille un élève de sixième.

FRANÇOISE DOLTO RASSURE TOUT LE MONDE !

« Les petits d'homme ont des propensions simiesques. »

L'échec scolaire - Essai sur l'éducation -
Ergo Press, 1989.

La mise au point des auteurs

Surtout le tien, Françoise...

Dixième question

– *Est-ce...*

– Stop ! Ça suffit, c'est fini ! Le temps qui vous était imparti est écoulé. Passez immédiatement au chapitre suivant !

Résumé de la leçon N° 5 :

Le matin, être parent d'élève, c'est vraiment pas de la tarte. Mais avec Antilogus et Festjens, ça va tout de suite mieux. Leurs conseils sont comme des flambeaux qui clignotent dans la nuit, et aussitôt nous bondissons tels de fantastiques supermen qui répandent massivement de la bonne humeur autour d'eux, dans une apothéose de rires et de chants d'oiseaux !

■ LEÇON N° 6

L'école : un invraisemblable ramassis de zouaves !

Depuis des temps immémoriaux, le cœur des mères se serre à l'idée que l'enfant passe l'essentiel de son temps loin d'elles, à l'école, parmi les brutes avinées, les blocs d'amiante en putréfaction et les délinquants juvéniles. Une pensée plutôt fichtrement angoissante pour un cœur de mère, croyez-nous.

Dans le même temps, le cœur des pères se serre, lui, à l'idée du tiers provisionnel, ce qui n'a rien à voir avec l'école, mais qui est tout aussi fichtrement angoissant. Pour autant, le type en oublie-t-il sa chère progéniture livrée aux griffes de l'Éducation nationale (phare du Savoir humain) ? Pas du tout. Il y pense, le biquet, mais il prend sur lui et parvient à contenir son angoisse. C'est admirable.

Car enfin, bon sang, il y a de quoi être inquiet.

L'école, vue de l'extérieur, ressemble davantage à une sorte de zoo dont les cages se seraient brisées sous le coup d'une tornade démentielle, libérant dans son enceinte des meutes de bêtes débordant d'énergie qu'à, disons, un congrès de philosophes. Dans les congrès de philosophes, on ne voit guère de zozos se projeter leur cartable à la tête en poussant des cris. Imaginerait-on l'un de ces vieux sages courir en cercle en imitant l'avion de Pépé Bollington, y compris les mitrailleuses ? Jamais. Le vieux gars aurait l'air d'un pitre, voilà tout. Alors que ce comportement est fréquent à la porte des écoles. Et le cœur des mères, figurez-vous, est bel et bien serré.

« Dans quel état vais-je le récupérer ? » pensent-elles en lâchant la petite main poisseuse de confiture de leur progéniture. « Va-t-il encore trouer son jogging ? »

CHAQUE MATIN, LE MÊME SCÉNARIO !

Un flot de professeurs, de parents, d'enfants et de types bizarres en imperméable se bouscule à l'entrée de l'établissement dans la plus extraordinaire confusion. Il y a là des grands qui foncent comme des prototypes, slalomant entre les groupes, cartable dans le dos et bras tendus en avant pour faire contrepoids, des petits pétrifiés de terreur qui tentent in extremis d'expliquer à leur mère qu'ils ont mal au ventre et qu'ils doivent rester au lit avec la télé, des gros qui mangent des pains au chocolat, des chiens qui aboient pour qu'on ne leur marche pas dessus, d'autres qui leur reniflent le derrière, des parents qui restent là à papoter, en plein milieu, avec un conseiller d'éducation alors qu'ils gênent tout le monde, et l'ensemble produit un niveau sonore paroxysmique. Et puis, soudain, une cloche retentit.

C'est formidable.

On se croirait dans *Les Hauts de Hurlevent*, ou dans *Pour qui sonne le glas*, ou dans *Le Bossu de Notre-Dame*. Enfin bref, la cloche en question fait un effet terrible à la bande d'agités. D'un seul coup, tout ce maelström humain s'engouffre dans le vénérable établissement en tourbillonnant, comme de l'eau de vaisselle dans la bonde de l'évier et avec le même atroce bruit de succion, ne laissant derrière lui qu'une cour de béton désertée au centre de laquelle gît, oublié, un cartable.

C'est un spectacle désolant (surtout pour un cœur de mère). Mais d'un autre côté, on a la paix. Le silence est retombé sur la ville.

TOUS BRUYANTS, TOUS DIFFÉRENTS !

Profitons de cet instant de calme, ami parent d'élève, pour revenir sur ce que nous venons de voir. Un tas informe d'agités ? Oui, ce n'est pas faux, nous comprenons ce que vous voulez dire, mais enfin tout en n'étant pas faux, ce n'est pas exact. En fait, ce n'est pas vrai du tout. Vous vous êtes trompé. Vous avez dit n'importe quoi, sans réfléchir, et puis maintenant vous êtes bien embêté, voilà. Car vous le sentez bien, maintenant que vous y avez pensé deux secondes : il y avait là, en réalité, toutes sortes d'enfants très différents, que l'on pourrait aisément classer en treize grandes catégories :

1. Votre enfant

Vous l'aviez presque oublié, mais le cher Biquet faisait partie du tas, même s'il est devenu difficile à distinguer du reste des zouaves dès l'instant où il a franchi le seuil de l'école.

Un truc pour les mères : votre fils est celui dont la chemise sort du jogging.

2. Le cancre

Indémodable type scolaire, le cancre se distingue des autres pitres par le fait qu'il ignore ce qu'il fait là. Il ne comprend pas ce que dit le prof. Il a dû rater quelque chose. Il y a sûrement une explication. Peut-être s'est-il assoupi ? Le cancre est souvent fatigué. Surtout quand on fait des maths, ou quand on étudie Racine, ou Corneille. Oh oui, surtout Corneille. Le vieux zigue est sûrement un génie, mais il a le don de faire bâiller le cancre (on dit alors qu'il bâille au Corneille). Quand le cancre est trop fatigué, il s'endort à son pupitre. On dit que le cancre est las.

3. Le premier de la classe

En général, le premier de la classe est une fille. Elle porte des lunettes que les autres enfants lui brisent régulièrement en l'appelant Binoclarde.

Votre vœu le plus cher de super parent d'élève serait que votre rejeton se lie d'amitié avec cet excellent élément ? Turlututu, n'y pensez plus. Votre rejeton préférerait se briser les deux bras plutôt que d'être vu en compagnie de Binoclarde. Il serait même prêt à aller chez le dentiste plutôt que chez Binoclarde.

N'ayez aucun regret.

Les premiers de la classe, contrairement à une idée répandue, ne deviennent jamais Premier ministre, sauf Alain Juppé, et on voit le résultat. Le plus souvent, leur goût pour le travail et leur propension extraordinaire à bien ranger leur trousse les dirigent en réalité plutôt vers la profession de contrôleur de gestion ou de notaire, ou d'inspecteur des finances, ou de joueur de bouzouki, enfin bref, rien de très recommandable.

4. La grande bringue

Il y en a toujours une dans la classe, poussée plus vite que les autres et qui les dépasse d'une tête, malgré ses efforts lamentables pour se tenir voûtée. En général, et par une curieuse loi de la nature parfois taquine, la grande bringue est en outre affligée de cheveux gras et de boutons sur la figure. C'est ce qui explique qu'elle est en général placée au fond de la classe.

5. Le fayot

Ce qui est pitoyable avec le fayot, c'est qu'il n'est même pas premier de la classe. Conscient de ses médiocres possibilités, il concentre tous ses efforts sur des tâches qui, dans son esprit malade, sont censées lui attirer la sympathie du prof : effaçage du tableau, offrande d'une pomme, envoi d'une carte postale pendant les vacances... C'est lamentable.

Ami super, ne soyez pas le parent d'un élève fayot : haï par les autres élèves, maintenu à l'écart durant la récré, le fayot mène une existence de péteux.

6 et 7. Le copieur et le cafteur

Ces deux-là vont toujours par paire, comme Zorro et Bernardo, comme Sanson (Véronique) et Dalida, comme Jacob et Delafon. Car, sans le copieur, le cafteur n'a rien à cafter. Il s'étiole, il dépérit, il finit par cafter n'importe quoi : « M'dame ! Il pleut, dehors ! », c'est pitoyable. Par ailleurs, sans le cafteur, le copieur pourrait obtenir une note excellente à son devoir alors qu'il n'a pas révisé, et ce ne serait pas juste. La nature est bien faite.

8. Zlatco Zbigniewski

Correspondant polonais venu faire ses études en France grâce à un remarquable mouvement de solidarité initié à l'époque de la chute du Mur de Berlin par monsieur le directeur, le jeune Zlatco se distingue de ses autres camarades de Sixième par le fait qu'il a 18 ans et qu'il boit de la vodka dans le fond de la classe en dansant le kazatchok. Un élève bruyant, dirions-nous, mais dont les progrès en français sont remarquables depuis trois ans, puisque madame Ménard, la professeur de sciences-nat, affirme l'avoir distinctement entendu prononcer la phrase suivante : « Toi fermer gueule, Zlatco pas pouvoir dormir ! »

Votre enfant, hélas, admire le jeune Zbigniewski, notamment pour la puissance de ses rots, capables de pétrifier une mouche en plein vol.

STOP ! Espace pédagogique !

Attention, ne pas confondre : on dit « saoul comme un Polonais » et « rond comme une queue de pelle ». Un petit moyen mnémotechnique pour éviter un impair lors d'une conversation mondaine ? C'est très facile : puisque la queue de pelle est ronde, elle peut donc rouler. Et on dit justement « rouler une pelle ». Alors qu'on ne dit pas « rouler un Polonais », à moins qu'on veuille lui vendre une voiture.

9. Le vendeur

Son pupitre est encombré de denrées alimentaires, de trading cards X-Files ou de photos de filles à poil avec des nénés énormes. Il traite ses affaires pendant la récré et prend du poids, d'année en année, jusqu'à vendre de la drogue, des tanks, des fausses factures, et il finit en prison, comme Bernard Tapie. C'est regrettable.

Attention : si votre enfant, ami Super, s'est lié d'amitié avec un Vendeur, ne le grondez pas. Songez que ce cher petit peut sans doute vous avoir un magnétoscope pour 200 francs. Ça vaut le coup, quand même...

10 et 11. Les amoureux

La réaction la plus fréquente de tout élève d'une douzaine d'années, lorsqu'on lui parle des éléments du sexe opposé, est de prendre un air extraordinairement dégoûté, comme s'il venait de découvrir inopinément une huître au milieu de sa tartine de confiture[1]. Mais ces deux-là sont différents. Ils

1. C'est ce qui différencie l'enfant de l'Américain, si souvent qualifié de « grand enfant ». Quand l'Américain découvre une huître sur sa tartine de confiture, il pense qu'il s'agit de cuisine française, et il est fou de bonheur, le niais.

sont assis ensemble dans la classe, se mettent à côté dans les rangs ou à la cantine et qui se tiennent par la main à la récré. C'est très mignon. Du moins tant qu'il s'agit d'un garçon et d'une fille.

12. Le supporter de foot

Le jeune gars admire l'OM, ou le PSG, ou l'AS Vitrolles, et se promène constamment avec une écharpe bleue et blanche, ou mauve et pistache, ou chocolat lilas, avec ON-A-GA-GNÉ brodé en travers, et vous avez honte si c'est l'amoureux de votre fille.

13. La Fan des G-Boy Squad Zone

Il s'agit de la version féminine du précédent, à ceci près qu'elle n'admire pas les footballeurs, et passe le plus clair de son temps enfermée dans sa chambre, un Walkman sur les oreilles, sauf quand les G-Boy Squad Zone passent sur M6.

STOP ! Note pédagogique hyper-importante !

Vous alliez dire : « G-Boy Squad quoi ? Jamais entendu parler ! C'est quoi ? Une lessive ? » Eh bien abstenez-vous. Vous auriez eu l'air d'un nul. Les G-Boys — Doug, Chester, Raoul et Fabrizio — sont LE groupe du moment. Vous avez certainement entendu leur dernier tube, *Complètement trop envie de te prendre la main,* non ?
Pour ne plus avoir l'air d'un nul, dites : « Ah ouais, c'est top ! Mon préféré, c'est Chester. T'as vu comment qu'il fait pas un saut périlleux à la fin de *Toi, tu me grooves la tête* ? Trop grave ! »

---

14. L'artiste

Comme le cancre, le type s'ennuie en classe. Mais à la différence de ce dernier, il ne s'endort pas, il s'occupe. L'artiste commence par dessiner des machins dans les marges de son cahier, puis il remplit de rayures les O de son livre d'histoire, puis il grave son nom dans son banc à l'aide de son compas, puis il est viré et vous êtes convoqué par le principal, qui vous demande trois mille pour la réfection du meuble, du coup vous vous mettez en pétard, le type répond sur un ton déplaisant, vous le saisissez par la cravate en le traitant de parasite de la société, dans la mêlée un encrier est renversé et votre pantalon est tout taché.

Vous voulez qu'on vous dise ? Tout cela n'est pas bon pour le bulletin de votre enfant.

UNE MISE AU POINT NÉCESSAIRE

« Les élèves concrets sont différents les uns des autres et il faut les considérer dans leur diversité (...) sans pour autant renoncer à définir des objectifs noyaux. »

Demain l'école - Manifeste du CRAP[1] , 1995.

La malicieuse repartie des auteurs

Si on ne les définit pas, à tous les coups on a des pépins ! Ha, ha !

15. Celui qui a un appareil

En temps normal, c'est un élève anonyme, transparent, banal, sans intérêt, médiocre, lamentable, nul. Et puis, tout soudain, il arrive avec un appareil dentaire époustouflant. Ça lui gonfle les lèvres, ça projette en avant des montures d'acier semblables à des chromes de Cadillac, ça le fait zozo-

1. Centre de Recherche et d'Action Pédagogique.

ter, on voit, coincé dans la ferraille, des restes de Frosties, c'est atroce. La réaction de toute personne normale serait de fuir en hurlant à la seule vue du postillonnant individu, mais les enfants ne sont pas des personnes normales[1]. Les enfants aiment les trucs horribles. Ils s'agglutinent donc autour de Celui-qui-a-un-appareil, et le banal élève devient, pour un temps, un type de premier plan. Le soir, en rentrant à la maison, votre enfant vous déclare qu'il veut un appareil.

Un truc pour les pères : dites-lui que pour avoir un appareil il faut aller chez le dentiste. Ça va le calmer.

16 à 22. Celui qui a de nouvelles lunettes, celui qui a un plâtre, celui qui s'est fait couper les cheveux en brosse, celui qui a un nouveau petit chien, celle qui porte un foulard islamique, celui qui a des poux, celui dont la sœur avec les gros seins est venu le chercher à la porte de l'école.

Tous des types formides.

23. La copine de votre fille

Elle est adorable, mais le problème, c'est que ce n'est jamais la même. Vous avez eu un mal fou à vous souvenir du prénom de Margot, et quand vous essayez de faire genre en demandant à votre fille des nouvelles de Margot, elle vous dit que Margot est nulle, que l'autre jour elle s'est moquée d'elle

1. Ils sont bien plus petits, déjà. Et d'une...

à cause de ses couettes et que maintenant, sa copine c'est Julie. C'est extrêmement pénible.

24. La garçon manqué

À la gym, elle court plus vite que les garçons et ça les énerve. Elle marque des buts. Elle les bat au bras de fer, et ceux qui sont pas jouasses, elle les prend quand elle veut (elle fait du karaté).

Fort heureusement, au bout de quelques temps, la chère vieille flèche de Cupidon finit par atteindre la vibrillonnante cible, et la jeune personne se met à soupirer dans les frais alizés à la seule vue de Jonathan (un grand). Au bout d'un moment, elle songe à mettre la jupe que vous lui aviez achetée il y a six mois. Ah, comme on a raison de dire que l'Amour est enfant de bohème et n'a jamais jamais connu de loi !

25. Le baratineur

Doté d'une imagination débordante, il vit dans un univers onirique rempli d'événements considérables, tels qu'une attaque de chien féroce qui a déchiqueté son cartable avec son livre de grammaire dedans, l'éboulement de l'immeuble de ses grands-parents où il passait le week-end (avec son cahier d'histoire posé sur la table de la cuisine), le vol de la voiture de papa avec son carnet de notes sur la plage arrière, la grève des métros et c'est pour ça qu'il est en retard, et au bout d'un moment, le prof a du mal à croire à un destin aussi implacable, et le jeune type récolte une mauvaise note.

Ses propres condisciples, pourtant crédules et portés à l'émerveillement le plus naïf (n'oublions pas qu'il s'agit d'enfants, c'est-à-dire de types qui continuent encore vaguement à croire à la petite souris), finissent par douter de lui lorsqu'il raconte qu'il a été sélectionné par Michel Platini pour la Coupe du monde de football.

26. Celui-qui-parle-tout-le-temps-de-zizi

A-t-il aperçu sa grande sœur sous la douche ? Un épisode d'*Alerte à Malibu* l'a-t-il profondément marqué ? Avez-vous oublié de fermer la porte de votre chambre samedi soir ? Toujours est-il que le jeune gars s'intéresse prodigieusement au Cycle de la Nature et au Mystère de la Fécondation, dont il ne possède hélas qu'une idée assez imprécise. Ce n'est pas grave. Il se documente. Il reconstitue le puzzle. Il brode

autour. Il est plein de bonne volonté. D'ailleurs, il n'arrête pas d'évoquer son sujet de prédilection, en émaillant son discours de formules-choc (« La maîtresse, je lui niquerais bien les nichons ! ») qui peuvent vous valoir une remarque désobligeante à l'issue de la prochaine réunion de parents d'élève. Ami, fermez la porte le samedi soir.

27. Le pénible

L'enfant, ainsi que nous l'avons peut-être laissé entendre au cours de cet exposé, est un être naturellement dissipé, mais il reste malgré tout respectueux des institutions et de la hiérarchie, et c'est d'ailleurs pour cela qu'il ressemble tant à un inspecteur du Fisc, mais en plus petit. Le terme de « borne à ne pas dépasser » exprimerait assez bien l'idée qu'il se fait de la vie, mais malheureusement le jeune individu n'est qu'en Sixième, et il ignore encore la signification du mot « borne »[1]. Néanmoins, il sent confusément qu'un minimum de sérieux s'impose de temps à autres dans ses rapports avec les profs, aussi désapprouve-t-il l'attitude du Pénible.

Le Pénible est une sorte d'épouvantable tête de bois. La Bruyère le désignerait sous l'appellation de « Fâcheux ». Émile Choupard, des Transports Choupard et Martinez, dirait « Morveux ». On voit l'idée générale. Le Pénible refuse de se mettre en rang, il renverse son plateau à la cantine, il « traite » la maîtresse et menace constamment de « le dire à sa mère ». Au bout d'un moment, il prend une baffe, et la maîtresse est virée.

1. Le terme n'est abordé qu'en Seconde.

28. Neu-Neu

Également nommé Gogol, Neu-Neu ne distingue le monde extérieur qu'au travers de lunettes triple foyer, en affichant constamment un sourire indécis qui manifeste de sa bonne volonté, mais de sa faible compréhension. Ses camarades de classe le malmènent. Eh oui. L'enfant est un être exquis et délicat, mais il est assez prompt à la moquerie. L'esprit de tolérance et le droit à la différence lui sont des notions assez étrangères, et c'est d'ailleurs un moyen sûr de ne pas le confondre avec le militant socialiste, tout aussi exquis et délicat, mais en plus extrêmement concerné par la Tolérance.

Voilà.

Nous vous avions annoncé treize catégories, et il y en a vingt-huit. Presque autant que d'élèves dans la classe. N'est-ce pas incroyable ? En tout cas, cela prouve à quel point nous avions raison de parler de « toutes sortes d'enfants très différents ». Le fichu individualisme a encore frappé. On voit tout de suite à quel point la tâche du professeur doit être exaltante.

Résumé de la leçon N° 6 :

Entre les profs qui sont de drôles de zozos et ses camarades de classe qui ont l'air d'être de sacrés phénomènes, votre Biquet est mal barré, excusez-nous de vous le dire.

LEÇON N° 7

Une journée à l'école : mythe et réalité

L'idée généralement répandue dans l'esprit des parents d'élève est que l'Éducation nationale est de taille à maîtriser l'enfant. « Mon biquet n'apprend pas grand-chose, mais au moins il est assis au chaud », estiment-ils. Comment leur donner tort ? En théorie, le cher petit est pris en charge minute après minute par un nombre considérable de professeurs, et un simple coup d'œil à son emploi du temps suffirait à rassurer le plus inquiet des super-parents d'élève : pas de temps mort.

Hélas, une fois de plus, la vérité aux ailes de plomb s'abat sur le naïf espoir comme la bouse d'éléphant sur la saharienne immaculée du French doctor.

Car l'enfant, ainsi que nous ne cessons de l'affirmer ici ou là depuis quelques années avec une certaine force, est un être exquis, mais enfin il a aussi ses mauvais jours, et il peut lui arriver de se laisser guider par l'inspiration du moment. Un peu comme vous, lorsque vous entrez dans une pizzeria avec l'intention affichée de vous taper une Quatre-saisons et que vous vous laissez tenter au dernier moment par l'Osso buco. Il n'y a pas d'explication rationnelle à ce genre de revirement du destin. On ne peut qu'y assister, impuissant, soumis, bouche bée. Ainsi en est-il d'une journée à l'école.

Voyez plutôt :

Emploi du temps théorique	Implacable réalité
8h. Biquet part pour l'école après avoir fait un bisou à sa maman chérie d'amour (vous). Vous avez juste le temps de desservir la table du petit déjeuner avant de vous rendre au bureau.	**8h01.** Biquet s'ébouriffe les cheveux dans l'escalier pour détruire l'atroce raie sur le côté que vous lui avez confectionné à l'aide d'un peigne mouillé. Puis il sort sa chemise de son pantalon pour faire mode et trottine jusqu'au Terminus, le café en face de l'école où il retrouve Nono, qui doit lui échanger une photo de Pamela Anderson contre votre stylo Montblanc (celui que vous pensiez avoir perdu au bureau).
8h30. Arrêtée à un feu rouge, vous jetez un coup d'œil sur votre montre. C'est la fin de la récréation, Biquet doit maintenant être en cours d'histoire-géo.	**8h35.** Nono était en retard, et en plus il avait pas la photo (c'est rien qu'un frimeur), du coup, Biquet rate l'heure de la cloche et se fait coincer à l'entrée de l'école par le principal.

Emploi du temps théorique

8h40. Madame Ménard doit être en train d'énoncer le sujet de l'interrogation écrite. Ça tombe bien, on a révisé tout le week-end avec Biquet sa leçon de géo sur le massif hercynien, il la connaît par cœur.

Implacable réalité

Lorsqu'il lui demande la raison de son retard, votre fils est pris d'une inspiration subite : « C'est maman, m'sieur. Elle a eu une crise cardiaque et papa a dû l'emmener à l'hôpital ce matin. » Le principal, bouleversé, accompagne le malheureux en classe et prend à l'écart Madame Ménard (surnommée Mainate en raison de sa voix perchée), la prof d'histoire-géo, pour lui expliquer la situation.

8h40. Pas d'interro sur le massif hercynien : Biquet s'est trompé en remplissant son cahier de textes. Il fallait en réalité réviser le règne d'Henri XII. On pouvait confondre. Heure pénible pour le jeune étourdi, qui ne parvient qu'à gribouiller une seule phrase : « Henri XII était le fils d'Henri XI. »

STOP ! Espace pédagogique !

N'en déplaise à Biquet, Henri XII était en fait le fils de Maurice Goitard et de Simone Langlier, qui formèrent avec Gloria Fernandez la célèbre formation de cha-cha-cha « Los Rythmos endiablos » (on leur doit entre autres le trépidant *Quando el paella no es buena, vamos à la playa !*). Quant à Henri XII, on lui doit l'annexion de la ville de Metz au Royaume de France, grâce à un pari gagné contre Helmut de Saxe-Cobourg sur les résultats de Belle de Mai dans la troisième (croisade). C'est à cette occasion qu'il prononça le mot resté fameux : « Metz vaut bien un pari. »

Emploi du temps théorique

9h30. Fin du cours et interclasse. À cette heure-ci, normalement, les élèves doivent rejoindre les vestiaires et se préparer pour deux heures de gym... Bon, madame, il est peut-être temps d'arrêter de songer avec attendrissement à votre Biquet chéri, non ? Ne serait-il pas temps maintenant d'attaquer le dossier Socamap (n'oubliez pas que monsieur Veermelen de la Comaco, passe à trois heures !).

Implacable réalité

9h30. Biquet l'avait oublié : il n'y a pas gym, il y a visite médicale. Les enfants doivent se dévêtir en ne gardant que leur slip et leurs chaussettes, puis se mettre en rang dans l'infirmerie. Curieusement, Biquet reste cramponné à son jogging et refuse de s'aligner avec les autres (vous lui avez donné un slip Mickey, ce matin et il préférerait mourir plutôt que d'être vu par ses camarades avec son slip Mickey).

Emploi du temps théorique

12h30. En partant déjeuner avec Véronique et Nathalie, vos copines du Contentieux, vous avez une petite pensée pour le cher ange... Aujourd'hui, à la cantine, il va se régaler ! Le menu à l'entrée de l'école affichait un feuilleté de saumon en entrée, suivi d'une nage de chevreuil aux pointes d'asperges, puis d'une charlotte au chocolat. Très fin !

13h. À cette heure-ci, Biquet et ses amis doivent jouer gentiment dans la cour de récréation. Billes ? Chat perché ? Foot ? Mon Dieu, mon Dieu ! Pourvu qu'il ne troue pas son jogging !

Implacable réalité

11h25. En raison de la visite médicale, les horaires de la cantine sont un peu modifiés, et la classe de Biquet est passée à table plus tôt que prévu. Le menu a lui aussi subi quelques modifications. Les enfants ont sardines, steack haché/lentilles et yaourt. Miam !

13h. En sortant de la cantine, Biquet se voit confier une mission de confiance par monsieur Dellepin (surnommé Belle Pine), le conseiller d'éducation : porter le cahier de présence au principal. Gonflé d'orgueil, le jeune gars bombe le torse et fonce à toutes jambes jusqu'aux bureaux.

Hélas, au coin du préau, il tombe sur la bande à Kevin, qui estime que des types vêtus d'un slip Mickey sont des « gonzesses » (*sic*) et qu'ils ne méritent pas de vivre. Biquet parvient à créer une diversion en projetant le cahier de présence à la tête de Boutonneux

Emploi du temps théorique

14h. Vous avez beaucoup de mal à vous concentrer sur le dossier Socamap. C'est que Biquet doit maintenant aborder le gros morceau de l'après-midi : deux heures de maths ! Pourvu qu'il suive !

Implacable réalité

le lieutenant de Kevin – et réussit à l'atteindre à l'arête du nez, un exploit que tout amateur de sport saluerait d'un enthousiaste « Tally Ho ! », mais que le parti adverse n'apprécie guère.

La poursuite s'engage.

14h. Après être resté une heure enfermé dans les toilettes, notre héros parvient à se faufiler jusqu'à la classe de Dupré (Duprout), le prof de maths, dans l'agitation générale de la fin de récré. Coïncidence atroce : Kevin et ses copains ont cours d'allemand juste à côté avec Mlle Schulmeister (Chou Moisi) ! Biquet croise le regard haineux de Boutonneux. La présence opportune d'un pion empêche le scrofuleux élève de se jeter sur votre fils pour le démembrer, mais il parvient néanmoins à lui glisser au passage que la bande l'attendra à la sortie, et qu'« il va voir sa gueule ».

La sanglante perspective n'est pas faite pour détendre le jeune individu, déjà cruelle-

Emploi du temps théorique

Implacable réalité

ment taraudé par l'échec de la mission Cahier de présence, mais le pire reste à venir : tandis qu'il s'assoit à sa place son voisin Thomas se met à scander : « Il a un slip Mickey-heu, il a un slip Mickey-heu. » Biquet lui bondit à la gorge et se voit aussitôt envoyé chez Monsieur le principal. « Je me vengerai ! » grommelle-t-il.

14h10. Madame Ragot, la chef de service, vous demande d'« arrêter d'être dans la lune et de vous mettre un peu au boulot ». Cette femme n'a pas de cœur...

14h10. Coup de théâtre ! En chemin, Biquet a retrouvé le cahier de présence, sous l'escalier de la cantine. L'objet a souffert, mais certaines pages restent lisibles. Non seulement votre enfant peut enfin remplir la mission qui lui avait été confiée par monsieur Dellepin, mais en outre peut-il ainsi justifier sa présence chez le principal ! Biquet confie le cahier à sa secrétaire, madame Boudine (pas de surnom connu), puis s'enfuit à toutes jambes.

Emploi du temps théorique

15h. Ah, déjà une heure de passée... Pourvu que Biquet reste bien concentré ! Les maths, ce n'est pas ce qu'il préfère... Bon, le dossier Socamap, le dossier Socamap. Où il est passé, ce dossier Socamap ? Ah, voilà.

16h. C'est l'heure de la récréation. Pourvu que Biquet ne troue pas son jogging !

Implacable réalité

15h. La vengeance est un plat qui se mange froid. Profitant du fait que Duprout (monsieur Dupré) lui tourne le dos et que la classe entière est plongée dans l'apathie, Biquet saisit le crapaud mort qu'il avait caché dans son cartable et le jette sur le prof, qu'il atteint à la nuque. « Qui a fait ça ? » hurle Duprout en trépignant de dégoût. « C'est Thomas ! », répond traîtreusement Biquet, caché derrière son pupitre. Le jeune Thomas est envoyé chez monsieur le Principal, malgré ses dénégations indignées. Vengeance ! Vengeance !

16h. Alerte incendie ! Habile tacticien, le conseiller d'éducation a finement attendu la fin des cours pour actionner la sirène fatidique. L'exercice est globalement décevant. Grande confusion. Ordres, contrordres. Bousculade. Cris au-delà du supportable. Un petit est tombé dans l'escalier. Foulure. Des inconscients (la bande à Kevin ?) ont réellement mis le feu à une

Emploi du temps théorique

Implacable réalité

poubelle remplie de papiers « pour faire plus vrai ». Le conseiller d'éducation proclame que s'ils se dénoncent, ils ne seront pas punis. Il n'est pas cru.

LA MISE EN GARDE DE L'INSPECTION GÉNÉRALE

« L'agencement architectural (de l'école) fournit des lieux critiques : recoins sous-escalier, couloirs interdits, hall très glissant, terrasse basse où l'on va rechercher une balle, toilettes isolées où l'on fume, pelouse interdite et marronnier fournisseur de projectiles. »

La Punition au collège - Rapport de l'Inspection générale, 1991.

La proposition de réforme des auteurs

Abattons les marronniers et couchons-les en travers des halls très glissants. Ça évitera aux élèves de tomber.

16h30. Allons, c'est la dernière heure : cours de techno[1]. Le pauvre Biquet doit être bien fatigué. Enfin... Bon. Le dossier Socamap est prêt. Que fait donc monsieur Veermelen ? Il devrait être là depuis une heure et demie ! De qui se moque-t-on ?

17h. L'exercice d'évacuation, prévu selon les normes pour une durée maximum de quatre minutes, aura duré trois quarts d'heure. Les grands de troisième certifient qu'ils ont entendu des éclats de voix provenant du bureau du principal, alors qu'ils rejoignaient leur classe. Détail atroce aux oreilles du jeune Biquet, le principal aurait hurlé : « Trouvez-moi le petit saligaud qui m'a mis le cahier de présence dans cet état ! »

1. I want to move it move it. I want to move it move it.

Emploi du temps théorique

17h30. Ouf, c'est la fin des cours. Biquet est trop grand pour aller le chercher à la sortie de l'école (c'est fier, à cet âge-là), mais il sait qu'il doit rentrer tout de suite, sinon je m'inquiète. Enfin, quand il sera à la maison, il découvrira sur la table de la cuisine les friandises que je lui ai préparé (les enfants adorent les friandises). Ah, monsieur Veermelen ! Entrez donc !

Implacable réalité

En classe de techno, l'alerte incendie provoque de nombreux commentaires rigolards. Biquet (dont on peut décemment dire à ce stade que ce n'est pas sa journée) est nommément désigné comme fauteur de troubles (profitant de la confusion générale, on l'a vu lancer toute la pile de copies du contrôle de maths par la fenêtre. C'est très mal). Pour obtenir le calme, le professeur de techno, Monsieur Biderman (Gros bide-man), le fait asseoir au premier rang, à côté de Samantha Ripoix.

Samantha ! Pourquoi justement elle ? Ah, cruelle épreuve ! Doux émoi ! Lancinant vertige ! Biquet tente de maîtriser son émotion, mais toute la classe se met à entonner, d'abord en sourdine puis à pleine puissance, l'hymne redoutable : « Oh les amoureux-heu, oh les amoureux-heu. »

17h30. Fin des cours. Samantha prend congé de Biquet par un « Salut » plein de promesses palpitantes.

Les grandes heures de l'Éducation nationale.
fig. 6 : Oh les amoureux-heu, oh les amoureux-heu.

Emploi du temps théorique

18h30. Après vous être enfin débarrassée de ce crétin de Veermelen (quel pot de colle, celui-là !) vous rentrez à la maison. Biquet est dans sa chambre, en train d'écouter son walkman au lieu de faire ses devoirs. Tout de suite, vous remarquez le trou à son genou droit. Et voilà ! Encore un jogging de fichu !

Implacable réalité

Las ! Que sont les élans du cœur face à la perspective de se faire démolir la poire par la bande à Kevin ? De fait, Boutonneux est bien là, perché devant la grille de l'école sur son bi-cross, ricanant comme un Ange de l'enfer, tandis que Kevin et les autres mâchent bruyamment du chewing-gum.

À cet instant fatidique, peu de gens ont été aussi près de crier « au secours ! » que notre jeune héros mais, coup de théâtre, la mère de Boutonneux est venue chercher son fils à la sortie de l'école ! Et pour l'emmener chez le coiffeur, en plus ! Victoire totale ! C'est d'un pas joyeux que Biquet regagne la maison.

Hélas, l'infâme Thomas, embusqué derrière un platane, surgit dans son dos telle une locomotive gesticulante et le projette à terre.

Jogging troué au genou droit.

Résumé de la leçon N° 7 :

Zéro en histoire. Deux en maths. Deux heures de colle et un jogging fichu. Ça aurait pu être pire !

MAIS OUI, AMIS PARENTS, ÇA AURAIT PU ÊTRE PIRE !

Il y aurait pu y avoir :

- Intoxication alimentaire à la cantine ;
- Violente explosion en cours de chimie ;
- Découverte d'un nid de frelons sous le pupitre de Biquet ;
- Irruption de Human Bomb qui aurait pris toute sa classe en otage ;
- Intervention du RAID, avec fusillade à la clé ;
- Mise au jour d'une énorme masse d'amiante dissimulée sous les tapis de sol du gymnase ;
- Arrestation d'un professeur pédophile ;
- Effondrement d'une grue sur le préau ;
- Coulée de bouée torrentielle dans la cour de récréation ;
- Cyclone ;
- Raz-de-marée ;
- Séisme ;
- Renvoi de Biquet pour avoir copié sur son voisin.

Dites, vous voyez un peu à quoi vous avez échappé, les parents ?

Attention !
Leçon interdite aux parents !

■ LEÇON N° 8

Un tas de trucs hyper-chouettos pour avoir la paix en classe

Sans doute penses-tu, ami jeune, que l'école est un truc méga-pénible, genre dentiste ou goûter chez tante Anna ? Eh bien tu as raison. Un truc méga-pénible... Oui, c'est tout à fait ça. C'est très bien. Tu auras dix.

Mais pourquoi l'école est-elle aussi pénible, hein ?

Dans le cas du dentiste, on sait : tu es ligoté sur un fauteuil tandis qu'un dément en blouse blanche te fore la pulpe dentaire à l'aide d'une vrille électrique tournant à une vitesse formidable, dans un miaulement de cauchemar. L'aspect méga-pénible de la situation est compréhensible par tous.

Dans le cas du goûter chez tante Anna, fastoche : c'est pas

bon, et si tu casses un bibelot, t'as une baffe. Mais l'école, hein ? À l'école, personne ne vrille de dents (sauf à l'école de torture du Dr Müller, mais c'est un cas unique). À l'école, il n'y a pas de bibelots (sauf Arthur le squelette).

Alors !

L'école, ami jeune, est pénible, parce qu'on ne peut pas y faire ce qu'on veut (lancer un crapaud mort sur le prof). Pire encore : on est même obligé d'y faire ce qu'on ne veut pas (cours de maths).

Pour autant, est-ce fichu ?

Es-tu, ami jeune, condamné à subir en silence, tel Spartacus le galérien ?

Pas du tout. Car Antilogus et Festjens sont là[1]. Nous ne prétendons pas faire de la classe un endroit épatant, semblable à la piste de trampoline géant du cirque Zampano ou tout autre endroit jugé « formide » par la jeune génération, mais nous t'avons concocté quelques idées rien meu-meu qui te permettront d'aborder l'école avec le sourire et même, pourquoi pas, de bicher comme un pou.

Mais tout d'abord deux brefs rappels :

RAPPEL N° 1 : TOUT CE QU'IL NE FAUT PAS FAIRE EN CLASSE

- Rêver.
- Regarder les feuilles qui tombent dans la cour de récré.

1. Tu es encore un peu jeune, ami jeune, pour savoir à quel point il s'agit là de types formidables. Mais crois-nous sur parole : Antilogus et Festjens sont absoluments sensass.

Les grandes heures de l'Éducation nationale.
fig. 7 : Le jeune Cédric, redoublant de Terminale, supplie la prof de maths de ne pas lui mettre un zéro.

• Dormir.

• Manger[1].

• Jouer au Game Boy.

• Jouer à la Barbie.

• Jouer au foot.

• Frapper son pupitre avec sa règle, à un rythme obsédant,

1. Sauf son crayon. Le crayon est le seul aliment autorisé, à condition de ne pas le ronger jusqu'à la mine, qui a mauvais goût. Voilà pourquoi on parle de « mauvaise mine ». Ha, ha, ha ! Hi, hi ! Hou, hou !... Bon, ce n'est pas grave. Un jour, tu comprendras.

dès que le prof a le dos tourné, puis arrêter en souriant comme un ange dès qu'il se retourne.

• Se présenter dans une autre classe et dire qu'on est un nouvel élève puis, quand le prof te demande ton nom, dire que tu t'appelles Glloq, et épeler : G - deux L - O - Q (Ha, ha !).

• Manipuler sous son pupitre une boîte qui fait « meuh » quand on la retourne.

• Lancer des boulettes de papier.

• Lancer des boules puantes.

• Lancer des crapauds morts sur le prof.

• Péter en rotant.

FRANCOISE DOLTO REVIENT, ET ELLE N'EST PAS CONTENTE

« La délinquance la plus fréquente, la plus dangereuse pour une société, la plus coûteuse pour un État, c'est la délinquance due à la réussite scolaire. »

L'Échec scolaire - Essais sur l'éducation - Ergo Press, 1989

La réaction affolée des auteurs

Tous les premiers de la classe en taule ! Vite ! N'attendons pas qu'ils deviennent ministres !

RAPPEL N° 2 : TOUT CE QU'IL FAUT FAIRE EN CLASSE

• Dire bonjour au prof en entrant dans la classe, et lui demander s'il a passé une bonne nuit.

• Dénoncer tes camarades lorsqu'ils copient.

• Rire très fort si le prof fait une blague.

• Baisser la tête promptement s'il projette le tampon effaceur sur un élève dissipé situé derrière toi (et même sur toi).

• Lever le bras en disant « M'dame ! M'dame ! » dès que la prof pose une question[1]. Bien sûr, tu risques d'être interrogé. Mais ce n'est pas grave. Il te suffit de grommeler une réponse confuse et de rougir violemment. Dans le brouhaha ambiant, la prof ne retiendra que ta bonne volonté. Dans ton carnet, elle écrira « Fait des efforts » et tu auras ta console de jeux pour Noël.

Si tu appliques cette méthode, ami petit enfant, la vie en classe devrait être déjà plus agréable. Et pourtant, elle ne l'est pas. Pourquoi ? Hi, hi, parce que ce chapitre n'est pas fini, mon Kiki ! Il te manque les deux trucs de base indispensables !

PREMIER TRUC DE BASE INDISPENSABLE : COMMENT NE JAMAIS ÊTRE INTERROGÉ EN CLASSE

Tu n'as pas appris ta leçon et tu as peur d'être interrogé ? Ha, ha ! T'as qu'à pas te faire interroger, eh, bille de clown !

Comment ? C'est très simple.

1. Ne pas être visible : sans doute l'as-tu déjà remarqué : le prof n'interroge jamais de but en blanc, comme ça paf, tel le mortel ninja qui surgit dans la nuit pour assasiner le Shogun à coups de sabre. Non, avant d'interroger, le type prend un air inspiré, plisse les yeux pour contempler le

1. À condition bien sûr que le prof soit une dame. Si le prof est un homme et que tu lui dis « M'dame ! M'dame », tu auras un zéro.

pitoyable troupeau formé par ses ouailles, un rictus insane au bord des lèvres, puis soudain fixe son regard d'aigle sur sa malheureuse victime. Le doigt se tend, la question fuse : « Racine carrée de cosinus de douze, Brochard ? » L'élève rougit, s'affole, transpire, il est cuit, tel le homard clapotant dans sa pénible eau bouillante.

Pourquoi l'a-t-il choisi, lui ? Pourquoi pas un autre ? Pourquoi pas TOI ? Réponse : parce qu'il l'a remarqué, LUI.

Pour ne jamais être interrogé, il importe donc de ne pas se faire remarquer.

• Évite les vêtements fluo, les coupes de cheveux explosives, les mouvements brusques, les regards traqués, les tremblements intempestifs, les gestes provocants, les attitudes menaçantes ;

• Adopte des vêtements gris, affiche un teint pâle, transparent, tiens-toi voûté, les yeux baissés, en dessous du niveau des autres têtes ;

2. Tomber subitement malade : être malade est très utile dans la vie, en cas d'événement fâcheux. Si Henri XII avait été malade le jour de la hallebarde et du hachoir à viande, il serait encore en vie aujourd'hui. Si Napoléon avait été malade à Waterloo, il n'aurait pas perdu la bataille. Bon, en fait Napoléon était malade. Mal au ventre. Trop de figues. D'où la main dans le gilet. Sans parler d'un lumbago atroce. D'où la main dans le dos. Oui, mais l'Empereur était un type de fer et il a voulu aller au boulot malgré tout. On voit le résultat.

Donc, il faut savoir être malade de temps à autres, surtout en cas d'interro de maths. Comment faire ?

Plaquer un thermomètre contre une ampoule électrique allumée afin d'afficher une fièvre de cheval ? Impossible. Tu n'as pas de thermomètre sur toi. En outre, la manœuvre paraîtrait louche. Nous ne la recommandons guère. Pas notre style. Trop simple. Pas assez moderne.

Le prof décide une interro-surprise en maths ? Dis que tu as été mordu par une vache folle ! Dis que tu as été percuté par un bloc d'amiante, dans le préau, à la récré ! Voilà ! Ça, c'est jeune, au moins !

3. Apprendre ta leçon : mais oui ! N'as-tu pas remarqué, ami petit, qu'il te suffit de connaître une leçon sur le bout des doigts pour être certain de ne pas être interrogé ? N'est-ce pas la meilleure manière d'être tranquille toute l'année[1] ?

Ces simples méthodes devraient t'assurer une relative tranquillité, cependant on n'est jamais à l'abri d'un devoir sur table ou de tout autre coup funeste du sort.

DEUXIÈME TRUC DE BASE INDISPENSABLE : COMMENT IMITER LA SIGNATURE DE TES PARENTS

Tu as récolté un carnet lamentable, constellé d'appréciations pénibles du genre « Ne fait aucun effort », ou, pire, « Élève

1. Sois rassuré, jeune. Ce conseil stupide est destiné aux parents qui – contrairement aux consignes – sont malgré tout en train de lire ce chapitre. Regarde comme ils ont l'air content !

médiocre et particulièrement antipathique » ? Tu as « méga les boules » de le faire signer à tes vieux ? Ha, ha, ha ! T'as qu'à imiter leur signature, eh, bouffon !

Comment ? C'est très simple.

Sans doute l'as-tu déjà constaté, ami de petite taille : ton père a une signature énergique et imbitable, tandis que celle de ta mère est ronde, molle et parfaitement lisible. C'est normal : papa est très occupé, il a l'habitude de signer des centaines de contrats avec des investisseurs internationaux et il n'a pas de temps à perdre avec une signature trop ampoulée. Tu vois un peu que pendant qu'il s'appliquerait, les Coréens aillent conclure avec un autre directeur qui signe plus vite ? La honte ! Au contraire, maman n'a rien à faire de la journée à part les boutiques, et elle a hyper le temps de s'appliquer à écrire. Alors dis voir un peu : si tu dois imiter la signature de tes parents, laquelle vas-tu choisir ? Oui ! Celle de papa ! Bravo !

Observe-la bien : lui-même ne signe jamais deux fois pareil ! Alors, pour bien l'imiter, gribouille n'importe quoi, mais avec énergie, bon Dieu ! On doit sentir le type à bout de nerfs, comme s'il venait de voir ton carnet, justement !

BON

MAUVAIS

Certains, parmi tes camarades, estimeront que cette méthode est indigne. Ils n'ont pas tort. Elle est indigne. Nous avons honte. D'un autre côté, s'ils la ramènent comme ça, c'est qu'ils ont eu un bon carnet, bourré de 20/20 et d'appréciations flatteuses. Dans ces conditions, c'est facile, de donner des leçons de morale aux autres ! Nous aussi, si on avait eu de bons carnets, on les aurait fait signer à nos parents ! D'ailleurs nous avons eu de bons carnets. De très bons, même ! Souvent !

Résumé de la leçon N° 8:

Pour passer dans la classe supérieure, passe inaperçu : tel le piranha sauteur du Poitou, le prof ne s'attaque qu'à ce qu'il voit.

■ LEÇON N° 9

On ne critique pas les profs en notre présence, SVP !

Certains, parmi nos lecteurs, pourraient craindre que l'école ne remplisse plus son rôle millénaire d'éducation des masses. Au cours de cette partie consacrée à l'école, disent-ils, on n'a jamais vu un prof au travail. C'est à peine si on assisté à un cours. C'est très décevant. Je vais tout de suite retirer mon enfant de cette pétaudière pour l'inscrire à l'école du cirque. Au moins, là-bas, apprendra-t-il à jongler avec des ours !

N'en faites rien.

L'école, il n'est pas trop tard pour le dire, fait toujours son foutu vieux job. Les cours, mesdames et messieurs, sont bel et bien assurés, en dépit des apparences. Et quand on parle de cours, on parle de profs (sauf bien sûr si on parle du cours du Yen, auquel cas, on parle japonais). Oui, les profs sont toujours là. Et pas qu'un peu, mon neveu.

UN TRIPLE BAN POUR LES TYPES !

Les profs, on l'a dit, sont des gens formidables.

Songez que ces femmes et ces hommes d'airain passent toute la journée avec des enfants au nez morveux ou à la voix qui mue, et qu'ils ne frappent en définitive que fort rarement !

Songez que ces femmes et ces hommes d'acier trempé sont constamment soumis aux moqueries des élèves, surtout s'ils sont chauves, comme monsieur Gaudemard, du CES Maurice Thorez, aujourd'hui surnommé « Boule à Zed » par tous, y compris son propre fils ! Ou comme mademoiselle Calbat, du collège Sainte-Marie de la Génuflexion, qu'on surnomme « Miss Calbutte » ! À son âge !

Songez que ces femmes et ces hommes de béton armé sont parfois agressés par leurs propres élèves, ceux-là mêmes auxquels ils ont consacré leur vie, et qu'ils en sont du coup souvent réduits à ne plus oser mettre de zéro, par peur de représailles (la honte) !

Songez que ces femmes et ces hommes de titane renforcé de kryptonite sont honteusement sous-payés !

Les profs, osons le dire, sont des gens sensass. Ils font un turf de tous les diables et nous leur tirerions volontiers notre chapeau, si nous en avions un. Hélas, nous n'avons pas de chapeau. Ça ne se fait plus. Démodé. Dommage pour les profs, parce que cette chaude manifestation d'encouragement leur aurait été droit au cœur, nous en sommes persuadés.

Voilà comment naissent les malentendus. Personne ne tire plus le chapeau, et les profs se disent que la population les prend désormais pour une bande de feignasses, tout ça parce qu'ils ont plus de quatre mois de vacances dans l'année et qu'ils ne travaillent qu'une vingtaine d'heures par semaine !

Comme c'est bête !

Qui voudrait les faire, ces vingt heures, face à une trentaine de zozos de l'acabit de votre garnement ? Vous, peut-être ? Laissez-nous rire ! Ha, ha, ha ! Et ce rire, croyez-nous, est amer ! Si vous l'entendiez, il vous glacerait le sang.

Ces vingt heures, vous croyez sans doute que c'est le ronron, toujours le même programme répété chaque année, la routine, quoi !

Eh bien non.

Sans cesse, l'enseignant doit faire face à des situations nouvelles, qui sollicitent à l'extrême son sens pédagogique exacerbé. Car il ne se contente pas d'enseigner, l'enseignant. Il est aussi moniteur, éducateur, accompagnateur, cameraman, guide de musée, infirmière, cuisinier, guitariste... Quel formidable type polyvalent ! Allons-y pour le triple banc !

CLAP ! CLAP ! CLAP ! CLAP ! CLAP !
CLAP ! CLAP ! CLAP ! CLAP ! CLAP !
CLAP ! CLAP ! CLAP ! CLAP ! CLAP !

LE PAROXYSME EST À SON COMBLE : ON DEMANDE TOUJOURS PLUS AUX PROFS !

• **Les classes vertes :** une fois par an, le prof est odieusement arraché à la douce chaleur de sa salle de classe pour être abandonné dans la nature hostile avec trente élèves (et une guitare).

Dès l'instant du départ, c'est atroce : la jeune bande est entassée dans un autocar avec une quantité considérable de Petits Lu, d'œufs durs et d'épluchures de mandarine tandis que, autour du véhicule, des nuées de parents s'énervent en attendant les retardataires, se tordent les mains en affichant

de pauvres sourires, lâchant à travers la vitre, par des mimes frénétiques, d'ultimes recommandations à des enfants dont l'unique préoccupation semble être de s'agiter au-delà de l'humainement possible, telle une ruche mais avec moins de miel et plus de miettes de gâteau.

Quinze jours plus tard, le véhicule revient et déverse sur la chaussée – de préférence à une heure absurde, six heures du matin, vingt-trois heures trente – un flot d'élèves enrichis par l'expérience agreste, et dont les sacs regorgent de tuiles d'ardoise décorées d'épis de blé teints en rose fuchsia (chef-d'œuvre d'artisanat local) ou de savons à la lavande (produit du terroir) ou de fromages de chèvre (encore pire).

Le prof, lui, vêtu d'un survêtement et de chaussures de marche, détendu, bronzé, le rire aux lèvres, a l'air en pleine forme ! À croire qu'il a passé son temps à roupiller à l'ombre du cyprès millénaire, ou un truc dans le genre !

C'est une impression erronée : en fait, il a bossé un max. Mais il donne le change pour n'inquiéter personne. C'est admirable.

- **La vidéo de la classe verte :** soirée pénible pour le prof, car les parents ont été conviés à la séance avec leurs enfants, et ils ont cru bon d'apporter du jus d'orange et des gâteaux (quatre-quarts, brownie, cake aux olives). À une heure avancée de la journée (jusqu'à des dix-neuf heures trente !), le troupeau s'entasse sur les bancs ordinairement réservés aux nains, pour tenter d'apercevoir leur enfant une fraction de seconde durant les deux heures de mouvements de caméra insanes et de zooms flous que dure l'éprouvant reportage (l'honnêteté nous force à l'admettre : le prof est pétri de qualités, mais il filme comme un manche). Au bout d'un moment considérable, les enfants jusque-là dispersés dans la salle se regroupent autour de l'écran en ricanant et en se poussant du coude. C'est le moment de la séquence sur la boum de fin de la classe verte. On y voit Bastien et Sandra en train de danser un slow, tendrement enlacés. Aussitôt, la vieille rengaine millénaire (« Oh, les amoureux-heu, oh les amoureux-heu ») retentit dans la salle, et la bande de jeunes pitres se tord de rire sur les dalles. Les parents de Sandra tirent une tronche inverse, tandis que ceux de Bastien se rengorgent. Éternelles figures de la Comédie humaine...

Ne perdons pas de vue que pendant tout ce temps le prof

pourraît être chez lui tranquille en train de regarder la télé, au lieu d'être contraint d'engloutir des quantités énormes de cake aux olives en souriant à tous. Comment s'étonner si le lendemain le malheureux est forcé de garder la chambre, cloué par une crise de foie ! Ah, Éducation nationale, cruelle maîtresse, tu en demandes beaucoup à ces êtres d'exception !

T'AS LE BONJOUR DU CRAP !

« Le cours magistral, impositif, frontal et transmisif, régit notre inconscient didactique. »

Demain l'école - Manifeste du CRAP, 1995.

La réaction inquiète des auteurs

T'as raison, vieux. C'est pas la peine de t'énerver !

• **Les vidéos pédagogiques :** influencé par la directive B-12 du ministère, le recteur a recommandé de briser la torpeur des élèves en émaillant les cours de séquences audiovisuelles. Et qui se cogne tout le boulot ? Le prof ! Réservation de la salle de projection ! Manipulation du magnétoscope et de la cassette ! Appuyage de la touche « Lecture » ! Éteignage de la lumière ! C'est du taf ! Dire qu'il y en a pour prétendre que les profs profitent de l'occasion pour piquer un roupillon ou aller s'en griller une dans le couloir... C'est ignoble ! D'ailleurs ce n'est pas le prof qui roupille, mais les élèves, dès que les jeunes zigues ont compris qu'on ne leur passerait que de longues séquences sur le barrage de Serre-Ponçon agrémentées d'une musique de flûtiaux provençaux.

En outre, la séance vidéo bascule parfois dans l'inattendu. Par exemple lorsqu'un farceur parvient à remplacer la cas-

Les grandes heures de l'Éducation nationale.
fig. 7 : Cours d'A. P. (arts plastiques) sous Henri XII :
Jean-Paul, le dernier de la classe, sert de modèle pour les gargouilles.
Quelle honte pour sa famille !

sette pédagogique par *Grosses cochonnes cherchent émotions hard.* Ce ne sont alors que cris d'oiseaux, chahut et esclaffements ! Encore plus de boulot pour le prof, qui doit ramener le calme à coups de manchettes japonaises, et récupérer l'odieuse cassette avant d'être accusé de pédophilie !

Ah, comme on a raison de le dire : ces femmes et ces hommes admirables sont comme le ciment du barrage lézardé qui tremble sous l'assaut furieux des eaux déchaînées !

• **Les sorties de classe :** tel l'opossum qui, le printemps arrivé, quitte son terrier encombré d'épluchures de noisettes, le prof éprouve à l'arrivée des beaux jours le besoin de sortir de sa classe pour prendre un peu l'air, quitte à trimballer derrière lui la bande de zouaves, qu'il ne pourrait tout de même pas décemment planter là. Parmi les sorties de classe les plus fréquentes :

- Le château de Versailles
- La tour Eiffel
- L'Institut Pasteur
- La Grande Mosquée de Soliman le Magnifique
- Les coulisses de l'Alcazar

C'est du boulot.

STOP ! Espace pédagogique !

Nos amis défenseurs de la nature, biologistes et autres profs de sciences-nat objecteront que l'opossum ne vit pas dans un terrier, et qu'il se nourrit encore moins de noisettes, qu'il a en horreur. Ce genre de remarque nous laisse indifférents.

• **Les grèves :** davantage que le boucher ou que l'avocat, le professeur est naturellement révolté par l'injustice. C'est dans sa nature. Demandez-lui ce qu'il pense des bébés phoques, par exemple, il vous dira qu'il est contre. C'est ce sens inné de la lutte sociale qui pousse le professeur à se mettre en grève fréquemment, dans le seul but de garantir à ses élèves une qualité d'enseignement irréprochable (qui fait d'ailleurs l'orgueil de la France et l'admiration haineuse du reste du monde). Ou alors c'est parce qu'il veut une augmentation, ce qui revient au même.

Quoi qu'il en soit, prétendre que les profs se mettent en grève les vendredis ou les lundis pour se faire des gros week-ends est une accusation scandaleuse, rejetée par l'ensemble des syndicats.

• **Les courses d'orientation :** il s'agit d'une sortie de classe particulièrement subtile du point de vue de l'enseignement, puisque les jeunes zouaves sont abandonnés au cœur de la forêt tels des Petits Poucets (mais sans le bonnet rouge, et avec une boussole pour trois à la place des petits cailloux blancs). Pendant que les enfants errent à travers les bois infestés de loups et d'orties, les profs se retrouvent dans la clairière autour d'un vin chaud, pour discuter de la réforme du bac français. Après quelques heures, ils parcourent les sentiers armés d'un porte-voix et la tension monte lorsqu'ils réalisent qu'ils ne retrouveront jamais le groupe des Gentianes (Matthieu, Esthelle et Souad) sans l'aide de la gendarmerie...

• **La fête de l'école :** c'est un moment d'intense bonheur pour les profs. L'un de ces instants où leur cœur léger bondit dans leur poitrine comme un cabri qui bondirait un peu partout dans la montagne, mais en plus petit et dans leur poitrine. Non seulement la fête de l'école annonce-t-elle les vacances d'été et la perspective exaltante d'être débarrassé de la bande de zouaves pendant trois mois, mais en outre son organisation revient-elle le plus souvent aux parents d'élève, c'est-à-dire à toi, mon pote.

Au lieu de faire la sieste le samedi après-midi, les parents tiennent donc des stands ridicules, du genre bouteille d'eau à remplir avec une petite cuiller, tandis que les profs déambulent d'un air patelin d'une échoppe à l'autre en dégustant un cake aux olives.

Hélas, la détente est de courte durée.

La fête de l'école se situant en fin d'année, le prof ne parvient que très rarement à déambuler d'un air patelin dans la cour de récréation plus de cinq minutes. C'est le temps nécessaire aux parents d'élève pour le repérer, abandonner leur stand ridicule et venir demander des explications sur l'appréciation portée sur le bulletin trimestriel. Il s'ensuit parfois des scènes pénibles : aspersion d'eau, ingurgitation forcée de cake (aux olives), coups, lazzis, fuite éperdue à travers le gymnase... Ah, Dieu, que le métier d'enseignant requiert un mental d'acier !

• **Les stages en entreprise :** les adversaires des profs ricanent lorsqu'on prononce en leur présence les mots « stage en entreprise », sous le prétexte que, lors de cette expérience pédagogique, le prof « n'en fout pas une rame »[1]. L'élève est chargé de se trouver un stage chez

1. La responsabilité de cette phrase odieuse n'engage que ses auteurs. Pour notre part, nous sommes scandalisés.

papa (ou chez tonton), c'est-à-dire qu'il passe une semaine à faire des photocopies de sa figure. Au bout d'une semaine, le prof revient de La Baule et, détendu et bronzé, ramasse les compte rendus de stage en entreprise, qu'il revend à la concurrence pour une forte somme d'argent.

Vous voulez qu'on vous dise ?

Ce n'est que justice !

Résumé de la leçon N° 9 :

Les profs sont des gens absolument épatants qui sont payés des clopinettes pour se faire appeler « Boule-à-Zed » et travailler même le week-end, c'est à peine croyable, on se rendait pas compte (mais ils ont quand même un maximum de vacances).

TROISIÈME PARTIE

FAIRE DE VOTRE ENFANT UN PREMIER DE LA CLASSE : UN RÊVE AUJOURD'HUI ACCESSIBLE

Non ! Les bons points, les 20/20, les appréciations flatteuses sur les carnets, ce n'est pas seulement pour les autres ! Ami parent, vous n'en avez pas eu quand vous étiez petit, vous n'en avez toujours pas maintenant que vous êtes grand (et gros, même), mais vos enfants y ont droit. Même s'ils sont nuls en classe. Même s'ils ne travaillent pas à la maison. Car ils vont travailler désormais : c'est promis. C'est pour ça que vous avez acheté ce livre, et c'est pour cela que nous l'avons écrit, malgré les menaces des grosses légumes du rectorat qui redoutaient un afflux massif de bons élèves, susceptible de les mettre sur la paille !

Mais il en fallait plus pour nous démonter. Anciens recteurs eux-mêmes (en province), Antilogus et Festjens connaissent les ficelles. Les deux types ne sont pas du genre à s'en laisser conter par des ronds de cuir au nez chaussé de bésicles. Qu'ils aillent brûler en enfer !

Sachez-le : votre enfant n'est pas pire qu'un autre, contrairement à ce que disent les profs. Ces gens-là disent n'importe quoi.

Ne leur en déplaise, nous allons agir avec vous, main dans la main, ensemble, unis comme la côte de porc et son fidèle pickle.

Nous allons faire de votre enfant un premier de la classe. Ou à la rigueur un deuxième. Ou un septième. En tout cas, il sera dans les vingt premiers.

Nous nous y engageons.

■ LEÇON N° 10

Faire travailler l'enfant à la maison, est-ce possible, et si oui, comment ?

Dès le départ, il y a malentendu. Pour l'enfant, la maison s'apparente à une sorte de vieux chic nid douillet où bourdonne la télé et dont le Frigidaire regorge de Coca. Les mots « havre de paix » lui viendraient à l'esprit s'il savait ce que cette expression signifie. L'idée générale, lorsqu'il rentre de l'école, est que le boulot est fini. Pour le parent, au contraire – et c'est une cruauté du Destin – il ne fait que commencer !

Il faut dire que le parent qui, lui, travaille tard dans l'après-midi (jusqu'à des six heures, six heures cinq !) au service comptabilité de la Sogedif, supporte mal l'idée que le jeune zigue s'installe en toute quiétude devant la télé, une tartine de confiture à la main, dans le canapé blanc du salon qu'on vient de refaire ! Le parent est un brave type, c'est entendu, mais il a parfois la tête assez près du bonnet, n'importe quel enfant vous le dira (s'il connaissait le sens de cette expression).

La vision des choses pour le parent, est que l'écolier, en rentrant de l'école, devrait se coller au boulot.

STOP ! Espace pédagogique !

On remarque dans la phrase qui précède une magnifique allitération : écolier, école, se coller. C'est très beau.
Ça va, vous pouvez continuer.

Apprendre ses leçons, faire ses devoirs, ranger sa chambre et mettre la table du dîner (mais là, quand même, il ne faut pas rêver), telles sont les exigences de la mère de famille, vis-à-vis de l'enfant.

Qu'en est-il, en réalité ?

Le jeune type bosse-t-il ?

Que pouic.

Laissé à lui-même, l'écolier privilégie sa propre approche de la fin d'après-midi, celle où figure la bourdonnante télé et la tartine de conf. sur le canapé du s.

Voilà pourquoi, les poteaux[1], vous n'aurez pas d'autre choix,

1. Parvenus à ce stade du récit, après tant de pages parcourues de conserve, nous avons estimé qu'un peu de familiarité serait de bon aloi. Ceux que ça décoiffe peuvent biffer le terme à l'aide d'un stylo-bille et le remplacer par « messieurs-dames ». Quant à ceux qui sont restés coiffés, nous redisons : les poteaux. Et même, les coiffés aux poteaux ! Ha, ha !

au terme de votre harassante journée de comptabilité, que d'extirper le jeune type du canapé et de le mettre au boulot.

L'ENFANT QUI TRAVAILLE TOUT SEUL : UN MYTHE ?

Pas du tout. L'enfant qui travaille tout seul existe. Nous l'avons rencontré. Il s'appelle Louis Garoche, il est en sixième C au lycée Reynald Coulon de Bordeaux, et ses maîtres veulent le présenter au concours général.

Si votre enfant est Louis Garoche, vous pouvez donc en toute quiétude sauter ce chapitre et profiter du beau temps pour aller à la pêche aux coques (miam !).

En revanche, mauvaise nouvelle pour le reste du monde : si votre enfant n'est pas Louis Garoche, il ne travaille pas tout seul, quoi qu'il en dise. La journée n'est pas finie, chers petits lapins[1] : il va falloir vous cogner de surcroît les leçons des enfants.

Un fichu job, nous ne le nions pas, mais ce job, ami super parent d'élève, doit être accompli.

Songez que si l'enfant est laissé à lui-même, il n'apprendra pas sa leçon. Songez qu'il aura ainsi sauté le chapitre douze de son livre de géographie, et qu'il ignorera toute sa vie le débit horaire de la Loire. Plus tard, dans une soirée mondaine, lorsque la conversation roulera sur le thème (fréquent)

1. Nous avons estimé qu'une révélation aussi sombre devait être tempérée par un petit diminutif affectueux. Ceux qui n'aiment pas être traités de « lapins » peuvent biffer et remplacer par « louloutttes ».

du débit des grands fleuves, votre enfant aura l'air de quoi ? D'un pitre. Les termes « bac dans une pochette surprise » seront murmurés à mi-voix, accompagnés de claquements de langue désapprobateurs.

En un mot comme en cent : il faut faire travailler l'enfant à la maison. C'est votre devoir[1] sacré de parent.

1. C'est le cas de le dire, ha, ha !

FAIRE TRAVAILLER L'ENFANT À LA MAISON : LES DEUX QUESTIONS PRÉALABLES

Oui, car il ne suffit pas de dire « hop, hop, au boulot, mon biquet, papa va t'aider à réviser tes leçons, ha, ha ! ». Ce serait beaucoup trop simple. Si c'était aussi simple, vous les auriez révisées depuis longtemps, les fichues leçons, et vous le savez très bien, bon sang. Car on ne peut pas se mettre au travail sans avoir réglé les deux questions préalables.

1. Où faut-il réviser ?

Sur ce point, les opinions parents/enfants diffèrent. L'enfant, un type sensass mais assez optimiste quant à ses propres capacités, pense qu'il peut réviser n'importe où :

– Devant la télé,

– Dans son bain,

– Au téléphone avec une copine,

– Ce soir, dans son lit,

– Demain matin, au petit déj',

– Dans le bus, en allant à l'école,

– Pendant la récré, avant le cours,

– Dans les rangs, avant d'entrer en classe !

– Jamais !

Le parent (c'est-à-dire toi, madame) pense que l'enfant doit réviser dans sa chambre. Au calme. À sa table. N'avez-vous pas d'ailleurs acheté tout récemment à cet effet un bureau en mélaminé à double tiroir, avec lampe d'architecte et tout le toutim (modèle Späz : Existe en blanc, noir, bois naturel, chêne - 595 F TTC) ?

Disons-le tout net : sur le papier, le parent a raison à 100 %. L'enfant doit travailler dans sa chambre. Une opinion sensée, irréprochable du point de vue de la logique, mais que la confrontation brutale avec la réalité va hélas cruellement battre en brèche, un peu comme lorsque les Croisés découvrirent que Jérusalem se trouvait de l'autre côté du Sahara, et que celui-ci était rempli de types au sourire cruel, armés de yatagans. Car voici à quoi ressemble la chambre (vue aérienne):

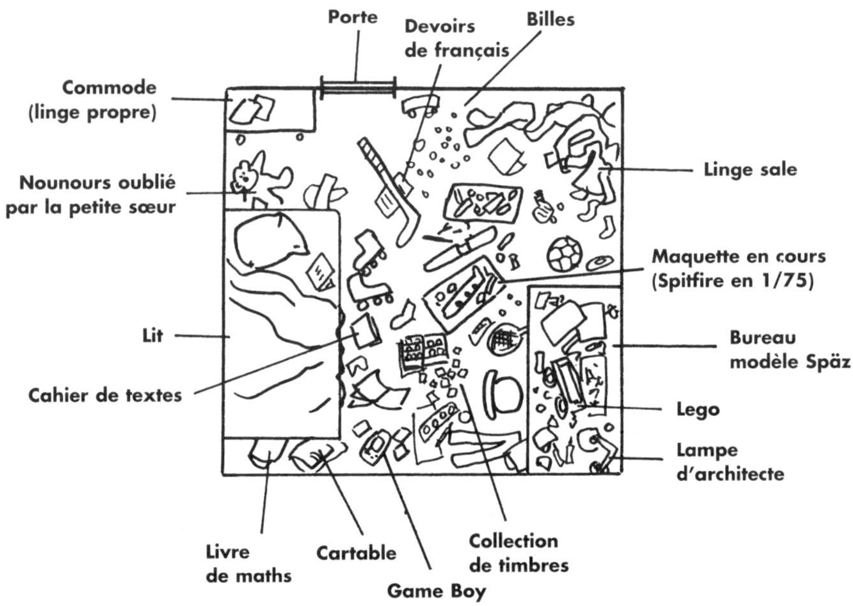

On voit tout de suite que l'accès au bureau va être difficile, et que l'espace-travail est restreint. Dès lors, quatre possibilités s'offrent au parent d'élève :

– Laisser tomber ;

– Ordonner d'une voix de rogomme le rangement immédiat de la chambre (mais alors il n'y aura plus de temps pour réviser la leçon) ;

– Se replier sur la table du salon (dans lequel bourdonne la télé) ;

– Tâcher moyen de dégager un espace suffisant (un mètre carré, ou à la limite 125 centimètres cubes) dans le bordel ambiant pour que l'enfant puisse travailler, en veillant à l'isoler de toute distraction par un habile système de paravents (nous recommandons à cet usage les livres d'histoire, dont la haute taille et la couverture cartonnée constituent un rempart efficace, à l'image de ces châteaux forts dont leurs pages regorgent).

MAUVAIS

BON

On sent que c'est la quatrième solution qui prime...

LE CRAP VOUS SERRE LA PINCE

« On n'apprend que si l'on est en recherche de réponses à des questions que l'on se pose vraiment. »

Demain l'école - Manifeste du CRAP, 1995.

Les auteurs

Il est vrai que si l'on ne recherche pas de réponse à des questions que l'on ne se pose pas, on risque d'apprendre moins !

FRANCOISE DOLTO SAISIT LA BALLE AU BOND

« Instruire un enfant qui ne demande rien, c'est le traumatiser. »

L'Échec scolaire - Essais sur l'éducation - Ergo Press 1989

Le ricanement douloureux des auteurs

T'as raison, Simone.

2. En quoi consiste la leçon ?

Maintenant que vous êtes installé, la question qui se pose est de savoir ce que vous êtes censé apprendre. Sinon, excusez-nous de vous le dire, ce n'était pas la peine de faire tout ce cinéma.

La méthode dite « évidente » consiste à poser la question à l'enfant. Dites : « Alors, c'est quoi ta leçon, mon Biquet ? » Mais malheureusement Biquet a oublié. Maintenant que vous lui en parlez, il se demande même s'il avait une leçon à apprendre, finalement... Le mieux, c'est qu'il aille téléphoner à son copain Jérémie pour lui demander...

HALTE !
STOP !
ASSIS, PAS BOUGER !

Règle de base : l'enfant n'a pas le droit de sortir de sa chambre pendant la leçon, surtout pour téléphoner à un copain. Surtout si l'enfant est une fille et qu'elle veut téléphoner à une copine. Non mais des fois...

N'ayez crainte d'afficher une risette malicieuse, ami super parent d'élève, tel le vieux singe auquel un jeune phacochère voudrait apprendre de nouvelles grimaces : un outil a heureusement été conçu à votre attention. Un outil épatant, sobre dans sa ligne, astucieux dans sa conception, futuriste par ses spirales d'acier chromé, traditionnel par sa décoration de motifs écossais ton-sur-ton : le cahier de textes.

Orgueil de l'Éducation nationale, toujours copié mais jamais égalé (que l'on songe au risible *Cahier of texts* de nos amis Rosbifs ou au déplorable *Cahietto di texti* des Ritals ! Ha, ha !), le cahier de textes est l'ami des parents. Lui seul sait ce qu'il y a à faire pour le lendemain. C'est génial.

Hélas, il y a un hic. Le cahier est rempli par l'enfant. Et qui plus est dans les dernières secondes du cours, alors que la sonnerie résonne, que le prof est presque aphone et que la cour de récré est là, tout près, regorgeant de billes !

Du coup, le cahier de textes, ça donne ça :

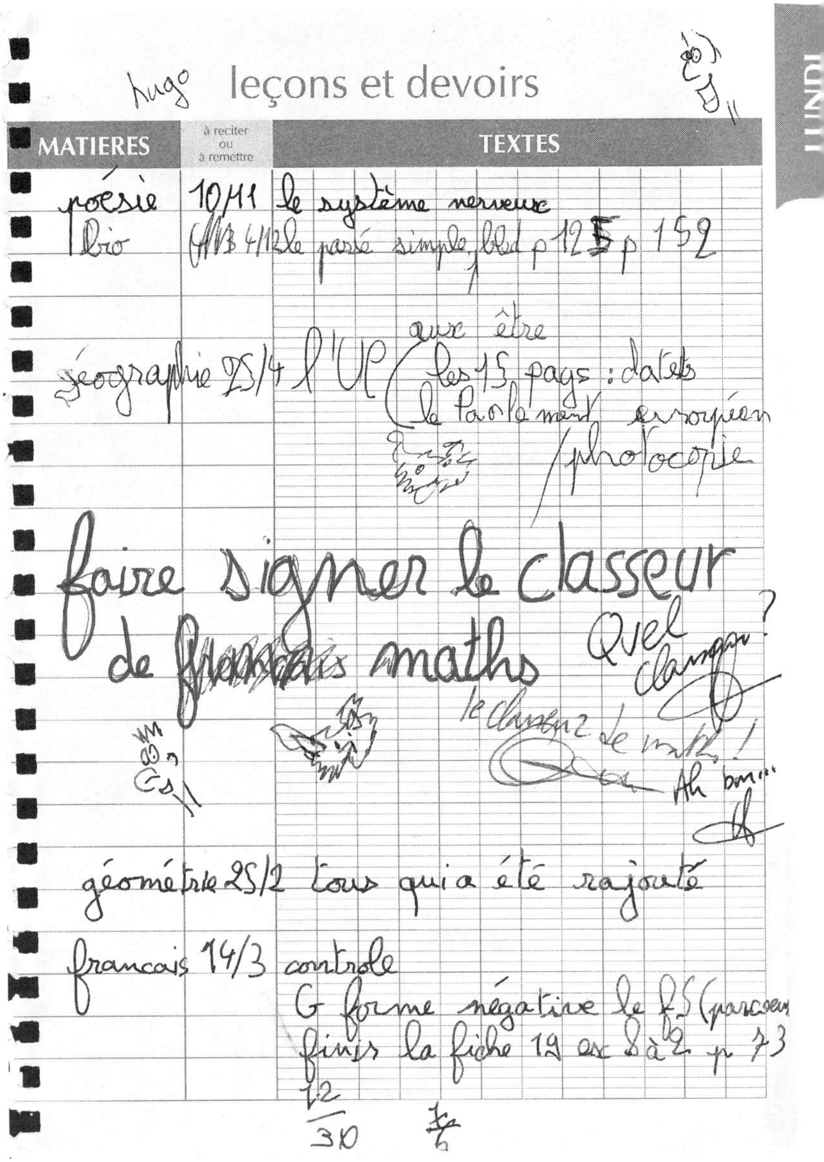

hugo leçons et devoirs

MATIERES	à reciter ou à remettre	TEXTES
poésie	10/11	le système nerveux
bio	4/12	le passé simple, bled p 125 p 152
géographie	25/4	l'UE (les 15 pays : dates / le Parlement européen / photocopie

faire signer le classeur de ~~français~~ maths

Quel classeur ?

le classeur de maths !

Ah bon...

géométrie	25/12	tous qui a été rajouté
francais	14/3	contrôle
		G forme négative le P.S (par cœur)
		finis la fiche 19 ex 8 à 12 p 73

LUNDI

On n'y comprend rien. Le doute s'installe. La conviction est ébranlée.

En toute objectivité, deux solutions s'offrent à vous :

– Laisser tomber ;

– Laisser Biquet téléphoner à un copain pour essayer de savoir ce qu'il faut réviser, et aller prendre un cachet pendant ce temps.

COMMENT LUI FAIRE APPRENDRE SES LEÇONS ? LA BONNE MÉTHODE (*The good method,* pour nos amis anglophones)

Une fois la leçon identifiée, il s'agit de se mettre au boulot, et vite fait parce que c'est bientôt l'heure de passer à table (et ce soir, il y a lasagnes, miam !). Dans l'ancien temps, les parents disposaient de quatre bonnes vieilles méthodes pour parvenir à leurs fins :

1/ Le sens de l'émulation (apprends ta leçon et tu seras premier. Nous serons fiers. Et les Castellac devront nous céder le pas à la messe) ;

2/ Le pognon (si tu es premier, tu auras cent francs. Si tu es deuxième, tu auras cinquante francs. Si tu es troisième, tu auras mon pied au cul) ;

3/ La terreur (si tu n'es pas premier, tu auras mon pied au cul) ;

4/ Les parents faisaient les devoirs eux-mêmes.

Aujourd'hui, tout cela est fini.

Vous autres, super-parents d'élève, pouvez relire ces méthodes d'un œil narquois, le sourire aux lèvres, puis refermer ce livre en gloussant d'un rire flûté (hu, hu !). Car en effet le super-parent d'élève se moque de ces vieilles méthodes. Oui monsieur. Le super-parent d'élève a mieux : son sens pédagogique.

Osons le dire : ici, on n'est pas à l'école. Il ne s'agit pas d'abrutir l'enfant en lui bourrant le crâne, mais au contraire de lui faire comprendre ce qu'il apprend, de faire appel à son intelligence plutôt qu'à sa mémoire, d'éveiller en lui la brusque flamme de l'intérêt, de lui apporter, avec amour et patience, toute la somme de votre expérience. Mince, il en a de la chance, quand même !

C'est dans ces excellentes dispositions que vous vous attaquez (enfin) à la leçon mais hélas, un simple coup d'œil au livre de grammaire (car la leçon, après enquête, était une leçon de grammaire) vous renseigne sur deux points :

1/ Ça va être formidablement rasoir ;

2/ Vous n'en comprenez pas un mot.

Il vous reste dès lors trois options :

• Laisser tomber ;

• Remettre la leçon au lendemain pour réviser à la hâte, durant toute la nuit, l'accord des participes passés (mais la belle entente conjugale ne va-t-elle pas en prendre un coup ?) ;

• Compter sur le jeune zigue pour vous éclairer sur le sens caché des règles absconses qu'il est en train d'apprendre et que vous êtes censé lui expliquer, sans qu'il découvre que vous n' y entravez que tchi.

L'exercice, on le voit tout de suite, est impossible, mais il est à votre portée, car vous êtes un super parent d'élève. Bravo. Ouvrez donc crânement le livre de grammaire et lisez :

– *Si le sujet est au pluriel, le verbe est au pluriel.* Tu vois, mon grand, par exemple si je dis « des chevaux galopent », eh bien « galopent » est au pluriel. Alors que si je dis « un chevau galope », « galope » est au singulier. Tu entends la différence ?

– Ah ouais, c'est marrant...

– Brave petit bonhomme... Tu vois, avec papa on apprend bien, hein ?

– Oh, oui, papa !

– Bon alors, continuons : *Si les sujets sont de différentes personnes, la deuxième l'emporte sur la troisième, et la première sur les deux autres...* Ah. Exemple : *Martine et moi, nous sommes allés à la plage.* Oui... Bon, ben ça c'est facile, hein ?

– Euh...

– Mais si ! Qu'est-ce qui est plus fort, la première, la deuxième ou la troisième ?

– La première ?

– Ben oui ! Tu vois, c'est simple !

– Oui, mais dans ton exemple, il y a que Martine et toi...

(À cet instant, une voix s'élève de la cuisine, où mijote la lasagne dans son savoureux coulis de tomates.)

– C'est qui, cette Martine ?

– Bon, écoute chérie, je révise ses leçons avec Biquet alors n'en rajoute pas ! Bon, on continue... *Le participe passé employé avec l'auxiliaire avoir s'accorde en genre et en nombre si celui-ci est placé devant.* D'accord... Oui, bien sûr, s'il est placé devant... Bon, ben vas-y, répète.

– *Le passé s'accorde avec le participe avoir si celui-ci est placé devant.*

– En genre et en nombre...

– Oui, *en genre et en nombre.*

– Très bien, mon grand. Tu vois, avec papa on comprend mieux. Alors : *La tournure pronominale réfléchie (je me lève) ou réciproque (ils se battent) peut aussi correspondre à un sens passif.*

– Là, j'ai pas compris...

– Ah bon ? C'est simple, pourtant. Tu vois, si tu te lèves, tu réfléchis, forcément ! Tu te lèves pas comme ça, d'un coup, hop ! Non, tu réfléchis, tu te dis : « Tiens, je vais me lever ! » Eh ben c'est ça, un verbe pronominal réfléchi.

– Ah, d'accord...

– Eh oui. Alors que si tu te bats, il te faut quelqu'un en face, forcément ! L'autre, là, ton copain, il se bat aussi. Donc c'est réciproque.

– Oui...

– Et donc, c'est réciproque à un sens passif, forcément.

– À table !

– Ah, je crois que ta mère nous appelle... Bon, ben tu la sais, ta leçon !

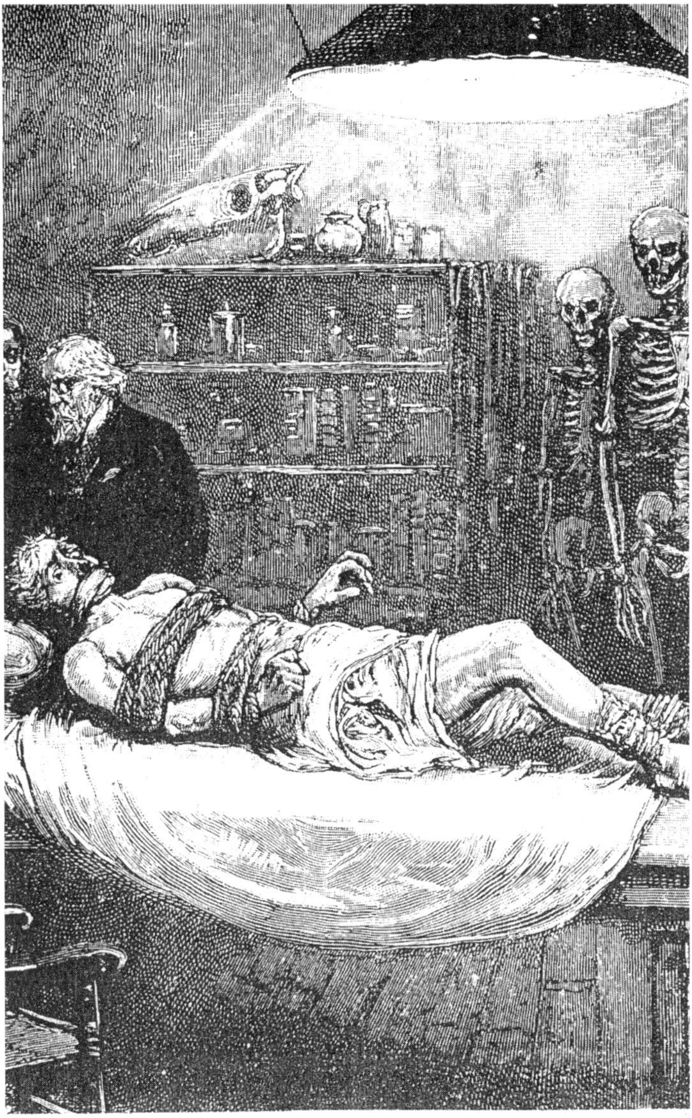

Les grandes heures de l'Éducation nationale.
fig. 8 : D'une pierre deux coups ! Jules Grévy procède à un cours d'anatomie sur un mauvais élève. Le fautif est bien puni de sa dissipation.

– Oui, papa.

– Tu vois, c'était pas dur. Allez, demain tu travailles tout seul, comme un grand ?

– Oui, papa.

Vous voulez qu'on vous dise ? Vous avez manœuvré comme un chef. Le terme de « petit lapin » dont nous vous affublions au début de cette leçon semble maintenant dépassé. Nous vous appellerons désormais « grand lapin ». Bravo !

Cependant, ne nous le cachons pas, l'affaire a été chaude. Vous n'aviez au début de la leçon pas la moindre idée de ce que pouvait être une « tournure pronominale réfléchie » et, avouez-le, vous n'avez toujours pas compris. Nous non plus, inutile d'attendre un quelconque secours de ce côté-là. Dès lors, interrogeons-nous : le sens pédagogique et l'appel à l'intelligence ont-ils été sollicités ?

Macache.

Et même : macache bono.

Bézef.

Trabadja la moukère.

Vous avez appris sa leçon à Biquet en lui bourrant le crâne, oui ! Comme un prof ! Vous n'êtes pas de taille à faire réviser votre enfant, voilà tout ! Vous êtes un misérable nul !

Ha, ha ! C'était une blague ! Vous avez eu peur ?

Vous croyiez peut-être que nous allions vous laisser tomber si près du but ? Vous ne connaissez pas Antilogus et Festjens ! Demandez un peu à la communauté scientifique mondiale ! « Des types sur lesquels on peut compter », voilà ce qu'on vous répondra, de Rotterdam jusqu'à Rio[1].

Séchez cette larme et regonflez le torse, ami super-parent d'élève. Une fois de plus, nous avons tout prévu : nous allons vous remettre à niveau, et plus vite que ça.

Allez, hop, hop, hop, filez vite jusqu'au chapitre suivant : nous allons vous révéler le contenu des programmes scolaires !

Résumé de la leçon N° 10 :

Faire travailler l'enfant à la maison présente un certain nombre de difficultés, surtout lorsqu'on n'a pas la moindre idée de ce qu'il est en train d'apprendre. Heureusement, Antilogus et Festjens sont là.

1. Sauf à Port-Saïd, où on vous répondra : « De sacrés chauds lapins ! », souvenir d'une escale de jeunesse, où nous avons préféré tenir notre conférence au Lampion Rouge, chez Greta la Flamande, plutôt qu'à l'Académie des Sciences, où nous attendait une tripotée de vieux savants à barbichette.

■ LEÇON N° 11

Plongeons en masse dans le maelström rugissant des programmes scolaires !

Amis grandes gueules et têtes de lard, bonjour ! Oui, vous ne rêvez pas, c'est à vous que nous nous adressons, en toute simplicité, et nous vous disons avec la plus extrême fermeté : « Arrêtez ça tout de suite ! Ça suffit ! Vous êtes devenus dingues ou quoi ? » Nous apprenons en effet (par un ami policier) que chez vous, en famille, vous vous permettez de critiquer les programmes scolaires ! Et en plus, devant les enfants ! Mais c'est une attitude démentielle qui frise le pop-art dans ses pires moments d'excès ! Car si le père se permet de ricaner quand on prononce devant lui les mots « programmes scolaires », s'il se gausse et persifle en crachant par terre, alors, dans ces conditions déplorables, comment voudriez-vous que le fils travaillât en classe, hein, comment le voudriâtes-vous ?

STOP ! Espace pédagogique !

Nous venons d'employer l'imparfait du subjonctif et c'est aussitôt comme un lever de soleil sur le mont Chauve. Notre texte, pourtant déjà admirable, s'en trouve encore rehaussé. Quelle élégance, quel raffinement ! Ah, comme on a raison de dire que l'imparfait du subjonctif, vibrant fleuron du français, ravale les autres langues au rang de dialectes misérables ânonnés par des masses de crétins ! Amis, nous nous y engageons : d'ici la fin de ce livre, nous essaierons – dans toute la mesure du possible – d'utiliser à nouveau l'imparfait du subjonctif.

Quand votre enfant rentrera de l'école avec un carnet de notes particulièrement lamentable, madame, tenez-vous à ce qu'il vous lance froidement à la face : « C'est la faute au programme scolaire, m'man. T'avais raison, il est nul » ? Tenez-vous à porter la responsabilité du désastre ? Tenez-vous à pousser la jeunesse à la mutinerie ? Tenez-vous à être comme le lapin qui a invité le blaireau à se gaver de luzerne, et qui se trouva fort dépourvu lorsque l'été fut venu ?

Amis parents, retenez ceci : le programme scolaire est la clé de voûte de notre antique civilisation, et n'oubliez pas : une clé de voûte vaut toujours mieux qu'une clé au bras (surtout suivie d'une manchette à la gorge).

Sans programme scolaire, il n'y aurait aujourd'hui que des pitres haineux errant sur la steppe marécageuse. L'électricité n'aurait pas été inventée. On ne connaîtrait pas le madisontwist. Les lasagnes mijotant dans leur odorant coulis de tomates ne seraient qu'un rêve inaccessible. Voilà pourquoi nous vous en conjurons, camarades : aimez et respectez les programmes scolaires comme vos père et mère !

Eux aussi vous ont allaités de leurs pis généreux.

MAIS QUI FAIT LES PROGRAMMES SCOLAIRES DANS CE PAYS, NOM D'UNE PIPE ?

Désignons les vrais et seuls coupables : les inspecteurs généraux de l'Éducation nationale. Qui sont-ils ? D'où viennent-ils ? Que veulent-ils ? À quel titre ? Oh, là, du calme, mêlez-vous un peu de ce qui vous regarde, les gars ! Tout ce que vous devez savoir, c'est que ces hommes et ces femmes exceptionnels sont les combattants d'élite de la science encyclopédique, le gratin des pédagogues, la crème des agrégés, les lauréats de « Questions pour un champion », les pires barbichus de province. Bref, ils forment ce que nous n'hésiterons pas à appeler une épatante vieille bande de types un rien chouettos.

Dites, vous vous rendez compte ?

Que des anciens profs de haut niveau ! Que des anciens premiers de la classe (ou à la rigueur des deuxièmes) !

Pour les investir de leur mission sacrée, on les a arrachés à leurs chères études, en dépit de protestations véhémentes, et on leur a dit, en les fixant droit dans les yeux : « Allez-y, les mecs, pondez-nous un super-programme scolaire, et faites vite, ceux d'en face s'agitent ! »

Les grandes heures de l'Éducation nationale.
fig. 9 : L'académie des Belles Lettres et Inscriptions vient de proclamer que bijou, chou, genou, caillou et pneu prendraient désormais un « X » au pluriel. Des messagers sont dépêchés aux quatre coins du royaume pour proclamer l'heureuse nouvelle.

Il est clair qu'à leur place beaucoup se seraient honteusement carapatés, prétextant une pile de devoirs à corriger, une tuberculose infectieuse ou un voyage au Kamchatka. Mais eux sont restés, telles des braises sous la patate, et ils ont simplement répondu : « OK, m'sieur, on s'en occupe. »

Osons le dire : c'est admirable.

On l'imagine aisément, les délibérations de la commission des programmes scolaires sont entourées du plus grand secret. Il ne faudrait pas qu'une puissance étrangère en ait connaissance, car ces foutus macaques de Ricains ou de

Popofs – sans parler des Bridés – n'hésiteraient pas une seconde à plagier notre fantastique système éducatif, qui fait tant d'envieux à travers le cosmos. Donc, motus et bouche cousue, amis. Toutefois, dans un souci d'éclairement des populations – et malgré les consignes de silence absolu de la préfecture –, nous allons vous révéler pas plus tard que tout de suite comment on élabore un programme scolaire. Oui, c'est un scoop inouï, une exclusivité mondiale ! Ah, décidément, rien n'arrête Antilogus et Festjens quand il s'agit de déchirer à belles dents le rideau opaque du mystère !

Les satanés garçons !

IL NE MANQUAIT PLUS QUE CELUI-LÀ !

« L'ambition du "pédagogue de l'hermétique du dedans des sciences de l'éducation" est de se situer dans le champ d'une pure scientificité. Il n'y est plus question de "je" mais de faits dont l'objet est le "tu" et/ou le "il". »

De la psychopédagogie aux sciences de l'éducation - Cahiers du CREN, 1995.

La réaction affligée de deux parents d'élève

Bon sang, mais qu'est-ce qu'il dit ?

Les inspecteurs généraux se réunissent à la fraîche dans un lieu connu d'eux seuls (il s'agirait semble-t-il d'un silo à missiles désaffecté du plateau d'Albion, ou peut-être d'une confortable auberge des environs de Senlis). Ils échangent d'abord quelques signes rituels (poignées de mains, raclements de gorge, toux brèves), et ce n'est qu'à l'issue d'un repas copieusement arrosé (pastis, un petit Sancerre bien frais, un grand bourgogne et cognac pour tout le monde !) que la discussion démarre.

– Ces cuistres du ministère n'ont pas voulu de notre réforme de l'orthographe, attaque avec amertume un congressiste.

– Tant pis pour eux, réplique un autre. Frappons plus fort, supprimons la grammaire !

– Oui, oui, bien parlé ! Supprimons la grammaire !

C'est un bruyant concert d'approbations. Les bouteilles de Fine Napoléon circulent parmi les camarades et l'ambiance monte de plusieurs degrés.

– Il est temps d'en finir avec l'érudition bourgeoise ! s'écrie un barbu au regard halluciné. Dans chaque classe, il faut aligner le niveau sur les élèves les plus mauvais !

– Bravo ! Halte à l'élitisme ! Vive l'enseignement populaire et démocratique !

– En attendant, grince un mathématicien, moi, cette année, je leur ajoute deux louches de trigonométrie.

– Et moi, je vais forcer sur la conjugaison latine ! caquette un vieil oiseau.

– En géographie, renchérit un troisième, je colle le Bhûtân et Porto Rico au programme !

– Le Bhûtân et Porto Rico ? Mais, cher collègue, vous n'y pensez pas ! Nul ne sait où se trouvent ces maudits trous !

– Justement, ça leur fera les pieds ! Ah, ils vont en baver, les vaches !

Après quelques heures de débat animé, le programme est bouclé, empaqueté, prêt à se répandre comme une traînée de poudre jusque dans les provinces les plus reculées de l'Empire. Et il faut bien en convenir : c'est l'expression la plus aboutie du Savoir humain.

LE RETOUR DU PÉDAGOGUE DE L'HERMÉTIQUE DU DEDANS

« Si l'ambition de physicaliser les "il" est flagrante, celle nourrie à l'égard des "tu" n'est pas moindre mais plus subreptice. Ici s'égaille toute la brochette des "tu-tu", des "tu-il". »

De la psychopédagogie aux sciences de l'éducation - Cahiers du CREN, 1995.

Les auteurs

Au secours !

MAIS QU'EST-CE QU'ON REPROCHE AUX PROGRAMMES SCOLAIRES, À LA FIN, QUOI ?

Deux choses, amis parents d'élève. Toujours les mêmes. À en croire les râleurs chroniques, les programmes seraient :

A. Trop chargés.

B. Mal adaptés aux exigences de la vie moderne.

Il va sans dire qu'aucune de ces deux critiques ne résiste à l'examen des faits.

Non, monsieur, taisez-vous, les programmes ne sont pas trop chargés !

Plaît-il ? On n'a jamais le temps d'aller jusqu'au bout ? Mais justement, c'est ça qui est formidable ! Imaginez que les programmes soient allégés, tels des yaourts, et qu'ils s'achèvent dès la mi-mars, pareils à la giboulée fugace. Que deviendraient alors vos enfants ? Aimeriez-vous les voir livrés à eux-mêmes, rôdant en bande dans la ville, attaquant les vieillards, volant dans les supermarchés, roulant sur la pente odieuse du crime ? Est-ce cela que vous souhaitez ? L'anarchie ? Le bocsif ? Hein ? Parce que si c'est ça, autant le dire tout de suite, les gars ! Nous, on arrête et on va boire un bock !

STOP ! Ne touchez pas aux vacances !

Les emmerdeurs patentés, et nous les saluons au passage d'un cordial tapotement sur la nuque, diront que si l'on n'arrive pas au bout des programmes, c'est que l'année scolaire est trop courte, qu'il y a trop de vacances, que les profs sont trop souvent absents, et qu'ils nous fatiguent à la fin avec leurs dépressions nerveuses.

Attention : nous tenons à mettre en garde ces apprentis sorciers : dans notre pays, supprimer ne serait-ce qu'un jour de vacances, ce serait augmenter les dépressions nerveuses, creuser le déficit de la Sécurité Sociale et nous condamner tous à des prélèvements accrus. Alors on se calme, bon Dieu, pas de décisions folles !

Non, camarades, les programmes scolaires ne sont pas trop chargés. Pour nous en convaincre, considérons un instant la liste des matières qui n'y figurent pas, alors qu'elles y auraient pourtant largement leur place :

. Ferronnerie d'art,

. Initiation au trombone basse,

. Broderie,

. Pyramide humaine,

. Course en sac,

. Rhythm and blues,

. Strip-poker,

. Peinture sur plâtre,

. Tir au jugé,

. Roulé aux abricots,

. Chants kirghizes,

. Couture, tricot, ravaudage,

. Menuiserie métallique,

. Cuisine à l'huile,

. Conduite sport sur verglas,

. Hypnose,

. Steeple-chase,

. Danses écossaises,

. Saut carpé trois-quarts face,

. Art floral japonais,

. Combat de nuit au couteau.

On notera encore que ni les matières combustibles ni les matières fissiles ne figurent au programme. Reconnaissons-le : c'est un soulagement pour tout le monde.

LE PÉDAGOGUE DE L'HERMÉTIQUE DU DEDANS PÈTE UN BOULON

« Je retiens comme une fugue métaphorique ("je" dit "je"), ("je" dis "je"), ("je" dit "je"), ("je" dis "je")...
Pour essayer de s'entendre il convient d'entendre l'incertitude qui pèse sur les "t" et sur les "s", sans être vraiment assuré de ce dont il s'agit. »

De la psychopédagogie aux sciences de l'éducation - Cahiers du CREN, 1995.

Les auteurs

Ta gueule !

MAIS OUI, BON SANG, LES PROGRAMMES SCOLAIRES SONT ADAPTÉS À LA VIE MODERNE !

Et nous en sommes la meilleure preuve. Antilogus et Festjens, c'est indéniable, sont les purs produits des programmes scolaires, et nous vous le demandons en toute franchise : pourrait-on concevoir deux créatures plus parfaitement adaptées à leur environnement ? Hein, le pourrait-on ?

Résumons tout ce que ces deux magnifiques types sont capables de faire dans le domaine des technologies de pointe :

. Conduire une Renaut,

. Programmer un magnétoscope,

. Changer de chaîne avec une télécommande,

. Brancher un sèche-cheveux électrique,

. Écouter un CD,

. Danser la lambada, la macarena, le carapicho,

. Utiliser une photocopieuse,

. Faire cuire une barquette de lasagnes surgelée au micro-ondes,

. Jouer au flipper,

. Changer une ampoule,

. Consulter le minitel,

. Se servir d'une machine à laver (si on leur laisse des instructions écrites),

. Se connecter sur Internet (si on leur explique plusieurs fois),

. Piloter un hélicoptère (s'ils se donnaient la peine d'apprendre),

. Démonter une centrale nucléaire (genre Super-Phénix).

Et tout ça grâce à qui ? Grâce à quoi ? Grâce aux programmes scolaires, mesdames et messieurs ! *It's marvellous !*

Résumé de la leçon N° 11 :

Nous ne critiquerons plus jamais les programmes scolaires (c'est juré), car nous savons à présent qu'ils sont formidables et super, et d'ailleurs on va s'en rendre encore mieux compte à la leçon suivante. Chic !

■ LEÇON N° 12

Les programmes scolaires, une raison de croire en un avenir super

Discipline par discipline, voyons ce qui est proposé aux jeunes et quels immenses bienfaits ils peuvent en tirer :

• LE FRANÇAIS

Utilité : maximum.

Difficulté : quasi nulle.

Disons-le : le français est indispensable. Surtout en France. Si vous vous pointez à un rendez-vous d'embauche et que vous dites : « Bonjour, c'est moi que je viens pour l'annonce de prof de lettres », il est évident que les portes vont se fermer, la herse tomber, le pont-levis se relever et les volets claquer. En revanche, si vous dites : « Salut, c'est moi que je viens pour l'annonce dont il eût été question que je la prisse[1] », aussitôt un vent d'enthousiasme accueille votre arrivée subite, on vous couvre de baisers, de lauriers, de billets de mille, et maître Capello dévale le grand escalier pour vous serrer contre son cœur ulcéré par les barbarismes, les néologismes et autres impuretés de la langue française.

Remarque : amis parents d'élève, c'est vous qui avez appris le français à votre enfant. Vous-mêmes. Pendant des années. À force d'abnégation et de courage. Vous lui avez appris à dire « maman », « papa », « gâteau », « caca », et tout ce genre de trucs... Si bien qu'aujourd'hui, son professeur n'a plus qu'à lui enseigner la concordance des temps, l'accord des participes passés, la syntaxe, l'orthographe, la grammaire, autant dire presque rien. Vous avez fourni la plus grosse part du boulot, camarades, alors vous avez le droit d'être exigeants : il n'y a aucune raison valable pour que le petit soit mauvais en français !

Sauf bien sûr si vous êtes d'origine moldo-tchèvaque et que vous lui avez appris que table se dit « shmortsek », chien « gloubak », etc. Auquel cas, ne venez pas vous plaindre.

Métiers possibles grâce au français : professeur de français, ministre de la Francophonie, bonimenteur sur les marchés, speakerine, maître Capello, écrivain de renommée locale, conteur cévenol, fin diseur, gagman, chauffeur de taxi.

1. Nous vous avions promis d'employer à nouveau l'imparfait du subjonctif, c'est fait. Et c'est comme une apothéose de rires et de chants d'oiseaux.

• LES MATHÉMATIQUES

Utilité : satisfaisante.

Difficulté : très surévaluée.

On entend souvent dire que les mathématiques ne servent à rien, si ce n'est à établir une sélection arbitraire parmi les élèves. Et l'on cite le cas des futurs médecins, systématiquement recrutés parmi les forts en maths alors qu'ils n'auront pas le moindre usage des mathématiques dans l'exercice de leur métier. N'y aurait-il pas là un paradoxe absurde, la preuve d'un complot contre les littéraires, une raison d'éclater d'un rire douloureux en songeant que la vie n'est qu'une farce amère dont chacun est le dindon ?

Eh bien, nous répondons non. Les médecins, quoi qu'on prétende, ont besoin des mathématiques tous les jours, et même plusieurs fois par jour :

– Pour compter les patients dans la salle d'attente ;

– Pour augmenter leurs honoraires en fonction de la tête du client ;

– Pour calculer combien d'actes il leur reste à faire avant de pouvoir s'offrir la Porsche.

Remarque : contrairement à ce que beaucoup pensent, il n'y a rien de plus simple que les maths. L'important est de bien saisir l'état d'esprit du mathématicien moyen. Le type, dès le saut du lit, ne se pose qu'une question : « Qu'est-ce qui est égal à quoi ? » C'est tout ce qui l'intéresse dans la vie. Le reste peut s'écrouler. Alors il commence simplement en se disant :

$$A + B = A + B$$

Puis très vite il complique le truc :

$$A + B + A + B = A + B \times 2$$

Ou encore :

$$\frac{A + B + A + B}{2} = A + B$$

Ou même carrément :

$$\vec{V_1}\,\vec{V_2} = \vec{V_2}.\vec{V_1}$$
$$\vec{V_1}\,(\vec{V_2} + \vec{V_3}) = \vec{V_1}\,\vec{V_2} + \vec{V_1}\,\vec{V_3}$$
$$\lambda \in \mathbb{R}\ (\lambda\,\vec{V_1})\,\vec{V_2} = \lambda\,(\vec{V_1}\,\vec{V_2})$$
$$\mu \in \mathbb{R} \text{ avec } (\lambda\,\vec{V_1})\,(\mu\,\vec{V_2}) = \lambda\mu\,(\vec{V_1}\,\vec{V_2})$$
$$\vec{O}.\vec{V} = 0 : \vec{V} \neq \vec{O}\vec{V}.\vec{V} > 0$$

En définitive, à force de contorsions, de tour de passe-passe et de poudre aux yeux, le matheux en arrive à démontrer que la somme des angles est égale au carré de l'hypoténuse. Tout cela est enfantin.

Débouchés professionnels des maths : épicier, médecin, comptable, polytechnicien, âne savant dans un cirque, escroc international.

• PHYSIQUE-CHIMIE

Utilité : grande (surtout en temps de guerre).

Difficulté : surmontable (avec un peu d'effort).

Pensez-vous un instant que Werner von Braun aurait pu concevoir son détonnant V2 s'il n'avait pas été premier de sa classe (ou à la rigueur deuxième) en physique-chimie ?

Les grandes heures de l'Éducation nationale.
fig. 10 : « C'est pas moi, c'est Margot », dit la fillette.
Il n'empêche, le lycée brûle.
Le bec bunzène n'est pas un joujou, mademoiselle !

Croyez-vous que Robert Oppenheimer aurait mérité son titre envié de « père de la bombe atomique » ? Que Ludwig-le-boucher aurait inventé son ultra-dangereux lance-flammes ? Que M. Spock serait devenu officier en second à bord du croiseur stellaire *Entreprise* ? Tout cela pour vous faire comprendre, amis parents, que la physique-chimie est une matière vachtément importante.

Remarque : Et même dans la vie de tous les jours ! Imaginez : c'est l'émeute, un barrage de CRS obstrue la rue et vous voulez passer. Pas de problème ! Grâce à la chimie, vous pouvez confectionner un cocktail molotov en un rien de temps, avec ce que vous avez sous la main : un fond d'eau de javel, un sachet de clous, 100 grammes de poivre ! Quant à la physique, elle vous permet (calcul de trajectoire) de balancer votre petit cadeau droit sur le barrage. Ouais, bien visé, vieux ! Super ! Les casqués l'ont pris en pleine poire ! Qu'ils brûlent en enfer !

Carrières liées à la physique-chimie : savant atomique, pilote de navette spatiale, officier à bord de l'*Entreprise*, explorateur galactique, chercheur au CNRS, terroriste international, cuisinier.

L'ATROCE MENACE QUI PÈSE SUR NOS ENFANTS

« Un enfant qui entre à la maternelle peut espérer fréquenter l'école en moyenne pendant 18,9 ans. »

L'État de l'école - Brochure du ministère de l'Éducation nationale - N°6, nov. 1996.

La comparaison qui s'impose

Un type qui tue sa femme peut espérer s'en tirer avec dix ans seulement.

• HISTOIRE-GÉOGRAPHIE, INSTRUCTION CIVIQUE

Utilité : indiscutable.

Difficulté : inexistante (suffit d'apprendre par cœur).

L'homme qui pense que Bismarck était un hareng et Thermidor un homard, cet homme-là ne mérite qu'un froncement de narines (et peut-être une paire de gifles). Il ne sait se situer ni dans le temps ni dans l'espace. Il ne sait sans doute même pas pour qui voter. Nous ne souhaitons à personne de l'avoir pour voisin lors d'un dîner. En revanche, l'individu féru d'histoire, de géographie, de civisme, l'érudit ardent, le citoyen responsable aux grands yeux vifs est un compagnon universellement apprécié. Il peut vous réciter la généalogie des rois de France, la liste des départements, et vous expliquer en prime comment fonctionne un Conseil général. Qu'attendre de plus d'un voisin de table?

Au moindre silence, il bondit tel le hardi mouflon pour poser ses colles : « 1515 ? », « Capitale du Gabon ? », « Sous-préfecture du Gers ? » Aussitôt, l'ambiance est au beau fixe.

En promenade, c'est encore mieux, le type est intarissable. Du premier coup d'œil, il repère si le sol est formé de roches basaltiques ou de schistes marneux, et il vous fait un rapport détaillé. Sans interruption, ses commentaires résonnent dans l'air frais : « Oh, là, regardez, un thalweg ! Et plus loin, derrière ce névé, un plissement géosynclinal ! Comme c'est merveilleux ! » Méfiez-vous ! Si vous manifestez le moindre signe d'intérêt poli, il va tout vous dire de l'assolement triennal.

Remarque : même si vous le semez en pleine forêt, l'historien-géographe, pareil au castor junior, retrouvera sa route grâce aux lichens qui poussent sur les rochers. Pour s'en débarrasser vraiment, une seule solution : ligotez-le à un arbre.

Jobs en rapport avec l'histoire-géo : candidat à « Questions pour un champion », enseignant, guide de haute montagne, guide de basse montagne, météorologue, pisteur sioux, géologue, géomètre, Alain Decaux.

• LANGUES ÉTRANGÈRES

Utilité : de moyenne à forte.

Difficulté : négligeable.

Le bruit court, colporté par des bouches criminelles, que les Français ne seraient pas spécialement doués pour les langues. C'EST SCANDALEUX ! Nous sommes les meilleurs en langue de veau et nous nous débrouillons très bien dans la plupart des autres dialectes.

Amis parents, quelques trucs de prononciation qui aideront vos enfants à faire des progrès rapides :

- En anglais, prenez un air dégoûté, genre snobinard, faites des petits bruits bizarres avec la bouche et inversez le genre des articles, comme Jane Birkin. Exemple : « Aôh, la thé est bon, cette matin ! »

- En espagnol, parlez vite en roulant les r et en frappant le sol du talon, comme pour défier un taureau (*ouné toro*). De temps en temps, pour faire plus vrai, on criera : « Olé, flamenco ! »

- Même chose en italien, mais en plus, faites des gestes avec les mains, tout en essayant de saisir subrepticement la valise de votre interlocuteur.

- Pour l'allemand, soyez guttural, crispez les mâchoires, alternez pas de l'oie et claquements de talons.

- En russe, privilégiez l'expression corporelle : roulez des yeux fous, déchirez vos vêtements, martelez-vous la poitrine avec les poings, puis tombez à genoux en prenant le ciel à témoin de la cruauté du Destin.

Remarque : pour ce qui est des langues mortes, l'avis général est qu'elles ne servent à rien. Nous ne sommes pas d'accord. Au risque d'insister, il nous semble au contraire que la langue de veau, bien que nettement morte, n'en est pas moins délicieuse (surtout relevée d'une petite sauce piquante).

Boulots à base de langues : agitateur à la solde de l'étranger, secrétaire bilingue, agent triple (français-anglais-espagnol), traducteur, ventriloque, touriste, Nelson Monfort à la télé, chauffeur de bus.

• SCIENCES DE LA VIE ET DE LA TERRE (SVT)

Utilité : considérable.

Difficulté : insignifiante.

Les sciences de la vie ont pour but d'éveiller votre enfant à la connaissance de la nature en lui montrant que les plantes sont des animaux comme les autres, mais elles ont un intérêt en plus : elles remplacent les chers bons vieux cours d'éducation sexuelle, aujourd'hui disparus des emplois du temps pour cause de triomphe de la pudibonderie. Votre garçon, monsieur, voit comment le lombric fait sa petite affaire à Mme Lombric, et il prend conscience qu'il lui faudra faire un jour la même chose et participer au grand cycle de la vie (en cas de traumatisme consultez un psychiatre); votre fillette, madame, assiste fascinée à la danse nuptiale de la poule d'eau, et elle en tire une salutaire leçon de séduction féminine.

Autre avantage des SVT : le jeune apprend pendant les cours à disséquer des créatures atroces, souris, grenouille, œil de vache, moule, pruneau, etc. Il acquiert ainsi une grande dextérité manuelle qui lui sera utile plus tard pour découper le poulet.

Remarque : au lieu d'apprendre à nos enfants à disséquer les moules, on ferait mieux de leur apprendre à ouvrir les huîtres. À Noël, ça rendrait service à tout le monde.

Emplois autorisés par les SVT : candidat écologiste aux élections, opposant acharné à la construction de l'autoroute A 128, ami des ours, vétérinaire, chirurgien, charcutier, serial killer.

• TECHNOLOGIE

Utilité : flagrante.

Difficulté : risible.

Matière noble et pratique s'il en fut, la « techno » se propose d'apporter aux jeunes des lumières sur les sciences du futur (informatique spatiale, robotique, cybernétique), tout en leur fournissant les bases du bricolage du dimanche (plantage de clou dans un mur, réparation de robinet, pillage de parcmètre, détournement de ligne électrique).

Remarque : en cas d'électrocution alertez le Samu.

Activités ayant à voir avec la techno : ingénieur électronicien, maçon, démonstrateur chez Black et Decker, chef de rayon au BHV, inventeur de trucs nuls au concours Lépine (de cheval), réparateur chez Simca.

• MUSIQUE ET DESSIN

Utilité : beaucoup.

Difficulté : peu.

Dans son infinie bonté, l'Éducation nationale ne se satisfait pas de transformer vos enfants en véritables petits Einstein ; elle veut qu'ils soient aussi des artistes accomplis, capables à tout moment de jouer *L'Eau vive* au pipeau ou d'assembler une mosaïque de pâtes pour la Fête des pères. Comme c'est gentil !

Remarque : avant de jeter l'atroce objet, n'oubliez pas de dire : « Oh comme c'est joli, mon Biquet ! »

Grâce à la musique et au dessin on peut devenir : le nouveau Michel-Ange, danseuse étoile, danseur mondain, dessinateur industriel, rock star, auteur de bandes dessinées, chauffeur de tram.

• ÉDUCATION PHYSIQUE

Utilité : ça suffit.

Difficulté : taisez-vous.

Non contente de produire par centaines de milliers des puits de science doublés de créateurs de génie, l'Éducation nationale, notre Sainte Mère, entend en outre faire de chaque jeune un athlète de haut niveau. Le principe général serait en quelque sorte : « une âme saine dans un corps sain » (ce qui vaut toujours mieux qu'un hameçon dans un corset, ha, ha !).

Remarque : aucune remarque ne sera tolérée.

Avec l'éducation physique votre enfant sera (s'il n'oublie pas ses affaires de gym à la maison) : médaillé olympique, déménageur, catcheur, convoyeur de fonds, vigile dans un supermarché, champion de course en sac.

Vous n'ignorez plus rien des programmes, ami parent d'élève. Rien de bien compliqué, pas vrai ? Et pourtant, vous continuez à ignorer ce qu'est une conjonction proverbale. Dès lors, une question se pose : êtes-vous au niveau pour faire travailler votre enfant à la maison ? Un petit test s'impose...

Résumé de la leçon N° 12 :

Utiles et faciles, les programmes scolaires sont comme la carabine du Savoir qui enverrait sa détonation humaniste à la face du monde pétrifié de terreur.

■ LEÇON N° 13

Testez votre niveau : êtes-vous un type sur lequel votre enfant peut compter, ou une maudite planche pourrie ?

Êtes-vous capable d'aider efficacement votre cher Biquet à faire ses devoirs ? Ce petit quizz vous permettra de le savoir en un rien de temps. Choisissez la réponse qui vous semble correcte parmi ces propositions, puis reportez-vous au résultat, sous chaque question. Comptez un point par bonne réponse, afin d'estimer votre niveau. Croisez les doigts, vieux : vous allez en baver un max.

1. Quel fleuve plaît le plus aux élèves ?

A. La Seine.

B. La Loire.

C. Le Prout.

Réponse C : Rivière d'Europe centrale, affluent du Danube, ce fleuve a fait rire d'innombrables générations d'écoliers français. Les riverains, eux, ne rient pas. Dans leur langue, « prout » se dit « Jbro ».

2. Lequel de ces hommes célèbres n'a pas sa station de métro ?

A. Maurice Réaumur.

B. François Sébastopol.

C. Jacques Mesrine.

Réponse C : Le sympathique bandit barbu ayant été abattu dans la rue, on a plutôt pensé pour lui à une station de bus.

3. Qui était le chanteur des Grateful Dead ?

A. Tino Rossi.

B. Jerry Garcia.

C. Clo-Clo.

Réponse B : Mais ça a bien failli être C. En effet, Clo-Clo avait été pressenti pour devenir le leader de ce célèbre groupe de la Côte Ouest. Mais son costume à paillettes dorées en fit la risée de tout Frisco. Vexé comme un pou, le sautillant Égyptien se rabattit vers la France, où il devint Monsieur Claude François.

4. Pourquoi Grouchy est-il arrivé en retard à Waterloo ?

A. Il avait rendez-vous avec un joli petit lot.

B. Il n'arrivait pas à boutonner ses brandebourgs.

C. Il avait mal au ventre.

Réponse B : Rappelons que le maréchal Grouchy était d'une effroyable maladresse. Napoléon lui-même avait coutume de dire de lui : « Basta ! Ce jobastre a deux mains gauches ! » Et on se souvient du jour où Grouchy, encore colonel, avait fait tomber sa pizza sur la redingote de l'Empereur, quelques secondes avant que celui-ci ne reçoive la reddition du général Mack à Ulm. La France entière avait retenu son souffle. Heureusement, Mack, en parfait gentilhomme, avait affecté de prendre l'ignoble tache dégoulinante pour une grosse Légion d'honneur.

5. À Waterloo toujours, qui a crié « Merde » ?

A. Un malpoli.

B. Le maréchal des logis Brioux.

C. Le général Cambronne.

Réponse B : Contrairement à la légende, ce n'est pas Cambronne mais Brioux qui, le premier, cria « Merde » aux Anglais. Et encore, était-ce sous l'empire de la douleur : un boulet de huit livres lui était tombé sur le pied ! Sans cette circonstance malencontreuse, il serait resté correct. Rappelons en effet que ces deux soldats français, comme toute l'armée napoléonienne, étaient d'une courtoisie irréprochable. On ne pourrait en dire autant des rangs coalisés, où l'on entendait souvent des « Teufel », des « Damned » et des « Shabam, whoaw, pop, wizzz ! ».

6. Quelle est la valeur de Pi ?

A. 3615 Ulla.

B. 1515.

C. 3,14116.

Réponse C : Pi vaut en effet 3,14116, sauf dans le cas de Pie XII, où il vaut douze fois plus.

7. Mettez à l'imparfait du subjonctif la phrase suivante : « Si tu veux que je te voie visser ta glace, Boris, il faut que tu saches où est le sachet de vis. »

A. « Si tu voulais que je te visse visser ta glace, Boris, il eût fallu que tu susses où était le sachet de vis. »

B. « Si tu eûsses voulu que je te voye visser ta vis, Boris, il aurait fassû que tu suçâsses une glace. »

C. « Si tu voudrais que je te visse sucer Boris, Douglas, il eut phallus que tu le fisses, vicieux ! »

Réponse A : Rappelons, pour les amateurs, que Boris et Douglas seront visibles sur scène tous les soirs au Théâtre des Trois Boules, dès la rentrée. Venez nombreux !

8. Parmi ces rois de France, lequel a le moins marqué son époque ?

A. Louis XIV.

B. François Ier.

C. Henri XII.

Réponse C : Effacé, timide, introverti, Henri XII avait peu de chances de marquer une époque par ailleurs extrêmement terne. Pourtant, tous ceux qui l'ont connu en privé vous diront que le type jouait admirablement du banjo. En d'autres temps, sous d'autres cieux, il aurait pu devenir une vedette du Dixie. Ah, Histoire, comme parfois tu es injuste !

9. Rendez à chaque roi son assassin :

A. Henri IV	**1.** Le Prince de Nemours
B. Henri XII	**2.** Mats Wilander
C. Henri Leconte	**3.** Ravaillac

Comptez un point par bonne réponse : A-3 / B-1 / C-2. Chacun garde en mémoire le véritable assassinat de notre « Roi du lift », Henri Leconte, lors de sa finale de Roland-Garros. Par la suite, vexé comme un pou, « Riton la malchance » épousa une femme torero, au risque d'y laisser cette fois la queue et les deux oreilles. Olé !

10. Traduisez l'expression suivante : « Fuck you, bloody bastard ! »

A. Bonjour madame, je voudrais un bâtard.

B. Le phoque voudrait un bloody mary.

C. Puisses-tu brûler en enfer, maudit garde du Cardinal !

Réponse C : On mesure avec cette simple phrase à quel point l'anglais est bourré de faux-amis. Ah, perfide Albion, comme tu nous donnes du fil à retordre !

11. À chaque question sa bonne réponse :

A. Quel est le plus haut sommet du monde ? — **1.** Chez Odette

B. Quel est le plus long fleuve de France ? — **2.** L'Everest

C. Quel est le restaurant le moins cher du quartier ? — **3.** La Loire

Comptez un point par bonne réponse : A-2 / B-3 / C-1. Odette vous propose dès la rentrée l'apéritif gratuit sur présentation de cet ouvrage. N'oubliez pas : tous les samedis, soirée karaoké-couscous. Venez nombreux !

12. Parmi ces sites touristiques renommés, lequel n'est pas une merveille du monde ?

A. Les jardins suspendus de Babylone.

B. Le phare d'Alexandrie.

C. L'appartement de Jean-Louis Festjens.

Réponse C : Et c'est d'ailleurs un scandale. Nous sommes vexés comme un pou.

13. Complétez ce mot célèbre : « Nous sommes ici par la volonté du peuple et nous n'en sortirons... »

A. « ... que pour aller boire un godet chez Odette. »

B. « ... que pouic ! »

C. « ... que si vous voulez bien nous ouvrir la porte, monsieur l'officier. »

Réponse C : Contrairement à la légende, Mirabeau n'a pas dit « nous n'en sortirons que par la force des baïonnettes ». Mirabeau n'aurait pas pu dire ça, car Mirabeau était un lâche. Un dégonflé. Une tantouze. Ce n'est pas pour rien que Danton, Saint-Just, Robespierre et même le gros Louis XVI le surnommaient « Mirabelle », ce qui avait le don de le vexer comme un pou.

14. Lequel de ces sympathiques animaux n'est pas un lamellibranche ?

A. La moule.

B. Le grizzli.

C. La palourde.

Réponse B : Et c'est d'autant plus curieux que seul le grizzli est capable de vous réduire en lamelles ! C'est à n'y rien comprendre !

15. Classez les mots suivants en deux familles distinctes :

Brie - Hyperespace - Laser à ions - Camembert - Trou noir - Bleu d'Auvergne - Veau.

Réponse : Il fallait mettre d'un côté « hyperespace », « laser à ions » et « trou noir », et de l'autre « brie », « camembert », « bleu d'Auvergne » et « veau ». En effet, le veau est le petit de la vache et se rattache donc à la grande famille de la pâte molle. Mais n'en faisons pas tout un fromage ! Ha, ha !

16. Si on vous disait que m = m1 - m2 x T' = (242, 5 - 242, 3) g = 0,3 g. Que répondriez-vous ?

A. C'est juste.

B. C'est faux.

C. Au secours !

Réponse C : L'attitude raisonnable nous semble en effet de fuir sans chercher à savoir de quoi il retourne. D'aucuns ne seront pas de cet avis. Qu'ils aillent brûler en enfer (fuck you). Merci.

17. Si vous mettez la phrase suivante au pluriel, combien obtiendrez-vous de x ?

« J'adore ce vitrail, il est chou. Eh, Xavier, jette-z'y un caillou ! Aïe ! Voyou ! Tu m'as brisé le genou. Remarque, d'un sens, tant mieux. Un peu plus, j'm'le prenais dans le bijou de famille ! Merde ! Fais gaffe ! Le train corail a écrasé ton joujou ! Hou, hou ! Oh, regarde, sur l'épouvantail : il y a un hibou ! Et là, un cheval ! Mince, tu parles d'une soirée... »

A. Vous obtenez 4 x.

B. 10 x.

C. 58 x.

Réponse B : Nous vous avons bien eu ! On ne dit pas « des trains coraux » ! Ni « des épouvantaux » ! Gros bêta !

18. Musique : Lequel des rythmes vous semble le plus endiablé ?

A. Tchac poum-poum !

B. Tchica-tchica hey !

C. Oy Oy Oy Kazatchoc !

Réponse C : Eh oui : ces damnés slaves ont décidément le diable au corps ! Davaï tovaritch ! Zakouski ! Borscht ! Vodka ! Ivan Rebroff ! Oy ! Oy ! Oy !

19. Qui est l'auteur de cette réplique fameuse : « La femme, c'est comme la choucroute : ça appelle la saucisse. »

A. Sacha Guitry.

B. Alphonse Allais.

C. Mark Twain.

D. Tristan Bernard.

E. Olivier de Kersauson.

F. Philippe Castelli.

G. Carlos.

H. Jacques Martin.

I. Sim.

Réponse : Ha, ha ! C'était un piège ! En effet, tous ces humoristes fameux ont prononcé cette même plaisanterie (au demeurant excellente). Seul Robert Sabatier n'y a pas pensé. Le vieux pitre est vexé comme un pou.

20. On considère que Pythagore est le père de la géométrie. Qui en est la mère ?

A. Thérèse d'Athènes.

B. Ginette de Myconos.

C. Marie Curie.

Réponse C : Oui, bien sûr, d'aucuns nous feront remarquer que Marie Curie ne peut pas être la mère de la géométrie, puisqu'elle était physicienne. Il n'empêche qu'en tant que scientifique, c'est elle qui se rapproche le plus de la bonne réponse.

MESUREZ VOS RÉSULTATS :

• **De 12 à 26 bonnes réponses** : Excellent. Formidable. Étonnant. Êtes-vous sûr de ne pas avoir triché ? Comment pouvez-vous savoir tant de choses ? Sans doute êtes-vous prof, ou l'un de ces maudits érudits qui la ramènent à tout va ! Avec vous, votre enfant est sûr d'être premier (ou à la rigueur deuxième).

• **De 0 à 11 bonnes réponses** : Pas bon. Mauvais. Nul. Peut mieux faire. N'essayez pas de venir en aide à votre enfant, il aurait des notes lamentables. C'est une honte ! À votre place, on serait vexés comme des poux.

Allons, reprenez-vous. Pas de désarroi excessif, ami. Bien que vous ne soyez pas de taille à faire les devoirs de votre enfant – nous ne reviendrons pas là-dessus – vous ne serez pas contraint de vous replonger dans les atroces manuels scolaires pour vous remettre à niveau. Une fois de plus, nous avons tout prévu. Allez, hop, hop, hop, tournez la page : une douce surprise vous y attend, petit veinard !

LA TROUVAILLE DE FRANÇOISE DOLTO

« Le mot "lire" est un mot qui, pour certains enfants, éveille quelque chose de totalement tabou : c'est le lit conjugal des parents. Au moment où l'enfant est en train d'élaborer son interdit de l'inceste, le verbe du "lit" que leur paraît être le mot "lire" rend ce mot banni. »

L'Échec scolaire - Essais sur l'éducation - Ergo Press, 1989.

Cette fois, les auteurs ont compris !

Voilà pourquoi les Anglo-Saxons dominent le monde ! Chez eux, « lire » se dit « to read », alors que le « lit conjugal » se dit « conjugal bed ». Aucun risque de traumatisme incestueux ! Ah, langue de Molière, comme tu as fait du tort au destin de l'Empire !

SIX DEVOIRS CLÉS EN MAINS !

Dites un peu, les types : quand Antilogus et Festjens vous annonçaient une chouette surprise, se sont-ils payé votre fiole, ou ne méritent-ils pas une fois de plus leur surnom de « copains du Monde » ? Six devoirs clés en mains, vous vous rendez compte ? Des devoirs gratos, tout rédigés, assurés d'obtenir la meilleure note, sans rien à faire ! Eh, vu votre niveau au test, c'est quand même pas inutile, quoi !

MODE D'EMPLOI DES DEVOIRS CLÉS EN MAINS :

1. Nous avons dit qu'il n'y avait rien à faire ? Ce n'est pas vrai. C'était une blague. Ha, ha ! En fait, il faut les recopier sur une feuille libre. Si vous donnez le bouquin tel quel au prof, curieux comme il est, le vieux singe va lire ce qui précède et vous serez démasqué, maudit fainéant ! Ah, qu'il aille brûler en enfer !

2. Attention ! Choisissez le devoir en fonction de la matière. C'est important. Si votre enfant a un devoir de maths, n'allez pas recopier le devoir d'espagnol. Ce serait assez couillon, excusez-nous de vous le dire. Un beau gâchis, voilà ce que ça serait.

3. Même si vous choisissez la bonne matière, il est possible que le sujet donné par le prof ne corresponde pas exactement à ceux que nous avons développés. En géo, par exemple, si le devoir porte sur le débit des grands fleuves d'Afrique, notre copie sur la Chine pourra paraître hors sujet.

Il n'en est rien. Les profs, ainsi que nous l'avons signalé

précédemment, sont des gens formidables, d'une ouverture d'esprit quasi pas croyable, et ils ne pourront qu'être séduits par l'excellence du travail fourni.

4. Tout de même, si vous êtes perfectionniste, vous pouvez adapter légèrement nos devoirs, de façon à donner l'impression que vous répondez effectivement à la question. Mais songez que ça va vous demander un effort. Alors que là, tel quel, que pouic ! Tout fait ! Tout bon ! Peinard !

FRANÇOISE DOLTO VA PLUS LOIN

« Je vous l'ai signalé dans le trouble que crée, chez certains enfants, le mot "lire", de même que le mot "écrire" qui, pour certains d'entre eux, signifie les cris qu'ils entendent entre les parents. Les mots de "lire" et "écrire", pour certains enfants, sont des signifiants inconscients de l'union sexuelle dont on ne leur a pas clairement parlé. »

L'Échec scolaire - Essais sur l'éducation - Ergo Press, 1989.

Cette fois, les auteurs regimbent

Assez !

RÉDACTION

Sujet : Racontez votre week-end.

On est partis samedi midi après l'école dans la voiture avec papa, maman et ma sœur pour aller à la campagne parce qu'il faisait beau. Papa aime bien partir à midi, parce qu'il dit que c'est l'heure où tous les cons y bouffent et on peut rouler cool. Là, les cons y devaient pas avoir faim, parce qu'il y avait un embouteillage. Du coup, papa a décidé de prendre les petites routes et il a dit à maman de sortir la carte. Maman elle a dit qu'elle préférait s'arrêter pour déjeûner tranquille et laisser passer le flot des voitures, mais papa a dit que non et que par les petites routes y en avait pour une heure pas plus. Pendant que maman trouvait pas la carte, papa a dit que merci beaucoup pour le coup de main, mais qu'heureusement il reconnaissait le carrefour et il a tourné à gauche. Après, maman a trouvé la carte et elle a dit qu'il fallait tourner à droite. Papa a dit que non et que c'était un raccourci. Après il y a eu un camion et papa a dit que c'est pas croyable qu'on les laisse rouler le week-end, ces gros culs, et qu'il allait doubler. Maman voulait pas et elle a dit qu'elle préférait descendre avec nous si ça continuait comme ça. C'est là où ma sœur a dit que oui elle voulait bien descendre parce qu'elle avait envie de faire pipi. Papa a dit qu'on était bientôt arrivés. Maman a dit : « Oui, mais où ? » et on a tous rigolé, sauf papa, qui était pas content.

Quand on est arrivés à la campagne, il faisait nuit et il pleuvait, et en plus c'était pas là. Avec maman et ma sœur, on est rentrés en train.

ESPAGNOL

Thème : Traduisez ce dialogue entre Pedro et son ami Esteban, tiré du film *Dos Picadores en la cuisina* :

– Bonjour, Pedro !	*– Bonjorno, Pedro !*
– Bonjour, Esteban.	*– Saludo, Steban !*
– Où est le taureau ?	*– Donde es el toro, por favor ?*
– Le taureau est dans la cuisine.	*– El toro es en la cuisina.*
– Pourquoi ?	*– Porqué ?*
– Je ne sais pas.	*– No sé. Es muy angoissado.*
– Mais, ne penses-tu pas que c'est dangereux ?	*– Pero, no piensa que esta muy dangeroso ?*
– Si, surtout qu'il a bu.	*– Si, tambien que a bibir.*
– Silence ! Tu n'entends rien ?	*– Silencio ! No escoucha nada ?*
– Horreur ! Une galopade dans le couloir !	*– Caramba ! Una cavalcada terrifiosa en el corridor !*
– Au secours ! J'ai mal ! Empêche-le de me piétiner, Pedro !	*– No posso, Esteban, soy encornado ! Penso que vay a morir ! El maldito toro mi a fa passado el gusto della paella. Olé. Triste fino.*

HISTOIRE

Sujet : Pourquoi la bataille de Marignan a-t-elle eu lieu en 1515 ? Développez.

Le 12 décembre 1514, à la veille de livrer bataille contre les Suisses à Marignan, le bon roi François Ier se promenait à cheval avec le chevalier Bayard et son fidèle Pardaillan. Avisant un groupe d'écoliers rentrant à la maison, il s'amusa (car le roi était un ami du rire) à leur poser des colles :

– Holà, mes drôles, connoissez-vous votre hystoire de France ?

– Ça oui, messire le roy ! répondirent les enfants.

– Sitôt, voyons cela, ha, ha ! Adoncques : sacre de Charlemagne ?

– 800 !

– Grande peur de l'an mille ?

– 1000 !

– Bataille de Waterloo ?

– 1815 !

Le roi s'amusait beaucoup, émerveillé de la mémoire de ces braves petits écoliers.

- Eh bien, mes drôles, de ce jour, vous devrez connoître une austre date : Marignan, 1514 ! Ha, ha !

– Ah, non alors ! Peste ! Jarnicoton ! dirent les écoliers. C'estoit trop compliqué ! Oncques ne s'en souviendra jamais !

– Ouais ! Ils ont raison ! grognèrent des villageois autour d'eux. À mort le roy ! Qu'on le pende !

– Qu'est-ce que c'est ? gronda Bayard (qui ne supportait pas les reproches), en tirant son épée Durandal. Y en a qui estoient pas jouasses ?

– Il suffit, faquin ! dit le roy qui avait tout compris. Oncques nous reviendrons occire les Suisses l'année prochaine, ça fera un compte rond ! Pas vrai, les gueux ?
– Ouais ! Ouais ! Vive le roy ! crièrent les bons gueux.
– Et puis ça sonne bien, Marignan 1515, murmura-t-il pensivement. Qu'est-ce que vous en pensez, les croquants ?
– Ouais ! Ouais ! Vive le roy ! Vive le roy !
François 1er opina du bonnet et secoua sa barbiche pointue. Il venait de comprendre que son règne obscur, à la limite du fastidieux, allait entrer dans l'Histoire...

MATHÉMATHIQUES

Répondez au problème suivant :

Jean fait couler un bain durant 7 minutes avec un débit horaire de 345 litres, mais la baignoire a une fuite de 0, 25 cl par minute. La flaque formée par terre crée un dégât des eaux chez le voisin du dessous qui roule au même instant à 273 km/h à bord du TGV Paris-Bordeaux et se trouve à 45 kilomètres de l'arrivée. Sachant que le dégât des eaux s'élargit sur la tenture murale à raison de 3 cm² toutes les soixante-sept secondes, que le voisin doit encore prendre un taxi en quittant la gare et qu'il y a des embouteillages, calculez ce que vous voulez.

Réponse :

6 x 4 = 24.

GÉOGRAPHIE

La Chine : tissu économique et réalités sociales.

Introduction : La Chine est un pays lointain peuplé de petits hommes au sourire cruel. On les appelle les Chinois, ou les Chinetoques, ou les Bridés (dans *Ouragan de feu sur Pékin* Buck Danny, lors de l'épisode où il largue mille tonnes de bombes sur la base secrète de l'Armée Rouge, utilise un autre vocable pour les désigner, dans la phrase restée fameuse : « Prenez ça, maudites faces de citron ! »).

Développement : À part ça, les Chinois passent leur temps à inventer des tortures chinoises qu'ils infligent aux étudiants contestataires dont le pays regorge. Ils portent des robes en soie et des grandes nattes dans le dos, comme des gonzesses. Les Chinoises se reconnaissent à leurs tout petits pieds, dont elles se servent pour infliger des coups de kung-fu mortels aux envahisseurs mongols. Les hommes célèbres de la Chine sont : Mao Tse Toung, Bruce Lee et David Carradine.

Les Chinois se nourrissent surtout de riz, d'œufs pourris et de brochettes de chiens, ce qui les rend constipés et explique à la fois leurs yeux bridés par l'effort et leur teint jaunâtre de malades du foie.

Conclusion : Nous ne recommandons à personne de passer des vacances en Chine.

Les grandes heures de l'Éducation nationale.

fig. 11 : Vérification d'un problème de maths au début du siècle : il reste exactement 608 hectolitres dans la cuve. C'est le jeune Pluchet qui avait raison

PHYSIQUE

Considérez l'équation suivante :

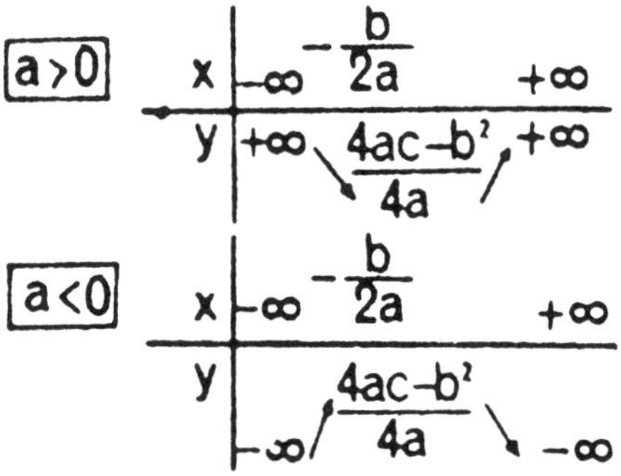

Questions :

1. À quel endroit Albert Einstein s'est-il trompé ?

2. Qu'auriez-vous fait à sa place ?

3. En définitive, l'univers est-il courbe, oui ou non ?

Réponses :

1. Là : $\frac{4ac-b^2}{4a}$

2. J'aurais tout multiplié par 12.

3. Ça dépend d'où qu'on regarde.

Résumé de la leçon N° 13 :

Faire travailler l'enfant à la maison présente un certain nombre de difficultés, surtout lorsqu'on n'a pas la moindre idée de ce qu'il est en train d'apprendre. Ah, Éducation nationale, comme tu nous joues parfois de cruels tours !

Attention !
Leçon interdite aux enfants !
Éloignez-les ! Donnez-leur 10 F
qu'ils aillent s'acheter des bonbons !

■ LEÇON N° 14

Les parents se rebiffent : « Foutez-nous un peu la paix, please ! »

Ce soir, vous rentrez claqué, fatigué, épuisé, éreinté, crevé, et si dans l'escalier un voisin vous disait : « Bonsoir, comment allez-vous ? », votre réponse serait : « Assez ! Laissez-moi tranquille, Brochard ! Ça suffit à la fin ! » Au bureau, reconnaissons-le, la journée a été rude. Contrôle de gestion sur le dos ; accrochage avec le contentieux ; pataquès avec la SECOVAR ; annulation du contrat SOCAMEX ; réflexions acidulées de Bernod (service compta) ; convocation à la direction. Et en prime, à la cantine, même pas de frites ! Bref, une journée de chien, et maintenant vous ne souhaitez plus qu'une chose : avaler un whisky, une escalope milanaise, puis vous affaler devant la télé et regarder n'importe quoi, en famille, dans la douce et réconfortante quiétude du foyer.

Tel le U-boot traqué qui regagne sa base dans le fracas des grenades sous-marines, vous voici devant votre porte, pareil à Ulysse humant à nouveau, après tant d'années d'absence, l'odeur appétissante des souvlakis. Déjà vos doigts fuselés et agiles s'agitent dans la vieille poche et s'emparent de la clé du F4, tandis qu'un cri de soulagement silencieux monte de vos neurones en fusion... Mais soudain c'est le choc atroce, comme si un cougar vous avait bondi sur le râble avec un rire satanique. Dans un éclair de lucidité cruelle, vous venez de vous souvenir que ce soir, vous aviez promis d'aider Biquet à réviser sa leçon de maths ! Horreur et damnation ! Enfer ! Mille cornues alambiquées ! Vous êtes tout à coup tel le hêtre gracile frappé par la foudre et qui se dit que sa soirée est irrémédiablement fichue.

À cet instant de notre haletant récit, ceux qui n'ont jamais aidé un enfant à réviser ses leçons ébaucheront peut-être un sourire supérieur. C'est tout au plus l'affaire d'une demi-heure, songeront-ils, alors pourquoi ce vent de panique ? À quoi bon en faire tout un plat ?

Ha, ha ! (un rire douloureux secoue nos poitrines oppressées par l'angoisse) comme il est clair que ces néophytes parlent de ce qu'ils ignorent ! Comme ils apparaissent soudain tels des foutriquets sans cervelle ! Des freluquets risibles ! Des paltoquets inouïs !

Ah oui, décidément, les types ont perdu une bonne occasion de se taire... Car jusqu'à présent, avec notre bonhomie légendaire, qui a fait dire à la reine Elizabeth « *Antilogus and Festjens must be eliminated by any means, major Smith !* » (Antilogus et Festjens sont les plus chics types du Commonwealth), jusqu'à présent, donc, nous n'avons dit que du bien des enfants. Et même, avec un parti pris parfois choquant, nous sommes allés loin dans la louange. Nous n'avons présenté que la face brillante et sympathique des jeunes créatures. Or, en réalité, et nous pouvons le dire maintenant qu'ils sont sortis acheter des bonbons, dans certaines circonstances, les enfants sont d'abominables petites choses gluantes, un peu comme les bretzels. Euh, comme les gremlins.

STOP ! Espace pédagogique !

Bretzel et gremlin sont des mots étranges de la langue française, et l'on comprend qu'on les confonde. Mais il y a bien d'autres bizarreries... Ainsi, au bureau, vous adressant à un collègue, vous demanderez :
– Quelle heure est-il, Jacques ?
Mais, parlant d'un sanglier, vous direz plutôt :
– Quelle hure a-t-il, Jacques ?
Eh oui, ainsi vont les choses sous notre fidèle vieux soleil... On ne le répétera jamais assez : le français est une langue magnifique. Mais absurde.

QUELQUES APERÇUS SINISTRES DES RÉALITÉS MONDIALES

Tous ceux qui ont un peu voyagé vous le diront : il existe, à travers le vaste univers, bien des spectacles effroyables. L'expression de désarroi d'un homme pincé à la nuque par un homard volant du Cap est paraît-il insoutenable. La suffocation d'un bœuf qui a avalé une balle de tennis est une scène qui glace le sang. La fabrication du boudin aux usines du Cochon Joyeux (salaisons en gros et demi-gros) est une épreuve dont nul ne sort nerveusement intact. Mais de l'avis général, rien n'égale et n'égalera jamais en horreur la vision affligeante d'un enfant en train de réviser ses leçons avec ses parents.

UNE SCÈNE DE HAINE ET D'EFFROI TOUJOURS RENOUVELÉE

Tout a pourtant démarré sous les meilleurs auspices. Vous, calme et détendu. Biquet, souriant et mignon (il s'imagine encore qu'il sait sa leçon). Sujet du jour, des maths : les divisions. Et vous attaquez dans la bonne humeur, avec cet enjouement qui fait de vous un père ou une mère admirable :

– Bien, sais-tu ce qu'est une division, Biquet ?

– Oui.

– Parfait. Alors dis-moi, qu'est-ce que c'est ?

– Euh... C'est des maths ?

– Bien sûr que c'est des maths, mais ça sert à quoi ?

Silence. Biquet réfléchit. Et vous commencez à ressentir une vague impatience. Comme un début d'agacement... Vous tendez une perche au petit bonhomme :

– Bon, imagine, tu es avec ta sœur Carole et tes cousines Cécile et Anna... Ce qui fait que vous êtes... que vous êtes...

– Contents.

– Mais non, je te demande COMBIEN vous êtes (attention, il y a un peu d'énervement dans votre voix) !

- Euh... Trois.

– Comment ça, trois ?

– Ben oui, Carole, Cécile et Anna.

– Et toi, tu ne comptes pas ? Toi aussi tu es là, étourdi ! Vous êtes quatre, d'accord ?

– Oui.

– Parfait. Vous êtes quatre, et maintenant voilà : tu as huit bonbons. Qu'est-ce que tu fais ?

– Je les mange ?

– Mais non, tu ne les manges pas ! Dis, tu te fiches de moi ou quoi ? Tu vas partager ces bonbons avec les autres ! En parts égales !

Ça y est, vous êtes énervé, c'est le tournant du match... Il est clair que Biquet, renfrogné dans son coin, préférerait en rester là, mais vous lui lancez sur un ton de défi :

– Alors vas-y... Comment tu fais ? Hein, c'est quoi, l'opération, pour partager ? L'addition ? La soustraction ? La multip...

– L'addition !

– Mais non, bougre d'andouille ! C'est la division ! La DI-VISION !

Cette fois, vous avez crié (si, si, très nettement), mais rassurez-vous : c'est normal. Vous ne supportez pas l'idée que votre enfant ne comprenne rien, vous vous sentez personnellement mis en cause, vous vous dites : « Comment est-ce possible ? Mon fils – mon fils à moi – peut-il être aussi nul, ai-je engendré un cancre, un bon à rien, un zéro (moi qui ai presque eu tout bon au test) ? » Avec un courage formidable, vous décidez d'en avoir le cœur net et vous dites :

– Bon, calmons-nous... Réfléchis, Biquet : vous êtes quatre, vous avez huit bonbons, donc pour que tout le monde en ait autant, il faut que tu divises huit par... par... par...

– Par huit !

– NON ! JAMAIS ! TU NE SAIS PAS TA LEÇON ! TU NE SAIS RIEN ! MAIS QU'EST-CE QU'ELLE T'APPREND EN CLASSE, TA MAÎTRESSE ? HEIN ? QU'EST-CE QUE C'EST QUE CETTE ÉCOLE À LA CON ! AU LIT, TOUT DE SUITE ! ET SANS TÉLÉ !

Vous avez totalement perdu les pédales, vieux ! Vous êtes rouge, vous gesticulez, et Biquet s'enfuit avec des hennissements de terreur. Encore une fois, rien d'étonnant à cela. La tentative de révision s'est déroulée de façon rigoureusement classique. Nous sommes tous passés par là.

Et le pire est encore à venir... Car dans l'état de colère où vous êtes, vous devez impérativement libérer la vieille soupape et laisser échapper la vapeur, alors vous vous précipitez vers la première personne qui se trouve là, votre conjoint, et vous lui hurlez : « TON FILS EST BIEN COMME TON PÈRE : UN VRAI NUL ! » La riposte fuse : « VA BRÛLER EN ENFER ! »(il y a de la vexation comme un pou dans l'air) ! et c'est immédiatement l'embrasement conjugal, la scène meu-meu (avec jets d'objets à la tête) qui ne prendra fin qu'avec l'arrivée de la police.

Voilà pourquoi, ami parent, si ce soir vous ne vous sentez pas en état de faire réviser Biquet, nous ne vous jetterons pas la pierre. Au contraire. À quoi bon risquer le bonheur de votre ménage ? À quoi bon aller contre la nature, tel le saumon stupide qui remonte le courant jusqu'à l'épuisement de ses piles ? Nous vous avons donné jusqu'à présent toutes sortes de bons conseils pour faire travailler votre enfant ; nous allons maintenant vous en donner quelques-uns pour ne pas le faire travailler.

Oui, c'est mal, mais tant pis. Ne vous sentez pas coupables. Les profs, eux, ne se sentent pas coupable quand ils manquent pour un oui pour un non, alors vous avez bien le droit de faire pareil. Oui, ce que les profs ont le droit de faire, vous devez avoir le droit de le faire aussi ! ÉGALITÉ ! ÉGALITÉ POUR TOUS ! VIVE LA RÉPUBLIQUE ! VIVE LA FRANCE !

L'ÉTAT SE MANIFESTE ENFIN DANS LE DÉBAT

« L'État garantit le respect de la personnalité de l'enfant et de l'action éducative des familles. »

Loi d'orientation sur l'éducation, du 10 juillet 1989.

La conséquence funeste de ce texte absurde

Si votre enfant est mauvais, si vous êtes nul, si vous ne voulez pas vous hisser hors de votre marasme, l'État vous donne raison. Ah, c'est chouette ! Bien joué, l'État !

12 COMBINES POUR COUPER À LA MONSTRUEUSE CORVÉE

1. Anticipez sur l'événement. Avant même votre mariage (ou peut-être après, c'est plus prudent), annoncez que vous étiez nul en classe, dans toutes les matières. Un vrai cancre, un zéro, un minable ! Dites qu'à l'école on vous surnommait « la Croûte » ou « le Foireux ». Évidemment, c'est un peu dur pour votre image, mais tellement efficace ! On ne vous demandera jamais de faire réviser Biquet.

2. Dites que ce soir vous ne pouvez pas travailler, que vous êtes malade. Pour faire plus vrai, à l'heure du déjeuner vous aurez pris la précaution d'aller déguster quelques vieilles moules pas fraîches chez Léon ; c'est le mal au bide assuré !

3. Demandez à vos parents de vous écrire un mot d'excuse (mais oui, même si vous avez quarante-cinq ans). Biquet sera impressionné par cette procédure officielle, à laquelle il a lui-même souvent recours. Il n'insistera pas. Et d'autant moins – paramètre important – qu'il n'a à titre personnel aucune envie de réviser sa leçon.

4. Jetez-vous dans l'escalier. Si vous vous cassez le poignet, vous ne pourrez plus tenir un stylo et vous serez dispensé de la corvée ! Certes, vous pouvez aussi vous fracturer le crâne en tombant, et à ce propos nous tenons à préciser que nous rejetons toute responsabilité en cas de malheur. Bonne chance et soyez agile !

5. Vous devez faire réviser Biquet ce soir ? Très bien. Ne rentrez pas à la maison. Découchez. Amusez-vous ! Faites la bringue ! De toute façon, il y aurait eu une scène de ménage, alors autant que ce soit pour une bonne raison, pas vrai ?

6. Faites preuve de fatalisme oriental. Asseyez-vous auprès de votre fils mais n'essayez plus de lutter contre le cours inéluctable du destin. Dites-lui plutôt n'importe quoi. Exemple :

– Quelle est l'opération qui sert à diviser, Biquet ? L'addition ? La soustraction ? La multip...

– L'addition !

Réponse zen :

– Oui, tu as parfaitement raison, Biquet. C'est l'addition...

Bravo, vous êtes resté calme et vous avez épargné votre énergie vitale, en parfaite harmonie avec le yin, le yang et le chop-suey.

7. Soyez ignoble. Dites à Biquet que vous avez déjà révisé cette leçon avec lui, même si c'est totalement faux. En cas de protestation – les enfants sont si imprévisibles ! – faites jouer à fond votre autorité parentale et collez-lui une gifle (de toute façon il ne l'a pas volée, il ne savait pas sa leçon).

8. Soyez lâche. Dites à Biquet que vous l'aiderez à réviser sa leçon demain, dans la voiture, en le conduisant à l'école. Avec son optimisme incurable, il trouvera ça super.

9. Soyez pousse-au-crime. Dites à Biquet : « Écoute, t'auras qu'à manquer demain pour le contrôle de maths »... Oui, c'est sûr, c'est assez abject. Mais n'oubliez pas, seul compte le but ultime que vous vous êtes fixé (whisky/escalope milanaise/télé), et qui est comme un soleil rouge se levant sur l'horizon radieux du prolétariat mondial.

10. Attaquez-vous au prof. Si le foutu fonctionnaire est absent demain, il n'y aura pas de contrôle de maths, et Biquet n'écopera pas d'un 2 sur 20 qui risque de peser tragiquement sur son avenir professionnel. Alors allez-y, profitez de la nuit pour vous glisser chez le type, sciez les freins de son Opel, versez-lui de la mort-aux-rats dans son potage, enduisez le palier de savon noir, jetez des centaines de peaux de banane dans l'escalier...

Quoi, qu'est-ce qu'il y a ? Vous avez des scrupules ? Vous reculez devant le meurtre ? Mais qu'est-ce que vous imaginiez, les gars ? Que ce serait une partie de plaisir ? Que vous éviteriez de faire réviser Biquet rien qu'en jetant des pétales de rose et en souriant comme une gonzesse ? Ah, vous nous faites marrer, tiens !

Pour la peine, la onzième combine, on vous la donne pas. Ni la douzième ! Voilà ! C'est gagné ! Bien fait pour vous !

Résumé de la leçon N° 14 :

Il n'y a rien de pire au monde que de faire réviser ses leçons à un enfant. Sauf bien sûr de faire réviser deux enfants. Se soustraire à cette corvée indigne est le signe de l'homme libre qui défie son époque avec un rire sauvage.

QUATRIÈME PARTIE

PUNITIONS, MAUVAISES NOTES, REDOUBLAGE : UN CLASSIQUE DE L'HORREUR

L'échec scolaire serait-il une amère fatalité ? Oui. Vous le voyez bien : malgré nos efforts, nos conseils, nos interventions (au plus haut niveau), l'année scolaire s'achève et votre enfant n'est pas flambard. Peut-être même va-t-il être viré avant la fin de l'année.

Ce serait un coup dur pour nous. Mais encore plus pour vous. Et, sincèrement, ça nous ferait beaucoup de peine. Ce serait un peu comme dire : « Ce livre ne sert à rien ! Jetez-le à terre et piétinez-le en criant des slogans hostiles ! »

Avouez que ce serait bête !

Car une fois encore Antilogus et Festjens ont conservé une carte dans la vieille manche et s'apprêtent à l'abattre à la stupeur générale, un peu comme le boucher abat son bœuf d'un coup de maillet, sous l'œil effaré des badauds : nous ne baissons pas les bras ! Biquet n'a pas encore redoublé, madame ! Ne vous précipitez pas pour l'inscrire dans une boîte à bac, monsieur ! Rien n'est perdu !

Au point où nous en sommes, nous ne pouvons plus vous garantir qu'il sera premier (ni même deuxième), mais nous lançons désormais tous nos moyens dans la bataille. Et ils sont considérables.

Soudain, armés d'un simple maillet de croquet pour deux, nous bondissons dans l'arène pour défier le mammouth graisseux de l'Éducation nationale.

Le spectacle promet d'être animé...

■ LEÇON N° 15

Comment savoir avant tout le monde si Biquet va redoubler ?

Hypothèse ridicule, bien sûr, étant donné que nous vous avons pris en mains depuis le début de cet ouvrage, et tout au long d'une scolarité glorieuse. Cependant, on ne sait jamais. Peut-être avez-vous mal lu tel ou tel chapitre. Peut-être avez-vous été dérangé au beau milieu d'un paragraphe et avez-vous sauté une ligne essentielle (par exemple le passage où nous révélions le secret des logarithmes) ? Peut-être même avons-nous oublié quelque chose ! Oui, bien sûr, ça paraît dingue, mais après tout, c'est possible ! Bon sang, la pression est si intense ! Nous ne sommes que des hommes, quoi !

VOTRE BIQUET EST-IL UN BON ÉLÈVE ?

LES SIGNES QUI NE TROMPENT PAS

À l'heure du bilan, vous avez un doute : Biquet va-t-il passer en classe supérieure tel un phénix déployant sa vaste crinière blonde, ou va-t-il redoubler comme un nul ?

Fort heureusement, un certain nombre de signes peuvent vous alerter à temps, avant qu'il ne soit trop tard.

1. L'attitude générale de votre enfant :

Quand il rentre à la maison, rase-t-il les murs piteusement sans même exiger son goûter, ou bondit-il joyeusement sur les canapés, en chantant comme un Italien quand il sait qu'il aura de l'amour et du vin ?

Faites ce test amusant : dimanche matin, alors que votre Biquet est vautré dans le canapé blanc du salon avec le cher vieux Nesquick, tapotez-lui l'épaule d'un air mi-figue mi-raisin et dites : « Alors, si nous parlions un peu de ton dernier bulletin ? »

Que fait-il ?

A - Il fait un bond, renverse le gluant liquide chocolaté sur le canapé, glapit de terreur et s'enfuit dans sa chambre.

Ce qu'il faut en déduire : le canapé est bon pour le pressing.

B - Il s'exclame : « Ouais, cool ! Alors tu m'achètes mon vélo seize vitesses ? »

Ce qu'il faut en déduire : vous êtes bon pour un vélo seize vitesses.

Un test amusant, nous vous le disions, mais malheureusement fort coûteux. Par chance, d'autres signes peuvent vous mettre sur la voie.

2. L'attitude générale des profs :

La prochaine fois que vous conduirez Biquet à l'école, approchez-vous d'un prof (il y en a plein) et dites : « Comment marche le petit en classe ? » La réponse du type sera certainement lourde de sens :

A - Il éclate de rire, appelle ses collègues, veut vous montrer à tout le monde, répète en gloussant comme un pitre que vous avez demandé comment « marchait le petit », se tord les côtes, puis s'effondre en pleurs.

Ce qu'il faut en déduire : le type est à bout.

B - Le prof sursaute, blêmit, trépigne. Ses poings se crispent et ses dents grincent sur le tuyau de sa pipe. « Ah, c'est vous les parents de ce petit fumier ! », marmonne-t-il dans sa barbe en dardant sur vous des yeux de braise, tel l'anaconda géant du Surinam s'apprêtant à broyer un veau. Puis il se jette sur vous et tente de vous étrangler.

Ce qu'il faut en déduire : le type n'a aucun humour.

C - Son visage s'éclaire, ses yeux s'embuent, il tombe à genoux, baise le sol où vous avez posé les pieds et entonne un cantique.

Ce qu'il faut en déduire : il a mal compris le nom de votre enfant.

3. Autre signe révélateur, les appréciations sur le carnet :

Les profs, ainsi que nous l'avons chanté avec exaltation tout au long de cet ouvrage, sont des poètes. Aussi ne se contentent-ils pas d'apposer sur son carnet les notes obtenues par le jeune Biquet. Pour faire plus joli, ils agrémentent la morne litanie des chiffres par quelques phrases fortement chargées de sens, pour qui sait les lire. Voyons le carnet de notes de Biquet :

DOMAINE	ACQUISITION	BILAN
Production d'écrit		
Orthographe	Très moyen. À travailler	9/20
Grammaire	Doit faire des efforts	10½/20
Conjugaison	Faible	8/20
Mathématiques		
Problème	NUL !	4/20
Calcul	MAUVAIS !!	6/20
Géométrie	LAMENTABLE !	2/20
Découverte du monde		
Histoire	Je n'ai jamais vu cet élève en classe.	/
Géographie	Ignore où se trouve Caracas.	7/20
Éducation civique	ABSENT	/
Science techno	Maladroit et dissipé	12/20
Arts plastiques	Aucun talent	0
Éducation physique	Élève brillant, surtout au steeple-chase	15/20

OBSERVATIONS DE L'ENSEIGNANT : Élève médiocre, nul, mauvais et mal habillé. Doit redoubler toutes ses classes jusqu'à la fin de sa vie.

Signature : Signature du directeur : Signature des parents :

DOIT FAIRE DES EFFORTS !

Pardon ! Pardon !

Ce qu'il faut en déduire : vous avez dû sauter un chapitre, c'est pas possible !

4. Vous êtes convoqué :

Vous avez reçu un mot à en-tête du collège, signé d'un certain « Principal » qui exige votre présence pour discuter du cas Biquet. Est-ce normal ? Qui est ce monsieur Principal ? Que va-t-il se passer ? Soyez très attentif, car il est probable que vous pourrez relever un certain nombre d'indications sur l'avenir du cher petit dans la diatribe du type.

Une fois dans son bureau, ne prêtez pas attention aux traces de sang sur les murs. Écoutez plutôt ce que vous dit le bedonnant individu : il vous dit que votre enfant est nul, qu'il ne fait rien en classe, qu'il passe son temps à projeter des crapauds morts sur les profs ou à en farcir leurs pots d'échappement – au point d'ailleurs qu'on se demande où il peut bien trouver une telle quantité de crapauds décédés –, que ses devoirs ne sont ni faits ni à faire et qu'on a l'impression qu'ils ont été rédigés par un illuminé psychotique, que ses notes sont lamentables, qu'en plus, manifestement, il signe lui-même son carnet, et que le toit du préau menace de s'écrouler.

Ce qu'il faut en déduire : faites-lui un chèque de trois mille pour le préau. Tout va s'arranger.

LE FORMIDABLE SCOOP QUI SECOUE L'ÉDIFICE !

« Les lignes sont interdites depuis 1890. »

Régime disciplinaire des lycées et collèges - Art. 2. Arrêté du 5 juillet 1890.

Le conseil des auteurs

Allez-y ! Prévenez la police ! Tous ces maudits profs doivent payer ! Vengeance ! Vengeance !

5. Vous ne pouvez pas partir en week-end, parce que le jeune Biquet a écopé de trois heures de retenue le samedi :

Voilà un signe qui ne trompe pas. Votre Biquet vous expliquera que ce n'est pas juste, que ce n'est pas lui qui a jeté le crapaud mort sur le prof et qu'il a payé pour les autres, et vous seriez assez enclin à le croire, car on se demande bien où il aurait été chercher une idée pareille. Toutefois, attention. L'engrenage fatal de la mauvaise pente s'emballe comme un cheval fou, tant et si bien qu'à la fin elle se casse !

Voyons la sinistre progression des punitions scolaires :

- 1 crapaud mort lancé sur le prof = 1 h de colle,
- 10 h de colle = 1 avertissement,
- 10 avertissements = 1 blâme,
- 10 blâmes = 1 exclusion temporaire,
- 10 exclusions temporaires = 1 renvoi définitif,
- 10 renvois définitifs = 10 ans de taule.

HOP, HOP HOP ! Espace pédagogique !

Attention à ne pas confondre l'humiliant « blâme » sur le bulletin scolaire de votre cher Biquet, avec le sympathique « Blam ! Blam ! » du pistolet de Kit Carson, qui indique que le sémillant Ranger du Texas vient d'ouvrir le feu sur les Comanches, prélude à une palpitante bagarre !

Osons le dire : la situation de Biquet n'est pas fameuse. Au fond, ce n'est pas étonnant, puisque c'est vous qui avez fait ses devoirs tout au long de l'année. D'accord, c'était sur nos conseils, mais nous ne pouvions pas nous douter que vous étiez aussi nul !

Comment ?

Plaît-il ?

Ah, vous avez recopié nos devoirs « clé en mains » et vous les avez donnés tels quels au prof ? Ah, la note a été 2/20 ? C'est très étonnant. Nous sommes désagréablement surpris. Nous allons en référer au rectorat, et croyez bien que les choses ne vont pas en rester là. Car nous avons le bras long.

En attendant, nous allons nous occuper du cas Biquet, ainsi que nous nous y étions engagés dès le début de ce livre. Nous avions dit – nous nous en souvenons comme si c'était hier – que nous ferions de votre enfant un premier de la classe, ou au minimum un deuxième, or Biquet est vingt-neuvième. Un résultat décevant, ne nous le cachons pas. Voilà pourquoi nous avions dit qu'au minimum, nous nous débrouillerions pour qu'il ne redouble pas, quitte à user pour cela de tous les moyens.

Eh bien, ami parent d'élève, le moment est venu.

Résumé de la leçon N° 15 :

Nous avons merdé.

Les grandes heures de l'Éducation nationale.
fig. 12 : Conseil de classe sous Clovis. Childéric, le prof de musique, estime que le jeune Carloman (à gauche sur la photo) ne doit pas passer en cinquième. Et qu'en plus, il doit rendre la Neustrie à son oncle Othon VI le Pénible.

■ LEÇON N° 16

Non, rien n'est perdu : nous jetons tous nos moyens dans la bataille (et ils sont considérables !)

Ainsi, malgré nos efforts et nos conseils excellents, des éléments hostiles ont décidé – sans concertation aucune – que Biquet ne passerait pas dans la classe supérieure. C'est révoltant. C'est lâche. C'est inqualifiable ! Madame, monsieur, allez-vous subir ce camouflet tel le cochon sans défense qui couine de terreur tandis que s'avance le charcutier au sourire cruel ? Serez-vous pareil au pickpocket saisi à la nuque qui attend sans moufter de passer en correctionnelle, alors que quand même il pourrait tenter une sortie en force, quitte à provoquer un bain de sang ? Allez-vous rester spectateur de cette débâcle d'autant plus stupéfiante qu'elle était totalement inattendue ? Non ! Vous ne vous laisserez pas faire ! Vous n'êtes pas de ces mollassons au cœur fluet qui glapissent d'effroi au moindre coup de tonnerre sur la pampa. (Si toutefois vous êtes un mollasson au cœur fluet qui glapit d'effroi, nous vous présentons de plates excuses. Comprenez bien que nous n'avons rien contre vous à titre personnel. C'était juste une façon de parler. Ne nous en voulez pas. Nous sommes désolés. C'est idiot. Un regrettable malentendu. Ça ne se produira plus. Promis, juré.)

Non, ami parent, vous ne baisserez pas les bras. Il y a toujours quelque chose à faire (ne serait-ce que passer un petit coup de chiffon sur les meubles). Il n'est jamais trop tard (sauf à la poste, où vous arrivez toujours après la fermeture). Vous ne renoncerez pas à faire de votre enfant un type qui passe dans la classe d'au-dessus. Un manager de l'an 2030 ! Un grossium qui gagnera un max de pognon !

Voici huit trucs faciles et efficaces – nous les avons testés pour vous avec cette conscience professionnelle qui fait depuis tant d'années le renom des établissements Antilogus & Festjens – huit trucs qui vous permettront de retourner le cours du destin telle une vulgaire crêpe.

1. Recourez à la persuasion. Prenez rendez-vous avec les profs et expliquez-leur qu'ils se trompent, qu'en fait votre enfant est génial. Évidemment, compte tenu de ses résultats du dernier trimestre, ce n'est pas gagné d'avance, mais avec votre cœur de mère, avec votre orgueil de père, vous saurez trouver les mots qui conviennent. Sinon, faites-vous accompagner d'un avocat qui plaidera en votre nom. Ou bien proférez des menaces de mort en crispant les poings (voir solution 6).

2. Criez à la persécution raciale. Allez trouver le professeur principal (vous le repérerez facilement, c'est celui qui est entouré d'une meute de parents fous d'angoisse) et déclarez-lui froidement, en le fixant droit dans les yeux : « Je sais pourquoi tu t'acharnes contre ma fille, prof ; c'est parce qu'elle est noire ! » Évidemment, si votre fille n'est pas noire, votre message risque de ne provoquer qu'un spasme de rire nerveux. Dans ce cas, trouvez autre chose. Dites : « C'est parce que ma fille est juive. » Quoi ? Vous n'êtes pas juif non plus ? Alors franc-maçon ? Un peu arabe ? Mohican ? Tsigane à la huitième génération ? Belge ? Rien du tout ? Bon sang, faites un effort, quoi ! Tenez, dites que votre fille est une fille ! Mais oui, les filles aussi sont une minorité persécutée ! Dites : « Je sais pourquoi tu t'acharnes contre ma fille, prof ; c'est parce que tu es sexiste, machiste et misogyne ! » Allez-y, faites peser la menace d'un scandale, réveillez la mauvaise conscience de l'enseignant (n'oubliez pas que le type est de gauche) et arrachez le passage en sixième, en même temps qu'un bon bulletin ! Ouais ! Bravo ! Yiiipeee oheey !

3. La solution sexuelle. Montrez-vous séduisant. Ce ne sera pas difficile, avec votre charme naturel et vos longues cuisses gainées de soie. Il va sans dire que c'est à vous que nous nous adressons, madame. Si vous avez de longues cuisses gainées de soie, monsieur, allez consulter un médecin ! Cela ne nous concerne pas ! C'est dégoûtant ! Allez-vous-en !

En tout cas, quel que soit votre sexe, souvenez-vous que l'enseignant a des goûts simples. Inutile de l'emmener dîner dans un restaurant ruineux : un repas au resto U, suivi d'une soirée tranquille – quoi de plus romantique, par exemple, que de feuilleter à deux le catalogue de la Camif ? –, et ensuite, hop, l'envol vers le septième ciel (ou à la rigueur le sixième) !

Ce que Biquet n'a pu obtenir au tableau noir, dans la mêlée sauvage et confuse de la classe, vous n'aurez aucun mal à l'obtenir pour lui sous la couette. Oui, d'accord, ce sera peut-être pénible, surtout si le prof est du type « gros qui s'endort » ou « jargonneuse » (voir leçon N° 4), mais tant pis. Vous ne pouvez pas admettre que votre enfant, la chair de votre chair, écope d'un carnet scolaire lamentable qu'il traînera toute sa vie comme un effroyable poulet. Euh, comme un effroyable boulet.

Stop ! Espace pédagogique !

Si comme nous vous confondez les mots « poulet » et « boulet », et même « goulet » (en aurons-nous jamais fini avec les étrangetés de la langue française ?) voici un moyen imparable de vous y retrouver : dites-vous à chaque instant qu'il vaut mieux manger du poulet qu'avoir un boulet coincé dans le goulet.

4. La solution syndicale. Rameutez les camarades. Soyez comme Lénine lors de la prise du Palais d'Hiver : excité, mordant, plein de sarcasme envers les ennemis de la classe ouvrière. Fustigez les Koulaks et le complot bourgeois qui ont conduit votre enfant à deux doigts du redoublement. Appelez-en aux valeurs de la République, à Jules Ferry, Jules Grévy, Jules Ladoumègue, dites que l'école privilégie les riches. Mobilisez les syndicats d'enseignants. Entamez une grève de la faim (ce qui sera toujours plus payant que d'entamer une bonne bouteille de bordeaux). Organisez une manifestation avec des banderoles où l'on lira : « Solidarité avec Biquet », « Biquet doit passer en sixième », « Biquet président ». Tant que vous y êtes, fondez un parti. Présentez-vous aux élections. Devenez le Guy Mollet du XXIe siècle !

5. La solution piston. Faites intervenir le ministre. Vous ne le connaissez pas ? Et alors ? Lui non plus ne vous connaît pas. Sur ce point au moins, vous êtes strictement à égalité. Profitez-en pour foncer !

Notre combine : invitez-vous en douce au conseil des ministre. C'est tous les mercredis à l'Élysée, impossible de passer à côté. Déguisez-vous en huissier et au moment ad hoc, abandonnez votre attitude officielle et compassée pour bondir tel un mouflon sauvage dans la salle du conseil ! Une fois à l'intérieur, faites le tour de la grande table en courant et regardez bien partout autour de vous ; vous devez repérer le panonceau où il y a écrit : « Ministre de l'Éducation nationale ». Le type que vous cherchez est assis juste derrière. Oui, là, c'est lui ! Jetez-vous à ses pieds et hurlez : « Faites passer Biquet en sixième, excellence ! » Le reste n'est plus qu'une question de paperasses.

6. La solution terroriste. Menacez physiquement les professeurs et leur entourage. Faites-leur bien comprendre qu'au cas malencontreux où Biquet redoublerait, il y aurait pas mal de grabuge dans la casbah... Exemple de lettre anonyme à expédier :

espèce de fumier, Si TU PENSES que TU vas pouvoir SAQUER *Biquet* et t'en Tirer, TU te mets salement LE doigt *dans l'œil.* On VA te crever, *pourri !* On va CHier SUR ta PELOUSE ! Tu vas *t'en* MOrfler plein La poire ! Salaud ! DE*gueulasse !*

P.S. : les parents DE Biquet tiennent à préciser qu'ils ne sont pour rien dans cette lettre ignoble. *Inutile* de LEUR envoyer Les flics. C'est Pas *eux*. Foutez-leur la paix ! Salaud !

7. La solution commando. Avec votre beau-frère, attaquez la fourgonnette qui transporte les bulletins scolaires au rectorat. Pendant que votre vieux complice tiendra les convoyeurs en respect sous la menace de son pistolet d'alarme, récupérez le carnet de Biquet parmi les 197 000 autres et – sans retirer votre cagoule – falsifiez le document. Allez-y carrément. S'il y a un 8 en grammaire, par exemple, mettez un 1 devant. Oui, comme ça, c'est bien... Vous avez saisi le topo. Attention, n'oubliez pas : vous disposez de 6 minutes 37 avant l'arrivée de la police. Réglez vos montres et bonne chance, les gars. On vous apportera des oranges.

8. La corruption pure et simple. Oui, c'est une solution qui manque un peu d'élégance et qui choquera sans doute les âmes pures. On ne devrait jamais, nous en convenons, tenter de corrompre les enseignants. Mais comme on dit : « Business is business. » « Time is money. » « Guiness is good for you ! »

Petit rappel des tarifs en usage :

- 12/20 en maths = 500 francs,
- 14/20 en maths = 1 000 francs,
- 16/20 en maths = 2 000 francs,
- 18/20 en gym = 15 francs,
- Sujets du prochain contrôle de français = 700 francs,
- Passage en classe supérieure = trois mille,
- Passage en classe inférieure = 0 franc,
- Saut de deux classes d'un coup = 6 500 francs,
- Permis de conduire, fausse pièce d'identité = 8 000 francs,
- Plans du sous-marin nucléraire *L'Atroce* = 12 000 roubles.

Résumé de la leçon N° 16 :

Des éléments hostiles ont décidé que Biquet ne passerait pas dans la classe supérieure. Antilogus et Festjens ont décidé le contraire. C'est un choc de titans qui marquera l'histoire de l'Éducation nationale

Que va-t-il se passer ? Biquet réussira-t-il à se hisser en classe supérieure, oui ou non ? Tenez-nous au courant, nous sommes pétris d'angoisse !

Les grandes heures de l'Éducation nationale.
fig. 13 : Coup de théâtre à l'Éducation nationale ! Renseignements pris, Alain Devaquet décrète que bijou, caillou, chou et tous les autres pitres prendront bien un « x » au pluriel, mais pas pneu.

DIX BONNES RAISONS D'ENVOYER QUAND MÊME VOTRE ENFANT À L'ÉCOLE

1. Vous n'avez pas le choix. C'est obligatoire jusqu'à l'âge de seize ans.

2. Au moins, pendant que Biquet est à l'école, vous ne l'avez pas dans les pattes.

3. C'est direct par le 72.

4. À l'école, Biquet apprendra que Caracas est la capitale du Brésil (ou du Honduras. Nous avons oublié).

5. Avec un peu de chance, Biquet tombera peut-être sur une prof hyper-canon aux formes époustouflantes moulées dans une minijupe pas possible, et vous serez ravi de discuter pédagogie avec elle, monsieur.

6. D'ailleurs il n'y a pas que la prof canon, madame. Discuter pédagogie avec un enseignant est toujours une expérience enrichissante. Ce sont des types formidables.

7. L'Éducation nationale dépense 33 800 F par an et par élève. Allez-vous faire cadeau de cette somme fabuleuse à l'État, ami contribuable ? Plutôt brûler en enfer !

8. Il y a dans ce pays près de quinze millions d'élèves. Alors pourquoi pas Biquet ?

9. Aller en classe, c'est classe !

10. Aller à l'école, quel bol !

TABLE

Introduction : Fini de rire ! 5

L'ÉDUCATION NATIONALE : UN DÉFI FRANÇAIS JETÉ À LA FACE DU MONDE

1. De Charlemagne à Claude Allègre, que des types sensass 19
2. Laquelle école est-elle la meilleure qu'il faut choisir ? 28
3. Maths, orthographe, cantine : ce qui a changé depuis votre époque 37
4. Dis-moi quel est ton prof, je te dirai si tu redoubles 51

Faut-il adhérer à une association de parents d'élève ? 72

VOTRE ENFANT, L'ÉCOLE, LES PROFS :
UNE TRIPLETTE SUR LAQUELLE PERSONNE N'AURAIT MISÉ UN KOPECK

5. Agitation du matin, tsouin-tsouin ! 81
6. L'école : un invraisemblable ramassis de zouaves ! 95
7. Une journée à l'école : mythe et réalité 110
8. Un tas de trucs hyper-chouettos pour avoir la paix en classe 123
9. On ne critique pas les profs en notre présence, SVP ! 132

FAIRE DE VOTRE ENFANT UN PREMIER DE LA CLASSE :
UN RÊVE AUJOURD'HUI ACCESSIBLE

10. Faire travailler un enfant à la maison, est-ce possible ? 149
11. Plongeons en masse dans le maelström rugissant des programmes ! 166
12. Les programmes scolaires, une raison de croire en un avenir super 177
13. Testez votre niveau : êtes-vous un type sur lequel votre enfant peut compter, ou une maudite planche pourrie ? 189
14. Les parents se rebiffent : « Foutez-nous un peu la paix, please ! » 209

PUNITIONS, MAUVAISES NOTES, REDOUBLAGE :
UN CLASSIQUE DE L'HORREUR

15. Comment savoir avant tout le monde si Biquet va redoubler ? 223
16. Non, rien n'est perdu ! Nous jetons tous nos moyens dans la bataille ! 232

Dix bonnes raisons d'envoyer quand même votre enfant à l'école 239

Achevé d'imprimer en août 1997
dans les ateliers de Normandie Roto Impression s.a., 61250 Lonrai
N° d'imprimeur : 971690 – Dépôt légal : août 1997